Elaine Corvidae
Unter Golems

PIPER

Zu diesem Buch

»Tief Luft holend öffnete Verbena die Tür und schob den Kopf in den Korridor. Da bewegten sich Dinge im weichen Schein der Lichtkugeln, Kreaturen aus Draht und Zahnrädern. Eingehüllt in mattes Metall funkelten Knochen und feucht schimmernde Augen. Verbenas Verstand brauchte einen Augenblick, um die verschiedenen Teile in einen Zusammenhang zu bringen und zu begreifen, dass es ein Golem war, den sie hier sah. In unmittelbarer Nähe kauerte eine der Kreaturen auf allen vieren auf dem Steinfußboden und erinnerte in ihrer Gestalt entfernt an einen Hund. Die Zauberin konnte die Zahnräder sehen, wie sie sich in den Gelenken drehten, und dann auch den sanft geschwungenen Bogen des Kieferknochens unter der Messingverstrebung. Eisenkrallen kratzten über den Stein, doch die blutbeschmierten Zähne waren möglicherweise organisch. Unter dem Ungeheuer lag ein Lumpenbündel, und sie brauchte einen weiteren Augenblick, um zu begreifen, dass es sich dabei um einen bekleideten Körper handelte. Einen Körper, der völlig reglos da lag und dessen helles Haar von seinem eigenen Blut gefärbt war …«

Elaine Corvidae ist Biologin und Autorin dutzender Fantasy- und Sciencefiction-Romane. Wenn sie nicht scheibt, geht sie wandern, hört laute Musik und genießt gutes Bier. Sie lebt mit ihrem Mann in der Nähe von Charlotte, North Carolina.

Elaine Corvidae

UNTER GOLEMS

Roman

Aus dem Amerikanischen
von Andreas Decker

Piper München Zürich

Entdecke die Welt der Piper Fantasy:

Piper-Fantasy.de

MIX
Papier aus verantwortungsvollen Quellen
FSC® C083411
FSC
www.fsc.org

Deutsche Erstausgabe
Mai 2013

Titel der amerikanischen Originalausgabe: »The Sorceress's Orc«

Umschlaggestaltung: Guter Punkt, München/www.guter-punkt.de
Umschlagabbildung: Sophie Freiwald, Guter Punkt unter Verwendung von Motiven von Shutterstock
Satz: Greiner & Reichel, Köln
Papier: Munken Print von Arctic Paper Munkedals AB, Schweden
Druck und Bindung: CPI – Clausen & Bosse, Leck
Printed in Germany ISBN 978-3-492-26929-2

Kapitel 1

An dem Tag, als die Orks kamen, wurde Verbena Zeuge, wie es auf dem Weg zu ihrer Vorlesung zu einem Angriff vonseiten der Fakultät für Tanz und Gesellschaftslehre kam.

Gerade überquerte sie den großen Platz der Universität von Giavolo, da ertönte ein lautes Kreischen, gefolgt von dem hässlichen Krachen brechender Knochen. Bis zum Beginn der Vorlesungen waren es nur noch wenige Minuten, also wimmelte es hier nur so von Meistern und Studenten. Daher dauerte es einen Augenblick, bis sie die Ursache der Schreie entdeckte. Glücklicherweise ergriffen einige Studenten schreiend die Flucht und trampelten in die entgegengesetzte Richtung, was die Suche vereinfachte.

Mit einem lauten Seufzer drängte sich Verbena durch die Menge – und bot dabei einen eindrucksvollen Anblick. Hochgewachsen und ernst trug sie ihr schwarzes, von grauen Strähnen durchsetztes Haar lang. Durchdringend blickten ihre grauen Augen durch die Brille mit den halbmondförmigen Gläsern. Aber vielleicht eilte ihr doch nur ein eindrucksvoller Ruf voraus? Was auch immer davon zutreffen mochte, die Studenten machten ihr eilig Platz.

Majestätisch wirbelten Golems mit ausdruckslosen Gesichtern auf der anderen Seite des Platzes neben einem verzierten Springbrunnen in einer Reihe umher, ihre Glieder vollführten unverkennbar die Schritte eines gerade populären Tanzes. Ihre Messinggelenke funkelten im frühen Morgenlicht, und als sie eine Drehung beschrieben, erkannte Verbena auf ihren Holzrücken die mit roter Farbe aufgemalten Sigillen, die ihnen Leben verliehen. Ohne die Formation zu unterbrechen griffen die Golems nach den Studenten, die in der Nähe standen und denen der Brunnen den Fluchtweg versperrte. Ein paar von ihnen hatten das Pech, von den Tänzern an die Brust gerissen zu werden, dann wurden sie ohne jede Rücksicht auf die Zerbrechlichkeit des menschlichen Körpers durch die Tanzfiguren gezerrt. Einem oder zwei Studenten gelang es, auf den Füßen zu bleiben; eine dritte Studentin, deren Ellbogen jetzt in eine ganz verkehrte Richtung zeigte, schluchzte laut. Ein vierter hatte den Halt verloren und wurde hilflos über die Pflastersteine gewirbelt.

Verbena musste die Lippen fest zusammendrücken, um nicht lautstark loszufluchen. Es gehörte sich einfach nicht, vor den Studenten zu fluchen, auch wenn die meisten von ihnen dies schon zahllose Male getan hatten. Als Zauberin trug sie ständig einen Beutel Tilgungspulver mit sich, da von Studenten gewirkte Zauber grundsätzlich zum unpassendsten Zeitpunkt schrecklich schiefgingen. Also holte sie ihn unter ihrem Umhang hervor und schüttete sich etwas davon auf die Handfläche. Jetzt musste sie nur noch nahe genug herankommen, um es gegen die Sigillen der Golems einzusetzen. Und dabei zu Naverra beten, dass die künstlichen Wesen nicht von Schutzzaubern eingehüllt wurden.

»Haltet sie auf!«

Nur mühsam bewahrte Verbena das Gleichgewicht, als jemand sie zur Seite stieß. Eine Gruppe junger, ausgesprochen muskulöser Leute warf sich auf die Golems. Sie trugen Kadettenuniformen und hielten hölzerne Übungsschwerter in den Händen.

Oh, um Naverras willen!

Die Kadetten schlugen zwar enthusiastisch, wenn auch wenig erfolgreich auf die Golems ein. Die künstlichen Wesen ignorierten sie aber einfach – abgesehen von jenen, denen noch Tanzpartner fehlten. Diese schnappten sich sofort jeden Kadetten, der in Reichweite kam. Zwei der Möchtegernretter hatten Pech und wurden erwischt. Wild prügelten sie mit ihren nutzlosen Holzschwertern auf ihre

Tanzpartner ein, bis sie in eine Pirouette gerissen wurden und ihre Füße sich vom Boden lösten.

Im Gegensatz zu ihren Flüchen behielt Verbena ein missbilligendes Schnauben nicht für sich. »Bei Naverras Augenlicht, steht da nicht einfach nur blöd rum und glotzt! Zur Seite mit euch!«

Die restlichen Kadetten sprangen schuldbewusst aus dem Weg. Auch wenn sie keinen Erfolg erzielt hatten, so hatte ihr Angriff doch zumindest gezeigt, dass die Golems keinerlei Anstalten zur Verteidigung machten. Verbena trat vor und warf ihre Handvoll Tilgungspulver auf den nächsten Golem, dann sprach sie die Zauberformel, die dafür sorgte, dass es von den belebenden Sigillen auch wirklich angezogen wurde.

In dem Augenblick, da Pulver und Sigillen sich berührten, blitzte es hell auf – dann lösten sie sich in Luft auf. Der Golem brach reglos zusammen und ließ seine Geisel los.

Die Zauberin wiederholte die Prozedur bei jedem Golem. Der letzte brach gerade zusammen, als ein Mann mit einer Meisterrobe über dem Wams angerannt kam.

»Oje!«, keuchte er, offensichtlich außer Atem. »Oh, das ist aber in der Tat eine unerwartete Entwicklung!«

Langsam senkte Verbena die Arme und wandte sich dem Mann zu. Ein paar der umstehenden Studenten erkannten den Ausdruck auf ihrem Gesicht und verstummten auf der Stelle, während sie angestrengt die Pflastersteine anstarrten und unbehaglich mit den Füßen scharrten.

»Und was meint Ihr damit?«, fragte sie mit täuschender Freundlichkeit.

Der Meister blinzelte sie an, ohne etwas zu begreifen. Er hatte eine wilde blonde Haarmähne, und das Purpurwams und die grünen Hosen unter seiner offenen Robe waren nach der neuesten Mode entworfen. »Nun, wir haben natürlich nicht im Entferntesten damit gerechnet, dass sich die Tanzpartner auf diese Weise benehmen würden.«

Verbena starrte ihn an. »Wollt Ihr damit sagen, dass Ihr für diese Golems verantwortlich seid?«

»Nun ... ja.«

»Ihr wollt also sagen, dass Ihr an den Verletzungen mehrerer Studenten und dem Aufruhr auf diesem Platz ursächlich beteiligt seid?«

Entsetzt schnappte der Meister nach Luft. »Nun ... nein! Nein, so natürlich nicht! Das heißt, wir hätten nie damit gerechnet, dass sich die Golems so verhalten! Ihr müsst wissen, wir brauchten sie ... Einige Eltern hielten es für unpassend, dass die männlichen und weiblichen Studenten während des Tanzunterrichts zusammenkommen ... zu viel Aufregung für das junge Blut, versteht Ihr ... Also, äh, erschufen wir ... diese da.«

Ihr wütender Blick ließ ihn kläglich verstummen. »Hab ich Euch also richtig verstanden?«, fragte sie und sah zufrieden, dass er unter ihrem Blick wie ein zurechtgewiesener Junge zusammenschrumpfte. »Ihr, ein Meister der Fakultät für Tanz und Gesellschaftslehre, wenn ich mich nicht irre, Ihr habt Golems erschaffen, ohne Euch vorher mit der Fakultät der Magischen Wissenschaften zu beratschlagen?«

Der Mann rang die Hände. »Aber ... aber ... mein Schwager hat vor langer Zeit in Eurer Fakultät studiert, und die Grundsätze kennt er nach wie vor. Es ist ja schließlich nicht so, als hätten sie etwas Komplizierteres als tanzen sollen.«

»Und Ihr seid ja auch wirklich erfolgreich gewesen! Sie taten wirklich nichts *anderes* als zu tanzen!«

Der Mann duckte sich, während Verbena ihn als nutzlos abschrieb, obwohl sie sich vornahm, beim Kanzler eine offizielle Beschwerde einzureichen. Sie wandte ihm den Rücken zu und begab sich zu den verletzten Studenten. »Ihr müsst zu den Heilern gebracht werden«, sagte sie energisch. »Mädchen, könnt Ihr laufen? Nein? Ihr da, Kadett, Ihr seht doch recht kräftig aus. Hebt sie auf. Und dann folgt Ihr mir.« Sie hielt lange genug inne, um dem Meister einen bösen

Blick zuzuwerfen. »Natürlich bedeutet dies, dass ich zu spät zu meiner Vorlesung kommen werde. Bedauerlich, dass nicht jedes Mitglied dieses Kollegiums nachdenkt, bevor es dem Rest von uns den Tag versaut.«

In Windeseile verbreitete sich die Nachricht über den Zwischenfall. Als Verbena die verletzten Studenten den geschickten Händen der Heiler übergeben hatte, hatte die Glocke im Springenden Turm mit ihrer unheimlichen menschlichen Stimme bereits den Lehrbeginn verkündet. Manche Klassen würden nicht darauf warten, dass ihr Dozent endlich auftauchte, aber Verbena wusste genau, dass allein der Ruf, der ihr vorauseilte, ihre Studenten auf den Plätzen hielte. Sie kam zu dem Schluss, dass es nicht angebracht war, die Zeit ihrer Klasse zu verschwenden. Also verzichtete sie vorerst darauf, ihre Beschwerde gegen die Narren einzureichen, die die Golems entfesselt hatten, und eilte stattdessen zu ihrem Hörsaal in der Fakultät der Magischen Wissenschaften.

Glücklicherweise war ihr Zauberlehrling Weißdorn eingesprungen und hatte damit angefangen, den Stoff der Vortage noch einmal durchzugehen. In diesem Kurs ging es um Runenformeln, und als sie an der offenen Tür innehielt, sah sie, dass Weißdorn mit Kreide einen Kreis auf die Schiefertafel vor der Klasse aufgemalt hatte. Ein roter Strich teilte den Kreis, ein blauer schuf einen Winkel. Neben der Zeichnung waren in Weißdorns Schrift die Berechnungen hingekritzelt, die nötig waren, um den Kosinus zu ermitteln.

»Aber ich verstehe nicht, warum wir den Kreisumfang überhaupt wissen müssen«, beschwerte sich eine Studentin.

Verbena stieg die Stufen zum Boden des Hörsaals herab. »Weil der Kreisumfang die Menge der Magie bestimmt, die man herbeiruft und kontrolliert, Studentin Langalia«, sagte sie streng. »Darum entscheidet er auch über die Art und Anzahl der Runen, die man darin platzieren kann. Kurz gesagt, er wird verhindern, dass Ihr Euch und jeden in Eurer

Nähe in einen Aschehaufen verwandelt – aber sollte dies Eure Absicht sein, dann geht doch vorher nach Benevalia. So schadet Ihr wenigstens unseren Feinden und nicht uns.«

Das Mädchen errötete und versteckte sich hinter ihrem Buch.

Weißdorns Augen – das eine war grün, das andere unpassenderweise blau – funkelten amüsiert, obwohl er die Lippen schnell zu einem grüßenden Lächeln verzog. »Ich hörte von dem Zwischenfall auf dem Platz«, sagte er und trat vom Dozentenpult. »Als Ihr beim Glockenschlag nicht da wart, hielt ich es für eine gute Gelegenheit, sich noch einmal ein paar von den Konzepten anzuschauen, die den Schülern Schwierigkeiten bereiten.«

»Das war auch richtig so«, erwiderte sie und nahm ihren Platz hinter dem Pult ein. Weißdorn war ein gescheiter Kopf; andernfalls hätte sie ihn auch nie als Zauberlehrling angenommen. Davon abgesehen war er ein freundlicher junger Mann, was bedeutete, dass sich die Studenten gern mit ihren Fragen an ihn wandten. Sie war sich durchaus ihres Rufs bewusst, gelegentlich etwas zu kurz angebunden zu sein.

Aber nicht bei denen, die ernsthaft Schwierigkeiten haben. Nur bei jenen, die zwar etwas im Kopf haben, aber zu faul sind, ihn zu benutzen. Leider erkannten die meisten Studenten diesen Unterschied nicht, und Verbena wusste genau, dass sich im Laufe der Jahre einige wenig schmeichelhafte Spitznamen für sie angesammelt hatten.

Nach dem Ende der Vorlesung hatte sie eine Freistunde, also stieg sie nach der Glockenstimme in ihr Laboratorium hinauf. Die Steintreppen der Fakultät waren mit Studenten bevölkert, von denen die meisten lachten und miteinander plauderten. Ein paar versuchten, unterwegs in Schriftrollen zu lesen, andere blickten so verzweifelt, dass sie entweder schlechte Neuigkeiten über ihre Noten oder ihre Liebschaften erhalten haben mussten.

Weißdorn folgte ihr auf dem Fuß, den schweren Sack mit den Büchern über die Schulter geworfen. Seine Lehrlingsrobe war ungebügelt, sein braunes Haar zerzaust. »Lange Nacht oder früher Morgen?«, fragte die Zauberin.

Er grinste verlegen. »Ein bisschen von beidem. Was ist denn nun heute Morgen auf dem Platz wirklich geschehen? Ein paar Studenten behaupteten, Benevalia hätte uns angegriffen.«

Verbena schnaubte. »Eine bloße Übertreibung. Der Angriff kam von der Fakultät für Tanz und Gesellschaftslehre.«

»Also noch schlimmer. Was ist passiert?«

Kurz skizzierte sie die absurde Situation. Als sie geendet hatte, sagte er: »Gut, dass Ihr da gewesen seid. Sonst hätte es möglicherweise noch viel mehr Verletzte gegeben.«

Verbena winkte ab. »Besser wäre es gewesen, wenn ich gar nicht erst hätte eingreifen müssen. Ganz ehrlich, ich weiß nicht, was sich dieser Narr dabei gedacht hat. Vorausgesetzt, er kann überhaupt denken.« Die Glocke ertönte erneut, und sie warf ihrem Lehrling einen scharfen Blick zu. »Hättet Ihr jetzt nicht angewandte Numerologie?«

»Bei Naverras Titten! Ups, entschuldigt meine Ausdrucksweise, Meisterin.« Hastig deutete Weißdorn eine Verbeugung an, dann fuhr er auf dem Absatz herum und rannte los. Der schwere Büchersack hüpfte auf seiner Schulter.

Kopfschüttelnd wandte sich Verbena der Tür zu. Ein schlichter Messingring war tief in das Holz eingelassen. Verbena malte eine Sigille in die Kreismitte. Das Ganze leuchtete kurz auf, bevor das Knirschen des Riegels, der sich zurückschob, die Luft erfüllte. Langsam schwang die Tür auf, aber nun ertönten hinter der Zauberin eilige Schritte.

»Verbena! Da seid Ihr ja!«

Ein kleiner stämmiger Mann in einer Meisterrobe lief mit einem Gesicht, das von der Anstrengung rot angelaufen war, die Stufen hinauf. Beim Anblick ihres Kollegen fragte sich Verbena unwillkürlich, was wohl jetzt schon wieder schiefgelaufen sein mochte. »Ist alles in Ordnung, Malachit? Bei den Göttern, jetzt sagt aber nicht, dass schon wieder jemand Amok läuft! Hat die Fakultät der Kulinarischen Künste vielleicht einen denkenden Pudding auf die Welt losgelassen?«

Malachit blinzelte sie überrascht an. »Nein, nein, nichts dergleichen. Der Kanzler will uns beide sehen.«

»Der Kanzler? Warum?«

»Keine Ahnung.« Malachit zog ein Taschentuch aus der Tasche und wischte sich das Gesicht ab. »Ich habe einen Quietscher in Euren Hörsaal geschickt, der Euch Bescheid sagen sollte, aber Ihr seid schon weg gewesen. Also dachte ich, ich würde Euch hier erwischen.«

»Und das habt Ihr jetzt ja auch.« Verbena seufzte und ließ die Tür mit Bedauern wieder zufallen. »Eigentlich hatte ich gehofft, vor meiner nächsten Stunde noch ein paar Berechnungen fertigstellen zu können. Na ja, so kann ich meine Beschwerde gegen die Dummköpfe der Fakultät für Tanz wenigstens direkt beim Kanzler vorbringen.«

»Der Fakultät für Tanz?«

»Egal.« Energisch schob Verbena die Brille den langen Nasenrücken hinauf. »Gehen wir. Es wäre sicher nicht angemessen, den Kanzler warten zu lassen.«

Das Studierzimmer des Kanzlers befand sich in der zweiten Etage des Verwaltungsgebäudes. Verbena hatte es damals bei ihrer Anstellung lediglich ein paar Mal betreten, und im Laufe der Jahre hatte es hier keine großen Veränderungen gegeben, wie sie fand.

In dem großen Kamin lag ein Feuersalamander schlafend unter einer dicken Ascheschicht, aber zweifellos würde er beim Nahen des Winters aktiver werden. An den Wänden drängten sich Porträts von Leuten in Roben, die auf lächerliche Weise geschmückt waren. Dazwischen erhoben sich hohe Fenster mit dicken Samtgardinen. Teppiche sorgten auf dem Boden für mehrere Schichten aus Wolle und Seide und dämpften jeden Laut. Ein gewaltiger Schreibtisch nahm den größten Teil des vorhandenen Platzes ein. Auf der einen Seite stand ein teurer Jorgensenschreiber: Das war eine von einem Mechanismus angetriebene Hand, verbunden mit einem großen Ohr, die jedes hineingesprochene Wort vervielfältigte. Die Luft roch nach Patschuli, das der Kanzler verströmte, sowie nach geöltem Stahl. Dieser Geruch ging auf die anderen Gäste zurück.

Beim Anblick der Kreaturen, die sich den Raum mit dem Kanzler teilten, blieb Verbena plötzlich stehen. Die massigen Körper nahmen den größten Teil des Studierzimmers in Beschlag und ließen die ohnehin schon zierlichen Karaffen und Instrumente auf der Kommode noch zerbrechlicher erscheinen. Alle drei Gestalten hatten moosgrüne Haut und dunkle Augen, dazu flache Nasen und schnauzenhafte Kiefer. Gefährlich aussehende Elfenbeinstoßzähne ragten aus den Mündern und krümmten sich über die Unterlippen. Die Ohren waren so lang und spitz wie bei manchem Tier; der untere Rand wurde jeweils von einer dicht gedrängten Reihe Goldringe durchbohrt. Das raue schwarze Haar war scheinbar ganz willkürlich zu kleinen Zöpfen geflochten, die in Perlen endeten. Sie alle waren in lackierte Rüstungen gekleidet und in Schärpen, die um die Taille geschlungen waren, steckten zwei Schwerter – ein langes und ein kurzes.

Verbena öffnete den Mund und schloss ihn wieder, als ihr klar wurde, dass sie nicht die geringste Ahnung hatte, was sie eigentlich sagen wollte.

Orks. Orks im Arbeitszimmer des Kanzlers.

Ihre Gedanken rasten, während sie sich daran zu erinnern versuchte, was sie über diese Kreaturen wusste. Begegnet war sie ihnen noch nie. Da war nur die undeutliche Vorstellung, dass sie groß, muskulös, gewalttätig und dumm waren, und dass diejenigen, die es in die Länder der Menschen verschlug, für gewöhnlich als Söldner dienten. *Was nicht im Mindesten erklärt, warum sie sich hier auf dem Universitätsgelände befinden sollten, geschweige denn im Zimmer des Kanzlers. Er kann von Glück sagen, dass sie es noch nicht in seine Einzelteile zerlegt haben.*

»Verbena, also ehrlich, Ihr versperrt mir den Weg«, nörgelte Malachit hinter ihr. Ihre Größe – an der es ihm deutlich mangelte – verhinderte, dass er die Orks sehen konnte. Sie sammelte ihren Mut, trat über die Schwelle und bemerkte, wie Malachit erstarrte, als er sie ebenfalls zu Gesicht bekam.

»Oh, schön, schön«, sagte gerade eine Menschenstimme. Verbena blinzelte. Die Gegenwart der Orks war so überwältigend, dass sie den Kanzler fast schon vergessen hatte. Kanzler Smaragd diVello war ein stämmiger Mann, dessen in letzter Zeit kahl werdender Kopf von einem grauen Haarkranz umgeben wurde. Selbst unter normalen Umständen schon neigte er zum Schwitzen, und jetzt tupfte er sich hastig mit einem bestickten Taschentuch die Stirn ab. Das Licht, das aus den hohen Fenstern fiel, ließ die Ringe an seinen Wurstfingern funkeln.

»Vergebt uns, Kanzler«, sagte Malachit und musterte nervös die Orks, als befürchte er, sie würden jeden Augenblick angreifen. Sie starrten jedoch eher passiv zurück, ihre primitiven Züge verrieten überhaupt nichts. »Ich hatte es so verstanden, dass wir augenblicklich kommen sollten. Wir überlassen Euch Euren Geschäften und werden später zurückkehren.«

»Nein, nein, dies hier betrifft euch beide«, erwiderte der Kanzler und winkte sie näher. Verbena und Malachit tauschten einen Blick und näherten sich vorsichtig dem Schreibtisch, und zwar dem Ende, das am weitesten von den Orks entfernt war. »Dies hier sind nämlich eure neuen Leibwächter.«

Die … Orks? Leibwächter? »Kanzler, Ihr beliebt zu scherzen!«

»Ich wünschte, es wäre so.« Der Kanzler wischte sich wieder über das aufgeschwemmte Gesicht. »Lasst mich am Anfang beginnen. Die letzten Wochen über hat der Fachbereich Hellsehen böse Omen erblickt.«

Verbena rollte mit den Augen. »Soll ich raten? Wir alle schweben in Gefahr, aber die Anzeichen sind zu undeutlich, um uns etwas Nützliches mitzuteilen.«

»Äh, nun, man hat mir gesagt, dass der allgemeinen Meinung zufolge jemand Verschleierzauber gewirkt habe, die sie davon abhalten sollen, etwas Konkretes zu erkennen«, sagte der Kanzler bedauernd. »Sie versuchten es mit Kartomantik, Geomantik, Oneiromantik und einem Haufen anderer Dinge, die ich nicht begreife und deren Bezeichnung ich ehrlich gesagt auch schon wieder vergessen habe.«

»Aber natürlich haben sie das getan«, sagte Verbena kalt. »Kanzler, bei allem nötigen Respekt, aber das ist lächerlich. Wir führen Krieg gegen Benevalia – natürlich lauern da Gefahren. Aber das ist wohl kaum ein Grund, dass Ihr Malachit und mir diese ... Kreaturen als Leibwächter zuteilt.«

»Da stimme ich Verbena völlig zu«, warf Malachit ein und richtete sich zu seiner vollen Größe auf. »Das ist einfach grotesk. Man kann doch wohl nicht von uns erwarten, unsere Vorlesungen abzuhalten und unsere Experimente durchzuführen, während diese ... *Tiere* dauernd um uns herum sind und im Weg stehen. Um Naverras willen, wir haben empfindliche Geräte, die man nicht so ohne Weiteres ersetzen könnte, wenn sie sie einmal zerbrochen sind!«

Der Kanzler zuckte zusammen. »Meister Thymian diGiavolo, der Leiter des Fachbereichs Hellsehen, war da sehr bestimmt. Er beharrte darauf, dass es für die Meister dieser Universität eine direkte Bedrohung gebe. Da wir magisch bereits so gut abgesichert sind, wie es Eurer Fakultät möglich ist, und uns keine weiteren Hinweise vorliegen, sind der Rat und ich zu dem Entschluss gekommen, unseren bekannteren Meistern Leibwächter zuzuweisen. Glücklicherweise ist es uns gelungen, eine freie Orktruppe anzuheuern. Seht sie Euch nur an! An solchen Wächtern kann doch nichts vorbeikommen, oder?« Er bemühte sich um ein aufmunterndes Lächeln, das angesichts ihrer versteinerten Mienen aber schnell verblasste. »Ich sprach bereits mit einigen Eurer Kollegen, und natürlich ist keiner besonders glücklich über die Situation, aber die Entscheidung ist gefallen. Bis mir Meister Thymian Bescheid gibt, dass die Bedrohung vorüber ist, erhält jeder von Euch einen Leibwächter, der Euch ununterbrochen beschützen wird.«

Verbena musste sich zusammenreißen, um ihre Einwände zurückzuhalten. Die Lage erschien ihr vollkommen lächerlich. *Nur ein weiteres Beispiel, in dem Aberglaube den gesunden Menschenverstand vernebelt und Leute dazu veranlasst, dumme Entscheidungen zu treffen, bloß weil sie das Gefühl haben, irgendetwas tun zu müssen. Ganz gleich, wie unsinnig es auch ist.* In ihrer Studienzeit hatte sie außerdem auch noch das Hellsehen studiert, und obwohl es wie bei jeder anderen Wissenschaft Fortschritte gab, blieb es doch noch immer eher eine Kunst. Zog man in Betracht, wie viele Scharlatane sich davon angezogen fühlten, verlieh es der Magie einen schlechten Ruf.

Malachits Antlitz war rot angelaufen, aber auch er sagte kein Wort. Der Kanzler lächelte breit, da er ihr Schweigen als Zustimmung deutete. »Nun, dann ist das ja geklärt.« Er wandte sich der einzigen Frau unter den Orks zu. »Nagati?«

Sie nickte und richtete die dunklen Augen auf Verbena. »Verbena-naga, ich erbiete Riyu-ga Euren Diensten. Sein Mut gleicht dem des Seewolfs, und seine Ehre ist makellos.«

Verbena blinzelte, denn eigentlich hatte sie mit nichts Eloquenterem als einem Grunzen gerechnet. Der Kanzler räusperte sich. »Sagt ihr, dass Ihr annehmt«, drängte er sie.

»Oh.« Flüchtig fragte sich Verbena, was wohl geschehen würde, sollte sie ablehnen. Doch den Kanzler zu verärgern war nicht unbedingt die beste Methode, die Geldmittel für ihr Laboratorium weiterhin fließen zu lassen. »Natürlich. Ich akzeptiere.«

Einer der Männer ließ sich auf ein Knie nieder und senkte den Kopf; für ein Geschöpf dieser Größe war dies eine überraschend anmutige Geste.

»Ich trete in Eure Dienste, Verbena-naga.« Seine Stimme war zwar tief, aber ruhig, wie ein fernes Donnergrollen. »Bei der Ehre meiner Vorfahren, ich beschütze und behüte Euch, bis ich sterbe oder aus Euren Diensten entlassen werde.«

Nagati wandte sich an den anderen Mann. »Malachit-ga, ich erbiete Bihai-ga Euren Diensten. Sein Mut gleicht dem des Seewolfs, und seine Ehre ist makellos.«

»Ja, ich akzeptiere. Nicht dass ich in dieser Angelegenheit eine Wahl hätte«, knurrte Malachit. Während sein Leibwächter die gleichen rituellen Worte äußerte, wandte er sich Verbena zu. »Jetzt werden wir wohl gar keine Arbeit mehr erledigt bekommen.«

Kapitel 2

Als Verbena an diesem Abend zum Essen ging, sah sie, dass der Kanzler in der Tat auch andere Mitglieder der Fakultät mit orkischen Leibwächtern gestraft hatte.

Der Nachmittag war außerordentlich anstrengend gewesen. Die meiste Zeit hatte sie mit dem Versuch verbracht, den Ork zu ignorieren, der in der Ecke des Hörsaals stand oder in den Korridoren hinter ihr herlief oder auch vor der verschlossenen Tür des Laboratoriums wartete. Leider war er einfach zu groß, um ihn ganz übersehen zu können, und auch wenn er bis jetzt noch nichts umgestoßen oder einen Tobsuchtsanfall bekommen hatte, zerrte seine Gegenwart doch an ihren Nerven.

In der Hoffnung, dass eine warme Mahlzeit sie aufmuntern werde, lenkte sie ihre Schritte in Richtung des Speisesaals, wo sie oft mit ihren Kollegen aß. Da die Mahlzeiten im Speisesaal Teil ihres Lohns waren, war das billiger, als in einer Schenke zu essen. Und davon abgesehen: Selbst wenn sie Lust gehabt hätte, für sich allein zu kochen, ihre kleine Unterkunft verfügte nun einmal über keine Küche.

Der Speisesaal gehörte zu den ältesten Gebäuden der Universität und war das Überbleibsel einer Zeit, in der alle Arten des Lernens noch geheimnisumwoben waren. Damals hatte dieser Ort buchstäblich als eine Festung des Wissens gegolten, und der Speisesaal war für die Zeiten der Belagerung als Zufluchtsort gedacht. Die einzigen Fenster bestanden aus schmalen Schlitzen hoch oben in den grauen Steinwänden, und der größte Teil der Beleuchtung rührte von den gläsernen Lichtkugeln her, die die ursprünglichen Kerzen auf ihren Eisenhaltern ersetzt hatten. Ihr klares gleichmäßiges Licht fiel auf die langen Eichentische, an denen sich Studenten und Diener drängten. Auf einem Podest am anderen Ende, auf dem sich einst der Kanzlerthron erhoben hatte, reihten sich nun Tische für die Fakultätsmitglieder. Hinter diesen Tischen hatten sich ungefähr vierzig Ork-Leibwächter in einer Reihe an der Wand aufgebaut.

Für gewöhnlich ging es an diesem Ort sehr laut zu: Die aufgeregten Stimmen der Studenten hallten zwischen den verrußten Deckenbalken, gelegentlich untermalt vom Gebrüll irgendeiner akademischen Auseinandersetzung des Kollegiums. An diesem Abend erklang aber bloß leises Gemurmel, während sich die neugierigen Studenten die Hälse verrenkten, um einen besseren Blick auf die Orks werfen zu können. Verbena konnte sich nur zu gut vorstellen, welche Gerüchte in diesem Augenblick in Umlauf gebracht wurden.

Die Luft roch nach feuchter Wolle – am Nachmittag hatte Nieselregen eingesetzt –, nach Gemüseeintopf und angebrannten Äpfeln. Zweifellos war einer der Köche viel zu sehr damit beschäftigt gewesen, die Orks anzustarren, statt sich um seinen Ofen zu kümmern, dachte Verbena missmutig.

Sie suchte sich ihren Weg zu dem einzig freien Platz am Kollegiumstisch. Auf der einen Seite saß Meister Karneol von der Fakultät der Göttlichen Studien, auf der anderen ein Meister, den sie erst erkannte, als er sich ihr zuwandte. Zu ihrer Bestürzung war es der blonde Narr von der Fakultät für Tanz und Gesellschaftslehre, der am Morgen die Golems losgelassen hatte.

Das ist ja genau das, was ich heute noch brauche.

Er erhob sich und verbeugte sich hastig. »Meisterin Verbena, bitte erlaubt mir.« Er zog den Stuhl für sie zurück, und da wurde ihr klar, dass sie bloß einen kleinkarierten Eindruck hinterließe, falls sie jetzt noch einen Rückzieher machte. Während sie Platz nahm, sprudelten die Worte förmlich aus ihm heraus. »Ich glaube nicht, dass wir einander schon richtig vorgestellt wurden – ich bin Turmalin daLira. Ich möchte mich für das Fiasko heute Morgen entschuldigen.«

»Magie ist nichts für jene, die in ihrer Anwendung nicht gründlich unterrichtet wurden«, erwiderte sie ernst. »Das ist viel zu gefährlich, wie Ihr gewiss eingesehen haben werdet.«

Er errötete bis zu den Wurzeln seiner blonden Haare. »Ja. Natürlich.«

Einer der Diener brachte einen ausgehöhlten Brotlaib gefüllt mit Eintopf, dazu ein Glas wenig bemerkenswerten Roten. Verbena hatte gehofft, die seltsame Wendung ihres Lebens vergessen und sich von der Mahlzeit ablenken lassen zu können, aber da sagte Meister Karneol auch schon: »Nun, Verbena, wie ich an dem Ork sehe, der Euch folgt, haben sie Euch also auch erwischt.«

Sie verharrte mit dem Löffel auf dem halben Weg zum Mund. »Gewiss hat man Euch keinen Leibwächter zugeteilt, Karneol.«

Er lachte, aber dazu kam ein leicht falscher Unterton. »O nein, keineswegs. Anscheinend ist der Kanzler nicht der Ansicht, dass unsere Fakultät wichtig genug sei, um einen Schutz zu rechtfertigen. Meisterin Arikatha hat aber einen bekommen, so wie die meisten Mitglieder Eurer Fakultät auch.«

Er nickte Arikatha zu, einer dunkelhäutigen Astronomin, die ein Stück weiter saß. Dann blickte er kurz in Richtung der Orks. »Erstaunliche Bestien, nicht wahr?«

»Ihr habt leicht reden, Ihr werdet ja auch nicht den ganzen Tag auf Schritt und Tritt verfolgt«, murrte Malachit, der noch weiter entfernt saß.

Turmalin warf einen nervösen Blick auf die Reihe der stummen Leibwächter. »Essen die auch?«, fragte er unsicher.

Zweifellos reichte der Gedanke an orkische Tischmanieren aus, um einem Meister der Gesellschaftslehre ein flaues Gefühl im Magen zu bescheren.

Karneol trank einen Schluck Wein. »Ich wage zu behaupten, dass ihre Fressgewohnheiten ein wenig zu tierisch für den Speisesaal sein werden.«

Arikatha hob mit ihren schlanken dunklen Fingern das Glas. »Soweit ich weiß, essen sie kein Fleisch.«

Karneol schnaubte, und Verbena musste den Impuls unterdrücken, ihm den Ellbogen in die Seite zu rammen. »Meine liebe Arikatha, seht Euch doch nur die Zähne an! Solch wüstes Beißwerkzeug kann niemals einem Pflanzenfresser gehören.«

Meister Klee von den Naturwissenschaften warf ihm einen vernichtenden Blick zu. »Macht Euch doch nicht lächerlich, Karneol. Einer solchen Logik zufolge müsste der Elefant das gefährlichste Raubtier der Welt sein.«

Mit dem Messer spießte Verbena ein Stück Rübe auf. »Könnten wir bitte ein anderes Gesprächsthema finden?«

»Vergebt uns, meine Liebe«, sagte Karneol besorgt. »Ihr müsst es sicherlich leid sein, etwas über die Grünhäute zu hören.«

Turmalin runzelte die Stirn. »Ich würde es vorziehen, wenn wir uns einer zivilisierten Ausdrucksweise bedienten, mein Herr.«

Karneol schenkte ihm ein herablassendes Lächeln. »Ich weiß, dass Ihr Vertreter der Künste es vorzieht, Worte mit Rosen zu garnieren, um niemanden zu beleidigen, aber ich gehöre zu jenen, die lieber frei weg von der Leber sprechen. Also sage ich: Nennt eine Grünhaut eine Grünhaut.«

»Ach, um Naverras willen!«, fauchte Verbena. Sie stand auf und warf Karneol einen bösen Blick zu. »Da dieses Thema auf alle anderen offensichtlich so faszinierend wirkt, muss ich Euch eine gute Nacht wünschen.«

Karneol entschuldigte sich indigniert, aber Verbena war

nicht in der Stimmung für weitere Gespräche und ging einfach, ohne zurückzublicken. Als sie das Ende der Tischreihe passierte, wurde sie sich bewusst, dass ihr einer der Orks folgte. Stirnrunzelnd beschleunigte sie ihre Schritte.

Der Ork folgte ihr quer über das Universitätsgelände bis zu der hohen Mauer, die es umringte. Die Glocke im Springenden Turm verkündete mit ihrer Menschenstimme die Stunde. Der Regen setzte wieder ein, der Geruch feuchter Erde erfüllte die Luft. Ein paar Studenten liefen vorbei, deren Stiefel Pfützenwasser aufspritzen ließen, als sie sich beeilten, unter ein Dach zu kommen.

Verbena zog den Umhang enger um den Körper und schlug die Kapuze hoch. In den Stoff verwobene Zauber sorgten dafür, dass der Regen abgewehrt wurde. Leider verfügten ihre Stiefel nicht über denselben Schutz, und ihre Zehen waren bereits nass und kalt, als sie durch das Universitätstor in die Stadt hinaustrat.

Einst hatte sich die Universität weit abseits auf dem Land erhoben, aber nun stieß die große Stadt Giavolo fast bis an ihre Mauern; einige der neueren Gebäude vereinnahmten sie sogar. Die Pflastersteinwege waren schmal, und für gewöhnlich drängten sich dort die Menschen. An diesem Abend aber sorgte der Regen dafür, dass die meisten daheim blieben. Als das letzte Sonnenlicht am Himmel verblasste, glühten die Lichtkugeln auf den Stangen an jeder Straßenecke auf und brachten die hellen Farben der Gebäude und das feuchte Schimmern des Rinnsteins zur Geltung. Der Geruch von feuchtem Stein und frischem Brot erfüllte die Luft, vermengt mit dem säuerlichen Gestank der Abwässer. Hoch auf dem Hügel über der Stadt hob sich der Prinzenpalast golden und elfenbeinfarben von den dunklen Wolken ab, die Fenster waren allesamt hell erleuchtet. Verbena fragte sich, ob die Gerüchte wohl stimmten und sich der Prinz so sehr vor Meuchelmördern aus Benevalia fürchtete, dass er darauf bestand, jedes Zimmer zu jeder

Zeit zu beleuchten, damit ihnen keine Schatten als Verstecke dienen konnten.

Verbenas Stube befand sich in der ersten Etage eines hohen, schmalen Gebäudes, das sich zwischen eine Taverne und einen Schuhmacher zwängte. Die Haustür öffnete sich in eine schlecht beleuchtete Eingangshalle. Eilig schloss sie sie hinter sich, bevor der Ork ihr folgen konnte. Auf der anderen Seite der Eingangshalle führten ein paar Stufen zu ihrer Unterkunft. Müde stieg sie sie hinauf.

Nachdem sie ihre Tür abgeschlossen hatte, zog sie den nassen Umhang aus und begab sich zu der großen Eisenwanne, die den größten Teil ihres Badezimmers in Anspruch nahm. Unter einem der Wassertanks schlief ein Salamander und sorgte für beständige Wärme. Verbena kam zu dem Schluss, dass sie sich nach einem langen heißen Bad bestimmt besser fühlen werde und füllte die Wanne; sogleich gab sie mit Lavendel verfeinertes Badesalz hinzu. Sie atmete den Duft tief ein, stieg ins Wasser und schloss die Augen.

Die Hoffnung, die Geschehnisse des Tages hinter sich lassen zu können, erfüllte sich aber nicht. Wieder durchzuckte sie die Wut auf den Fachbereich Hellsehen. Malachit hatte recht – wie sollten sie ihre Arbeit schaffen, wenn die Orks ständig hinter ihnen lauerten? Auch wenn sich ihr Leibwächter still verhalten und ihr nicht im Weg gewesen war, war er doch während des gesamten Unterrichts eine dauerhafte Ablenkung gewesen; die Studenten hatten mehr Interesse daran gehabt, ihm verstohlene Blicke zuzuwerfen, als ihren Worten zu folgen.

Wäre das in meiner Studentenzeit passiert, wäre es mir nicht anders ergangen, musste sie zugeben. *Ich will ihnen das ja nicht vorwerfen, aber es ist doch sehr störend. Und wenn ich gerecht sein will, darf ich die Schuld auch kaum dem Ork zuweisen, denn er befolgt ja schließlich bloß seine Befehle.* Das arme Wesen war vermutlich viel zu schlicht, um überhaupt auf die Idee zu kommen, etwas anderes zu tun, als was man ihm befohlen hatte.

Obwohl die Orks im Studierzimmer des Kanzlers überraschend wortgewandt waren. Gerüchten zufolge bestand die Orksprache bloß aus unverständlichem Grunzen, aber Verbena war sich da nicht mehr so sicher. *Einst hieß es auch, Magier hätten Seuchen und Naturkatastrophen über die Welt gebracht und sollten so schnell wie möglich auf den Scheiterhaufen gebracht werden. Vielleicht stimmt ja beides nicht.*

Als das Wasser abgekühlt war, stand sie auf und trocknete sich ab, dann zog sie ihr bequemstes Kleid an. Wie alle ihre Sachen war es schlicht gefertigt und die Farben waren gedämpft. Praktisch statt hübsch, genauso wie sie selbst. Auch wenn die Stube zu klein war, um über eine Küche zu verfügen, besaß Verbena doch wie jeder zivilisierte Mensch ein Weingestell – und so schenkte sie sich ein Glas ein, bevor sie zum Fenster schlenderte.

Gleich gegenüber erhellte eine Lichtkugel den Bürgersteig und den Eingang eines Kerzenmachers. Unter dem Türvorsprung erhob sich etwas Großes und Dunkles. Das war der Ork, der versuchte, dem Regen zu entgehen.

Er sieht elend aus. Aber ich kann ihn nicht raufholen, er zerschmettert mir die Stube.

Sie betrachtete ihre Möbel, dann wieder den nassen Ork. *Wäre er ein Hund, der draußen im Nassen sitzt, ich würde ihn doch zumindest in die Eingangshalle unten locken, oder?*

Ja, aber wenn die Nachbarn dort morgen früh einen Ork finden, brechen sie in Panik aus, was bei einem Hund nicht geschehen würde.

Sie biss sich auf die Unterlippe, rang mit ihrem Gewissen. *Vermutlich ist er an solche Bedingungen gewöhnt. Orks sollen ja besonders robust sein.*

Trotzdem, an etwas gewöhnt zu sein bedeutete nicht unbedingt, es auch zu genießen. Zumindest *sah* er elend aus, zumal das Regenwasser mitleiderregend von seinen langen Ohren tropfte.

Orks haben ein wildes Temperament, rief sie sich in Erinnerung. *Er könnte jeden Augenblick durchdrehen. Ich habe nicht den geringsten Zweifel, dass ich mich mit meiner Magie schützen könnte, aber meine armen Möbel hätten diese Möglichkeit nicht.*

Andererseits, warum hätte ihnen der Kanzler Leibwächter zuteilen sollen, die gerade die Personen verletzten oder gar töteten, die sie beschützen sollten?

Weil er ein Narr ist, der mehr daran interessiert ist, die Gönner der Universität bei Laune zu halten, als an allem anderen.

Aber einen Meister von einem wilden Ork umbringen zu lassen, würde die Gönner wohl kaum erfreuen. Verbena gestand dem Kanzler zumindest genug Selbsterhaltungstrieb zu, um sich dessen zu vergewissern, bevor er sich mit der Orktruppe in Verbindung setzte.

Dennoch zögerte sie. *Was könnte schlimmstenfalls geschehen? Bin ich nicht eine Meisterin der Magischen Wissenschaften? Bestimmt bin ich in der Lage, einen einzelnen Ork in Schach zu halten.*

Und sollten meine Möbel darunter leiden, stelle ich sie einfach dem Kanzler in Rechnung.

Der Gedanke munterte sie auf – ihre derzeitigen Möbel waren alt und stammten aus zweiter Hand. Sie durch einen wilden Ork zerstören zu lassen, das mochte vielleicht sogar ein Glücksfall sein.

Verbena raffte die Röcke und stieg die Treppe hinunter. Es war kälter geworden, während sie gebadet hatte, und als sie die Haustür öffnete, fröstelte sie unwillkürlich. Auch wenn sich der Ork nichts anmerken ließ, fiel ihr sofort auf, dass er die Aufmerksamkeit auf sie richtete.

»Hier draußen ist es kalt und nass«, rief sie. »Wenn du gern im Trockenen wärst, dann komm rein.«

Er zögerte einen Moment, bevor er die Straße überquerte; seine großen Stiefel wühlten den Fluss auf, den der überfließende Rinnstein erschaffen hatte. Das rabenschwarze Haar klebte an seinen Schultern. Die lackierte Rüstung wurde zum Teil von einem Umhang verhüllt. Teile davon funkelten feucht im Kugellicht.

Der Ork verharrte an der Haustür und kratzte sorgfältig

den Schlamm von den Stiefeln. Das überraschte Verbena. Sie war davon ausgegangen, dass er einfach weitertrampeln und allen Regen und Dreck mit hereinschleppen würde. Drinnen schienen seine erdbraunen Augen jede Einzelheit der Halle und der Treppe aufzunehmen – sie suchten nach möglichen Verstecken für Attentäter.

Interessant. Nicht gerade ein Verhalten, das ich als besonders schlicht oder dumm bezeichnen würde, aber möglicherweise geschieht es ja nur instinktiv.

»Alles in Ordnung?« Seine tiefe Stimme erfüllte die schmale Halle wie Gewittergrollen.

»Ja, schon. Ich habe dich da im Regen stehen sehen und dachte … na ja.«

Er deutete eine Verbeugung an. »Das ist sehr nett von Euch.«

Seine höfliche Erwiderung traf sie unvorbereitet. *Das* hatte sie nun wirklich nicht von einem Ork erwartet, nicht im Mindesten.

»Nein, nein.« Sie winkte ab, dann wandte sie sich der Treppe zu. »Komm schon, du brauchst nicht im Eingang rumzustehen. Bei Naverra, der Parterremieter hält mich ohnehin schon für verrückt.«

Sie führte ihn die Treppe hinauf und in ihre Stube hinein. Als sich das Wohnzimmer mit Rüstung und Haaren und viel zu großen Muskeln füllte, erschien es plötzlich viel kleiner als zuvor. Glücklicherweise zog sie praktische Möbel den eleganten vor; die Stühle mit den spindeldürren Beinen, die zurzeit in Mode waren, würden unter dem Gewicht eines schweren Mannes zerbrechen, ganz zu schweigen von einem Ork in Rüstung. »Ich besorge dir ein paar Decken«, schlug sie vor und fragte sich, ob er sich zum Schlafen wohl wie ein Hund auf dem Boden zusammenrollte.

Seine Ohren zuckten, als unter ihnen Schritte ertönten, und die vielen goldenen Ringe darin funkelten im Licht ihres kleinen Kamins. Als sich die Tür der unteren Wohnung erst öffnete und dann wieder schloss, entspannte er sich etwas. »Wenn ich darf, möchte ich mir die Stube ansehen. So kann ich unsere Verteidigung besser planen, sollten wir angegriffen werden.«

Sie zeigte auf die anderen beiden Zimmer und versuchte ihre Überraschung zu verbergen. *Anscheinend kann er tatsächlich mehr, als einfach nur ein paar Phrasen wiederzugeben, die er einmal aufgeschnappt hat.* »Bitte.«

Die Truhe in ihrem Schlafzimmer bestand aus dicker Eiche, und der Deckel war mit Bannkreisen versehen, die Motten und Schimmel abhalten sollten. Sie fuhr mit den Fingern über die Kreise, als sie ihn anhob, und fühlte die knisternden Funken, während die Magie antwortete. Kurz nach ihrer Ankunft in Giavolo hatte sie ihrer Familie ähnliche Truhen geschickt und in ihrem Begleitbrief angeboten, zu kommen und die Getreidespeicher mit Zaubern zu versehen, die Verwüstungen durch Mäuse verhindern konnten. Ihre Eltern hatten nie darauf geantwortet, genau wie sie auch nicht auf ihre anderen Briefe und Geschenke geantwortet hatten. Zweifellos war jede ihrer Sendungen öffentlich verbrannt worden – als Zurückweisung des Skandals, den sie ihrer Familie beschert hatte, weil sie weggelaufen war, um Magie zu studieren.

Die Erinnerung ließ neue Scham in ihr aufsteigen. *Von allen Menschen hätte ausgerechnet ich es besser wissen müssen, als jede bösartige Geschichte über Orks zu glauben. Sie mögen ja nicht so klug und geistvoll wie Menschen sein, aber vielleicht sind sie genauso wenig dumme Bestien, wie Magier nicht länger die Sendboten des Bösen sind.*

»Wie lautet das Urteil?«, fragte sie, als sie mit einem Arm voller Decken zurückkam.

Der Ork hatte neben der Tür Stellung bezogen. »Zu verteidigen«, bemerkte er und nahm vorsichtig die Decken entgegen. Seine Finger endeten in stumpfen schwarzen Krallen, aber soweit Verbena es zu beurteilen vermochte, verfingen sie sich nicht im Stoff. Vermutlich würde ihre Wohnung noch heil sein, wenn er wieder ging.

Eigentlich hatte sie sich sofort in ihr Schlafzimmer zurückziehen wollen, wo sie die Decke über den Kopf ziehen konnte und nicht länger an Orks und Golems und die anderen Ärgernisse des Tages denken musste. Aber nun zögerte sie doch und fragte sich, ob er vielleicht über ein Wissen verfügte, das der Kanzler für sich behalten hatte. Selbst wenn es der Ork nicht richtig verstanden haben mochte, war er vielleicht doch dazu in der Lage, alles zu wiederholen, was er aufgeschnappt hatte.

»Glaubst du wirklich, dass mich jemand umbringen will?«, fragte sie. Es erschien ihr albern, ja unmöglich. Niemand hetzte Attentäter auf Universitätslehrer. Man setzte sie auf Generäle, Prinzen oder andere wichtige Leute an.

Seine dunklen Augen musterten kurz ihr Gesicht, als wollten sie einschätzen, ob ihre Frage von Furcht herrührte. »Euer Kanzler ist davon überzeugt.«

Eine listige Antwort, dachte sie grimmig, die nahelegte, dass er eine eigene Meinung hatte. »Das weiß ich. Ich will aber wissen, was *du* denkst.«

Die Frage schien ihn zu überraschen. Mitten im Entfalten einer der Decken hielt er inne. Der dunkelblaue Stoff wogte im weichen Licht des von dem Salamander unterhaltenen Feuers und funkelte wie ein Edelstein. »Es steht mir nicht zu, dazu etwas zu sagen«, erwiderte er schließlich. »Ich habe geschworen, Euch zu schützen. Ich muss also davon ausgehen, dass eine Bedrohung gegeben ist.«

»Ich verstehe.« Der Fachbereich Hellsehen sollte verdammt sein, sie in eine derartige Lage gebracht zu haben. »Nun. Dann gute Nacht.«

»Nida-glikta soll über Euch und die Geister all Eurer Angehörigen wachen.« Er verneigte sich wieder, dann richtete er seine Aufmerksamkeit auf die Wohnungstür, die er anscheinend für die Schwachstelle in der Verteidigung der Stube hielt. Kopfschüttelnd ließ ihn Verbena stehen und ging zu Bett.

Kapitel 3

Als Verbena am nächsten Morgen aufwachte, blieb sie noch eine Weile mit geschlossenen Augen liegen, atmete den Duft von Lavendel und Seife aus ihrem Kissen ein und sagte sich, dass die Geschehnisse des Vortages nichts als ein sehr seltsamer Traum gewesen waren. Niemand wollte sie wirklich töten – oder Meister Thymian behauptete zumindest nicht, dass sie jemand töten wollte, was vermutlich etwas ganz anderes bedeutete. Ihre geordnete Routine war nicht unterbrochen worden. Im vorderen Zimmer stand kein Ork.

Das Läuten der Glocken der Kathedrale drang durch das Fenster, gefolgt vom Ruf des Springenden Turms. Beide waren nie ganz synchron; der Legende zufolge hatten sie vor langer Zeit darin gewetteifert, als jeweils Erster zu ertönen, was damit endete, dass sie alle fünfzehn Minuten die Stunde schlugen. Schließlich hatte der Prinz jener Ära dem ein Ende gemacht, indem er dem Springenden Turm befahl, die Stunde erst nach der Kathedrale anzusagen. Die Kirche beanspruchte den Befehl als Beweis ihrer Überlegenheit, die Universität betrachtete ihn als Beweis ihrer Würde.

Seufzend öffnete sie die Augen und fummelte die Brille mit den Halbmondgläsern vom Büchertisch neben dem Bett. Ihr Rücken schmerzte, als sie aufstand, und dabei wurde ihr klar, dass sie jetzt für die Exzesse ihrer Jugend bezahlen musste, nämlich in Gestalt schmerzender Knochen und Gelenke.

Ihre Garderobe setzte sich größtenteils aus Kleidern in dunkelblauen und braunen Farbtönen zusammen; sie wählte eines aus, dann zog sie die schwarze Robe einer Meisterin über, die mit dem Universitätswappen bestickt war. An diesem Morgen stand als Erstes eine Vorlesung auf dem Programm, und sie würde keine Zeit haben, in ihrem Laboratorium vorbeizuschauen – es sei denn, sie verzichtete auf das Frühstück.

Der Ork stand noch immer im vorderen Zimmer, enttäuschend solide und alles andere als ein Traum. Vermutlich hatte er irgendwann geschlafen, aber die Decken, die sie ihm gegeben hatte, lagen bereits sauber zusammengefaltet auf einem Stuhl am Feuer. Doch vielleicht brauchten Orks ja auch nicht viel Schlaf – sie hatte keine Ahnung.

Wahrscheinlich werde ich in nächster Zeit viel über sie erfahren, ob ich es will oder nicht. Na gut, wie pflegte Meisterin Granat zu sagen? Kein Wissen ist nutzlos, und wenn es auch nur den Horizont erweitert.

Der Ork stand vor dem Kamin und betrachtete neugierig den Gegenstand oben auf dem Sims. Ein Ohr zuckte in ihre Richtung, als sie eintrat.

»Das ist das Modell eines Luftschiffes«, sagte sie.

Er nickte und wandte sich ihr zu. »Ja. Ich dachte bloß, es sieht sehr … hübsch aus.«

Ein so aufmerksamer Ork, und dazu auch noch taktvoll. Die Gold- und Messingkonstruktion schien tatsächlich nicht hierherzugehören und stellte einen deutlichen Kontrast zu der sonst so schlichten Einrichtung dar.

»Ich schätze schon«, gab sie zu und betrachtete das Modell genauer als seit langer Zeit. Der Salamander rührte sich im Schlaf und sandte eine Kaskade goldenen und rosafarbenen Lichts auf das Modell, ließ Messingbeschläge und Schnörkel funkeln und ebenso die zierliche Rundung des eiförmigen Ballons. Sie hatte es in einem der Läden in der Juwelierstraße gefunden, wo es zwischen Ringen, Halsketten und anderem Schmuck im Schaufenster lag. Damals hatte es sie ein Monatsgehalt gekostet, kurz nachdem sie angefangen hatte. »Es ist von einem alten Mann gebaut worden, der sich noch an die Zeit erinnerte, als man in Luftschiffen flog.«

Der Ork legte den Kopf schief, als hörte er genau zu. »War das, bevor Eure Städte gegeneinander in den Krieg zogen?«

»Gütiger Himmel, nein! Seit dem Zusammenbruch des Kaiserreichs kämpft immer irgendeine Stadt gegen eine andere. Luftschiffe wurden in den Tagen des Schwarzen Prinzen erfunden und zum Vergnügen, zur Reise und für den Krieg verwendet. Irgendwann sind sie unpopulär geworden – vermutlich boten sie zu verlockende Zielscheiben. Seit mehr als neunzig Jahren ist keines mehr am Himmel gesehen worden.« Vorsichtig strich sie einen Spinnwebsfaden von den zerbrechlichen Stabilisatoren; diese Bewegung ließ die winzige Wetterfahne am Bug rotieren. »Als Kind entdeckte ich mal eines, das man in einer Scheune auf dem Bauernhof meines Onkels eingemottet hatte. Ich muss ungefähr sieben Jahre alt gewesen sein. Es war völlig verdreckt und zweifellos nur noch ein Schatten seiner einstigen Erscheinung, aber … die Vorstellung, darin zu fliegen, dort oben bei den Vögeln und im Wind zu sein, das erschien mir wie der Inbegriff von Magie. Es ließ mich das erste Mal von Dingen außerhalb des Hofes träumen.« Plötzlich verlegen geworden, ließ sie die Hand sinken.

»Ich verstehe.« Der Blick des Orks war auf das Modell und nicht auf sie gerichtet, wofür sie dankbar war.

»Nun, wir sollten aufbrechen, sonst gibt es vor den Vorlesungen kein Frühstück mehr«, sagte sie brüsk. »Hast du etwas zu essen?«

Er verbeugte sich leicht; für ein so großes Geschöpf wirkte diese Bewegung überraschend anmutig. »Man stellte uns Rationen zur Verfügung.«

Wenigstens wurde nicht von ihr erwartet, ihn zu versorgen. Trotzdem … »Sind die auch so geschmacklos wie die, die man sonst beim Militär austeilt?«

Ein unerwartetes Lächeln flackerte über seine Züge. »Sagen wir, gekochten Schuhen sind sie vorzuziehen. Jedenfalls ein bisschen.«

Verbena öffnete die Tür und ging die Treppe hinunter zur Straße. Der Ork folgte ihr. Der Regen hatte in der Nacht aufgehört, die kühle Luft roch frisch und sauber. Ein Straßenhändler, der Suppe verkaufte, schob seinen Karren vorbei und pries von Dampfschwaden eingehüllt singend seine Ware an. Pferde trotteten vorbei, die meisten waren vor Wagen gespannt, auf denen sich Fässer voller Cidre und Bier stapelten – oder auch Kisten. Ein Schrotthändler zog seinen beladenen Esel an einer Schnur hinter sich her.

Verbena hielt auf die kleine Bäckerei am Ende der Straße zu und war sich nur zu deutlich darüber bewusst, dass die Leute stehen blieben und den ihr folgenden Ork anstarrten. Auch wenn die Städte Orks als Söldner und die Reichen sie gelegentlich als Leibwächter einstellten, war es doch ungewöhnlich, sie in einem solchen Arbeiterviertel zu sehen.

In der Bäckerei drängte sich die Kundschaft, größtenteils Studenten und Lehrer, aber auch Diener, Arbeiter und Handwerker. Als Verbena und der Ork den warmen, nach Hefe duftenden Raum betraten, kehrte urplötzlich Stille ein. Die in einer Reihe wartenden Leute eilten aus dem Weg, und Kamille, die hinter der Theke bediente, starrte sie mit weit aufgerissenen blauen Augen an.

Verbena schürzte die Lippen. In der Hoffnung, hier schnell wieder rauszukommen, sagte sie: »Guten Morgen, Kamille. Ich hätte gern einen warmen Apfelcidre und eine Apfelschnitte.«

Der Ork war hinter sie getreten, und die Vorstellung, vor seiner Nase etwas Anständiges zu essen, während er mit seinen ungenießbaren Rationen auskommen musste, ließ sie sich ganz unerwartet schuldig fühlen. »Du isst doch kein Fleisch, nicht wahr?«

Verwirrt sah er sie an. »Das ist richtig, obwohl es nicht darum geht, dass wir es nicht mögen, sondern – wir vertragen es nicht.«

»Dann noch einmal das Gleiche, Kamille.«

Der Ork sagte nichts; vielleicht war er einfach zu überrascht. Die sonst so gesellige Kamille öffnete den Mund und schloss ihn wieder. Stumm schenkte sie zwei Becher warmen Cidre ein und holte zwei Apfelschnitten. Als ihr Verbena das Geld reichte, sprudelte aus ihr hervor: »Der Becher kostet aber extra, Meisterin!«

Verbena hielt mit dem Geld in der Hand inne. »Was?«

»Nun, die Grünhaut macht ihn doch bestimmt kaputt.«

Bei Naverras Augen! »Welch ein Unsinn!« Die Zauberin richtete sich zu ihrer vollen Größe auf und widmete Kamille den Blick, der schon Tausende von Studenten eingeschüchtert hatte. »Ich weigere mich, schon jetzt für einen kaputten Becher zu zahlen, der in diesem Augenblick noch heil ist!«

»Na schön. Behaltet das Geld. Und kommt nicht zurück, wenn Ihr nicht allein seid«, fauchte Kamille. »Der Nächste!«

Schäumend vor Wut marschierte Verbena aus dem Laden. Die Tische auf dem Bürgersteig standen wegen der Kälte verlassen da; trotzdem warf sie sich auf einen Stuhl und setzte das Frühstück so heftig ab, dass Cidre aus ihrem Becher schwappte. »Nerven hat die«, murmelte sie.

Der Ork nahm den Stuhl neben ihr. Dabei entging ihr nicht, dass er die Wand im Rücken hatte und den Blick nicht von der Straße wandte. Er nahm den Becher und hielt ihn ganz vorsichtig, was Kamilles Befürchtungen Lügen strafte.

»Das ist ganz normal«, sagte er. »Man muss sich daran gewöhnen.«

Innerlich zuckte Verbena zusammen, da sie an ihre eigene Voreingenommenheit erinnert wurde, was seine gewalttätige und tierhafte Natur anging. Bis jetzt hatte sie nichts gesehen, das ihr Grund zu der Annahme gegeben hätte, dass diese Einstellung der Wahrheit entsprach. »Das ist keine Entschuldigung. Schließlich war es auch mal ›ganz normal‹, jeden umzubringen, der sich in den Wissenschaften versuchte, ob nun in der Magie oder in etwas anderem.«

Ein feines Lächeln huschte über die Lippen des Orks, seine Ohren richteten sich ein Stück auf. »Vielleicht. Aber aus Zorn zu handeln ist kein Schritt auf dem Weg des Kriegers.«

Verbena trank einen Schluck und schmeckte Zimt und Gewürznelken. »Der Weg des Kriegers?«

»In der Tat.« Er nahm einen Bissen von der Apfeltasche und zeigte seine eindrucksvollen Stoßzähne. »Ein wahrer Krieger braucht Disziplin und Ehre. Sonst ist man bloß ein ganz gewöhnlicher Mörder.«

Verstört blinzelte sie. Bei all den Dingen, die sie von ihrem Leibwächter erwartet hätte, eine Diskussion über Philosophie wäre bestimmt nicht darunter gewesen. *Nun. Hätte ich noch einen weiteren Beweis gebraucht, dann zeigt dies aber eindeutig, dass ich in meinem Urteil etwas vorschnell war.*

»Selbst wenn man nur damit Geld verdient?«

»Ganz besonders, wenn man nur Geld damit verdient.« Er nahm einen Schluck aus dem Becher. Jede seiner Bewegungen war kontrolliert. »Nagati ist unser ... nun, Ihr würdet sie vermutlich als Hauptmann bezeichnen. In der Wahl unserer Arbeitgeber ist sie sehr sorgfältig. Einige würden uns für skrupellose Zwecke ausnutzen.«

Und das, dachte Verbena, als sie das massige und wilde Erscheinungsbild des Orks betrachtete, entsprach zweifellos der Wahrheit. Sie wollte ihn fragen, für welche Aufgaben sie normalerweise angeheuert wurden, aber die Glocke vom Springenden Turm rief erneut mit ihrer beinahe menschlichen Stimme.

»Verflucht!« Sie stürzte den Rest des Cidres hinunter. »Wir sollten uns beeilen, sonst kommen wir zu spät zu meiner ersten Vorlesung, äh ...«

Mit großer Verlegenheit stellte sie fest, dass sie den Satz nicht beenden konnte. »Es tut mir leid, aber ich habe deinen Namen vergessen«, gestand sie.

Falls ihm klar war, dass sie den Namen eines menschlichen Leibwächters mit Sicherheit gewusst hätte, ließ er es sich nicht anmerken. »Ich bin Riyu.«

Entschlossen streckte sie die Hand aus. »Nenn mich Verbena. Ich freue mich, deine Bekanntschaft zu machen, Riyu.«

Er hob die Brauen, nahm aber die angebotene Hand. Seine Berührung war ausgesprochen sanft. »Mich auch«, sagte er und schien eher verwirrt über die plötzliche Wendung zu sein.

Jetzt fühlte sich Verbena etwas besser, was die kommenden Wochen betraf. Sie senkte die Hand, packte ihre Sachen zusammen und eilte los in Richtung Universität, Riyu dicht hinter ihr.

Es war durchaus vernünftig von Verbena gewesen, nicht damit zu rechnen, dass die Neugier ihrer Studenten über Nacht verschwunden war, denn sonst hätte sie eine herbe Enttäuschung erlebt. Riyu nahm seinen Posten in der Ecke des Hörsaals ein, gleich neben der Tür, den Rücken zur Wand und den aufmerksamen Blick auf mögliche Bedrohungen gerichtet. Einige ihrer hysterischeren Studenten kreischten auf, als sie ihn sahen, und die Sitze in seiner Nähe blieben leer, was zur Folge hatte, dass zur Abwechslung einmal keine Herumlungerer versuchten, sich in der hintersten Reihe zu verstecken. Nach kurzer Zeit hatte Verbena den Eindruck, dass die meisten Studenten die Stunde damit verbrachten, ihn verstohlen anzustarren. Also hörte sie mit ihrem Vortrag auf und fragte sie stattdessen ab, was ihre Aufmerksamkeit schnell wieder band.

Riyu und die anderen Orks besprachen sich beim Mittagessen im Speisesaal; ein paar von ihnen hielten sorgfältig Wache, während sich der Rest zu einer dicht gedrängt stehenden Gruppe formierte, in der in ihrer Sprache Informationen ausgetauscht wurden. Malachit und sein Leibwächter blieben abwesend.

Als Verbena nach dem Essen zu dem Laboratorium eilte, das sie sich mit ihm teilte – Riyu folgte ihr auch dorthin wie ein Schatten –, erfuhr sie den Grund dafür. An der Tür klebte ein Zettel. Sie nahm an, dass er von einem Studenten stammte, aber dann erkannte sie Malachits Handschrift. Seufzend zog sie ihn ab. »Malachit ist in die Stadt gegangen, um einen Brief aufzugeben. Also ehrlich!«

Riyu drehte ein Ohr in ihre Richtung. »Stimmt etwas nicht?«

»Nur dass mein Forschungsgefährte ein Exzentriker ist.« Verbena schüttelte den Kopf. »Jeder andere würde eine Botschaft durch einen Quietscher überbringen lassen, aber Malachit muss ja unbedingt Briefe schreiben.«

»Ein Quietscher?«

»Eine Art Golem, der von einem Elementargeist belebt wird. Sie sind zwar nicht besonders intelligent, aber sie zeigen ein ausgezeichnetes Mienenspiel. Für gewöhnlich gibt man ihnen die Gestalt einer Maus, darum nennt man sie auch Quietscher. Die ganze Universität ist von Tunneln durchzogen, damit sie sich bewegen können. Die in Vogelgestalt befördern Botschaften durch die Stadt, und zwischen den Städten verkehren die wesentlich größeren Läufer. Aber nein, Malachit muss Briefe schreiben.«

Der Ork runzelte die Stirn. »Ich verstehe nicht. Ich dachte, dass die meisten Eurer … deiner Leute gar keinen Zugang zu diesen Quietschern, wie du sie nennst, haben.«

»Das ist schon richtig, wenn du die unteren Klassen meinst oder diejenigen, die nicht so ohne Weiteres Zugang zu Magie haben. Aber Malachit kommt aus einer reichen Familie – dort ist man gewohnt, Zugang zu sämtlichen modernen Möglichkeiten zu haben. Bei Naverra, sie haben sogar einen mechanischen Diener! Für dringende Botschaften benutzen sie Quietscher, aber anscheinend sind die Reichen der Ansicht, dass es besser ist, für alles andere Papier, Tinte und Zeit zu verschwenden. Malachit behauptet, dass es nur beweise, dass dem Schreiber die Angelegenheit wichtig genug war, um ihr eine persönliche Note zu geben.«

Wieder huschte das flüchtige Lächeln über Riyus Antlitz. Verbena schnaubte. »Hm. Vermutlich hältst du mich jetzt für die Exzentrikerin, die sich über Quietscher und mechanische Diener auslässt.«

»Das wäre mir niemals in den Sinn gekommen, Verbenanaga.«

»Natürlich nicht.« Sie ertappte sich bei einem Lächeln, als sie die Sigille zeichnete, um die Tür zu öffnen. »Das ist schon in Ordnung. Ich bin mir durchaus bewusst, dass das Universitätsleben zu einer gewissen Exzentrizität führt. So mancher von uns isoliert sich sehr, hat jahrelang nur mit Kollegen und Studenten zu tun. Wir fangen an, unsere kleine Blase der Realität mit dem ganzen Kosmos zu verwechseln. Immerhin wohne ich in der Stadt – einige der Meister haben dagegen die Universität nicht verlassen, seit ich hier arbeite.«

»Wie lange ist das?«

»Ich bin siebenundvierzig, also sind das jetzt beinahe einundzwanzig Jahre. Viele meiner Studenten waren noch nicht mal geboren, als ich meine erste Klasse unterrichtete. Na, das ist doch wirklich ein deprimierender Gedanke.«

Die Tür öffnete sich, und sie trat ein. Riyu zögerte jedoch.

Nach Kamilles kleiner Demonstration am Morgen fiel es Verbena leicht, sich den Grund dafür zu denken. »Ich kann schlecht durch eine geschlossene Tür sprechen, oder?«, fragte sie ungeduldig. »Na ja, ich könnte schon, aber dazu würde es eines Zaubers bedürfen, und das wäre sehr lästig. Diese Lösung ist viel einfacher.«

Seine Ohren senkten sich und hoben sich wieder, was eine komplexe Geste ergab, deren Bedeutung ihr völlig verborgen blieb. »Die meisten meiner vorherigen Schützlinge haben Konversation nicht als Teil meiner Pflichten betrachtet.«

Sie errötete. Wieder einmal waren ihr ihre ursprünglichen Ansichten peinlich. Hätte sie sich auch ohne den Regen am Vorabend dazu herabgelassen, mit ihm zu sprechen? Oder hätte sie ihn einfach auf der Straße stehen lassen?

Natürlich hätte ich nicht mit ihm gesprochen. Ich hätte ihn weiterhin als ein großes Tier betrachtet und niemals herausgefunden, wie sehr ich mich da irre.

»Wenn du lieber stumm draußen stehen möchtest, dann kannst du das gern tun«, sagte sie. »Aber ich wäre gern in deiner Gesellschaft.«

»Das wäre auch meine Wahl«, sagte er ernst und trat hinter ihr ein. Das Laboratorium bestand aus einem fensterlosen Raum, in dessen Mitte zwei lange Holztische standen. An dreien der vier Wände befanden sich Steintheken. Auch wenn das Laboratorium für seine Verhältnisse durchaus geräumig schien, war so gut wie jede zur Verfügung stehende Oberfläche mit den Gerätschaften von Verbenas Handwerk bestückt: Glaskolben, Kästchen, Draht, Bürsten, Papier, Schreibfedern und Kreidereste in allen möglichen Farben. Ein schwacher Geruch von Chemie hing in der Luft, in den sich der heiße Messinggeruch der Salamander mischte, die in den Brennern lebten.

In der Ecke hockte der Rahmen ihres neuesten Projekts, der Rechnende Golem, ein Gebilde aus feinem Draht und goldenen Sigillen, das überall mit Bannkreisen und Runen versehen war. Fertiggestellt würde er die Gestalt eines Engels haben, aber daran erinnerte bis jetzt nur der zur Hälfte gestaltete Schädel und der sanft geschwungene Bogen eines Flügels.

»Wo soll ich stehen?«, wollte Riyu wissen. »Ich möchte deine Arbeit nicht stören.«

Sie deutete auf einen stabilen Hocker in der Ecke. »Du kannst da sitzen. Ich arbeite heute mit Zinnober, und damit willst du dich bestimmt nicht bekleckern, wenn du es vermeiden kannst.«

Riyu schien interessiert, also sprach sie über ihre Arbeit, während sie damit weitermachte. Er lauschte aufmerksamer als viele ihrer Studenten, und auch wenn es offensichtlich war, dass er nicht einmal über die Grundsätze Bescheid wusste, machten seine Fragen dennoch einen scharfsinnigen Eindruck. In der dunklen Ecke reflektierten seine Augen katzengleich das Licht der Salamander, und gelegentlich funkelten seine Ohrringe, wenn die Ohren in Erwiderung irgendeines Lautes zuckten.

Als sich die Tür plötzlich öffnete, erschrak Verbena. Sie hatte fast schon wieder vergessen, dass sie Malachit erwartete. Ihr Kollege stürmte vor sich hin murmelnd in den Raum und blieb wie angewurzelt stehen, als er Riyu erblickte.

»Verbena! Was soll das?«

»Was soll *was?*«, fragte sie scharfzüngig. »Ich arbeite. Mein Leibwächter sitzt in der Ecke. Auch wenn das nicht unbedingt eine übliche Situation ist, sehe ich kaum einen Grund zur Besorgnis.«

»Wir waren uns doch einig, dass diese Bestien vor dem Laboratorium bleiben!«

Verbena setzte den Glaskolben ab, mit dem sie arbeitete, und zog die schweren Handschuhe aus. »Seid nicht albern. Erstens haben ›wir‹ uns auf gar nichts geeinigt. Zweitens, hättet Ihr Euch mal eine Stunde mit Eurem Leibwächter unterhalten, dann hättet Ihr schnell herausgefunden, dass die Orks alles andere als dumme Tiere sind.« *Es sei denn, Riyu ist die Ausnahme, aber das erscheint unwahrscheinlich.*

Statt etwas zu erwidern, starrte Malachit sie nur finster an. »Seid Ihr verrückt geworden?«

»Ich wüsste nicht, dass Riyu hier irgendeinen Schaden angerichtet hätte, und er war eine gute Gesellschaft, während ich darauf gewartet habe, dass Ihr endlich auftaucht!«

»Ich sollte mich mit Bihai besprechen«, sagte Riyu und stand auf. Unglücklicherweise ließ ihn seine schiere Größe zwischen den vielen zerbrechlichen Instrumenten sehr unheilvoll erscheinen, und Malachits Augen weiteten sich entsetzt in Erwartung der einzutretenden Katastrophe. Riyu ging zur Tür und ließ sich selbst heraus. Sobald das Schloss einrastete, wandte sich Verbena an den anderen Meister.

»Diese Unhöflichkeit war wirklich unnötig!«, fauchte sie und richtete sich zu ihrer vollen Größe auf. Sie überragte den kleinen Mann. »Riyus wegen hatte ich bereits mit einer albernen Verkäuferin Ärger. Ich habe das allmählich satt! Wir könnten Wochen in dieser Situation feststecken – Monate! Wenn Ihr die ganze Zeit auf Riyu und Bihai wütend seid, dann wird das für uns alle unerträglich.«

Malachit zuckte zusammen. »Verbena, es tut mir leid. Ich gebe zu, dass ich über die Hellseher und den Kanzler alles andere als erfreut bin – genauso wenig wie Ihr, da bin ich mir sicher. Aber seht Euch doch um. Das Laboratorium ist voller kostbarer, leicht zu beschädigender Ausrüstung. Wir gestatten keinem Studenten den Zugang – aus Angst, sie könnten etwas zerbrechen. Warum in aller Welt sollten wir es dann von Orks zerbrechen lassen?«

»Riyu hat nichts zerbrochen …«

»Noch nicht. Und ich werde Dekanin Tulpe bestimmt nicht erklären, warum die Fakultät Geld ausgeben muss, um etwas zu ersetzen, sollte er es doch tun!«

Verbena schürzte die Lippen. Dekanin Tulpe hätte eine ausgezeichnete Buchhalterin abgegeben, hätte sie keine Karriere in den Magischen Wissenschaften angestrebt. Von diesem Punkt aus betrachtet ergab Malachits Zögern, die Orks hier hereinzulassen, wenigstens einen gewissen Sinn. »Also gut. Ich gebe mich geschlagen.«

»Danke.« Malachit entspannte sich und lächelte. »Können wir uns dann an die Arbeit machen?«

Obwohl Verbena hoffte, dass Malachits Einstellung den Orks gegenüber im Laufe der Zeit duldsamer werden würde, schien das genaue Gegenteil zuzutreffen. Im Verlauf der nächsten Tage reagierte er immer gereizter auf ihre Anwesenheit, statt sich an sie zu gewöhnen. Manchmal ging er sogar so weit, sich am Esstisch lautstark über sie zu beschweren. Verbena verzichtete darauf, ihm ihre Meinung zu sagen, weil sie hoffte, dass sich die ganze Angelegenheit bald in Luft auflöste. Aus diesem Grund sah sie in der folgenden Woche weniger von ihrem Kollegen als seit langer Zeit.

Riyu jedoch hielt anscheinend engen Kontakt mit Malachits Leibwächter. »Bihai sagt, dass Malachit in einem großen Haus lebt«, sagte er eines Abends, als sie auf dem Weg zu Verbenas Stube waren.

Verbena hielt inne, nachdem sie den Schlüssel bereits ins Schloss gesteckt hatte. Die Nachbarn stritten sich wieder einmal, sie hörte sie durch die Wand zum Nachbargebäude brüllen. Bei den Göttern, sie konnte sich wirklich nicht vorstellen jemanden zu heiraten, um dann den Rest ihres Lebens damit zu verbringen, ihn anzubrüllen. Warum sich die Wirtin und ihr Mann nicht einfach scheiden ließen, blieb ein unlösbares Geheimnis.

»Ja. Schon sein Name besagt, dass Malachit aus einer sehr reichen Familie stammt.« Sie öffnete die Tür etwas kräftiger als nötig und zuckte dann zusammen, als die Klinke gegen die Wand krachte. »Es tut mir ja so leid, dass du die Tochter eines Bauern beschützen musst.«

Riyus Ohren senkten sich. »Verzeih mir – ich wollte damit kein Bedauern ausdrücken.«

»Ja, schon gut, ich kann jedenfalls kein so interessanter Auftrag sein.« Sie warf Bücher und Papiere auf den Tisch im Wohnzimmer und musterte ihre enge Unterkunft mit zusammengekniffenen Augen. »Das muss doch für jeden Leibwächter ein albtraumhafter Auftrag sein. Ich könnte ja mit dem Fassmacher am Ende der Straße eine wilde Affäre eingehen, vielleicht machte das die Sache doch etwas interessanter.«

Riyus Ohren senkten sich noch tiefer, was entweder Unwillen oder eine Entschuldigung bedeutete – sie war noch immer nicht besonders geübt darin, sein Mienenspiel zu deuten. »Bihai meinte das als Klage.«

»Wirklich?«

»In der Tat.« Riyu machte eine vage Geste, die die ganze Stube einschloss. »Ich muss bloß diesen überschaubaren Raum bewachen. Ein offensichtlicher Eingang, ein paar Fenster – das ist gut. Dagegen lebt dein Freund in einer Villa, die überall zugänglich ist. Ein einzelner Leibwächter kann aber unmöglich jeden Zugang bewachen. Außerdem bewirtet Malachit sehr oft Gäste. Bihai hat nicht die Erlaubnis, diese Gäste zu durchsuchen.«

Verbena schürzte die Lippen. »Während ich nicht einmal einen Geliebten habe.«

Riyu legte den Kopf schief. Mittlerweile kannte sie ihn immerhin gut genug, um seine Verwirrung zu erkennen. »Es ist kein Schritt auf dem Weg des Kriegers, in solchen Dingen ein Urteil zu fällen.«

Müde winkte sie ab. »Warum nicht? Tut doch sonst auch jeder. Peridot fand mich jedenfalls langweilig genug, zumindest hat er das gesagt, als ich ihn mit dieser Kesselflickerin erwischte. Zu vorhersehbar, in meinen Gewohnheiten zu eingefahren.«

Zu ihrer Überraschung lächelte Riyu schmal. »Das klingt genau nach dem Schmerz, den wir alle teilen.«

Verbena lachte ironisch und ging zu ihrem Weinregal. Sie wählte eine Flasche aus, schenkte etwas von der dunkelroten Flüssigkeit in zwei Gläser und reichte Riyu eines davon. »Also wirklich, das ist eine deprimierende Vorstellung. Gibt es denn alte Ork-Jungfern?«

»Den Begriff kenne ich nicht.«

Sie erklärte es ihm. Seine Ohren senkten und hoben sich wieder. »Nein. Nicht so, wie du das meinst. Eine unserer größten Volkssagen erzählt, wie Orkland von einem Mann und einer Frau besiedelt wurde, die gute Freunde waren. Haihati heiratete nie, sie trug auch keine Kinder aus, aber sie wird sehr bewundert. Hingabe an die Arbeit verehren wir ausdrücklich, ganz gleich, bei welchem Geschlecht.«

»Hm. Wir behaupten das auch, aber eine traurige Zahl meiner Studentinnen kommt bloß zur Universität, um einen passenden Ehemann zu finden.«

»Wie Studentin Langalia?«

Verbena blinzelte überrascht. Amethyst Langalia hatte an diesem Tag ihre Hausarbeiten nicht abgegeben, was ihr einen scharfen Verweis eingebracht hatte. »Mir war gar nicht klar, dass du auf so etwas achtest.«

»Das muss ich, sonst würde ich meine Pflicht verletzen. Ein Schritt auf dem Weg des Kriegers besteht darin, alles zu bemerken, ganz egal, wie unwichtig es erscheinen mag, denn die kleinste Einzelheit kann über den Ausgang eines Kampfes entscheiden.«

Verbena trank aus und schenkte sich nach. »Du musst wissen, ich ärgere mich über Amethyst, weil sie sich nicht anstrengt. Es regt mich auf, wenn ich zusehen muss, wie ein solches Potenzial einfach verschwendet wird.«

Riyu nahm einen kleinen Schluck Wein. Möglicherweise gehörte das Trinken im Dienst nicht zu seinem Weg des Kriegers. »Und du hieltest es für eine Verschwendung, wenn sie sich einen Ehemann sucht und sich fortpflanzt, statt deinen Weg einzuschlagen?«

Das ließ Verbena dann doch die Stirn runzeln, denn sie wollte nicht zugeben, dass genau dies ihre Ansicht war. »Natürlich nicht. Aber man kann auch beides tun.«

Sein schwarzes Haar rieb über seine Schultern, als er nickte. Der Salamander warf orangefarbenes Licht auf seine grüne Haut und verwandelte sie in eine seltsame, schlammbraune Schattierung. »Du siehst da jemanden, der für die Universität – für Giavolo – eine Bereicherung sein könnte, sich aber weigert, selbst Heliodors Theorem zu lernen.«

»Heliodors Theorem?« Das überraschte sie. »Ich hätte nicht gedacht, dass Orks solche Dinge lernen.«

»Wie schon gesagt, ich höre zu.« Er stellte das Glas ab und stand auf, überragte sie, und sie fragte sich flüchtig, ob sie sich vor seiner Kraft und seiner Größe fürchten sollte. »Ich höre zu, wenn du im Hörsaal sprichst oder dich mit deinen Kollegen unterhältst.«

»Und zwar offensichtlich besser als meine Studenten.« Aber das warf neue Fragen auf. »Bist du zur Schule gegangen?«

Da drehte sich Riyu plötzlich um. Nun zeichnete sich sein Profil vor dem Salamanderlicht ab. »Ich gehöre nicht zu deinen Leuten, Verbena-naga. Kannst du dir vorstellen, was vielleicht aus mir geworden wäre, hätte ich mich auf der Universität von Giavolo beworben?«

Sie öffnete den Mund und schloss ihn wieder. *Orks wollen keine Bildung, sie wollen nicht so sein wie wir.* An diese Wahrheit hatte sie geglaubt, falls sie in diesem Zusammenhang jemals zuvor über Orks nachgedacht hatte. *Es sind Primitivlinge. Unfähig, derartige Dinge zu begreifen.*

Aber Riyu hatte Heliodors Theorem gelernt, einfach indem er ihr zuhörte. Er stellte intelligente Fragen. Er begriff die Tragik von jemandem wie Amethyst Langalia, die zwar die Gelegenheit zu lernen hatte, sie jedoch verschwendete.

»Man würde dich nicht aufnehmen«, sagte sie nüchtern. Es war sinnlos, sich vor der Wahrheit zu drücken, nur weil sie hässlich war. »Ein orkischer Student wäre undenkbar, und man würde sagen, was immer nötig wäre, um die Ablehnung zu rechtfertigen.«

Er sparte sich jeden Kommentar – vielleicht gab es dazu auch gar nichts zu sagen. »Ich sollte die Fenster überprüfen, um mich zu vergewissern, dass sie gesichert sind.«

»Wie du willst.«

Mit raschelnder Kleidung und ächzendem Leder ging er an ihr vorbei. Dabei hinterließ er den Duft von Öl und seltsamerweise auch den von Limonen. Verbena leerte ihr Glas, legte den Kopf auf die Sofalehne und fragte sich, ob es wohl eine Möglichkeit gab, die Unterschiede zwischen ihnen zu überbrücken, oder ob sie sich die Mühe besser sparen sollte.

Kapitel 4

»Riyu-ga!«, rief eine schrille Stimme und ließ eine Reihe orkischer Worte folgen. Verbena drehte sich um und sah eine Orkfrau, die ihr schon zuvor aufgefallen war. Sie wirkte kleiner und schmaler als der Rest; statt der langen Locken der anderen Krieger trug sie das Haar kurz. Ihre Aufgabe schien eher darin zu bestehen, Botschaften und Verpflegung zu bringen, statt jemanden zu beschützen. Verbena hatte den Eindruck, dass sie noch jung war und sich in der Ausbildung befand.

Sie waren gerade in dem überfüllten Korridor vor Verbenas erster Vorlesung an diesem Morgen – die von Runenformeln handeln sollte. Zwei Orks, die plötzlich stehenblieben, bildeten im Strom aus umhereilenden Studenten und Dozenten einen Damm. Die meisten Studenten versuchten sie mit größtmöglichem Abstand zu umgehen, aber ein junger Mann prallte gegen Riyu und stieß einen leisen Schrei aus. Verbena fing den Blick des Studenten auf und schaute ihn mitleidslos an, als er weitereilte.

»Langsam, Kiki-gu«, sagte Riyu und versuchte den Wortschwall der jüngeren Ork einzudämmen. »Was möchte Nagati?«

Kikis mit Gold geschmückte Ohren zuckten, während sie von einem Fuß auf den anderen trat. Sie erinnerte Verbena an einen ungeduldigen menschlichen Jüngling. »Du sollst zur Westmauer, sofort!« Möglicherweise genervt von der Menschensprache wechselte sie in einen Wortschwall Orkisch.

Als sie schließlich verstummte, wandte sich Riyu an die Zauberin. »Wir sind zur Westmauer befohlen worden«, sagte er mit leiser Stimme. Die lauten Gespräche der Studenten übertönten seine Worte zusätzlich, so dass sie sich anstrengen musste, ihn zu verstehen. »Eure Wahrsager sind alarmiert, auch wenn es noch nichts Definitives gibt. Aber ich stehe in deinen Diensten: um zu gehen, brauche ich deine Erlaubnis.«

Verbena war nicht klar gewesen, dass der Eid, den er damals im Studierzimmer des Kanzlers geleistet hatte, so wortwörtlich gemeint gewesen war. »Oh. Ja, natürlich. Geh schon und tu, was du tun musst.«

Riyu zögerte. Sie las Unbehagen aus der Art und Weise, wie seine Ohren zuckten und sich seine Stirn in Falten legte. »Ich bin so schnell wie möglich zurück.«

»Natürlich.« Sie winkte ab. »Ich bezweifle doch ernsthaft, dass mich jemand in einem Raum voller Studenten angreifen wird. Ich komme schon zurecht.«

Er verneigte sich vor ihr, drehte sich um und ging mit Kiki; ihre langen Schritte trugen sie schnell aus dem Korridor. Verbena sah ihnen hinterher, bis sie um eine Ecke verschwanden.

Nachdem Riyu nun seit einer Woche ihr ständiger Schatten gewesen war, fühlte es sich seltsam an, allein zur Vorlesung zu gehen. Irgendwie überraschte sie die Erkenntnis, dass ihr seine Gesellschaft gefiel. Sie hatte immer geglaubt, sich nicht für Dinge wie Freundschaft zu interessieren. Falls sie das Desaster mit Peridot etwas gelehrt hatte, dann dies, dass sie allein genauso glücklich war.

Die Vorlesung begann ganz so wie immer. Als die Glocke die Stunde einläutete, kamen noch einige auf den letzten Drücker hereingeeilt. Verbena wartete, bis das Geraschel von Papier und Schreibfedern erstarb, dann fing sie mit den Berechnungen an und erläuterte, wie man Dills Anpassung bei der Benutzung Algarianischer Runen anwandte. Ein paar der Studenten warfen Blicke zu der Stelle, an der bei den letzten Malen Riyu gestanden hatte, und sie überlegte schmunzelnd, dass seine Abwesenheit anscheinend die gleiche Ablenkung auslöste, wie es seine Anwesenheit tat.

Und wo ist er? Sie setzte an, einen Kreis auf die Tafel zu malen, um zu demonstrieren, warum Dills Anpassung trotz vieler anderer komplizierterer Berechnungen als Abkürzung funktionierte. *Eigentlich hätte ich gedacht, dass er mittlerweile wieder da ist. Vielleicht wartet er ja draußen, um die Vorlesung nicht zu stören.*

Das erschien ihr vernünftig, trotzdem war es eine Schande, dass er nicht zuhören konnte. *Ich werde ihm heute Abend von der Vorlesung erzählen. Oder noch besser, ich besorge ihm ein paar Lehrbücher. Offensichtlich hat er den Wunsch, zumindest die Grundlagen der Magischen Wissenschaften zu lernen.*

Ein dumpfes Krachen hallte durch das Gebäude und ließ mehrere Studenten zusammenzucken. Auch Verbena erschrak und dachte sofort an zerbrechende wissenschaftliche Geräte. »Anscheinend werden die Schutzzauber des Alchemielaboratoriums gerade wieder mal einer Prüfung unterzogen«, bemerkte sie leichthin, was ihrer Klasse Gelächter entlockte.

Erneut krachte es, nur dieses Mal lauter und viel näher. Verbena hielt inne, die Kreide verharrte über der Schiefertafel. *Das klang zu nah, als dass es das Laboratorium hätte sein können.*

Dann ertönten Schreie.

Trotz der Dämpfung durch die dicke Tür und die Wände erkannte Verbena eindeutig eine Frauenstimme: schrill und voller Entsetzen. Die Kreide noch immer fest umklammernd fuhr sie herum und sah, dass ihre Studenten es ebenfalls gehört hatten. Einige von ihnen waren leichenblass, und einer der jungen Männer stand auf, als wollte er nachsehen, was dort geschehen sein mochte.

»Jeder hält sich von der Tür fern!«, befahl sie jedoch scharf und schritt eilig den Mittelgang hinauf. »Falls ein Experiment schiefgegangen ist, bin ich am besten geeignet, damit umzugehen.«

Weitere Schreie ertönten, noch viele mehr, und einige

klangen schrecklich nah. Glas zersplitterte, dann kreischte Metall auf Stein. Falls das ein außer Kontrolle geratenes Experiment war, dann musste es in der Tat besonders groß und gefährlich sein.

Tief Luft holend öffnete Verbena die Tür und schob den Kopf in den Korridor.

Da bewegten sich Dinge im weichen Schein der Lichtkugeln, Kreaturen aus Draht und Zahnrädern. Eingehüllt in mattes Metall funkelten Knochen und feucht schimmernde Augen. Verbenas Verstand brauchte einen Augenblick, um die verschiedenen Teile in einen Zusammenhang zu bringen und zu begreifen, dass es ein Golem war, den sie hier sah. In unmittelbarer Nähe kauerte eine der Kreaturen auf allen vieren auf dem Steinfußboden und erinnerte in ihrer Gestalt entfernt an einen Hund. Die Zauberin konnte die Zahnräder sehen, wie sie sich in den Gelenken drehten, und dann auch den sanft geschwungenen Bogen des Kieferknochens unter der Messingverstrebung. Eisenkrallen kratzten über den Stein, doch die blutbeschmierten Zähne waren möglicherweise organisch. Unter dem Ungeheuer lag ein Lumpenbündel, und sie brauchte einen weiteren Augenblick, um zu begreifen, dass es sich dabei um einen bekleideten Körper handelte. Einen Körper, der völlig reglos dalag und dessen helles Haar von seinem eigenen Blut gefärbt war.

Die Tür des nächsten Hörsaals stand offen, von dort ertönten Schreie. *Sie gehen von Raum zu Raum*, dachte Verbena mit einer kalten Klarheit, die die Furcht in ihren Adern und das Pochen ihres Herzens übertrumpfte. *Also sind wir als Nächste dran*.

Der über dem Studenten kauernde Golem blickte auf, wobei die von feinen Drähten gehaltenen frei liegenden feuchten Augäpfel überraschend menschlich wirkten. Mit klickenden Zahnrädern und dem Ächzen ledriger Muskeln jagte er durch den Korridor auf sie zu.

Verbena schlug die Tür zu und stieß einen wilden Fluch

aus, weil es keinen Riegel gab. Warum sollte es den in einem Hörsaal auch geben? *Nicht, dass ein Schloss diese Dinger lange aufhalten würde.*

Bei Naverras Augen, ausgerechnet jetzt muss Riyu fort sein.

Verbena versuchte das Zittern ihrer Hände zu verbergen und wandte sich an ihre Studenten. »Wir werden angegriffen«, sagte sie so ruhig wie möglich. »Ich möchte, dass ihr alle den Raum sofort verlasst – durch die Fenster.« *Den Göttern sei Dank, dass wir im Erdgeschoss sind.*

Ein wilder Aufruhr entstand, aber glücklicherweise eilten die meisten Studenten so schnell sie konnten zu den Fenstern. Derselbe junge Mann, der zuerst aufgesprungen war, öffnete eins und fing an, seinen Kommilitonen herauszuhelfen. Doch ein paar zögerten. Ausgerechnet Amethyst Langalia schaute mit weit aufgerissenen Augen zu Verbena zurück. »Meisterin? Was ist mit Euch?«

Verbena wandte sich wieder der Tür zu und malte so schnell sie konnte einen Kreis darauf. »Ich halte sie auf.«

»Aber ...«

»Lauft!«, schrie Verbena über die Schulter. »Sie ermorden die Studenten im Korridor, versteht ihr? Klettert aus dem Fenster und lauft!«

Etwas Schweres traf die Tür von der anderen Seite und ließ sie erzittern. Das Holz ächzte unter der Belastung, Funken sprühten von den hastig hingekritzelten Runen. *Das hält nicht lange.* Hinter der Zauberin ertönten hastige Schritte, von Angst erfülltes Schluchzen und gelegentlich auch beruhigendes Gemurmel. Aber sie wagte es nicht, die Aufmerksamkeit von der Tür zu nehmen. Es gab nichts, das sie für ihre Studenten tun konnte, außer ihnen genügend Zeit zur Flucht zu verschaffen.

Wieder traf das Wesen die Tür, das Holz spaltete sich und zerbrach den Bannkreis. Verbena wich zurück, griff nach den Beuteln an ihrem Gürtel. Natürlich hatte sie ihr Tilgungspulver, aber irgendwie bezweifelte sie, dass die

Schöpfer solch komplizierter Golems vergessen hatten, die Runen, die sie belebten, mit Schutzzaubern zu versehen. Davon abgesehen verfügte sie über nichts als Kreide, da sie nicht damit gerechnet hatte, für eine einfache Vorlesung etwas anderes zu brauchen.

Sie fiel auf die Knie und malte hektisch auf den Steinboden, murmelte die erste Beschwörung, die ihr in den Sinn kam. Die Tür flog auf, eiserne Türangeln gaben unter der Gewalt nach, und nur mühsam behielt sie ihre Stimme unter Kontrolle und machte mit der Beschwörungsformel weiter.

Eisenkrallen ließen Funken vom Boden sprühen, als der Golem auf sie zukam. Für eine so unzusammenhängende Konstruktion wirkten seine Bewegungen seltsam flüssig. Am hinteren Ende peitschte ein beweglicher Schwanz aus Messinggliedern, der Rachen klaffte weit auf und enthüllte blutige Fleischstücke, die sich zwischen den Zähnen verfangen hatten.

Verbena warf sich zurück. Ihr Fuß trat ins Leere, dann stürzte sie die Stufen zu dem tiefer gelegenen Boden des Hörsaals hinunter. Das Ungeheuer verfolgte sie über den von ihr gemalten Kreis hinweg, ein heller Blitz flammte auf. Mit wild zuckenden Gliedmaßen krachte es schwer zu Boden. Die Furcht einflößende Koordination war verschwunden.

Hastig rappelte sich Verbena auf und wagte gar nicht zu hoffen, dass ihr Zauber sämtliche der gegnerischen Schutzbanner zerstört hatte. Die Kreatur erhob sich mit laut tickendem Räderwerk vom Boden und schüttelte den Kopf wie ein benommenes Tier. Unversöhnliche Augen richteten sich wieder auf die Zauberin – sie konnte genau erkennen, wo sich die Drähte in die Skleren bohrten und die funkelnden Augäpfel im Schädel verankerten.

Sie fummelte eine Handvoll Tilgungspulver aus dem Beutel und schleuderte es dem angreifenden Monstrum ins Antlitz. Runen blitzten in jedem Gelenk auf, und sie erkannte mit sinkender Hoffnung, dass die grausigen Einzelteile sorgfältig miteinander verbunden waren. Ein Auge erstarrte, ein Bein wollte unter dem Körper zusammenbrechen. Das Pulver hatte zumindest diese Zauber gebrochen. Aber das reichte kaum aus, um das Ungeheuer langsamer werden zu lassen, und sie begriff, dass sie nichts tun konnte, um zu verhindern, dass es sie gleich umbrachte.

Mit einem Wutschrei riss sie den Beutel vom Gürtel und schleuderte dem Mordgolem den ganzen Inhalt entgegen. Ein schweres Gewicht krachte in sie hinein, ihre Hüfte schlug hart auf dem Boden auf und schickte ein Stechen durch ihr ganzes Bein. In dem sinnlosen Versuch, sich zu schützen, riss sie den Arm hoch. Zähne gruben sich in ihr Fleisch und Knochen brachen, als das künstliche Wesen den Kopf zur Seite kippte.

Durch einen Schleier aus Schmerz vernahm Verbena ein tiefes Brüllen. Das Ungeheuer erbebte, völlig unerwartet verschwand der Druck seines Kiefers. Seine Flanke traf sie, und sie sackte nach hinten, als sogar ihr gesunder Arm sie nicht länger zu stützen vermochte. Sie blinzelte durch ihr Haar, das sich gelöst hatte und ihr in die Augen fiel. Da stand Riyu über dem Golem auf der Treppe. Seine dunklen Augen brannten, seine Lippen waren zurückgezogen und entblößten die eindrucksvollen Stoßzähne in ihrer ganzen Pracht.

Die Kreatur taumelte, ein Bein war durch Magie unbrauchbar gemacht worden, das andere zur Hälfte vom Rumpf abgetrennt. Riyu schwang erneut das Schwert, durchtrennte die Drähte und zerschmetterte den Brustkorb. Etwas wand sich in der klaffenden Lücke, die die Klinge geöffnet hatte, eine Bewegung, die nicht völlig mechanisch zu sein schien. Mit Entsetzen erkannte Verbena, dass Augen, Knochen und Sehnen nicht die einzigen organischen Teile waren.

»Das Herz!«, rief sie. »Durchbohr es!«

Irgendwie schaffte es die Kreatur, Riyu mit den zwei

noch funktionierenden Beinen anzuspringen. Er riss den Arm hoch. Die gewaltigen Zähne schlossen sich um seinen eisernen Unterarmschutz. Er stemmte den Arm in die Höhe, und seine gewaltige Kraft hob den Angreifer fast vom Boden und ließ das Loch aufklaffen, das das Schwert in seine Brust gestoßen hatte.

Die Klinge stieß in die Öffnung und durchbohrte das Herz. Einen Moment lang zuckte der Golem wild, dann erschlaffte er. Und nur noch ein Bündel aus Draht und Knochen fiel zu Boden.

»Verbena!«, rief Riyu und sprang die zwei Stufen zu ihr herunter. Eigentlich hielt sie es für angebracht, nun wieder aufzustehen, aber keines ihrer Glieder wollte gehorchen.

»Die Studenten?«, brachte sie fertig zu fragen.

»Die sind nicht hier«, erwiderte er kurz angebunden, was vermutlich bedeutete, dass sie vor seiner Ankunft verschwunden waren. Er schob das Schwert in die Scheide und hob sie auf, als wenn sie nicht mehr als ein Kind wöge.

»Gut«, sagte sie mühsam. Ihr kam der Gedanke, dass sie noch etwas anderes hinzufügen sollte, aber ihr Verstand schien nicht richtig zu arbeiten, also bettete sie lediglich den Kopf an seine Schulter. Sein raues Haar fiel ihr ins Gesicht, und da roch sie wieder die Limonen. War das irgendeine Seife oder sein Körpergeruch? Sie wollte ihn schon danach fragen, aber dann erkannte sie, dass es eine ziemlich persönliche Frage war.

Riyu trug sie zum Fenster und stieg hinaus, ohne seinen sehr sanften Griff verändern zu müssen – was gut war, weil sie überall Schmerzen hatte. Draußen brüllten Leute durcheinander, und in der Ferne ertönten Schreie. Doch er trug sie eilig weg.

»Wo gehen wir hin?«

»Zu den Heilern. Versuch dich zu entspannen.«

Neue Rufe ertönten, dieses Mal kamen sie aus der Nähe, und sie erhaschte einen Blick auf Weißdorns Gesicht. Es war totenbleich und entsetzt. »Die Meisterin! Bei den Göttern, was ist ihr zugestoßen?«

»Wird sie wieder gesund?«, rief eine andere Stimme – Verbena identifizierte sie als diejenige von Amethyst Langalia. »Meisterin Verbena blieb zurück, damit wir entkommen konnten! Sie darf nicht sterben!«

»Bitte geht zur Seite«, sagte Riyu. Seine eigentlich höfliche Bitte klang scharf. Sein Schritt veränderte sich nicht, als wolle er sie einfach über den Haufen rennen, falls sie nicht aus dem Weg gingen. Seine Ohren legten sich eng an den Kopf, die Pupillen weiteten sich, bis sie die Iris verschluckten.

Verbena schloss die Augen. Alles schien ganz fern und entrückt zu sein. »Ich bin durstig, Riyu.«

»Die Heiler besorgen dir etwas zu trinken. Keine Angst.«

»Die habe ich auch nicht.« Die Trockenheit in ihrer Kehle ließ sie schlucken. Sie war sich undeutlich bewusst, dass es eine Treppe hinaufging. Rüstungen klirrten – zweifellos waren dies Kadetten, die man losgeschickt hatte, um die Heiler zu beschützen, während man die Verwundeten brachte.

Der Gestank von Blut schlug ihr entgegen. Sie öffnete die Augen und sah tränenverschmierte Gesichter vorbeihuschen. Plötzlich stieg das lebhafte Bild des toten Studenten im Korridor in ihrer Erinnerung empor. Sie versteifte sich. »Jemand ist getötet worden.«

»Ich weiß. Entspann dich. Andere kämpfen jetzt.« Riyu sah sich um. Dabei war seine Größe von Vorteil. »Heilerin-naga! Verbena-naga ist verletzt!«

Heilerin Rosmarins plumpes Gesicht schwamm in Verbenas Blickfeld. Normalerweise hatte die ältere Frau immer ein freundliches Lächeln und ein tröstendes Wort übrig, aber heute war ihre Stirn gerunzelt und ihre Haut ganz blass. Mehr als alles andere machte gerade das Verbena Angst. Sie erinnerte sich an die offene Tür zu dem Hörsaal und die

Schreie, die dort drinnen ertönt waren. *Viele Menschen sind tot, nicht wahr?*

Das Wissen zog einen harten Knoten in ihrer Brust immer fester. Wieder sah sie das blutige Lumpenbündel im Korridor vor sich, ein Ungeheuer aus Knochen und Zahnrädern, die schrecklichen lidlosen Augen. Tränen brannten in ihren eigenen Augen, und sie blinzelte wild, um dagegen anzukämpfen. Auf keinen Fall wollte sie der Schwäche nachgeben.

»Bring sie her!«, befahl Rosmarin. Sie verließen die dicht bevölkerte Diele und betraten einen Raum, in dem sich kaum weniger Menschen befanden. Heiler eilten umher. Das Jammern der Verwundeten erfüllte die Luft. Blut ließ den Boden rutschig werden, und Verbena sah eine an der Wand liegende Gestalt, die von einem rot getränkten Laken verhüllt wurde.

»Wer?«, murmelte sie verzweifelt. Aber vielleicht lautete die richtige Frage eher: Wie viele? Anscheinend wurde noch immer gekämpft. »Die Studenten ... schafft sie hier weg ...«

»Sie sind in Sicherheit«, sagte Riyu. Seine Arme drückten sie kurz fester an sich, als wollte er sie trösten.

»Leg sie dorthin«, befahl Rosmarin. Sie standen in einem der Krankenzimmer neben einem schmalen Bett. Der Ork legte Verbena ganz vorsichtig ab. »Du kannst jetzt gehen.«

»Nein.« Riyu stellte sich auf der anderen Seite des Bettes auf. »Ich werde Euch nicht im Weg stehen, aber mein Platz ist hier.«

Rosmarin versteifte sich. Unter normalen Umständen hätte sie sich zweifellos dagegen gewehrt, da hatte Verbena keine Zweifel. Aber heute gab es zu viele Notfälle, um Zeit mit Streit zu verschwenden, also ging sie einfach davon.

Verbena streckte den unversehrten Arm aus, bis ihre Finger die glatte Oberfläche von Riyus Rüstung berührten. Er nahm ihre Hand. Die Berührung seiner mit Schwielen übersäten, mit stumpfen Krallen versehenen Finger wirkte auf eine geradezu lächerliche Weise tröstlich, und sie fragte sich, ob sie dabei war, in einen Schockzustand zu verfallen. »Danke.«

Er schnaubte wütend. »Es ist meine Schuld, dass du hier bist.«

»Du hast mir das Leben gerettet.«

»Nachdem ich es in Gefahr brachte. Ich hätte auf meinem Posten sein sollen.« Die Ohrringe klirrten leise, als er die Ohren anlegte. »Ich werde dich nicht noch einmal im Stich lassen, Verbena-naga.«

»Da habe ich nicht den geringsten Zweifel«, erwiderte sie und hätte vermutlich noch mehr gesagt, wäre in diesem Augenblick nicht einer der Heilerlehrlinge mit einem Becher in der Hand eingetreten.

»Trinkt das, Meisterin«, sagte er freundlich. »Es nimmt die Schmerzen.«

Sie musste Riyus Hand loslassen, um den Becher zu nehmen. Unwillkürlich fragte sie sich, ob er erleichtert war. Der Trank schmeckte bitter, aber das war ihr gleich; sie war einfach nur froh, ihren brennenden Durst zu stillen. Der Trank schien sofort zu wirken. Alles erschien jetzt noch entrückter, und die Schmerzen in ihrem Arm ließen nach.

Der Lehrling nahm ihr den Becher ab und ging wieder. Ihre Lider wurden ganz schwer, aber sie kämpfte noch einen Moment gegen den Schlaf an und drehte den Kopf, um sich zu vergewissern, dass Riyu auch weiterhin Wache stand. Sie entdeckte, dass er sie mit ernstem Gesichtsausdruck musterte. Sie wollte ihm sagen, er solle sich keine Sorgen machen, aber ihre Zunge war zu langsam, und sie glitt ins Nichts, bevor sie die Worte aussprechen konnte.

Kapitel 5

Als Verbena aufwachte, war alles um sie herum viel friedlicher. Ihr Arm schmerzte dumpf, aber sie konnte ihn heben und die Finger bewegen. Der Unterarm war mit einer Schiene versehen, die mit filigranen Bannkreisen und Runen übersät war, die den Knochen zur Heilung stimulieren sollten.

Naverra sei Dank, dass wir die Heiler haben. Hätte sie eine derart ernste Verletzung auf dem Hof ihrer Eltern erlitten, so hätte sie Glück gehabt, danach die Hand noch benutzen zu können. Ganz zu schweigen davon, dass die Heilung beinahe schon abgeschlossen war. *Obwohl sich die Frage stellt, wann »schon« ist.*

Ihre Bewegung erregte Aufmerksamkeit; die Vorhänge um ihr Bett bewegten sich, einen Augenblick später schob Weißdorn den Kopf durch den Spalt. Die Augen unter dem ungekämmten Haarschopf funkelten fröhlich; er lächelte breit. »Ihr seid erwacht!«

»Weißdorn. Ich bin froh, dass Ihr nicht verletzt seid.« Die Worte waren herausgekrächzt gekommen, und ihr Lehrling eilte sofort zu dem Tisch neben ihrem Bett und schenkte einen Becher Wasser aus dem dort stehenden Tonkrug ein. Das kühle Wasser war Balsam für ihre Kehle, und nun konnte sie müheloser sprechen. »Danke. Wie lange habe ich geschlafen?«

»Etwas länger als einen Tag.« Lautstark schob er einen Hocker über den Boden und setzte sich. »Die Heiler wollen, dass Ihr mindestens bis morgen bleibt.«

Als sich ihre Gedanken klärten, wurde sie sich der vielen kleinen Schmerzen in ihrem Körper bewusst. »Dagegen habe ich keine Einwände«, erwiderte sie müde. »Ich fühle mich, als wären Pferde über mich drübergetrampelt.«

»Dann ruht Euch aus.«

»Noch nicht. Weißdorn, was ist geschehen? War das ein Angriff von Benevalia? Wie viele Verletzte gab es?«

Ein Schatten huschte über sein Gesicht. »Ich soll Euch von den Heilern ausrichten, dass Ihr Euch keine Sorgen machen sollt«, sagte er ausweichend. »Und ruht Euch aus, Meisterin. Dafür ist morgen immer noch Zeit.«

Sie runzelte die Stirn, hatte aber keine Einwände. »Also gut. Ihr seht ebenfalls aus, als bräuchtet Ihr Ruhe.«

»Ich wollte nicht gehen, bevor ich wusste, dass es Euch gut geht.«

»Danke, Weißdorn.« Unbeholfen tätschelte sie ihm die Hand, von seiner Sorge gerührt. »Aber das war nicht nötig. Geht schlafen.«

Er nickte und ging. Sie lauschte seinen Schritten, während diese sich entfernten. Als sie überzeugt war, dass er außer Hörweite war, rief sie: »Riyu? Sagst du mir, was los ist?«

Sie hörte sein tiefes Kichern, und im nächsten Augenblick schob er sich durch die Vorhänge. »Ich dachte mir gleich, dass du viel zu schnell aufgegeben hast.«

»Weißdorn und die Heiler meinen es bestimmt gut, aber allein darüber nachzugrübeln ist viel schlimmer, als die Wahrheit zu kennen.« Sie setzte sich auf und stopfte sich die Kissen so in den Rücken, dass sie sich dagegenlehnen konnte. Zweifellos sah sie furchtbar aus, dachte sie trocken, das von grauen Strähnen durchzogene schwarze Haar war ganz offen. Die Heiler hatten ihre zerrissene Kleidung entfernt und sie durch ein sauberes Nachthemd ersetzt, das offenbar für eine viel kleinere Frau gedacht war.

Mit der gesunden Hand tastete sie herum, bis sie die Brille auf dem Tisch fand. Riyus Konturen wurden schärfer, und dann erkannte sie, dass auch er abgekämpft aussah. Seine Ohren hingen herab, und seine sonst so makellose Rüstung zeigte noch immer Blutflecken. Da die mechanische Kreatur kein Blut gehabt hatte, mussten die Flecken von ihrem eigenen Blut stammen. Der Gedanke ließ ein flaues Gefühl in ihrem Magen aufsteigen.

»Es war schlimm, oder?«

»Es hätte noch viel schlimmer sein können«, antwortete er vorsichtig, als befürchte er, die Worte könnten sie zerstören. »Dreißig Studenten wurden getötet, dazu vier Meister. Ein Ork starb. Bihai.«

Ihr stockte der Atem. »Malachit?«

»Wird vermisst.«

»Vermisst? Du meinst entführt?«

»Vielleicht.« Riyu ließ die Schultern hängen, als werde ihm das Gewicht seiner Rüstung zu schwer. »Du musst wissen – niemand hat die Einzelheiten mit uns besprochen, ausgenommen vielleicht Nagati. Sie hört zu, ich höre zu, die anderen hören zu … aber es könnte Dinge geben, über die ich nicht Bescheid weiß.«

Natürlich. Warum es den Orks sagen? Sie sind bloß hirnlose Soldaten, die dafür bezahlt werden, in der Gegend herumzustehen und groß auszusehen. Verbena schluckte den bitteren Groll herunter. »Ich verstehe. Bitte, erzähl mir, was du weißt.«

»Gestern Morgen wurden wir zur Westmauer gerufen. Die Hellseher hatten deutliche Vorzeichen erhalten, dass dort der Hauptvorstoß eines Angriffs stattfinden werde, da dies der schwächste Punkt der Universitätsmauern ist. Der Kanzler hielt das für die Gefahr, die man von Anfang an vorhergesehen hatte, also rief er uns von unseren Posten.«

»Es war eine List, nicht wahr? Eine falsche Botschaft?«

»Das ist unsere Auffassung, ja.« Riyu senkte den Kopf, und das dunkle Haar verhüllte seine Züge. »Ich war besorgt, genau wie Bihai. Er war schon wieder auf dem Weg zurück zum Gebäude der Magischen Wissenschaften, als der Zwischenfall stattfand. Ob er vor seinem Tod noch Malachit gefunden hat oder nicht … das weiß ich ebenfalls nicht.

Sobald ich die Schreie hörte, wusste ich, dass mich mein Instinkt nicht getrogen hatte. Ich hätte meinen Platz an deiner Seite niemals verlassen sollen.«

»Du hast mir das Leben gerettet.« Verbena verspürte einen Kloß im Hals und verfluchte das sinnlose Gefühl. *Zweifellos bin ich immer noch durcheinander. Verletzungen können seltsame Dinge mit einem anstellen.* »Ich kann mich nicht daran erinnern, ob ich dir schon dafür gedankt habe.«

»Ich bin bloß froh, dass ich nicht zu spät kam. So wie Bihai.«

Etwas an seinem Tonfall ließ sie stutzen. »Standet ihr euch nahe?«

»Er war mein älterer Bruder.«

Stumm verfluchte sich Verbena, dass sie sich nicht früher danach erkundigt hatte. Menschen waren schließlich nicht die Einzigen, die bei diesem Angriff gelitten hatten. »Ich hatte keine Ahnung. Es tut mir schrecklich leid, Riyu. Gibt es ... kann ich irgendetwas tun?«

Ihr Angebot schien ihn zu überraschen. »Nein. Vielen Dank, Verbena-naga.«

»Ich schätze, du musst Vorbereitungen für den Toten treffen. Vielleicht ...«

»Das ist bereits geschehen.« Er ließ die Ohren zucken, was die Ringe leise klirren machte. »Bihai ... er war es, der mich in dieses Leben führte. Gegen die Wünsche unseres Klans.«

»Was solltest du denn nach ihrem Willen tun?« Sie fragte sich, ob die Frage nicht zu persönlich war.

Aber Riyu schien es nichts auszumachen. »Unser Klan ist im ganzen Orkland für sein Geschick in der Metallverarbeitung bekannt. Generationen lebten für den Schmiedeofen. Angeblich schmiedete meine Urgroßmutter *Wind über den Wellen*, das Schwert des Helden Omu, dessen Name noch immer an langen Winterabenden am Herdfeuer gesungen wird. Bihai und ich sollten beim Bruder unserer Mutter, der schönen Schmuck fertigt, in die Lehre gehen. Seine Familie lebte im größten Haus des Dorfes. Sein Angebot, uns alles beizubringen, stellte eine große Ehre dar.

Die Sitten unserer Vorfahren sind uns sehr wichtig. Ihre Geister wachen über uns, und die Traditionen unseres Klans zurückzuweisen ... nun ja. Das war nicht leicht, und es fielen viele bittere Worte. Ich verließ meinen Klan, mein früheres Leben, um Bihai zu folgen. Verließe ich jetzt meinen Posten, um zu seiner Bestattung zu gehen ... das hätte ihn nicht erfreut. Ich muss ihn ehren, indem ich das tue, von dem ich weiß, dass er es gewollt hätte.«

Verbena nickte. Das verstand sie. Hatte sie nicht ebenfalls der Familiengeschichte den Rücken gewandt, ebenso wie Riyu und sein Bruder? Sie fragte sich, ob Bihai bei Malachits Verteidigung gestorben war und ob diese Geste die Einstellung ihres Kollegen zu den Orks gemildert haben mochte. Schlimm wäre es, wenn Bihai für jemanden gestorben wäre, der sein Opfer nicht zu schätzen gewusst hätte.

»Eine der ersten Stationen auf dem Weg des Kriegers ist die Akzeptanz«, sagte Riyu leise, und sie fragte sich, ob er ähnliche Gedanken hegte. »Die Realität so zu akzeptieren, wie sie ist, ob uns das gefällt oder nicht. Aber manchmal ... ist das schwierig.«

»Es tut mir leid.« Das klang so ... entsetzlich unangemessen.

Er nickte und hob den Kopf ein Stück, ein Ohr wandte sich dem leisen Gemurmel aus einem anderen Teil der Krankenstation zu. »Mir auch.«

»Wurde außer Malachit noch jemand entführt?«

»Nein. Man nimmt an, dass er sich in eurem Laboratorium befunden hatte. Bihai fand man vor der Tür. Drinnen lag eine geringe Menge Blut, die Dekanin Tulpe Malachit zuordnete. Vielleicht hatte er versucht, sich gegen seine Angreifer zu wehren, denn die Einrichtung des Laboratoriums wurde schwer beschädigt.«

Verflucht. Es kam ihr oberflächlich vor, sich in einem solchen Augenblick Sorgen wegen ihrer Arbeit zu machen, aber der Zorn, der in ihr aufstieg, ließ sich nun einmal nicht verleugnen. Wie viele Stunden, nein, wie viele Jahre der Mühsal waren zusammen mit der Ausrüstung zerstört worden? »Was ist mit den anderen Laboratorien?«

»Unangetastet.«

»Das ergibt doch keinen Sinn. Suchten sie denn nach Malachit? Warum?«

»Ich weiß es nicht.« Seine dunklen Augen musterten sie aufmerksam. »Ich weiß auch nicht, wer diese abscheulichen Wesen geschickt haben könnte oder wie sie überhaupt in die Universität kamen. Aber ich glaube, es wird kein Zufall gewesen sein, dass Malachit als Einziger entführt und allein dein Laboratorium zerstört wurde.«

Sie ballte ihre gesunde Hand zur Faust, um sie am Zittern zu hindern. »Du glaubst, dass ich noch immer in Gefahr schwebe, oder?«

»Ja.« Plötzlich richtete er sich auf und begab sich zum Vorhang, zweifellos um davor wieder Aufstellung zu nehmen. »Aber dir wird niemand einen Schaden zufügen, Verbena-naga, solange ich atme. Das schwöre ich beim Gedenken an meinen Bruder.«

Am nächsten Morgen erklärte sich Heilerin Rosmarin schließlich einverstanden, Verbena aus der Krankenstation zu entlassen. Die Zauber an Arm und Bein hatten ihr Werk getan, und mittlerweile konnte sie sich ohne große Schmerzen bewegen. Allerdings hatte die Heilerin ihr eingeschärft, die Schiene noch für weitere drei Tage zu tragen. Während sich Rosmarin Verbenas Verletzungen ein letztes Mal ansah und ihr wiederholt Ruhe verordnete, hatte sie für Riyu keinen Blick übrig, so als wäre der Ork nicht mehr als ein hässliches Möbelstück.

»Eigentlich wollte ich ja tanzen gehen, aber ich bin mir

sicher, dass mir Riyu nichts allzu Anstrengendes erlauben wird«, sagte Verbena schließlich.

Rosmarin schenkte ihr einen unwirschen Blick und murmelte etwas von undankbaren Patienten, die sich für klüger als ihre Heiler hielten.

Als sie das düstere Gebäude verließen, nahm Verbena einen tiefen Zug der frischen Luft, dankbar, aus eigener Kraft gehen zu können. Auf dem Weg zum Ausgang hatte sie einen Blick auf die schlimmer Verletzten werfen können. Es hatte ihr bewusst gemacht, wie viel Glück sie gehabt hatte, mit nichts Ernsterem als einem gebrochenen Arm und ein paar Abschürfungen davongekommen zu sein.

Am Fuß der Stufen lungerte eine Gruppe Studenten herum. Sobald Verbena nach draußen trat, verstummten ihre Unterhaltungen wie abgeschnitten. Einen Augenblick lang war sie verwirrt. Dann trat Amethyst Langalia vor. Ihre Augen waren rot und angeschwollen, als hätte sie den größten Teil der vergangenen zwei Tage mit Weinen verbracht. Dieses eine Mal war ihr Haar zerzaust und nicht sorgfältig frisiert.

»Meisterin Verbena?«, fragte sie zaghaft. »Sie lassen Euch gehen?«

»Natürlich. Meiner Meinung nach gab es eigentlich keinen Grund, mich in der vergangenen Nacht noch dazubehalten.« Verbena schritt die Stufen hinunter und war sich bewusst, dass Riyu ihr folgte. »Kann ich etwas für Euch tun?«

»Wir haben Blumen gebracht«, sagte einer der anderen Studenten hastig und stieß ihr ein Bouquet aus Astern und Herbstrosen entgegen.

Verblüfft nahm es Verbena entgegen. »Wofür sollen die sein?«

Alle starrten sie an, als hätte sie den Verstand verloren. »Ihr … Ihr habt unser Leben gerettet, Meisterin«, sagte Amethyst. »Wärt Ihr nicht zurückgeblieben, um die Klicker aufzuhalten …«

»Die was?«

»So hat man diese … Dinger genannt.« Amethyst fröstelte. »Sie hätten uns in Stücke gerissen … wie die anderen Studenten auch.«

»Ihr seid eine Heldin!«, rief einer der Übrigen.

Verbena runzelte die Stirn. Das war alles schrecklich albern. »Schluss mit dem Unsinn. Man kann ja wohl kaum erwarten, dass eine Gruppe Studenten gegen eine Bedrohung wie diese Klicker antritt. Andererseits bin ich eine ausgebildete Meisterin der Magischen Wissenschaften. Da gab es offensichtlich nur eine Möglichkeit. Heldentum hatte überhaupt nichts damit zu tun.«

Die Studenten verstummten, doch einige von ihnen tauschten Blicke aus. Dann rief ein anderer: »Meisterin? Müssen wir unsere Hausaufgaben immer noch abgeben?«

»Ihr schon, Student Basilikum, weil Ihr eine so dumme Frage stellt. Ich nehme an, man hat die Vorlesungen gestrichen?«

Amethyst nickte. »Ja, Meisterin. Zumindest für den Rest der Woche.«

»Das war zu erwarten. Na gut, dann sehe ich euch alle nächste Woche.« Sie setzte sich in Bewegung, und das Geflüster erhob sich wieder, noch bevor sie außer Hörweite war.

Riyu holte sie mit seinen langen Schritten mühelos ein, und sie überquerten den großen Platz Seite an Seite. »Du irrst dich, das weißt du, oder?«, sagte er.

Sie sah ihn an. Seine Ohren waren spitz aufgestellt, in seinen Mundwinkeln spielte ein Lächeln. »Tatsächlich. Inwiefern?«

»Es war sehr mutig, die Klicker aufzuhalten. Du magst ja ausgebildet sein, aber du gehörst nicht zu den Kampfmagiern des Prinzen.«

Verbena schürzte die Lippen. Die Unterhaltung bereitete ihr Unbehagen. »Es ist meine Pflicht, die Studenten zu beschützen, die meiner Obhut anvertraut sind«, sagte sie steif. »Wenn andere das nicht tun, dann fällt es eher auf sie zurück, aber nicht auf mich.«

»Natürlich«, sagte Riyu, aber sein trockener Tonfall verriet ihr, dass er ihr nicht glaubte.

»Schluss damit.« Sie zog eine Rose aus dem Strauß und gab sie ihm. »Hier. Da hast du eine Blume.«

Er steckte sie hinter das Ohr, und es schien ihr völlig unpassend, wie sie da aus seinem schwarzen Haar ragte. »Vielen Dank.«

Trotz allem musste Verbena lächeln.

Leider war Verbenas gute Laune dazu verdammt, nur von kurzer Dauer zu sein. Der Universitätscampus lag auf unnatürliche Weise verlassen da – man hatte die Glocken des Springenden Turms aus Gründen der Trauer zum Schweigen gebracht. Die wenigen Studenten, die unterwegs waren, schienen in einen Schockzustand verfallen zu sein; sämtliche Gespräche erfolgten in gedämpftem Tonfall, und alle bewegten sich in kleinen Gruppen, weil sie Angst hatten, allein zu sein. Eine Ausnahme bildeten die Kadetten. Mit grimmigen und entschlossenen Gesichtern patrouillierten sie pausenlos. An den Uniformärmeln trugen sie schwarze Binden, und Verbena fragte sich, wie viele ihrer Kameraden wohl gestorben waren.

Da sie nicht wusste, was sie tun sollte, besuchte sie zuerst ihr zerstörtes Laboratorium. Zwar hatte man den Boden davor sorgfältig von Blutflecken gesäubert, aber die Tür hing in Splittern von der Angel. Das Schlimmste befürchtend warf Verbena einen Blick hinein. Kein Teil war unversehrt geblieben, vom kleinsten Becher bis zu den Tischen. Der widerliche Gestank verschiedener Chemikalien erfüllte die Luft. Es war reines Glück, dass keine der Substanzen gewalttätig reagiert hatte und explodiert war.

Riyu blieb vor der Schwelle stehen und musterte den Eingang konzentriert. Als sie ihn fragend ansah, zuckte er mit den Schultern. »Die Tür ist von *innen* aufgebrochen worden.«

Verbena blickte genauer hin und sah, dass er recht hatte. »Das ergibt keinen Sinn.«

»Vielleicht.« Er ging in die Hocke und betrachtete jeden Zoll der Tür, dann schritt er an Verbena vorbei in das zerstörte Laboratorium. Glassplitter zerbrachen unter seinen Stiefeln in noch kleinere Trümmerstücke. »Fehlt etwas?«

»Wer kann das bei diesem Chaos schon sagen?« Sie folgte ihm hinein und zuckte zusammen, als sich ein Stück Draht unter ihrer Schuhsohle verbog. Inmitten der Trümmer entdeckte sie Fragmente verschiedener Experimente, die alle ruiniert waren. Sie fragte sich, wie sie sie jemals wiederherstellen sollte. Natürlich bewahrte sie in ihrem Studierzimmer und ihrer Unterkunft Aufzeichnungen auf, aber der Großteil ihrer Notizbücher war zerfetzt und lag im Raum verteilt.

»Der Rechnende Golem«, sagte sie ganz plötzlich.

Riyu hörte auf, den Boden unter einem der zerstörten Tische zu untersuchen. »Was ist damit?«

»Er ist nicht mehr da.« Sie gestikulierte. »Zumindest soweit ich das sagen kann. Ich hätte erwartet, dass zumindest etwas von seinen schmückenden Flügeln übrig geblieben wäre. Wenn man bedenkt, dass ich Malachit noch gesagt habe, das absurde Ding sei völlig nutzlos.«

Die Sorge um ihren Kollegen schnürte ihr die Kehle zu, und sie zwang sich, sie herunterzuschlucken. Riyu drehte sich auf dem Absatz herum, seine dunklen Augen nahmen jede Einzelheit auf. »Ich sehe es.«

»Was siehst du?«

»Muster. Na ja, vielleicht keine vollständigen Muster, aber Fragmente.« Der Ork richtete sich zu seiner vollen Größe auf und sah sie mit angelegten Ohren ernst an. »Wie ich bereits sagte, ich halte es für keinen Zufall, dass nur Malachit entführt und allein dein Laboratorium zerstört wurde. Oder dass die Klicker die Hörsäle gerade auf der Etage ins Visier nahmen, auf der du unterrichtest.«

Unbehagen erfasste sie. »Andere Etagen wurden doch ebenfalls angegriffen, oder?«

»Ja. Aber keine so … systematisch.«

Das Unbehagen verwandelte sich in Furcht, und sie musste sich zwingen, sie niederzukämpfen. »Du bist also der Ansicht, dass der Angriff allein Malachit und mir gegolten hat.«

»Und deinem Rechnenden Golem. Ja.«

»Nun. Dann schulde ich den Hellsehern wohl eine Entschuldigung.«

Kapitel 6

Verbena verbrachte den Nachmittag mit dem Versuch, einen Stapel Essays zu benoten, kam aber nicht voran. Ihre Gedanken schweiften ständig ab und wandten sich ihrer Angst um Malachit zu. Wie waren die Klicker ins Laboratorium gekommen? Wie hatten sie ihren Kollegen ohne jeden Widerstand mitnehmen können? Und wo war er jetzt? Wurde er von den Feinden Giavolos gefoltert? Möglicherweise von Benevalia? Oder hatten sie eine halbwegs zivilisierte Gefangenschaft vorbereitet, vielleicht in der Hoffnung, dass er sich einverstanden erklärte, den Rechnenden Golem ohne die Zauberin fertigzustellen? Um warum in aller Welt wollten sie das verdammte Ding überhaupt haben?

Kurz vor dem Abendessen kam Weißdorn vorbei. Riyu stand im Korridor Wache; er hatte den angebotenen Stuhl neben ihr abgelehnt. Sie hörte sie murmeln, bevor Weißdorn den Kopf durch die Tür steckte. Zwar sah er ausgeruhter aus als zuletzt, aber noch immer lagen tiefe Schatten unter seinen ungleichen Augen.

»Weißdorn. Wie geht es Euch?«, fragte sie und legte die Papiere zur Seite.

»Es geht so.« Er zuckte mit den Schultern. »Der Kanzler will Euch im Hohen Saal sehen. Ich glaube, es geht um irgendeine Besprechung.«

»Danke.« Müde stand Verbena auf. »Ehrlich gesagt hatte ich so etwas auch erwartet. Ihr könnt Euch mir anschließen, falls der Kanzler nichts dagegen hat. Da Ihr bei ein paar kleineren Fragen des Rechnenden Golems geholfen habt, könnte das möglicherweise auch Euch betreffen.«

»Der Rechnende Golem?«

»Ich erkläre das später.«

Glücklicherweise lag der Hohe Saal nicht weit entfernt. Sie gingen am Springenden Turm vorbei, der noch immer verstummt war. Trauernde hatten dort im Vorübergehen Blumen für die Ermordeten abgelegt und ihrer gedacht. Der Wind verteilte die Blätter, die sich unangenehm hell von dem grauen Stein abhoben, über den ganzen Platz.

Der Hohe Saal war einst ein Ratsgemach gewesen. Jetzt benutzte man ihn hauptsächlich für Fakultätstreffen und gelegentlich auch als Gerichtssaal, wenn ein Student oder ein Dozent eines Fehlverhaltens beschuldigt wurde. Wie in den Hörsälen wurde der tiefer gelegene Boden von erhöhten Bänken umgeben. Eine Reihe Fakultätsangehörige hatten sich bereits versammelt. Ein Fremder in verzierter Rüstung war ebenfalls anwesend. Die Orks waren auch alle da und hatten sich an den Wänden aufgereiht. Nagati stand in der Nähe des Kanzlers unten in der Mitte.

Riyu ignorierte seine Kameraden und folgte Verbena zu ihrem Platz. Sie warf ihm einen fragenden Blick zu, worauf er unmerklich den Kopf schüttelte. Das Licht der Lichtkugeln, die in der hohen Decke eingesetzt waren, ließ seine goldenen Ohrringe funkeln. »Ich glaube, nach den letzten Ereignissen darf ich übertrieben vorsichtig sein«, murmelte er, da die gedämpfte Atmosphäre laute Worte zu verbieten schien.

Offenbar war es undankbar, dagegen Einwände zu haben, also setzte sich Verbena. Insgeheim war sie ohnehin froh, ihn in ihrer unmittelbaren Nähe zu haben. Weißdorn setzte sich neben sie, während sich Riyu steif hinter ihnen aufbaute und noch wilder als sonst aussah. Einige der Fakultätsmitglieder in der Nähe warfen ihm unbehagliche Blicke zu, aber keiner wechselte den Platz, was in Verbenas Augen schon eine Art Fortschritt zu bedeuten schien.

Nach ihnen trafen nur noch vereinzelte Universitätsmitglieder ein, dann nahm der Kanzler seinen Platz hinter dem

Rednerpult ein. Schweigen trat ein. »Ich glaube, alle sind da«, sagte er und blickte sich um. »Gut, gut. Nun, ich muss Euch ja wohl nicht sagen, dass das, was wir hier besprechen wollen, dem allergrößten Stillschweigen unterliegt. Die Dekanin der Magischen Wissenschaften hat den Raum mit Bannzaubern umgeben, damit man uns nicht belauschen kann. Falls wir keinen Spion in unserer Mitte haben, was nicht auszuschließen ist«, fügte er hinzu und wischte sich das Gesicht mit dem Taschentuch ab, das er aus der Tasche zog.

Verbena warf Riyu einen Blick zu. Ihn schien die Andeutung nicht zu überraschen. *Er hat so etwas schon vermutet. Und es mir gegenüber nicht erwähnt, verflucht soll er sein.*

»Diese Universität hat eine schreckliche Tragödie erlitten, und wir werden Schritte unternehmen, damit so etwas niemals wieder geschieht. Wir sollten vielleicht mit der Betrachtung der Geschehnisse beginnen, die zu dem Angriff geführt haben. Darum rufe ich Meister Thymian diGiavolo auf.«

Als der alte Leiter des Fachbereichs Hellsehen zum Pult schritt, beugte sich Riyu herunter und flüsterte in Verbenas Ohr. »Ein Verwandter?«

»Nein. Wir stammen beide von Bauern ab – das ist offensichtlich, denn keine adeligen Eltern würden ihre Kinder nach einer Pflanze benennen, ganz gleich, wie nützlich das Kraut auch sein mag. Wir haben keine Güter, von denen wir unsere Nachnamen ableiten können, also nehmen wir unsere Geburtsstätte.« Ehrlichkeit ließ sie hinzufügen: »Ursprünglich hieß ich Verbena daBlanca, aber in dem Augenblick, da ich meinen Fuß in die Stadt setzte, änderte ich meinen Namen in diGiavolo und benutze ihn seitdem.«

»Ich verstehe. Danke für die Erklärung.« Riyu richtete sich wieder auf.

Hinter dem Pult räusperte sich Meister Thymian. Verbena fand, dass er scheußlich aussah, so als hätte er seit dem Angriff nicht mehr geschlafen. Seine faltige Haut spannte sich papierdünn über den Knochen, sein graues Haar fiel schlaff in sein Gesicht. Einen tiefen Atemzug nehmend stützte er beide Hände auf das Pult. Selbst von ihrem Platz aus konnte Verbena sehen, wie sie zitterten.

»Verehrte Kollegen«, sagte er langsam, »ich muss mich entschuldigen. Ich habe das Gefühl, dass sowohl mein Fachbereich als auch ich uns persönlich dafür entschuldigen müssen, diese Tragödie nicht vorhergesehen zu haben. Man kann mir alle Toten zulasten legen.«

»Unfug«, sagte Verbena etwas lauter als beabsichtigt. Als sich alle Blicke ihr zuwandten, zuckte sie zusammen. *Nun, jetzt, da ich ihre Aufmerksamkeit habe, kann ich auch sagen, was ich denke.* »Ich zum Beispiel wäre tot, hättet Ihr nicht darauf bestanden, dass der Kanzler einen Schutz für uns besorgt.«

»Hört, hört!«, mischte sich eine leider vertraute Stimme ein. Meister Turmalin stand auf, sein sorgfältig frisiertes Haar schimmerte ölig im Lampenlicht. »Die Orks haben die Klicker auf bewundernswerte Weise zurückgeschlagen, natürlich mithilfe unserer Kadetten und ihrer Lehrer. Ohne ihre Anwesenheit wären die Verluste noch viel höher, da habe ich nicht den geringsten Zweifel.« Er verbeugte sich vor Meister Thymian, dann vor Verbena, die die Lippen schürzte und sich wünschte, der Narr möge sich einfach wieder setzen.

Der alte Seher aber war untröstlich. »Auch wenn ich da widersprechen muss, ich weiß die Unterstützung meiner Kollegen zu schätzen«, sagte er. »Wie ihr alle wisst, sahen wir früher in diesem Monat bereits Vorzeichen, die mich veranlassten, den Kanzler zu drängen, Mittel für den zusätzlichen Schutz von Angehörigen unserer Schlüsselfakultät bereitzustellen. Leider war es uns nicht vergönnt, eine genaue Bedrohung zu erkennen. Zu diesem Zeitpunkt hatte ich die Befürchtung, dass uns feindliche Magie gezielt blockiert oder in die Irre führt. Jetzt bin ich davon überzeugt.

In der Woche vor dem Angriff wurden die Vorahnungen zwar drängender, paradoxerweise aber auch immer undeutlicher. An jenem Morgen hatte einer unserer Lehrlinge jedoch endlich eine deutliche Vision. Benevalia würde bald von Westen aus einen Angriff führen. Natürlich wissen wir jetzt, dass dies nur ein Ablenkungsmanöver gewesen ist. Hätten wir mehr Zeit gehabt, wir hätten die Vision gewiss genauer untersucht, aber da der Angriff unmittelbar bevorstand, konnten wir unmöglich das Risiko eingehen, dass sie sich im Nachhinein als falsch erwies.«

Meisterin Ringelblume, die derzeitige Befehlshaberin der Fakultät der Militärischen Künste, erhob sich. Wenn auch nicht ganz so eindrucksvoll wie Nagati, hatte sie im Krieg mit Benevalia ihren Teil an Schlachten erlebt, bevor ein explodierender Golem sie einen Arm gekostet und damit für immer vom Schlachtfeld verbannt hatte. »Wir haben die Warnung ernst genommen«, sagte sie mit einer Stimme, die das Brüllen von Befehlen im Schlachtenlärm ruiniert hatte. »Als Erstes befahl ich die Grünhäute nach Westen, in der Annahme, dass sie schon aufhalten würden, was auch immer da kam, während wir dem Prinzen Bescheid gaben.«

Die Orks schienen keine Regung von sich zu geben, aber Verbena entging weder das Zucken der Ohren noch das verräterische Schrumpfen der Pupillen. Sie runzelte die Stirn und hätte sich zu Wort gemeldet, hätte sich Riyu in diesem Augenblick nicht gerade genug bewegt, um mit seinen Krallen über ihren Rücken zu streichen. Sie warf ihm einen Blick zu, und er schüttelte unmerklich den Kopf.

Riyu mochte die Ansicht vertreten, dass die verächtliche Bezeichnung keine Szene wert war, aber Verbena war da anderer Meinung. Trotzdem lehnte sie sich wieder auf ihrem Stuhl zurück, auch wenn die Fäuste in ihrem Schoß geballt waren.

»Natürlich lagen die Seher völlig falsch«, fuhr Ringelblume fort. Meister Thymians Gefühle waren ihr offensichtlich genauso egal wie die der Orks. »Sobald wir erkannt hatten, dass der wahre Angriff bereits auf dem Campus begonnen hatte, setzten wir ihm ein Ende. Da hatte es aber bereits Verluste gegeben.«

»Danke für Eure Bemühungen, Meisterin«, fiel ihr Kanzler Smaragd ins Wort, vielleicht von der Befürchtung getrieben, dass sie als Nächstes etwas Unsensibles über die Toten sagen würde. »Wir wissen, dass der Angriff aus dem Gebäude der Magischen Wissenschaften selbst kam. Dekanin Tulpe ist der Ansicht, dass ein Korridor eingesetzt wurde.«

Verbena stockte der Atem, leises Gemurmel ertönte von anderen Fakultätsmitgliedern. »Es tut mir leid«, rief Turmalin. »Aber könntet Ihr das für jene unter uns erklären, die in den Magischen Wissenschaften nicht so versiert sind?«

Zumindest hat er etwas aus dem Debakel mit seinen tanzenden Golems gelernt.

Dekanin Tulpe erhob sich von ihrem Platz. »Ein Korridor ist eine sehr weit fortgeschrittene Form von Magie, zu der nur wenige Meister fähig sind. Es geht darum, von einem Ort zum anderen ein Loch durch die Realität zu bohren, damit man tausend Meilen so mühelos überwindet, als würde man eine Tür öffnen und hindurchtreten. Natürlich ist der Zauber nicht so einfach, und außerdem gibt es diverse Einschränkungen, die jetzt aber keine Rolle spielen. Außerhalb unserer Kreise ist der Zauber so gut wie unbekannt, denn es gibt nur ganz wenige, die ihn freiwillig ausführen würden. Einen derartigen Durchgang zu erschaffen, und sei es auch nur für kurze Zeit, erfordert eine gewaltige magische Energie. So viel, wie gewöhnlich nur durch ein Opfer zu erhalten ist.«

Turmalin erblasste. »Man muss … einen Menschen opfern?«

»Tatsächlich muss man sogar sich selbst opfern. Das Blut des Zauberers muss vergossen werden, oder ein Körperteil muss abgetrennt werden. Je größer die Distanz, umso mehr sollte geopfert werden. Von einer Stadt zur anderen zu reisen, das erfordert ein Leben. Das ist allerdings keine weitverbreitete Praxis, wie ich wohl kaum erwähnen muss.«

Turmalin sah jetzt noch entsetzter aus, falls das überhaupt möglich war. »D-Danke für die Erklärung. Also wissen wir, wie unsere Feinde in die Universität gekommen sind. Kennen wir aber auch den Grund dafür? Oder wer sie schickte?«

Meister Thymians Schultern senkten sich. »Eigentlich nicht. Der Lehrling, der auf die falsche Botschaft hereinfiel, unternahm den Versuch, mit dem Stück eines toten Klickers seinen Ursprungsort zu erspüren. Sie … es verlief nicht gut. Sie hatte noch keine zwei Worte gesagt, da verlor sie schreiend den Verstand. Wir hoffen, dass sie den Irrsinn irgendwann besiegen wird.« Mit zitternder Hand wischte er sich die Tränen ab.

Weißdorn beugte sich zu Verbena herüber. »Sie ist seine Enkelin. Ich kannte sie – nicht sehr gut zwar, aber wir plauderten auf Veranstaltungen miteinander.«

Verbena zuckte innerlich zusammen. *Noch ein Opfer dieser grässlichen Angriffe. Wer auch immer dafür verantwortlich ist, er hat viel zu büßen.*

Meister Thymian gewann die Fassung wieder. »Das erste Wort lautete ›Hellhand‹. Wir wissen noch nicht, was das bedeuten mag. Das zweite war ›Icci‹.«

Dies rief ein überraschtes Gemurmel hervor. Icci war eine kleine Inselstadt vor der Küste. Ihr fehlten die Voraussetzungen für Seestreitkräfte, wie sie Benevalia oder Giavolo hatten, da das Wasser in ihren Häfen nicht tief genug für die größeren Kaufmannsschiffe oder Kriegsschiffe war. Verbena versuchte angestrengt, sich weitere Fakten über Icci ins Gedächtnis zu rufen, scheiterte aber. Das war kein Ort, der viel Aufmerksamkeit auf sich zog.

Der Fremde in der Rüstung stand auf. »Darf ich alle daran erinnern, dass Icci ein Verbündeter von Giavolo ist«, sagte er mit tiefer, dröhnender Stimme. »Sie leisten uns einmal im Jahr Tribut, im Gegenzug beschützen wir ihre Küste mit unseren Kriegsschiffen.«

Der Kanzler verbeugte sich vor ihm. »Für diejenigen von Euch, die ihn nicht kennen, dies hier ist Großherzog Langalia, einer der wichtigsten militärischen Berater des Prinzen.«

Langalia. Das muss ein Verwandter von Amethyst sein. Verbena hatte sich noch nie besonders für Politik interessiert. Offensichtlich hatte ihre Studentin gute Beziehungen.

»Möglicherweise meinte die Seherin damit nicht, dass die Stadt der Angreifer war, sondern dass sie ebenfalls in Gefahr ist«, fuhr der Großherzog fort. »Da wir sie nicht befragen können, wissen wir das nicht. Unserer Ansicht nach ist es viel wahrscheinlicher, dass der Angriff aus Benevalia kam. Wir haben bereits Boten nach Icci geschickt, um vor der möglichen Bedrohung zu warnen.«

Kanzler Smaragd nickte wie eine Marionette an ihrem Faden. »Zweifellos fragt Ihr Euch alle, was wir nun zu tun beabsichtigen. Wie man sich vielleicht denken kann, haben viele Studenten die Schule bereits verlassen, entweder aus eigenem Antrieb oder von ihren Eltern gezwungen. Ich werde keineswegs so tun, als hinterließe dieser schreckliche Zwischenfall nicht für viele Jahre einen rabenschwarzen Makel auf unserer geliebten Universität.«

»Aufgeblasener Dummschwätzer«, murmelte Verbena so leise, dass es niemand hören konnte. Zumindest hatte sie das geglaubt; Riyus Ohren jedoch zuckten in ihre Richtung, und ein winziges Lächeln umspielte seine Lippen.

»Aber darf ich jeden an Giavolos Wahlspruch erinnern: *Niemals besiegt*«, fuhr der Kanzler fort und erwärmte sich offensichtlich für sein Thema. »Der Prinz hat versprochen, dass wir den bestmöglichen Schutz erhalten, einschließlich eines seiner eigenen Kampfmagier, der persönlich die Aufsicht über den Fachbereich Hellsehen übernimmt.«

Beschämt senkte Meister Thymian den Kopf, und Verbena konnte es ihm nicht verübeln. Der Fachbereich übernahm die Verantwortung für den ganzen Zwischenfall, und auch wenn sie nicht viel für ihre Disziplin übrig hatte, wollte sie doch auch nicht, dass man sie zu Sündenböcken machte.

»In der Tat«, stimmte Herzog Langalia dem Kanzler zu und gönnte ihm ein höfliches Nicken. »Ich versichere allen persönlich, dass das Universitätsgelände gesichert wird. Dekanin Tulpe hat mir gesagt, dass es möglich wäre, einen Abwehrzauber gegen diese magischen Korridore zu erschaffen.«

»Meine Fakultät wird Tag und Nacht daran arbeiten, uns vor weiteren Angriffen zu schützen«, sagte Tulpe.

Verbena seufzte. »Bei den Göttern, sie werden mich zwingen, ab jetzt auf dem Campus zu leben, nicht wahr? Es tut mir leid, Riyu. Meine Unterkunft mag kein Palast sein, aber sie ist auf jeden Fall besser als die Pritsche in meinem Studierzimmer.«

»Es ist ein Schritt auf dem Weg des Kriegers, falls nötig auch Härten zu erdulden«, murmelte der Ork zurück. »Aber ich fürchte, sie wollen den Stall versperren, nachdem die Schafe entkommen sind.«

Man musste kein militärisches Genie sein, um zu verstehen, was er damit meinte. »Du glaubst, dass derjenige, der das getan hat, genau das bekommen hat, was er will, und nicht noch einmal angreift.«

»Das ist meine Meinung«, sagte er bedächtig. »Natürlich könnte ich mich irren.«

Verbena richtete den Blick auf Herzog Langalia und brachte ihm plötzlich bedeutend weniger Wohlwollen entgegen. »Ich frage mich, ob er auch so denkt. Ich frage mich, ob es hier gar nicht darum geht, den Campus sicherer zu machen, sondern bloß darum, dafür zu sorgen, dass wir uns sicherer *fühlen*.«

Um sie herum wurde viel genickt und gemurmelt –

vor allem vonseiten der Fakultätsmitglieder, die deswegen garantiert keinen Schlaf verlieren würden, wie Verbena missmutig dachte. Der Kanzler strahlte. »Falls noch jemand Fragen hat, meine Türen stehen allen offen«, sagte er. »Und jetzt ... «

»Ich habe eine Frage«, sagte Verbena.

Augenblicklich verstummten das Geflüster und das Geraschel sich erhebender Körper. Mit offen stehendem Mund starrte Kanzler Smaragd sie einen Augenblick lang an und sah dabei wenig vorteilhaft aus, nämlich wie ein gestrandeter Fisch. Schließlich fiel ihm seine Würde wieder ein, und er ließ ihn zuschnappen. Er zeigte in ihre Richtung. »Ja, Meisterin Verbena. Was gibt es denn?«

»Ihr habt Malachit nicht erwähnt. Ich gehe davon aus, dass der Prinz alles in seiner Macht Stehende tun wird, um ihn zu retten, aber ich würde mich besser fühlen, wenn ich eine Vorstellung davon hätte, welche Fortschritte das macht.«

Der Kanzler warf dem Herzog einen Blick zu, der Verbena irgendwie frösteln ließ. Nach einem Moment peinlich berührten Schweigens gab Herzog Langalia nach und verneigte sich in ihre Richtung. »Meisterin ...?«

»Verbena diGiavolo von der Fakultät der Magischen Wissenschaften. Malachit daLorna war mein Kollege, und wie Ihr Euch sicher vorstellen könnt, mache ich mir große Sorgen um sein Schicksal.«

»Natürlich, Meisterin.« Herzog Langalia schenkte ihr ein herablassendes Lächeln, das sie mit den Zähnen knirschen ließ. »Aber Ihr müsst verstehen, dass Giavolo sich zurzeit zahlreichen Bedrohungen gegenübersieht. Möglicherweise geht es um das Schicksal Tausender Bürger, nicht zu vergessen um Eure Universität. Angesichts dessen hat das Leben eines einzelnen Mannes keine Priorität – das *kann* es gar nicht haben. Tatsächlich wissen wir nicht einmal, ob Euer Kollege überhaupt noch lebt. Schließlich fand man sein

Blut in Eurem Laboratorium. Da wir nicht wissen, wohin man ihn verschleppt hat, können wir unsere begrenzten Möglichkeiten auf keinen Fall für eine sinnlose Suche verschwenden.«

Das war sie also: die Wahrheit hinter diesem ganzen Tanz. Der Kanzler, der Herzog und alle anderen Verantwortlichen würden tun, was sie für nötig hielten, um jede Panik zu unterdrücken und dafür zu sorgen, dass so viele Studenten wie möglich auch weiterhin das Geld ihrer Eltern in die Kasse der Universität spülten. Vielleicht würden sogar ein paar Züge gegen Benevalia unternommen werden, obwohl die feindliche Stadt bis jetzt nicht einmal als Verursacher feststand.

Und der arme Malachit würde einfach auf der Verlustliste landen, als ein weiteres unglückliches Opfer des Krieges. Bestenfalls würde man die Erinnerung an ihn dazu benutzen, Patriotismus und Solidarität zu beschwören. Schlimmstenfalls würde die einzige Art des Gedenkens an ihn aus einer Plakette bestehen, die in einem der unteren Korridore eines Gebäudes hinge, und zukünftige Generationen von Studenten würden sich dann fragen, wer er wohl gewesen sein mochte.

Einen Augenblick lang saß Verbena reglos da, und die enorme Größe der Aufgabe, die sie in Betracht zog, ließ ihr Herz schneller schlagen. Dann schüttelte sie den Kopf und verwarf ihre Furcht. »Ich verstehe. Na gut, dann finde ich Malachit eben selbst.«

Tiefes Schweigen folgte ihrer Ankündigung – gefolgt von mehreren Minuten des Aufruhrs. Verbena stand auf, bat mit erhobenen Händen um Ruhe und ignorierte, dass einige lautstark an ihrem Verstand zweifelten und andere sie beschworen, doch an ihre Sicherheit zu denken. »Der Prinz wird also nicht nach Malachit suchen lassen«, sagte sie laut genug, um den Lärm zu übertönen. »Aber ich sage, dass er ein geschätztes Mitglied dieser Fakultät ist. Und wollt

Ihr nun tatsächlich damit zum Ausdruck bringen, dass – sollten bei zukünftigen Angriffen andere von uns entführt werden – Ihr uns ebenfalls unserem Schicksal überlassen würdet, Kanzler?«

Das ließ ihre Kollegen verstummen. Der Kanzler sah ausgesprochen unglücklich aus und tupfte sich mit einem neuen Taschentuch die schwitzende Stirn ab. »Mit den neuen Verteidigungszaubern gibt es keinen Grund zur Sorge …«, setzte er an.

»Mit anderen Worten also: ja.«

Wieder erhob sich jemand. Zu ihrem Unmut sah Verbena, dass Turmalin sich erneut in den Vordergrund drängen wollte. »Keiner von uns kann Meisterin Verbenas Mut infrage stellen«, sagte er entschieden. »Sie wurde bei der Verteidigung ihrer Studenten verletzt, als viele andere flohen, um sich in Sicherheit zu bringen. Wir schulden ihr, uns anzuhören, was sie zu sagen hat.«

»Danke«, sagte Verbena und wünschte sich, er würde die Klappe halten und sich wieder setzen. »Ich verlange nicht mehr als eine Beurlaubung. Malachit hat mit mir zusammengearbeitet, und ich kann ihn unmöglich guten Gewissens einem vermutlich schrecklichen Tod überlassen. Immer unter der Voraussetzung, dass er überhaupt noch lebt, wie der Herzog bereits erwähnte.«

Herzog Langalia sah sie mit hochgezogener Augenbraue an. »Und was genau wollt Ihr tun?«

Verbena wünschte sich, er hätte auf diese Frage verzichtet, denn bis jetzt hatte sie kaum mehr als eine undeutliche Idee. »Wir haben zwei Hinweise. Hellhand, was nach einem Namen klingt, und Icci. Also werde ich nach Icci reisen und zusehen, ob ich etwas über diesen Hellhand herausfinden kann, ob er eine Person oder ein Gegenstand ist.«

»Eine ausgezeichnete Idee!«, rief Turmalin, und Verbena konnte sich nur mühsam bremsen, die Hände nicht vors Gesicht zu schlagen. »Ich stimme Meisterin Verbena zu –

wir dürfen unseresgleichen nicht im Stich lassen. Ich begleite sie nach Icci.«

»O nein, also wirklich …«, stotterte sie.

Eine andere Gestalt sprang auf die Füße. »Und ich begleite Meister … ich meine Meisterin Verbena ebenfalls«, verkündete eine junge Stimme, die sie sofort erkannte.

Der Herzog runzelte die Stirn. »Amethyst, du darfst doch nur darum hier sein, weil du die Tochter meines Bruders bist und ich deiner Diskretion vertraue. Du bist nicht dazu eingeladen, dich irgendwelchen hirnrissigen Plänen deiner Meister anzuschließen!«

Amethyst stand hoch erhobenen Hauptes da und starrte ihn finster an. »Ich bin volljährig, Onkel. Ich treffe meine eigenen Entscheidungen.«

Die Lippen des Kanzlers bewegten sich einen Augenblick lang hilflos, bevor er seine Stimme wiederfand. »Also wirklich, Verbena, das ist …«

»Eine großartige Idee«, sagte Riyu.

Alle starrten ihn an, Verbena eingeschlossen. Scheinbar ungerührt von der Aufmerksamkeit deutete er eine Verneigung für den Kanzler an. »Ich preise Euch, weil Ihr es so schnell begriffen habt, meine Damen und Herren. Eine einzelne Frau, die in Begleitung eines Orks reist, würde sofort Verdacht erregen. Aber eine junge Adlige wie Studentin Langalia, die auf dem Weg nach Icci ist, um ihren Bräutigam kennenzulernen, begleitet von zwei Lehrern, ein paar Dienern und einem Orkleibwächter, dies wird gewiss kaum für Aufmerksamkeit sorgen. Trifft das nicht zu?«

Verbena glaubte, noch nie so viele schockierte Mienen auf einmal gesehen zu haben. Zumindest was die menschlichen Gesichter anging; von den Orks schien keiner besonders überrascht zu sein. Sie selbst spürte ein Lächeln auf den Lippen, und sie sah, dass Riyu es erwiderte.

»In der Tat, Riyu«, sagte sie energisch. »Der Kanzler ist wirklich ein brillanter Mann, weil er den Wert eines solchen

Planes auf der Stelle erkennt. Danke, dass du uns darauf hingewiesen hast.« Mit einem weitaus weniger ehrlichen Lächeln wandte sie sich wieder dem Kanzler und dem Herzog zu. »Also, wollen wir uns mit den Vorbereitungen beeilen? Je mehr Zeit vergeht, umso geringer sind schließlich die Aussichten, Malachit zu finden, nicht wahr? Morgen früh habe ich die Liste mit den nötigen Ausrüstungsgegenständen fertig.«

»Äh, ja«, sagte der Kanzler kaum hörbar. »Das passt großartig, Meisterin Verbena. Das ist wirklich zufriedenstellend.«

Kapitel 7

Zu Verbenas großem Ärger brauchten sie einige Tage, bis sie alles beisammen hatten. Obwohl ihr durchaus klar war, dass Riyu einen guten Plan geschmiedet hatte, hätte es ein Teil von ihr dennoch vorgezogen, sich direkt nach der Besprechung davonzuschleichen. Jede vergehende Stunde erhöhte das Risiko, dass Malachit etwas Schreckliches zustieß. Und dennoch hatten sie bei Licht besehen keine genaue Vorstellung, wo er sich befand. Ganz zu schweigen davon, wie man ihn retten sollte.

Sie nutzte die erzwungene Ruhepause, um ihre Angelegenheiten zu regeln. Die Miete für die Unterkunft musste bezahlt werden – sie hatte sich geweigert, auf den Campus zu ziehen. Dann sollte sie eine Kleidung kaufen, die ihrer vorgeblichen Rolle angemessen war. Und tausend weitere Kleinigkeiten. Der schwierigste Teil bestand darin, die Entscheidung zu treffen, welche magischen Mittel sie einzupacken hatte. Auch wenn sie sich bestimmt magischen Bedrohungen gegenübersehen würden, würde es ihre Tarnung doch augenblicklich auffliegen lassen, wenn ihr Wagen mit Chemikalien, Zauberbüchern und Beuteln mystischer Pulver gefüllt war. Also musste alles in den verborgenen Kasten im Boden passen. Am Ende konnte sie nur versuchen, so viele Zutaten wie möglich zu nehmen, die für mehrere Dinge nützlich waren, und zu hoffen, dass sie nichts Besonderes brauchte.

Am Tag nach der Zusammenkunft saß Verbena in ihrem Studierzimmer und arbeitete an ihrer Liste entscheidender magischer Zutaten, die eingepackt werden mussten. Ein leises Klopfen an der offenen Tür riss sie aus der Konzentration.

»Meisterin?«, sagte Weißdorn. »Darf ich Euch sprechen?«

»Natürlich, Weißdorn. Kommt rein. Nehmt einfach die Bücher von dem Stuhl da – ich seh sie gerade durch, um zu entscheiden, was ich mitnehme.«

Riyu stand draußen auf Posten; als Weißdorn die Tür nicht schloss, bemerkte sie, wie der Ork ein Ohr nach hinten klappte, um in ihre Richtung zu lauschen. Weißdorn ließ sich Verbena gegenüber auf den harten Stuhl sinken und wirkte irgendwie nervös.

»Wollt Ihr über meinen Unterricht sprechen, den Ihr in meiner Abwesenheit übernehmt? Ich habe bereits detaillierte Notizen für jede Stunde angefertigt, also braucht Ihr Euch nicht die Mühe zu machen, einen völlig neuen Lehrplan aufstellen zu müssen.«

Er holte tief Luft und fixierte sie mit seinem Blick. »Meisterin, ich möchte Euch begleiten.«

»Warum das?«

»Weil Ihr jemanden braucht, der in den Magischen Wissenschaften ausgebildet ist.« Die Worte klangen, als hätte er sie vorher immer wieder geübt. »Amethyst kennt die Grundlagen, aber das wird nicht reichen.«

»Aber Eure Studien ...«

»Ich werde meine Meisterarbeit wohl kaum ohne meine Mentorin vollenden können, nicht wahr?«

Verbena runzelte die Stirn. »Das wird keine Vergnügungsreise, Lehrling«, erwiderte sie ernst. »Allein die Götter wissen, womit wir es zu tun bekommen. Möglicherweise erweisen sich die Klicker noch als die geringste der Gefahren, die unsere Feinde gegen uns entfesseln. Es besteht die Möglichkeit, dass einige von uns das nicht überleben. Oder sogar wir alle.«

Ein ungewöhnlicher Ernst zeigte sich auf seiner Miene. »Ich weiß. Darum braucht Ihr ja auch meine Hilfe.«

Sie musterte lange sein Gesicht. *Er ist zu jung.*

Aber er hat auch recht. Ein weiterer praktizierender Zauberer wird von

Vorteil sein. Und Weißdorn ist einer der besten Lehrlinge, die ich das Vergnügen hatte zu unterrichten. Ich weiß, dass er eine Hilfe wäre.

»Riyu, was meinst du dazu?«, rief sie, da sie sicher war, dass er zugehört hatte.

»Wären seine Fähigkeiten von Nutzen?«

Weißdorn sah wieder nervös aus, also schenkte ihm Verbena ein kleines beruhigendes Lächeln. »In der Tat wären sie das.«

»Dann schlage ich vor, dass er sich als Diener verkleidet.«

»Ich kann auch einen Wagen lenken«, versprach Weißdorn eifrig.

Verbena seufzte. »Ich schätze, Meister Brombeer wird meine Klassen übernehmen können. Er mag nicht so gut wie Ihr sein, aber wenn ich genügend Notizen hinterlasse und er sich streng an meinen Lehrplan hält, dann wird er die Köpfe meiner Studenten wohl nicht mit zu viel Unsinn füllen.«

Ein strahlendes Lächeln erhellte Weißdorns Gesicht. »Vielen Dank, Meisterin! Das werdet Ihr nicht bereuen!«

Mit einer Handbewegung verscheuchte sie ihn aus ihrem Studierzimmer. *Ich hoffe nicht*, dachte sie und sah ihm hinterher, wie er eifrig ging. *Und vor allem hoffe ich, dass er selbst es nicht bereuen wird.*

Die eigenen Schreie rissen Verbena aus dem Schlaf.

Einen Herzschlag später krachte die Schlafzimmertür auf, und die Türklinke bohrte sich in den Verputz. »Verbenanaga!«, rief Riyu. Das durch eine Lücke in den Gardinen strömende Mondlicht ließ die blanke Klinge in seiner Hand funkeln. Verschlafen begriff sie, dass ihn ihre Schreie gerufen hatten.

»Es ist nichts«, schaffte sie hervorzustoßen. »Nur ein Traum.«

Mit einem Wort entzündete sie die Lichtkugel neben ihrem Bett. Warmes Licht ergoss sich über die Szene: Sie selbst saß zitternd und zerzaust im Bett, während Riyu so beherrscht und konzentriert wie immer war. Unwillkürlich fragte sie sich, wann er wohl schlief, denn sie hatte ihn noch nie anders als aufmerksam erlebt.

Seine Ohren bewegten sich leicht, was die Ohrringe leise klirren ließ. Doch ihr entging nicht, dass er den Raum genau musterte, bevor er das Schwert in seine Scheide zurückschob. Er hatte das Kürzere gezogen, vermutlich wegen des engen Raumes. Eine überraschend friedliche Szene aus Vögeln und Bergen zierte die lackierte Scheide.

Plötzlich war sie verlegen. Da saß sie nun in ihrem zerknitterten Nachthemd, das Haar wirr im Gesicht wie eine Verrückte, und schrie Phantome an. »Es tut mir leid – ich wollte dich nicht alarmieren.«

Statt zu gehen trat er einen weiteren Schritt in den Raum hinein, was diesen nur noch kleiner erscheinen ließ. »Hast du von den Klickern geträumt?«

»Woher weißt du das?«

»Es heißt, der Gott Nini-vu schickt nach einem Kampf Schlachtträume, um unsere Herzen zu prüfen. Ich glaube zwar nicht daran, trotzdem wärst du nicht die Erste, die einen derartigen Kampf noch einmal durchlebt. Und ich fürchte, auch nicht die Letzte.«

Das tiefe Grollen seiner Stimme wirkte überraschend beruhigend. Verbena zog sich gedankenverloren die Decke um die Schultern. »Du musst mich für albern halten.«

»Nicht im Mindesten. Schläfst du jetzt weiter?«

»Nein.« Teile des Traums fielen ihr ein und sie fröstelte: die schrecklichen Zähne der Klicker, das Furcht einflößende Ächzen von Sehnen und Messing. »Ich glaube nicht, dass ich jetzt schlafen kann.«

»Soll ich Tee machen?«

»Das wäre schön.« Als er das Zimmer verließ, fiel ihr wieder die Idee ein, die sie am Morgen des Angriffs gehabt hatte. »Riyu? Mir ist dein Interesse an meiner Arbeit aufgefallen. Ich bin sicher, dass ich hier irgendwo ein paar Grundlagenbücher darüber haben muss. Ich würde sie dir gern leihen.«

Er verharrte auf der Schwelle, eine Silhouette aus langen Ohren und Haaren, Rüstung und Kraft. »Ich danke dir für das Angebot«, sagte er schließlich. »Aber ich kann nicht lesen. Mein Volk gibt Wissen in Form von Versen und Gesängen weiter, oder direkt vom Lehrer zum Schüler. Wir kennen keine geschriebene Sprache. Kiki und ein paar andere haben gelernt, wie man deine Sprache liest, damit wir in der menschlichen Gesellschaft besser zurechtkommen. Aber ich fürchte, ich gehöre nicht dazu. Deine Schrift kommt mir wie eine seltsame Magie vor, ganz zu schweigen von deinen Sigillen und Berechnungen.«

»Oh.« Das erschien ihr nicht gerecht. »Aber du bist intelligent, Riyu. Du könntest es bestimmt lernen.«

Wieder hielt er inne, und sein Blick war seltsam abschätzend, als wüsste er nicht mit Sicherheit, was für eine Art Geschöpf sie letztlich darstellte. »Vielleicht hast du recht. Aber jetzt ist nicht die Zeit dafür. Meine Aufgabe besteht darin, dich zu beschützen, und ich wünsche keine Ablenkung. Später … falls ich die Konzentration erübrigen kann, vielleicht hast du dann ja noch Lust, mich zu unterrichten.«

»Natürlich«, sagte sie überrascht. »Warum sollte ich meine Meinung ändern? Wir sind doch Freunde, oder?«

Eine ganze Weile lang sah er sie bloß an. Dann wurden seine Züge etwas weicher, und Rüstung und Leder ächzten, als er sich vor ihr verneigte. »Ja, Verbena-naga. Ich glaube, das sind wir.«

Am vierten Tag nach der Zusammenkunft kamen sie im Morgengrauen zusammen. Eines der geringeren Adelshäuser hatte ihnen einen Wagen geliehen, der zu ihrer Tarnung passte. Die Holzwände waren hell gestrichen, das Giebeldach war mit Metall und nicht mit Holz gedeckt. Runen verhinderten, dass die Räder auf schlammigen Straßen stecken blieben und die Achsen brachen. Zwei Pferde, ein graues und ein braunes, standen angeschirrt und betrachteten die Aktivitäten um sie herum ohne großes Interesse. Zwei weitere Pferde warteten gesattelt. Neben dem einen stand Turmalin, und Verbena bemerkte, dass seine helle Kleidung ohne die Meisterrobe noch geckenhafter aussah als sonst.

Kiki wartete am Wagen und hüpfte vor Aufregung beinahe auf und ab. Als Nagati die Dienste der jungen Orkfrau angeboten hatte, war sich Verbena nicht sicher gewesen, ob sie sie annehmen sollte. Aber Riyu hielt das anscheinend für eine gute Gelegenheit für Kiki, also entschied sie sich, seinem Urteil zu vertrauen und der Ork zu erlauben, sie zu begleiten.

Eine weitere Person hatte sich zu ihrer Gruppe gesellt. Meisterin Ringelblume hatte darauf bestanden, dass zumindest ein Kadett sie begleitete. Verbena konnte sich nicht vorstellen, was ein menschlicher Krieger vollbringen sollte, das zwei Orks nicht zustande brachten. Vielleicht teilte der junge Mann ihre Einschätzung, denn er wirkte außerordentlich nervös. Er saß in einer nagelneuen Uniform und Rüstung auf seinem Pferd. Kurz geschnittenes braunes Haar gab den Blick auf ein Dutzendgesicht frei, und jedes Mal, wenn Kiki in seine Nähe kam, trat ein deutliches Unbehagen in seinen Blick.

»Da seid Ihr ja«, sagte Turmalin fröhlich. »Bereit zum Aufbruch? Wir warten nur noch auf Amethyst und Weißdorn, dann kann es losgehen.«

Er machte einen aufgeregten Eindruck, fand Verbena mürrisch, als wäre dies der Beginn eines großartigen Abenteuers. Aber es war nicht angebracht, die Reise mit einer unfreundlichen Bemerkung zu beginnen, also nickte sie und begab sich zum Wagen. Das Treppchen an der Hinterseite war heruntergelassen, und die Tür stand offen. Also stieg sie in den schmalen Raum.

Das Geheimfach erfüllte seinen Zweck; nicht ein Hauch von Räucherwerk verriet die unter dem Boden versteckten exotischen Vorräte. Jede Seitenwand wies ein eingebautes Bett auf – diese nahmen den größten Teil des Platzes ein. Der Rest war mit Truhen und Kästen voller Kleidung und medizinischer Vorräte gefüllt. Die Lebensmittel hingen in Netzen von der Decke, was bedeutete, dass Verbena stark gebeugt gehen musste.

»Etwas eng«, bemerkte Riyu von der Tür aus.

»Ja, aber kaum der schlimmste Ort, an dem ich mein Haupt zur Ruhe bettete«, sagte Verbena gedankenverloren. »In meiner Jugend schlief ich in einem Kasten, den ich mir mit dreien meiner Geschwister teilen musste.«

»Die beiden Damen werden sich natürlich den Wagen teilen«, sagte Turmalin. Er war auf sein Pferd gestiegen und ritt nun hinter Riyu heran.

Verbena schnaubte. »Ich glaube, es sind drei Damen hier, Turmalin.«

Er hatte den Anstand zu erröten. »O ja, natürlich. Ich wollte sagen, dass die Wächter und der, äh, Rest von uns draußen schlafen.«

»Wie ritterlich«, bemerkte sie trocken. Er strahlte und verneigte sich auf seinem Sattel. Riyus Miene blieb zwar unbewegt, aber so wie seine Ohren zuckten, hatte sie den Eindruck, dass er sich sehr zusammenreißen musste, nicht zu lachen.

Weißdorn und Amethyst tauchten kurz nacheinander auf; Weißdorn trug neben seinen Taschen auch ihre. Er war wie ein ganz gewöhnlicher Diener gekleidet, dem keiner einen zweiten Blick schenken würde. Und mit Sicherheit würde ihn niemand als Lehrling der Magischen Wissenschaften erkennen. Amethyst hatte ebenfalls ihre Verkleidung angelegt; ihr blondes Haar funkelte im Sonnenlicht, das Seidenkleid unterstrich ihre jugendlichen Kurven. Bei ihrem Anblick setzte sich der Kadett sofort aufrechter und Verbena unterdrückte ein Stöhnen. *Naverra, das wird auch so schon schwierig genug. Bitte erspar uns jedes Drama jugendlicher Leidenschaften.*

Turmalin sprang vom Pferd und verneigte sich höflich. Er ergriff Amethysts Hand. »Meine liebe junge Dame, es ist schön, Euch zu sehen. Es zeigt Euren Mut, uns auf dieser gefährlichen Reise zu begleiten.«

»Oh, um Naverras willen, steigt wieder zurück auf Euer Pferd«, fauchte Verbena.

Turmalin sah bestürzt aus, aber Amethyst verneigte sich leicht vor Verbena. »Ihr müsst so besorgt um Meister Malachit sein«, sagte sie. Zwischen ihren vollendet gezupften Augenbrauen bildete sich eine kleine Falte.

»Wir holen ihn zurück«, erwiderte Verbena und tilgte jeden Zweifel aus ihrer Stimme. »Und je eher, umso besser. Amethyst, in den Wagen mit Euch. Weißdorn, Ihr werdet unser Kutscher sein, also verstaut Amethysts Sachen und begebt Euch an Euren Platz.«

Während sich Weißdorn beeilte zu gehorchen, fragte Turmalin: »Und Ihr, Verbena? Fahrt Ihr im Wagen mit?«

Vermutlich hätte das besser zu ihrer Rolle gepasst, aber Verbena wollte verdammt sein, wenn sie sich tagelang allein in der Gesellschaft von Amethyst Langalia in den Wagen einsperren ließ. »Ich fahre erst einmal neben Weißdorn«, erwiderte sie und begab sich zur Vorderseite des Wagens. Riyu folgte ihr und half ihr hoch; seine großen Hände hoben sie mühelos hinauf. Als sie sich bequem hingesetzt hatte, bemerkte sie, dass Turmalin sie seltsam musterte.

Ich schwöre, morgen bei Sonnenuntergang werden wir uns gegenseitig umgebracht haben. Es tut mir leid, dass das das Beste ist, was ich zustande gebracht habe, Malachit. Du hast nie Glück gehabt.

Der Wagen schaukelte, als Weißdorn neben ihr auf den Kutschbock sprang. »Bereit, Meisterin?«, fragte er grinsend, und in seinen Augen funkelte die Energie der Jugend.

»Ich bin bereit.« Sie glättete die Röcke. »Unterwegs könnt Ihr mir verraten, was Eure Meisterarbeit macht. Vielleicht schenkt uns die Zeit außerhalb des Laboratoriums ja neue Perspektiven auf die Dinge.«

»Nur Arbeit, hm?«, fragte er kleinlaut.

»Ich habe Euch gewarnt, dass dies keine Vergnügungsreise wird.«

Er ergriff die Zügel und ließ sie vorschnellen. Ruckartig setzte sich der Wagen in Bewegung und holperte über die Pflastersteine des Hofes. Zu dieser frühen Stunde waren kaum Menschen auf den Straßen von Giavolo unterwegs, aber diese wenigen hielten inne und starrten die Prozession an. Die Luft roch nach frischem Brot und den Nachtkarren, die vorbeirollten. Das Licht der Morgendämmerung vergoldete die Villen auf den Hügeln, verharrte auf dem Prinzenpalast und ließ die höchsten Türme kupferfarben funkeln. Die dicht gedrängt stehenden Läden und Häuser des gemeinen Volkes um sie herum waren noch in Schatten gehüllt.

Genau wie die Universität wurde auch der größte Teil von Giavolo von einer Mauer umgeben, aber die Stadt war längst schon über ihre Grenzen hinausgequollen. Hier waren die Abstände zwischen den Häusern allerdings größer und die Straßen breiter. Bis zum Rand beladene Karren suchten sich von den umgebenden Obstgärten und Bauernhöfen ihren Weg in die Stadt. Das flache Gelände ging in Hügel über, als die Stadt langsam endete und das Land die Herrschaft übernahm. Vögel zwitscherten in den Hecken, die Luft war sauber und süß.

Plötzlich verspürte Verbena einen unerwarteten Stich, und es dauerte einen Moment, bis sie erkannte, dass das die Gerüche und Anblicke ihrer Kindheit waren. Wann hatte sie die Stadt zuletzt verlassen? Sie konnte sich nicht erinnern. Alles, was sie brauchte, gab es innerhalb von Giavolos Mauern: ihre Arbeit, ihre Unterkunft und ihre Kollegen. Und was war da sonst noch?

Riyu rief Kiki etwas in ihrer Sprache zu. Sie antwortete eifrig und lief auf den Kamm des Hügels zu, den sie gerade hinauffuhren.

»Wo geht sie hin?«, fragte Verbena.

»Ich habe sie auf Erkundung geschickt. Das wird etwas von ihrer überschüssigen Energie verbrauchen. Eines Tages wird Kiki eine gute Kriegerin sein, aber noch mangelt es ihr an Disziplin.«

»Ist sie deine Schülerin?«

Eine Pferdefliege wollte sich auf einem seiner langen Ohren niederlassen. Ungeduldig zuckte er damit, was die Ringe klirren ließ. »Eigentlich nicht. Sie ist Nagatis Tochter. Aber ich bin der Ältere, und auf dieser Reise nimmt sie von mir Befehle entgegen. Ich glaube, dass sie sich unbedingt beweisen will, damit ihre Mutter sie als Erwachsene betrachtet.«

Verbena grinste trocken. »Also unterscheidet sie sich nicht sehr von einer menschlichen Jugendlichen.«

Riyu erwiderte das Lächeln. »Unsere Arten haben viel gemeinsam, wie ich entdecken musste.«

Während des Tages verfielen sie in ein Muster, das – wie Verbena glaubte – ihre ganze Reise über Bestand haben würde. Kardamom, der Kadett, bildete die Nachhut und saß so gerade im Sattel, dass es schon schmerzte, ihn anzusehen.

Anscheinend war Kiki nicht die Einzige unter ihnen, die etwas beweisen wollte, und Kardamoms Ernsthaftigkeit hätte nicht offensichtlicher sein können, hätte er ein Schild um den Hals getragen. Turmalin verbrachte seine Zeit damit, sich entweder durch die zur Hälfte geöffnete Tür mit Amethyst zu unterhalten oder Verbena auf die Nerven zu gehen. Weißdorn lenkte die Pferde, aber da sie auf einer breiten Straße fuhren, brauchte er eigentlich wenig mehr zu tun, als sich zurückzulehnen und zu dösen. Kiki ging ein Stück voraus, und Riyu hielt mühelos mit dem Wagen mit. Auch wenn er ihrer Tarngeschichte zufolge Amethysts Leibwächter war, ließ er Verbena nur selten aus den Augen, solange es der Anstand nicht gebot. Sie fragte sich, ob er denn wirklich glaubte, dass sie noch immer in Gefahr schwebte, oder ob er einfach nur tat, was er als seine Pflicht betrachtete.

Vielleicht fürchtet er ja gar keine bestimmte Gefahr. Vielleicht sind es einfach nur die Gefahren der Straße.

In dieser Nähe zu Giavolo kamen sie an anderen Reisenden vorbei, darunter waren auch Soldaten des Prinzen, die Überfälle vonseiten Benevalias verhindern sollten. Für die Städte war der Handel lebenswichtig, selbst in Kriegszeiten, darum sollten die Straßen für alle Reisenden offen sein. Ob das auch noch zutraf, sobald sie Giavolos Einflussbereich verließen, würde sich zeigen.

Als der Wagen am Abend anhielt, schmerzte Verbena jeder Knochen im Leib. Sie hatten entschieden, alle Rasthäuser zu meiden und stattdessen am Straßenrand zu übernachten. Die Entscheidung hatte zwar ökonomische Gründe, sie fußte aber auch auf dem Wunsch, ihre Tarnung nicht mehr als nötig zu strapazieren. Weißdorn lenkte den Wagen auf eine kleine Lichtung, auf der es genug Futter für die Pferde gab, dann sprang er mit einer jugendlichen Energie vom Kutschbock, um die Verbena ihn beneidete.

»Alles in Ordnung, Verbena-naga?«, fragte Riyu und trat an ihre Seite.

»Nur etwas wund.« Sie sah zu, wie Weißdorn die Pferde abschirrte, dann schüttelte sie den Kopf. »Ich bin nicht mehr so jung wie früher.«

»Das Alter findet uns alle. Aber es ist der Alternative vorzuziehen.«

Das reizte sie zum Lachen. Sie erlaubte ihm, ihr vom Wagen zu helfen. Es gab viel zu tun, und sie wollten nicht mehr Magie anwenden, als eine junge Adlige auf einer solchen Reise normalerweise benutzt hätte. Das Letzte, was sie gebrauchen konnten, war jemand, der zufällig auf ihr Lager stieß, während Verbena oder Weißdorn einen Salamander herbeizauberten, um das Lagerfeuer zu entzünden.

»Ihr da, Kadett – macht ein Kochfeuer«, befahl Verbena. »Weißdorn, ich weiß, dass Ihr uns nicht vergiften werdet, also habt Ihr die Aufgabe, eine Mahlzeit zuzubereiten, sobald Ihr mit den Pferden fertig seid. Ich hole Wasser. Turmalin, Ihr und Amethyst kümmert Euch nachher um den Abwasch.«

Riyu begleitete sie zu einem Bach in der Nähe und half, mehrere schwere Eimer voller Wasser zurückzutragen. Während das Abendessen langsam Gestalt annahm, sagte Turmalin: »Ich habe das Gefühl, Ihr macht das nicht zum ersten Mal, Verbena.«

»Natürlich nicht. Schließlich bin ich wohl kaum als Meisterin der Magischen Wissenschaften geboren worden«, sagte sie energisch und schleppte einen Eimer zu den Pferden, die dankbar tranken. »Meine ersten Lebensjahre verbrachte ich auf einem Bauernhof, körperliche Arbeit ist mir nicht fremd.«

Amethyst und Kiki hatten es sich am Feuer gemütlich gemacht. Jetzt blickte die Adlige mit großen Augen auf. »Dann kommt Ihr gar nicht aus Giavolo, Meisterin?«

Verbena zögerte kurz und ärgerte sich. Es gab keinen Grund, nicht von ihrer Vergangenheit zu sprechen, und die Teile davon, die sie bedauerte, waren nicht allein ihre Schuld. »Aus dem Blancatal. Das ist eine Bauerngemeinschaft. Meine Familie baute größtenteils Gerste an, aber wir hatten auch eine Apfelbaumplantage.«

Gedankenverloren legte Weißdorn die Stirn in Falten. »Hat es da nicht vor langer Zeit eine Schlacht gegeben? Ich glaube, ich erinnere mich dunkel an etwas aus meinem Geschichtsunterricht.«

»Hm – wenigstens passt Ihr in meinem Unterricht besser auf. Aber ja, Ihr habt recht.« Fertig mit den Pferden, trocknete sich die Zauberin die Hände ab und trat an das lodernde Feuer. »Meine Großeltern waren noch jung, als es geschah. Icci und Marona führten Krieg gegeneinander, und das Blancatal lag genau dazwischen. Viele der Einwohner sympathisierten mit der einen oder der anderen Seite, und am Ende bezahlten die meisten für ihre Sympathien mit ihrem Leben. Jede Seite schickte Golems und Kampfmagier ins Tal, um die Hochburgen der jeweils anderen Seite zu vernichten, und als der Streit wieder abflaute, war das Tal beinahe entvölkert. Die Überlebenden ließen sich von Angst beherrschen. Sie wandten den Magischen Wissenschaften den Rücken zu. Heute leben sie wie die Wilden, verfügen nicht einmal über die grundsätzlichen Dinge, die für den Rest von uns selbstverständlich sind.« Sie zeigte auf eine der Lichtkugeln, die vom Wagen hingen und zu leuchten anfingen, als das Sonnenlicht vom Himmel wich. »Sie heizen und erleuchten ihre Häuser noch immer mit Feuer. Ich war siebzehn Jahre alt, als ich meine erste Lichtkugel gesehen habe.«

Amethyst starrte sie an, aber es war unmöglich zu sagen, ob ihre Überraschung von der Vorstellung herrührte, auf so primitive Weise leben zu müssen, oder von der Erkenntnis, dass Verbena jemals siebzehn Jahre alt gewesen war.

»Ich fürchte, man kann es ihnen nicht verübeln«, sagte Turmalin zögernd. Feuerlicht funkelte an der Brosche an seinem Hals und in seinen blauen Augen. »Wehrlosen Bauern muss eine Golemarmee entsetzlich erschienen sein. Kein Wunder, dass sie der Magie nicht trauen.«

»Hm! Ich wage zu behaupten, dass ich mehr darüber weiß als Ihr«, erwiderte Verbena steif. »Statt den Mächtigen die Schuld zu geben, die ihnen die Golems auf den Hals gehetzt haben, geben sie der Magie die Schuld. Aber Magie ist ein Werkzeug, das sich nicht von ihren Heugabeln und Pflügen unterscheidet. Es gibt keine guten oder böse Zauber, man kann sie nur zu guten oder bösen Zwecken einsetzen.«

»Ich bin sicher, dass Ihr wisst, wovon Ihr redet«, sagte

Turmalin und nahm von Weißdorn eine Schale mit Gemüseeintopf entgegen. »Aber ich muss widersprechen. Was ist mit dem Korridorzauber, der seinen Verursacher tötet? Was könnte man damit jemals Gutes erreichen?«

Verbena nahm ebenfalls eine Schale entgegen und verfluchte sich, sich überhaupt auf eine Diskussion mit Turmalin eingelassen zu haben. »Einmal angenommen, Ihr reist im Winter mit einem Gefährten durch die Berge und werdet von einem Blizzard überrascht. Ihr wollt ihn aussitzen, aber der Schneefall ist zu stark, und Ihr sitzt in der Falle. Euer Proviant geht zur Neige, Ihr werdet verhungern. Einmal angenommen, Ihr seid ein Meister der Magischen Wissenschaften, der zufällig den Korridorzauber kennt. Wollt Ihr behaupten, dass es ein Akt des Bösen wäre, Euer Leben für Euren Kameraden zu opfern, damit er entkommen kann? Ich bete, dass wir in keine Lage geraten mögen, in der es um unser Überleben geht, Meister Turmalin, denn ich fürchte, dass Ihr dann den Rest von uns den Wölfen zum Fraß vorwerfen werdet.«

Turmalin errötete. »Das ist nicht gerecht«, mischte sich Amethyst ein, aber der Meister winkte ab.

»Ihr habt recht, Verbena«, sagte er mit einem zerknirschten Nicken. »Ich habe die Angelegenheit nicht gründlich genug durchdacht. Bitte seid versichert, dass ich zu jedem nötigen Opfer bereit bin, um unsere Gruppe zu schützen.«

»Das ist unsere Aufgabe«, sagte Riyu von seinem Platz am Lagerrand aus. Ununterbrochen starrte er in die sich verdichtende Dunkelheit; zweifellos wollte er seine Nachtsicht nicht durch das Feuer ruinieren. »Und die des Kadetten.«

Kardamom runzelte die Stirn. Verbena vermochte nicht zu sagen, ob es daran lag, dass er von einem Ork angesprochen worden war oder dass man ihn als »den Kadetten« bezeichnet hatte.

»Nicht zu vergessen, dass Weißdorn und ich auch nicht ganz hilflos sind«, fügte sie hinzu. »Wir sind vielleicht keine Kampfmagier, aber wir kennen ein paar Tricks, die die meisten Gefahren aufhalten können.«

»Ihr vergesst, dass die Fakultät für Gesellschaftslehre nicht nur den Tanz unterrichtet, sondern auch das Fechten«, sagte Turmalin standhaft. »Sollte es so weit kommen, trete ich jeder Bedrohung mit gutem Stahl entgegen.«

Verbena widerstand dem Verlangen, die Augen zu verdrehen. Amethyst hingegen erschien fasziniert. »Tatsächlich, Meister? Habt Ihr schon viele Duelle bestritten?«

»Nur bis zum ersten Blut«, sagte Turmalin bescheiden.

Stumm den Kopf schüttelnd verließ Verbena das Feuer und begab sich zu Riyu. Er saß auf einem Baumstumpf und hatte die Aufmerksamkeit auf die Umgebung gerichtet. Aber er sah sie an, als sie den Eimer umdrehte und ihn als Sitz verwendete. »Ich bezweifle ehrlich, dass ein Räuber Turmalin zu einem Duell mit Degen herausfordert«, murmelte sie.

»Turmalins Eifer ist rühmenswert«, erwiderte der Ork wohlüberlegt. »Aber ich fürchte um seine Sicherheit.«

»Ja, nun, ich würde es zu schätzen wissen, wenn du verhindertest, dass er sich den Kopf abschlagen lässt.«

»Wenn es möglich ist, beschütze ich alle Mitglieder unserer Gruppe. Aber du hast in jedem Fall Vorrang, Verbena-naga.«

Auch wenn sie das eigentlich hätte wissen sollen, traf sie die Bemerkung unerwartet. »Unsere Mission ist wichtiger. Wenn wir Malachit retten können, entdecken wir vielleicht auch, wer hinter dem Angriff steckt. Ich kann meine Sicherheit nicht vor die Sicherheit einer ganzen Stadt stellen.«

»Ich schon.« Nun wandte er sich ihr zu; in der Abenddämmerung konnte sie nur seine Silhouette ausmachen. »Mein Eid galt nicht deiner Stadt und auch nicht deiner Universität, sondern allein dir.«

Irgendwie traf sie das – die Vorstellung, dass er sie allein aus Pflichtgefühl begleitete. »Ich war der Meinung, du würdest an unsere Mission glauben«, sagte sie. »Warum hast du sonst einen solchen Plan vorgeschlagen? Es wäre einfacher gewesen, mich zu überzeugen, zu Hause zu bleiben.«

Er schwieg lange, legte sich vielleicht gerade seine Antwort zurecht. »Ich glaube an unsere Mission«, sagte er schließlich. »Ich würde gern dafür sorgen, dass man diejenigen bestraft, die diese Schrecken auf hilflose Studenten gehetzt haben. Und dich überzeugen, zu Hause zu bleiben ... ich mag ja bloß ein dummer Ork sein, aber ich bin nicht dumm genug zu glauben, dass das möglich gewesen wäre.«

Sie boxte ihn gegen den Arm und schrammte sich die Knöchel an seiner Rüstung auf. Leise fluchend lutschte sie einen Moment daran und versuchte, seine stumme Belustigung zu ignorieren. »Sag das nie wieder! Wärst du dumm, dann würde ich nicht meine Zeit damit verschwenden, mit dir zu sprechen. Also wäre ich dir sehr dankbar, wenn du damit aufhörtest, meine Intelligenz zu beleidigen.«

Sofort wurde er ernst. »Verzeih mir, Verbena-naga. Das war nicht meine Absicht.«

»Hm. Hoffentlich.« Sie verschränkte die Arme unter den Brüsten und starrte in den Wald und auf die Felder um sie herum. Glühwürmchen erhellten die Nacht, tanzten zu Tausenden zwischen den Bäumen, die den Fluss säumten. »Wenn man einmal die Tatsache ignoriert, dass du ebenfalls angedeutet hast, ich sei stur – was ich, wie ich dir energisch versichere, nicht im Mindesten bin –, so bin ich froh, dass du uns begleitest. Aus welchen Gründen auch immer. Ohne dich müsste ich den ganzen Tag nur mit Turmalin reden.«

Mittlerweile war es zu dunkel, um Gesichter oder Ohren erkennen zu können, aber sie hörte sein leises Kichern. »Dann bin ich auch froh, dich vor einem solchen Schicksal gerettet zu haben.«

Danach schwiegen sie und saßen kameradschaftlich zusammen in der Dunkelheit, bis Verbena die Augen nicht länger offen halten konnte und zu Bett ging.

Kapitel 8

Die schmalen Betten im Wagen waren so hart und unbequem, dass Verbena am nächsten Morgen jeder Knochen im Leib schmerzte. Der Geruch von kochendem Haferbrei und das Vogelgezwitscher überzeugten sie, aufzustehen, ein schlichtes dunkelblaues Kleid anzuziehen und das lange Haar zu einem Zopf zu flechten. Ihre Bemühungen weckten Amethyst, die stöhnend die Decke über den zerzausten Kopf zog.

Die Sonne hatte kaum den Horizont überschritten, goldene und saphirblaue Streifen färbten den Osthimmel. Tau benetzte das Gras und durchtränkte kalt Verbenas Schuhe. Kardamom und die Orks waren fleißig damit beschäftigt, das Lager abzubrechen, während sich Weißdorn um die Pferde kümmerte und Turmalin über einen kleinen Spiegel gebeugt stand und sich rasierte.

»Guten Morgen«, sagte er, als er sie sah. »Ich hoffe, Ihr habt gut geschlafen.«

»Nicht so gut wie in meinem eigenen Bett, aber danke.« Sie nahm sich Haferbrei aus dem Topf, der über dem Feuer vor sich hin brodelte. Riyu hatte sein Bettzeug bereits zusammengepackt und eine Karte herausgeholt, die jetzt ausgebreitet vor ihm lag. Neugierig trat Verbena mit ihrem Frühstück zu ihm.

»Ich dachte, du könntest gar nicht lesen«, sagte sie, als sie ihm über die Schulter blickte.

Zustimmend zuckte er mit dem Ohr. »Ich kenne die Symbole auf der Karte, die Straßen oder Städte bezeichnen. Und die mit den wichtigsten Städten habe ich mir gemerkt.«

»Ich verstehe. Wo sind wir also?«

Die Karte sah alt und abgenutzt aus, die Ränder waren voller Flecken und zerfleddert. Riyu tippte mit der Kralle auf den dünnen Strich, der die Straße bezeichnete. »Hier. Wenn das Wetter so bleibt – und ich habe das Gefühl, dass es das tun wird –, verlassen wir heute noch das von Giavolo kontrollierte Gebiet und erreichen neutrales Territorium.«

»Was bedeutet …«

»Nichts, wie ich hoffe. Aber die Gefahr durch Banditen steigt, und es könnte auch zu einer gewissen … Gesetzlosigkeit kommen.«

Verbena nickte. »Ich verstehe. Können wir uns vernünftig verteidigen? Zwei Orks und eine Meisterin und dazu noch ein Lehrling der Magischen Wissenschaften werden wohl mehr sein, als die meisten Banditen erwarten. Oh, und ich vermute, dass auch Kardamom seinen Nutzen haben könnte.«

Er zögerte auf seltsame Weise, bevor er antwortete. Das frühe Licht verlieh seinem schwarzen Haar einen leuchtenden Schimmer und funkelte auf den Perlen in den dünnen Zöpfen, die in die Mähne geflochten waren. Seine Brauen waren leicht zusammengezogen, die Lippen spannten sich an, was die Spitzen seiner Stoßzähne ein Stück weiter entblößte. Verbena wurde sich bewusst, dass sie sich an seine Züge gewöhnt hatte: Nichts an ihm erschien noch besonders seltsam.

»Etwas bereitet dir Sorgen«, meinte sie. »Was ist es?«

Riyu schüttelte den Kopf; sein langes Haar strich über den Umhang. »Ich glaube nicht, dass wir etwas von Banditen zu befürchten haben«, sagte er und richtete sich auf. »Entschuldige mich. Kiki muss jeden Morgen trainieren – mit mir.«

Verbena sah ihm nachdenklich hinterher. *Du hast meine Frage nicht beantwortet, Riyu. Warum nicht?*

Was macht dir Sorgen? Und warum willst du es mir nicht sagen?

Die erste Prüfung ihrer Tarnung kam unerwartet, und zwar schon an diesem Nachmittag.

Das Land bestand aus Feldern und Weinbergen, gelegentlich unterbrochen von verlassenen Häusern. Die meisten Reichen hatten sich bereits vor Generationen in den Schutz der Städte geflüchtet, und jetzt gab es hier nur noch die Bauern, die die Nahrungsmittel erzeugten, die den Hunger ebenjener Städte stillten. Sie passierten ein paar Reisende, einschließlich einer Gauklertruppe, deren Jonglierkünste Kiki so sehr faszinierten, dass Verbena fast schon damit rechnete, dass die junge Ork mit ihnen durchbrannte. Stattdessen beschränkte sie sich jedoch darauf, im Gehen mit Obst zu jonglieren, bis Riyu sie sanft daran erinnerte, dass sie noch immer im Dienst war. Danach steckte Kiki das Obst weg, und als wäre sie fest entschlossen, ihre momentane Schwäche wiedergutzumachen, lief sie los, um die vor ihnen liegende Straße zu erkunden.

Der Tag war warm, und trotz des Gerüttels, das der Wagen verursachte, döste Verbena immer wieder ein. Die Monotonie tat sich mit der Hitze und dem Summen der Insekten zusammen, um ihre Lider schwerer werden zu lassen. Mehrmals ertappte sie sich dabei, wie sie zur Seite rutschte, und erwog daraufhin ernsthaft, Amethyst im Wageninneren Gesellschaft zu leisten, als Kiki ihnen entgegengerannt kam und schlagartig ihre Aufmerksamkeit weckte.

Selbst aus der Ferne sah Verbena sofort, dass die Ohren der Ork nach unten zeigten. »Bewaffnete Soldaten kommen uns entgegen«, stieß Kiki keuchend hervor, als sie auf Rufweite war. »Sie tragen die Farben Giavolos.«

»Dann ist doch alles in Ordnung«, meinte Turmalin.

Verbena hätte seine Ansicht gerne geteilt, aber Riyu erschien misstrauisch. Doch bevor sie ihn fragen konnte, kamen die ersten Soldaten mit klirrender Rüstung in Sicht.

Es war nur eine Handvoll – eine kleine Patrouille, die möglicherweise für Sicherheit auf der Straße sorgen sollte.

Die hellen Rüstungen waren voller Staub, während die Wappenröcke das vertraute Stadtwappen zeigten. Verbena nahm an, sie würden einfach weiterreiten, und war überrascht, als der Trupp dann doch anhielt. Der Befehlshaber hob die Hand. »Halt!«

Weißdorn wechselte einen unbehaglichen Blick mit Verbena, während er die Pferde zügelte. Das Fenster direkt hinter ihnen öffnete sich, und Amethyst streckte den Kopf heraus. »Was ist los?«

»Ich bin mir nicht sicher«, murmelte Verbena. »Denkt an Eure Verkleidung.«

Die Soldaten kamen näher; ihre Pferde schlugen mit den Schwänzen und drängelten sich aneinander. »Wer seid Ihr und wo wollt Ihr hin?«, fragte der Kommandant. Sein Gesicht war wettergegerbt, der Mund unter dem extravaganten Schnurrbart war schmal und hart.

Nervös verneigte sich Turmalin im Sattel. »Wir sind Bürger Giavolos, Hauptmann. Meine Herrin, die Lady Amethyst daNelia, reist nach Icci, um ihren Bräutigam kennenzulernen.«

Der Hauptmann erschien wenig beeindruckt. Seine Blicke wanderten über Kardamom und die Orks. »Ganz schön schwer bewaffnet für eine Hochzeitsgesellschaft, was?«

»Die Straßen sind tückisch und die Reise ist lang«, erwiderte Turmalin.

»Hm.« Der Hauptmann zeigte auf den Wagen. »Männer, durchsuchen!«

»Moment mal!«, rief Verbena, als die Soldaten auf den Wagen zurückten. »Aufhören!«

Riyu kam anmutig in Bewegung. Er zog keine Waffe, blockierte aber den Weg des ersten Soldaten mit seinem massigen Körper. Der Mann kniff die Augen zusammen. »Aus dem Weg, Grünhaut!«

Riyu rührte sich nicht, sein Gesicht war so ausdruckslos wie ein Stein.

»Warum tut Ihr das?«, verlangte Turmalin zu wissen. »Wir sind Bürger Eurer Stadt!«

»Die benevalianische Spione sein könnten. Oder vielleicht etwas schmuggeln. Es ist unsere Aufgabe, Euch zu durchsuchen.« Der Hauptmann machte eine verächtliche Geste. »Also schafft Euren Ork aus dem Weg, oder ich lasse seine aufgeschlitzte Leiche am Straßenrand liegen.«

Das ist doch albern. »Lass sie gewähren, Riyu«, sagte Verbena. »Amethyst – meine Lady –, bitte verlasst den Wagen, während diese Herren ihre Durchsuchung erledigen.«

Zu ihrer Erleichterung gehorchten beide. Der Hauptmann sah sie nachdenklich an. »Und wer seid Ihr?«

Zu spät erkannte Verbena, dass sie für ihre Rolle vermutlich nicht unterwürfig genug handelte. *Ich wäre besser die Tante der Jungfrau.* »Ich bin Lady Amethysts Tutorin«, sagte sie eisig. Ihr Verhalten jetzt noch zu ändern würde nur Verdacht erregen. »Es ist meine Aufgabe, dafür zu sorgen, dass mein Schützling seinem zukünftigen Ehemann unbeschadet gegenübertritt.«

Der Hauptmann musterte Amethyst, die neben den Pferden stehen geblieben war. »Hübsches Mädchen. Kein Wunder, dass man diesen Drachen zu ihrem Schutz mitgeschickt hat, was, Jungs?«

Riyu legte die Ohren an. Verbena ignorierte den Hauptmann, denn sie wollte die Begegnung so schnell wie möglich hinter sich bringen und hatte die Befürchtung, dass weitere Widerworte möglicherweise zu Gewalt führten. *Und mit der eigenen Seite zu kämpfen, das ist wirklich das Allerletzte, was wir brauchen.*

Die Soldaten nahmen den Wagen auseinander. Verbena fluchte im Stillen, als sie hören musste, wie Gegenstände gegen die Wände oder auf den Boden geworfen wurden. Glücklicherweise dauerte es nicht lange, bevor die Soldaten wieder herauskamen und den größten Teil der Vorräte und die kleine Kiste, die angeblich Amethysts Mitgift enthielt, mit sich schleppten. Kardamoms Augen wurden groß, als er das sah. »Das könnt Ihr nicht mitnehmen!«

Der Hauptmann spuckte gelangweilt auf die Straße. »Betrachtet es als Bezahlung dafür, dass wir die Straßen für Reisende wie Euch sicher machen.«

»Aber ...«

»Lasst es gut sein, Kardamom«, sagte Amethyst. Sie warf dem Hauptmann einen verächtlichen Blick zu. »Seid versichert, dass ich meinen Onkel sobald wie möglich über diesen Zwischenfall schriftlich in Kenntnis setze.«

Die Soldaten lachten bloß. Innerhalb weniger Augenblicke saßen sie wieder im Sattel und ritten weiter. Ein paar von ihnen riefen Amethyst noch ein paar unanständige Angebote zu, die sie jedoch hochmütig überging.

Verbena wartete, bis sie verschwunden waren, bevor sie den wüsten Fluch ausstieß, den sie die ganze Zeit mit zusammengebissenen Zähnen zurückgehalten hatte. Ihre beiden Studenten starrten sie entsetzt an. Aber sie beachtete sie gar nicht, sprang vom Kutschbock und marschierte zur Rückseite des Wagens. Wie befürchtet hatten die Soldaten die Einrichtung ruiniert. Das Bettzeug lag überall herum, die Deckennetze waren heruntergerissen, die Kleidertruhen standen geöffnet, während ihr Inhalt überall auf dem Boden verteilt lag.

Riyu trat an ihre Seite. Kardamom wetterte wütend über Ehre und anständige Soldaten und schwor, dass sich kein Kadett der Universität jemals auf so abscheuliche Weise verhalten würde.

»Wenigstens haben sie das Geheimfach nicht gefunden«, meinte Verbena, als sie den Schaden musterte.

»Ich helfe dir beim Aufräumen.«

Sie warf dem Ork einen zweifelnden Blick zu. »Ich glaube kaum, dass wir da beide gleichzeitig reinpassen. Amethyst und ich schaffen das schon. Ich freue mich auf den Brief, den sie ihrem Onkel, dem Herzog, schreiben wird. Diese

Soldaten werden für den Rest ihres Lebens Ställe ausmisten, falls er ihnen nicht wegen Diebstahls die Hände abhacken lässt.«

»Leider wird uns eine zukünftige Vergeltung heute kaum den Magen füllen.«

»Ich weiß. Gibt es ein Gasthaus oder ein Dorf, in dem wir einkaufen können?«

»Ich bin noch nie auf dieser Straße gereist, aber vielleicht hilft uns ja die Karte. Falls nicht, könnten wir einen Bauernhof besuchen und nachsehen, ob man dort etwas kaufen kann.«

Verbena versuchte, sich die Reaktion eines Bauern vorzustellen, der zwei gepanzerte Orks vor seiner Tür bemerken musste. »Falls das nötig ist, schicken wir besser Turmalin. Dann kann er seine Gesellschaftskunde auf nützliche Weise anwenden.«

Ein leises Lächeln umspielte Riyus Mundwinkel, als hätte er mit ihrer Antwort schon gerechnet. »Ein guter Vorschlag. Du bist diese Strecke schon einmal gereist, oder? Das dürfte der kürzeste Weg zwischen dem Tal von Blanca und Giavolo sein, zumindest wenn die Karte nicht lügt.«

»Riyu, das ist dreißig Jahre her. Ich fürchte, ich erinnere mich nur noch daran, dass ich Angst hatte, weil ich mein Zuhause zum ersten Mal verließ. Und aus dem gleichen Grund war ich aufgeregt. Ich reiste mit einer kleinen Karawane, kochte und wusch die Wäsche für sie, also hatte ich keinen Grund, auf die Route zu achten, geschweige denn mich nach so langer Zeit noch daran zu erinnern.«

»Und seitdem bist du nie wieder nach Hause zurückgekehrt?«

Verbena seufzte. »Nein. Nein, das bin ich nicht.«

»Verzeih mir, Verbena-naga. Ich sehe, dass dir unsere Unterhaltung unangenehm ist.«

»Nein, nein.« Sie winkte ab. »Aber wir sollten uns lieber an die Arbeit machen. Schick Amethyst her, und wir versuchen Ordnung zu schaffen, während der Wagen fährt. Noch mehr Zeit sollten wir auf keinen Fall verschwenden.«

Als sie das Nachtlager aufschlugen, war Amethyst trotz allem bester Laune. Sie und Kiki boten sich freiwillig an, die verbliebenen Lebensmittel zuzubereiten. Am Ende hockten sie gemeinsam vor dem Feuer. »Wir brauchen noch mehr Einzelheiten über diesen Ehemann, zu dem ich angeblich unterwegs bin«, schlug Amethyst vor, während sie im Topf rührte. »Wir kennen seinen Namen, aber was wissen wir außerdem?«

Kiki kicherte, und Verbena wurde sich bewusst, dass sie und Amethyst ungefähr im gleichen Alter sein mussten – natürlich vorausgesetzt, dass Orks ebenso alterten wie Menschen. »Er sieht gut aus«, schlug Kiki vor.

»Und ist reich.«

»Und ein Dichter.«

»Ach, das gefällt mir«, sagte Amethyst eifrig. »Er hat mir romantische Briefe geschickt, sodass ich mich bereits schrecklich in ihn verliebt habe, ohne ihn jemals zu sehen. Und seine Küsse ...«

»Wenn Ihr ihn nie gesehen habt, dann könnt Ihr wohl kaum seine Küsse beschreiben«, stellte Verbena trocken fest.

»Schade.« Amethyst probierte den Eintopf, dann fügte sie etwas mehr Basilikum hinzu. »Küssen Orks eigentlich, Kiki?«

Turmalin schien die Offenheit der Frage zu entsetzen, aber Kiki kicherte bloß und schlug die Hände vors Gesicht. Riyu saß an der Seite und ölte sorgfältig seine Klingen, knickte aber ein Ohr in die Richtung der Unterhaltung ab.

»Nur unter ungewöhnlichen Umständen«, sagte er in Kikis Kichern hinein.

Verbena schüttelte den Kopf und setzte sich neben ihn. »Um der Unterhaltung eine ernsthaftere Richtung zu geben: Dank dieser Schurken heute Nachmittag brauchen wir Lebensmittel.«

»Ja.« Riyu wischte die Klinge des Langschwertes ab und schob sie in die lackierte Scheide zurück, bevor er die Aufmerksamkeit auf die Kurzklinge richtete. »Laut der Karte befindet sich ein Dorf vor uns. Falls es das noch gibt, könnte es groß genug für einen Markt oder ein Gasthaus sein.«

»Falls es das Dorf noch gibt?«

»Die Karte ist nicht neu, und die Kriege zwischen euren Städten waren für alle, die zwischen die Fronten gerieten, recht schlimm. Das sollte dir klar sein, wenn du an die Geschichte deines Geburtsortes denkst.«

»Ja. Du hast natürlich recht.« Verbena nagte abwesend an der Hornhaut ihres Daumens.

»Erinnerst du dich an das Dorf in den Bergen, Riyu-ga?«, fragte Kiki. Ihre Ohren senkten sich ein Stück; anscheinend war es keine fröhliche Erinnerung.

»Es ist kein Schritt auf dem Weg des Kriegers, unerfreuliche Dinge zu vergessen«, erwiderte Riyu ganz ruhig, aber seine dunklen Augen schienen plötzlich einen seltsam heimgesuchten Ausdruck zu haben.

»Was ist passiert?«, fragte Turmalin. »Gab es dort eine Schlacht?«

Riyu zuckte mit den Schultern, während die Rüstung leise klirrte. »Wer weiß das schon? Als unsere Kompanie dort ankam, standen die Tore geöffnet, und die meisten Häuser waren verlassen. In einigen befand sich noch Essen auf dem Tisch, als wären die Besitzer von ihren Mahlzeiten fortgerufen worden. Aber es waren noch keine wilden Tiere in das Dorf gekommen, um sich über die Vorräte herzumachen, und das erfüllte uns mit Unruhe. Ich weiß nicht, was mit den Dorfbewohnern genau geschehen ist, aber die wenigen, auf die wir flüchtig einen Blick werfen konnten, erschienen … verändert. Auf verstörende Weise entstellt. Sie versteckten sich vor uns, und obwohl wir ihnen zuriefen, dass wir ihnen nichts antun würden, reagierten sie bloß mit Schreien und Kreischen, als hätten sie ihre Sprache vergessen.«

Kiki erschauderte. »Ich werde nie den Geruch vergessen. Ugh.«

»Ich auch nicht. Überflüssig zu sagen, dass wir schnell weiterzogen, und wir haben auch keine Lebensmittel oder Wasser mitgenommen.«

»Vielleicht war es ja bloß eine Seuche«, meinte Turmalin. Seine Gesichtshaut hatte eine leicht grünliche Färbung angenommen.

»Das war nicht der Geruch von Krankheit, Turmalin-ga.« Riyu schüttelte den Kopf. »Und eine Seuche verursacht auch nicht solche … Abnormitäten, wie wir sie gesehen haben.«

Amethyst erhob sich; ihre vorherige Fröhlichkeit war verschwunden. »Das Essen ist fertig«, sagte sie leise, und in der Tat füllte eine recht niedergeschlagene Gruppe ihre Teller.

Nichts war mehr für das Frühstück übrig, und als sie kurz nach Mittag das Dorf auf Riyus Karte erreichten, hing Verbena der Magen in der Kniekehle. Als Riyu ein Ohr auf das Knurren in ihren Eingeweiden richtete, errötete sie. »Ich bin tatsächlich verweichlicht«, sagte sie trocken.

Er ging neben dem Wagen und sah zu ihr hoch. Sie hatte ihm den Sitz neben Weißdorn mehrmals angeboten, aber wie erwartet hatte er jedes Mal abgelehnt. Straßenstaub übertünchte den Glanz seines langen Haares und dämpfte das Funkeln seiner lackierten Rüstung. Doch in seinen Augen blitzte die Neugier. »Wieso?«

»Wie du weißt, wurde ich als Bäuerin geboren. Bei einer schlechten Ernte hungerten alle. Als ich neun war, herrschte im Tal eine schreckliche Dürre. Die meisten Felder brachten keine Erträge. Oft gab es nur eine Mahlzeit am Tag, und viele hatten nicht einmal dieses Glück.«

Weißdorn schüttelte den Kopf; sein Magen hatte noch lauter protestiert als Verbenas. »Naverra sei Dank, meine Eltern waren Steinmetze. Meine Mutter erschuf die Engel für Meister Malachits Villa. Sie waren so stolz, als ich auf der Universität angenommen wurde.«

»Das ist auch richtig so. Es tut mir nur leid, dass diese Affäre deine Arbeit unterbrochen hat.«

Weißdorn grinste, seine ungleichen Augen funkelten. In früheren Zeiten wäre er für diesen Makel schon bei der Geburt ertränkt worden, ganz zu schweigen davon, dass man ihn später für sein Interesse an den Magischen Wissenschaften verfolgt hätte. »Aber es ist eine so gute Entschuldigung, die Hausaufgaben nicht pünktlich abgeben zu können.«

Vor ihnen tauchte Kiki auf der Straße auf. Weißdorn drosselte die Geschwindigkeit der Pferde, aber dieses Mal schien die junge Orkfrau nicht von dem beunruhigt zu sein, was sie erkundet hatte.

»Ich sah das Dorf«, berichtete sie, als sie näher herantrabte. »Es existiert noch, anscheinend blüht es sogar. Wir sollten dort Nahrungsmittel kaufen können.«

Verbena spürte eine tiefe Erleichterung; ihr war gar nicht bewusst gewesen, wie sehr ihr die Geschichte der Orks zu schaffen machte. »Ausgezeichnet. Wie gut, dass wir uns nicht auf Amethysts ›Mitgift‹ zur Finanzierung verlassen haben. Die sollte hauptsächlich in Notfällen als Täuschung dienen. Allerdings – nicht dass wir das Geld nicht hätten gebrauchen können.«

Hinter ihnen steckte Amethyst den Kopf aus dem Wagenfenster. »Das ist nur verloren, bis Onkel, der Großherzog, es zurückbekommt«, verkündete sie rachsüchtig. Etwas am Schwung ihrer Lippen und dem Leuchten in ihren Augen erinnerte Verbena an den Großherzog, und insgeheim gestand sie sich ein, dass sie ihre Studentin unterschätzt hatte. Was auch immer sich über Amethyst Langalia sagen ließ, ihr mangelte es weder an Mut noch an Entschlossenheit.

»Wir sehen, ob wir Euren Brief im Dorf aufgeben können«, sagte sie, und Amethyst strahlte bei dem Gedanken daran.

Wie Kiki gesagt hatte, das Dorf blühte in der Tat, vielleicht aufgrund seiner Nähe zu Giavolo, das feindliche Überfälle so nahe an seinen Grenzen nicht duldete. Nach so vielen Jahren in einer der großen Städte erschien Verbena dieser Ort winzig, aber immerhin war er groß genug für einen Markt und ein großes Gasthaus. Ihre kleine Prozession zog keine Blicke auf sich, und was noch besser war: Nicht einmal die Orks erregten viel Aufmerksamkeit. *Sie werden oft als Karawanenwächter eingestellt – vielleicht sind die Bewohner daran gewöhnt, sie zu sehen. Zumindest gelegentlich.*

Die breiten Straßen wiesen zwar nicht die Menschenmengen innerhalb von Giavolo auf, aber es waren doch genügend Leute unterwegs. Sie kauften ein, lenkten Karren oder plauderten an den Brunnen. Die meisten trugen Bauerntracht: schlichte Kleider und Kopftücher für die Frauen, einfache Wämser und Beinkleider für die Männer. Überall liefen Hunde und Schweine auf der Straße herum. Die Luft roch nach Tierdung und Aborten, aber auch nach backendem Brot und gärendem Bier.

Turmalin lenkte sein Pferd vor den Wagen und zwang Riyu, ein Stück zurückzufallen; wenigstens murmelte der Meister eine Entschuldigung. »Verbena, ich schlage vor, dass Ihr mit Amethyst, Kardamom und den Orks zum Markt geht«, sagte er mit einer angedeuteten Verneigung. »Weißdorn und ich werden uns zum Gasthaus aufmachen und uns eine Mahlzeit besorgen, die wir nicht selbst zu kochen brauchen, sodass wir bis zum Abendessen keinen Hunger haben müssen.«

Amethysts Gesicht zeigte Enttäuschung. »Oh, aber Meister Turmalin, ich hatte gehofft, dass Ihr uns begleitet.«

Verbena verspürte den Drang, mit den Augen zu rollen, sah ihren Kollegen stattdessen aber nur mit einer hochgezogenen Braue an. »Gibt es einen Grund für dieses besondere Arrangement, Turmalin?«

Das schien ihm Unbehagen zu bereiten. »Gasthäuser können ... unerfreuliche Gestalten anziehen, vor allem zu dieser Tageszeit, wenn die meisten fleißigen Leute bei der Arbeit sind. Ich möchte es den Damen ersparen, solch ... schlechten Manieren ausgesetzt zu werden.«

Dieses Mal rollte sie mit den Augen. »Bei den Göttern, Turmalin, ich habe in einem Bordell gearbeitet, um meinen Schulaufenthalt zu finanzieren. Da glaube ich kaum, dass ein Gasthaus meine Moral auf die Probe stellen könnte. Vielleicht solltet Ihr zum Markt gehen, und Weißdorn, Riyu und ich kümmern uns um das Gasthaus.«

Weißdorn und Amethyst starrten sie an, als könnten sie sie sich weder als Studentin, aber erst recht nicht in einem Bordell vorstellen. Turmalin hätte vielleicht noch länger debattiert, aber da sie sich dem Gasthaus näherten, sprang Verbena einfach vom Wagen, was ihn dazu zwang, sein Pferd zur Seite zu lenken, um sie nicht umzustoßen. Riyu begab sich sofort an ihre Seite, und es gab einen Moment der Verwirrung, als Weißdorn eine Stelle suchte, an der er den Wagen abstellen konnte, damit er die Straße nicht blockierte.

Riyu sah Verbena mit einer hochgezogenen Braue an. »Du hast tatsächlich in einem Bordell gearbeitet?«

Sie schenkte ihm ein durchtriebenes Lächeln. »Ich habe natürlich nur an den Tischen bedient. Mir fehlten die Brüste, um eine Tänzerin zu werden.«

Er schnaubte, aber sie war sich nicht sicher, ob das Belustigung oder höflicher Unglaube sein sollte. »Also wirklich, Riyu, stellst du dir eine skandalöse Vergangenheit für mich vor?«, neckte sie ihn.

Er blickte aus den Augenwinkeln zu ihr herunter. »Der Tanz ist bei den Orks eine ehrenvolle Kunst.«

»Nackttanz?«

Weißdorn gesellte sich zu ihnen. Vielleicht war das von Vorteil, so hatte Riyu keine Gelegenheit, ihr zu antworten. »Gut gemacht mit diesem Gecken, Meisterin«, sagte er und grinste von einem Ohr zum anderen.

Trotz ihrer Einstellung zu dieser Sache konnte die Zauberin eine derartige Respektlosigkeit nicht durchgehen lassen. »Meister Turmalin ist ein Kollege«, sagte sie. »Er hat sich seinen Titel verdient, und darum verdient er auch von uns Respekt.«

»Ihr habt ihn als einen blonden Narren bezeichnet, weil er die Golems losließ.«

»Eine Meinungsverschiedenheit unter Kollegen«, sagte sie abschätzig. Weißdorn nickte ernst – dann verdarb er es, indem er ihr zuzwinkerte, ein grünes Aufblitzen neben dem blauen Auge. Na gut – sie hatte ihn schließlich wegen seines unabhängigen Geistes als Lehrling aufgenommen.

Trotz Turmalins prüder Unterstellung, dass das Gasthaus eine Lasterhöhle sein werde, gab es tatsächlich kaum Gäste. Der größte Tisch wurde von einer Gruppe hartgesottener Männer und Frauen in Beschlag genommen, bei denen es sich möglicherweise um Söldner handelte. Sie unterhielten sich leise. Hier und da saßen ein paar Markthändler und machten Pause, dann waren da noch einige Handwerker.

In einer Ecke drängte sich eine seltsame Gruppe; den schlammbespritzten Umhängen nach zu urteilen mussten es irgendwelche Reisende sein. Einer hatte die Kapuze tief in sein – oder ihr – Gesicht gezogen, und Verbena fragte sich, ob ihm einfach nur kalt war? Oder er war erkrankt.

Der Wirt kam heraus, als sie die Glocke schlugen. Verbena verhandelte mit ihm über eine Mahlzeit, die für sie alle reichte. Wie erwartet verlangte er einen außerordentlichen Preis. Meister Turmalin hätte höflich mit ihm debattiert, um den Preis zu drücken, aber sie warf ihm bloß den gleichen Blick zu, den auch ein Student bekommen hätte, der beim Examen betrogen hatte und es danach noch abstritt. Es dauerte nicht lange, dann gingen sie mit ausreichend Lebensmitteln, für die sie einen gerechten Preis bezahlt hatten.

»Wie habt Ihr das gemacht, Meisterin?«, fragte Weißdorn offensichtlich beeindruckt.

»Was denn?«, fragte sie bescheiden zurück. »Er war bestimmt von der Güte seines Herzens motiviert, davon bin ich überzeugt. Lasst uns zum Wagen zurückgehen und unsere Mahlzeit genießen. Die anderen dürften gleich da sein.«

Kapitel 9

Die kleine Gruppe verfiel in eine Routine, wie Verbena zufrieden beobachtete. Jeder wusste, was er zu tun hatte, und tat es auch, ohne auf Anweisungen zu warten. Das Lager wurde schnell aufgebaut, und als alles erledigt war, war auch schon das Essen fertig.

An diesem Abend war die Stimmung am Lagerfeuer gedämpft. Kiki bot an, eine orkische Edda vorzutragen, aber ihre Übersetzung erfolgte so stockend und unsicher, dass sie nicht weit kam.

»Ich leiste dir beim Wachwechsel heute Nacht eine Weile Gesellschaft, Kiki-gu«, versprach ihr Riyu freundlich, was ihre Verlegenheit zu besänftigen schien.

Danach gingen alle außer Riyu und Verbena schlafen. Der Ork übernahm stets die erste Wache und setzte sich am Lagerrand mit dem Rücken zum Feuer, damit seine Nachtsicht nicht beeinträchtigt wurde. Verbena nahm sich eine Tasse gewürzten Wein aus dem Kessel, der langsam über dem Feuer erwärmt wurde, und gesellte sich zu ihm.

»Störe ich dich?«

»Natürlich nicht.« Er hatte sich auf einen umgestürzten Baumstamm gesetzt; nun rutschte er zur Seite, um ihr Platz zu machen.

Der kühle Biss der Nachtluft hatte sie ein Schultertuch herausholen lassen. »Der Winter kommt näher«, sagte sie verzagt, nahm einen Schluck von dem warmen Wein und zog das Tuch enger.

Riyus Kichern erregte ihre Aufmerksamkeit. Seine Mundwinkel waren zu einem leisen Lächeln nach oben gezogen, seine Ohren waren entspannt. »Was ist so lustig?«

»Auf unserer Insel wäre das ein Tag im Hochsommer. Du lebst viel zu weit im Süden, um wirklich zu wissen, was ein Winter ist, Verbena-naga. Selbst am kältesten Tag schneit es hier nur auf dem höchsten Gipfel des Hesonius.«

Sie bemühte sich, sich das Wetter in anderen Teilen der Welt in Erinnerung zu rufen, scheiterte aber daran. »Dann erzähl mir doch, wie es im Orkland so ist.«

Das Feuer flackerte, sein Licht erstarb allmählich. In der Dunkelheit klang Riyus Stimme wie fernes Donnergrollen. »Wir nennen unsere Insel Nasu na Riku, was so viel wie ›vom Meer gegeben‹ heißt. Es ist ein raues Land, das von einem Ozean umgeben ist, der kalt genug ist, um jeden umzubringen, der länger als ein paar Minuten im Wasser bleibt. Es gibt Berge und Täler, aber wenig anderes. Die Knochen der Erde liegen dort blank für die Himmelsmutter Nidachaku, und nur an sehr wenigen Stellen kann der Weizen wachsen. Die Bäume sind niedrig und gedeihen ausschließlich in den tiefsten, geschütztesten Tälern. Der Winter dürfte bereits eingetroffen sein; das Land ist im Griff von Eis und Schnee. Dampf strömt aus den heißen Quellen und den großen Spalten an den Hängen der Vulkane.«

Gedankenverloren verstummte er. »Vermisst du es?«, fragte Verbena leise.

Riyu schüttelte sich, seine Rüstung und sein Haar raschelten. »Manchmal. Aber es gibt auf dieser Welt viele Orte, die ihre eigene Schönheit besitzen und die ich nie zu Gesicht bekommen hätte, wäre ich in meiner Heimat geblieben. Und es gibt andere Entschädigungen.«

In seiner Stimme lag eine Weichheit, die sie dort noch nie zuvor gehört hatte, und jetzt überlegte sie, ob sie fragen sollte, was er mit diesen Entschädigungen wohl meinte, oder ob das selbst unter Freunden einfach nur unvorstellbar unhöflich gewesen wäre. Seinem Profil war es einfach nicht abzulesen. Es bestand aus nicht mehr als einer dunklen Fläche, die sich von den hellen Sternen abzeichnete.

Plötzlich fühlte sie, wie er erstarrte und das Gewicht auf dem Baumstamm verlagerte.

»Was ist?«, flüsterte sie.

»Im Wald bewegt sich etwas. Es ist nicht allein.«

»Wild?«

»Nein.« Er stand auf und zog das Schwert. »Geh zum Wagen, Verbena-naga! Zu den Waffen! Zu den Waffen!«

Einen Augenblick lang saß sie vor Überraschung wie erstarrt da. Als verschlafene Fragen ertönten und die Laute gezogener Waffen erklangen, kam wieder Leben in sie. Sie sprang auf die Beine und rannte auf den Wagen zu – aber nicht, um sich dort zu verstecken, wie Riyu es gemeint hatte.

Sie hörte, wie Weißdorn etwas von seiner Lagerstatt unter dem Wagen murmelte. »Weißdorn! Licht!«, befahl sie. Das schien ihn endgültig zu wecken, und einen Augenblick später flammten auch schon die Lichtkugeln auf und tauchten alles in ihren warmen gelben Schein. Nun konnte sie erkennen, wohin sie trat, dann erreichte sie das Wagenende und griff nach dem Türknauf ... und instinktiv erstarrten ihre Muskeln vor Entsetzen.

Abgesehen von dem Rascheln im Unterholz und dem Geräusch von Schritten vernahm sie das deutlich hörbare *Tick-tick-tick* mechanischer Gelenke.

Naverra steh uns bei. Klicker.

Amethyst stieß die Tür auf und hätte um ein Haar das Gesicht der Zauberin getroffen. Ihre Augen waren weit aufgerissen, sie war kreidebleich, und Verbena konnte sich nicht der Mutlosigkeit erwehren, die unwillkürlich in ihr aufstieg. »Bleibt im Wagen!«, befahl sie.

Amethyst zog sich zurück, und sie folgte ihr. »Helft mir, die Sachen dort wegzuräumen und das Geheimfach zu öffnen.«

Das schien die Studentin aus ihrer Erstarrung zu holen, und im nächsten Augenblick knieten sie beide vor den schweren Truhen. Verbenas Finger fuhren über den Boden und suchten nach dem Riegel. Einen angsterfüllten Augenblick lang glaubte sie, ihn nicht finden zu können. *Verdammt! Das war so einfach, als ich es im Tageslicht übte, als ich nicht in Gefahr schwebte, ermordet zu werden.*

Sie fand den verborgenen Riegel und drückte ihn herunter; das Geheimfach sprang gehorsam auf. Sie riss die Notfalltasche heraus. Während sie aus dem Wagen sprang und hinter sich die Tür zuknallte, formulierte sie in Gedanken bereits Formeln und zeichnete vor dem inneren Auge Piktogramme.

Verflucht, ich bin doch keine ausgebildete Kampfmagierin. Ich habe nicht mit den Klickern gerechnet, nicht jetzt, nicht unterwegs, zumal wir Giavolo gerade erst verlassen haben.

Kardamom stieß mit ihr zusammen. »Meisterin! Ich beschütze den Wagen!«, rief er, als erwartete er, dass sie wieder hineinging.

»Dann beschützt doch das blöde Ding!«, brüllte sie und drängte sich an ihm vorbei.

Im Licht der Kugeln entdeckte sie rasenden Messing, Eisenkrallen, knochenweiße Zähne und feucht schimmernde Augen. Die Orks hatten einander gegenüber Aufstellung genommen. Sie hatten die langen Schwerter gezogen, um genügend Reichweite zu haben. Turmalin stand mit gezogenem Degen da; seine Hand bebte unkontrolliert. Verbena verfluchte ihn stumm, weil sie sich nun auch um ihn sorgen musste.

Weißdorn erwartete sie bereits, und sie riss den Beutel auf, nahm ein Silbermesser und warf es ihm zu. »Weißdorn! Endloskreis! Sofort!«

Er schnappte sich das Messer aus der Luft und stürzte sich auf eine Seite, während er darauf vertraute, dass sie den Rest vollendete. »Kiki-gu!«, rief Riyu und ließ ein paar Worte in seiner Heimatsprache folgen. Zu Verbenas Erleichterung kam die junge Ork heran, um Weißdorn zu beschützen.

Keinen Augenblick zu früh. Einer der anmutigen Umrisse, die sie umkreisten, richtete die Aufmerksamkeit auf Weißdorn, während der Lehrling dort kauerte und mit dem Messer einen Kreis in den Boden schnitt, der den Wagen und sie alle einschließen sollte. Der Klicker bewegte sich mit einer verrückten Schnelligkeit, Messinggelenke blitzten und lederige Muskeln ächzten, als sie das Ungeheuer auf ihn zu katapultierten ...

Kiki stieß einen Kampfschrei aus, klirrend kollidierte ihr Schwert mit dem Gitterkörper. Der Klicker wich zurück, aber schon raste einer seiner Gefährten herbei, um zu töten.

Verbena fiel auf die Knie, um die Runen zu schreiben, die sich innerhalb des Kreises befinden sollten, sobald Weißdorn ihn vollendet hatte – *falls* er ihn vollendete. Falls er vorher nicht in Stücke gerissen wurde; falls sie nicht selbst getötet wurde; falls überhaupt etwas der Zerstörungswut dieser Klicker widerstehen konnte.

Schluss damit. Konzentrier dich, du Närrin!

Sie zog einen zweiten Silberdolch und schnitt sich die Hand auf. Während sie die Runen mit dem blutigen Messer in den Boden grub, flüsterte sie dabei ihre Namen und unterwarf sie ihrem Willen. Der Kreis war zwar primitiv, aber im Augenblick konnten sie nichts anderes tun.

Aus dem Augenwinkel sah sie eine schlängelnde Bewegung, und ein Teil von ihr zuckte zusammen, obwohl sie ihre Hände zur Ruhe zwang. Ein dunkler Schatten glitt über die eine Seite, und sie hörte, wie Riyu eine Herausforderung brüllte. Kardamom rief etwas, und sie glaubte Turmalin aufschreien zu hören, aber jetzt war nichts von Bedeutung, mit Ausnahme des einen: diesen Kreis zu vervollständigen.

Funken flogen durch die Luft; ein Klicker hatte ihre Verteidigung durchdrungen und sprang mitten durch das sterbende Lagerfeuer. Glühende Zweige flogen in alle Richtungen. Einer landete auf Verbenas Wange, fluchend schlug sie danach. Der Klicker änderte die Richtung und kam mit weit aufgerissenem Rachen von hinten auf sie zu, aber wieder konnte Riyu ihn abwehren. Sein Schwert traf die empfindliche Mechanik der Vorderbeine, durchtrennte Drähte und verbeulte Kugellager. Humpelnd wich der Golem zurück.

Weißdorn kam an ihr vorbei, zur Hälfte mit dem Kreis fertig. Seine Stirn war schweißbedeckt, und sie entdeckte namenlosen Schrecken in seinen ungleichen Augen, bevor er weitermachte und den Boden markierte. Ihre Runen erwachten zu flammendem Leben, als er sie passierte, und Verbena fasste frischen Mut.

Ja. Das wird funktionieren. Es muss funktionieren.

Die Pferde schrien ihre Furcht heraus, und Amethyst schrie ebenfalls. Etwas prallte gegen den Holzwagen und erschütterte ihn, drinnen ging Töpferware zu Bruch. Wie viele Klicker waren es überhaupt? Drei? Vier? Offensichtlich mehr als genug.

Dann hatte Verbena wieder ihren Ausgangspunkt erreicht. Runen und Kreis waren vollständig. Als sie den letzten Strich zeichnete, flammte ein Licht die Kreislinie entlang … und spiegelte sich in den feuchten Kugelaugen des Klickers, der aus der Dunkelheit auf sie zuhielt.

Auf eine seltsame Weise fühlte sie sich entrückt, als er näher herankroch und den Rachen öffnete, um die schmutzigen Zähne zu enthüllen. Fäulnisgeruch strömte heraus, darin mischte sich auch der Geruch von Getriebeöl. Die von Drähten bewegten Augen starrten schrecklich. Verbena hörte Riyu ihren Namen rufen, aber es klang wie aus weiter Entfernung – die Klicker hatten sie ausgetrickst, hatten die Kämpfer fortgelockt. Nun war sie dem letzten Golem, der im Hinterhalt auf den geeigneten Augenblick gewartet hatte, völlig ausgeliefert.

Der Reptilienschwanz peitschte, die Schenkel krümmten sich, um die Kreatur auf sie zu werfen. Verbena erwiderte das Totenkopfgrinsen. Ihr Zopf hatte sich gelöst, ihr Haar flog um die Ellbogen; ihre Knie waren voller Staub, und das

Blut, das von ihrer aufgeschnittenen Handfläche kam, versickerte langsam im Boden.

»Dann komm«, flüsterte sie.

Der Klicker sprang, während sie die letzten Worte der Zauberformel brüllte. Blaues Feuer explodierte aus dem Kreis und loderte in den Himmel. Es erwischte das Ungeheuer mitten im Sprung. Zuckend verbrannten seine organischen Teile zu Asche und hinterließen nichts als eine tote Hülle, die neben der Zauberin zu Boden krachte.

Das blaue Feuer eilte den Kreis entlang und fuhr mit einem kitzelnden Gefühl über ihre Haut. Turmalin schrie überrascht auf, Kardamom stieß einen Entsetzensschrei aus, aber das Feuer fegte über sie hinweg und entfachte den einzelnen Klicker, der das Pech hatte, im Kreisinneren erwischt zu werden. Seine Augen zerplatzten, als sie kochten; ziellos taumelte er herum, bevor er ein paar Schritte vom Wagen entfernt zusammenbrach.

Stille kehrte ein.

Jenseits der glühenden Linie des Schutzkreises entdeckte Verbena funkelnde Augen und hörte das leise Klicken von Zahnrädern. Dann waren sie verschwunden. Der Rest des Rudels verschwand in der Nacht. Zurück zu demjenigen, der es ausgesandt hatte. Wer auch immer das sein mochte.

»O Ihr Götter«, flüsterte Turmalin mit brechender Stimme.

»Meister Turmalin, seid Ihr verletzt?«, fragte Amethyst hektisch. »Diese Kreaturen – was hatten sie hier zu suchen? Wie … warum? Ich versteh es nicht.«

Ein dunkler Umriss warf seine Schatten auf die Zauberin, und im nächsten Augenblick ging Riyu neben ihr in die Hocke. »Verbena-naga?« Er erstarrte. »Du bist verletzt.«

Seine großen Finger mit den stumpfen Krallen waren überraschend sanft, als er ihre Hand nahm, sie umdrehte und den blutigen Schnitt auf ihrer Handfläche entblößte. »Ich habe mich von ihnen ablenken lassen.« Seine Worte waren voller Selbstvorwürfe. »Der letzte Klicker, der sich auf dich stürzte ...«

»Ich kann mich durchaus verteidigen.« Plötzlich verspürte sie ein Unbehagen, stand auf und zog die Hand zurück. »Und die Wunde habe ich mir selbst beigebracht. Das ist manchmal der Preis, den wir für unsere Wissenschaft zahlen müssen. Weißdorn, alles in Ordnung mit Euch?«

Das Antlitz ihres Schülers war bleich, aber seine Augen funkelten im Schein der Lichtkugeln. »Mir geht es gut.«

Sie nickte und deutete auf seine blutende Hand. »Das solltet Ihr säubern und verbinden. Ach, und Weißdorn?«, fügte sie hinzu, als er sich abwandte. »Gut gemacht. In der Tat: wirklich gut gemacht! Ich bin sehr stolz auf Euch.«

Sein Gesicht gewann Farbe, ihr Lob ließ ihn grinsen. »Danke, Meisterin!«

»Entschuldigung«, sagte Turmalin. Er sah noch immer erschüttert aus. Sein blondes Haar war vom Kissen zerwühlt, und zu ihrer Erheiterung konnte Verbena erkennen, dass er nur das lange Hemd trug, in dem er auch schlief. »Weiß jemand, was hier vor sich geht? Ich kann ja verstehen, dass die Klicker die Universität angreifen ... aber uns? Soweit allgemein bekannt ist, sind wir doch bloß eine Gruppe Reisender!«

Riyu zog die Brauen unglücklich zusammen. Aber statt zu antworten, wandte er sich der jüngeren Ork zu. »Kiki-gu? Dein Eindruck?«

Es machte sie nervös, als sich die Aufmerksamkeit auf sie richtete. »Äh, nun ja, es besteht die Möglichkeit, dass sie wahllos Reisende angreifen, um den Strom von Reisenden und Handel zwischen den Städten zu unterbrechen. Das würde eine Eskalation im Krieg zwischen Giavolo und Benevalia bedeuten. Vorausgesetzt, die Klicker kommen überhaupt aus Benevalia.«

»Und die andere Möglichkeit?«

Kiki legte die Ohren an. »Sie wissen, dass wir nicht bloß

Reisende sind. Und unser Versuch, Malachit zu finden, bedroht sie aus irgendwelchen Gründen.«

Turmalin wurde sichtlich blasser. »Aber … wie können sie das wissen?«

Verbena schüttelte den Kopf. Plötzlich fühlte sie sich erschöpft. »Eure Vermutung ist genauso gut wie meine. Die offensichtlichste Antwort darauf ist die, dass einer derjenigen, die am Rat teilnahmen, ein Verräter oder ein Spion ist.«

»Oder ein ahnungsloses Werkzeug«, warf Amethyst ein. Als alle sie fragend ansahen, zuckte sie mit den Schultern. »Meine Familie ist in der Politik. Ich weiß, wie Spionage funktioniert. Glaubt mir, einige der Meister … also, ich vermute, sie würden jeden verkaufen. Dafür braucht es nur ein Lächeln und ein hübsches Paar … äh …«

»In der Tat«, sagte Verbena energisch, sowohl um Amethyst die Mühe zu ersparen, das richtige Wort zu finden, als auch um den entsetzten Mienen von Turmalin und Kardamom ein Ende zu bereiten. Ärgerlicherweise schienen beide Männer die Vorstellung, dass eine Frau die Macht weiblicher … *Vorzüge* … zu begreifen schien, schockierend zu finden.

Turmalin gewann aber schnell die Fassung zurück und nickte. »Da könntet Ihr recht haben, Verbena. Ich jedoch ziehe es vor, die Ehre unserer Kollegen nicht in Zweifel zu ziehen, solange wir außer wilden Spekulationen keinen Beweis haben.«

»Wie Ihr wünscht. Es spielt im Augenblick sowieso keine Rolle.«

»Wie meint Ihr das?«

»Die Klicker und ihr Meister sind hinter uns her. Ich bezweifle, dass dieser kleine Rückschlag eine Niederlage für sie bedeutet. Sie haben nur nicht damit gerechnet, dass wir vorbereitet sind. Das nächste Mal wird es anders ablaufen.«

Turmalin wurde wieder blass. »Das nächste Mal?«

»In der Tat. Wir sind eine kleine Gruppe, die auf offener

Straße unterwegs ist. Wenn sie wissen, dass wir auf dem Weg nach Icci sind, um dort nach Malachit zu suchen, werden sie keine große Mühe haben, uns wiederzufinden.«

Weißdorn blickte von seinem Platz neben dem Feuer herüber, wo er mit Amethysts Hilfe seine Hand verbunden hatte. »Wenn sie ein Weitsehendes Auge oder einen Ätherischen Agenten einsetzen, um uns zu finden, dann könnten wir etwas dagegen tun.«

»Ja. Und das werden wir natürlich auch. Trotzdem können wir nicht davon ausgehen, dass sie uns nicht mit herkömmlichen Methoden verfolgen.«

»Vielleicht könnten wir sie ja … irgendwie abschütteln?«, schlug Kardamom zweifelnd vor.

Riyu machte einen Schritt auf den Wagen zu. »Wir werden im Licht des neuen Morgens darüber nachdenken, wenn unsere Köpfe klarer sind und unsere Furcht geschwunden sein wird. Kiki-gu, Kardamom-gu und ich halten die Nacht über Wache. Verbena-naga, deine Wunde muss versorgt werden.«

»Ich kann …«

Er warf ihr einen Blick zu, der deutlich machte, dass die Angelegenheit nicht zur Diskussion stand. »Verbena-naga. Bitte unterlass es ein einziges Mal in deinem Leben, darüber zu diskutieren – als persönlichen Gefallen für mich, deinen Leibwächter.«

Seine Unverfrorenheit ließ sie schnauben. »Ich wollte dir zustimmen.«

»Natürlich.«

Mit finsterer Miene ging sie an ihm vorbei und betrat den Wagen, wo ihre medizinische Ausrüstung untergebracht war. Mit einem großen Ork in Rüstung war es in dem kleinen Raum unglaublich eng, also hockte sie sich auf ihr Bett und zog die Beine aus dem Weg. Riyu setzte sich auf Amethysts Bett, öffnete einen Salbentopf und wartete geduldig, bis ihm Verbena die Hand hinhielt.

»Wegen Weißdorns Wunde hast du keinen solchen Aufwand betrieben«, murmelte sie.

»Weißdorn ist auch nicht mein Schützling.«

»Aber meiner, und ich sorge mich um ihn.«

Riyu seufzte leise. »Die Klicker waren aber nicht hinter Weißdorn her.«

»Was willst du damit sagen?«

»Ich hatte das befürchtet, Verbena-naga. Vergib mir, aber ein Teil von mir hatte stets die Befürchtung, dass uns die Klicker verfolgen.«

Sie starrte den Schnitt in ihrer Hand an und konzentrierte sich auf die Schmerzen, um die Beherrschung nicht zu verlieren. »Ich verstehe. Das also hat dir zu schaffen gemacht, als ich dich seinerzeit nach den Gefahren der Straße fragte. Du sprachst von Banditen und nebulösen Befürchtungen.«

»So nebulös nun auch wieder nicht. Aber ja.«

»Auch Weißdorn wird in Gefahr sein. Er hat bei der Arbeit an dem Rechnenden Golem geholfen.«

»Vielleicht.« Mit einem warmen Tuch wusch er das Blut von ihrer Hand, dann trocknete er vorsichtig ihre Haut, bevor er nach der Salbe griff. Trotz der Größe seiner rauen Hand wirkte seine Berührung unendlich sanft, als er eine Salbenschicht auf die Wunde auftrug. »Kiki kümmert sich um seine Sicherheit, so wie sie es heute Nacht getan hat.«

»Ich verstehe.« Anscheinend war Riyu ihr die ganze Zeit einen Schritt voraus gewesen. »Und du hast es nicht für nötig befunden, das mit dieser … blöden Menschenfrau zu teilen, die du bewachst, nicht wahr?«

Er erstarrte. Sie wusste genau, dass er sie anstarrte, aber sie weigerte sich stur, ihn anzusehen. *Er soll verflucht sein.*

»Ich wollte dich nicht beunruhigen, Verbena-naga. Das war alles.«

»Na, dann ist ja alles in Ordnung. Besser tot und ahnungslos als frühzeitig alarmiert und lebendig.«

Er ließ ihre Hand los und stieß die Luft aus, als hätte sie

ihn geschlagen. Dann schien all das, was sie von ihm zu sehen bekam, in sich zusammenzusinken. »Vergib mir.«

Das überraschte sie genug, um ihn wieder zu betrachten. Seine Ohren standen auf Halbmast, seine dunklen Augen blickten traurig.

»Was?«, fragte sie störrisch.

»Es tut mir leid. Du hast völlig recht.« Er erwiderte ihren Blick und zuckte unglücklich mit den Schultern. »Ich habe meine Gründe, aber keiner davon kann als Entschuldigung dienen. Ich hätte schon vor unserem Aufbruch in Giavolo etwas sagen sollen. Es ist meine Aufgabe, sich zu sorgen und Szenarien zu entwerfen – und zu überlegen, wie man ihnen begegnet, bevor sie Realität werden können. Ich habe dich enttäuscht, weil ich daran gewöhnt bin, in solchen Angelegenheiten den Mund zu halten.«

Das ergab doch gar keinen Sinn. »Aber warum?«

»Glaubst du, Malachit hätte Bihais Vorschläge willkommen geheißen?«

Das tat weh. Verbena schnappte sich einen sauberen Tuchstreifen und bandagierte energisch die Hand. Dabei starrte sie das Leinen an, als hätte es sie persönlich beleidigt. »Ich hatte geglaubt, dass du eine höhere Meinung von mir hast.«

»Verbena-naga. Bitte.« Er nahm ihre Hand und verhinderte ihren schlampigen Versuch eines Verbandes. »Ich wollte damit doch nur sagen, dass das eine alte Angewohnheit ist. Falls ich dich mit meinem Schweigen enttäuscht habe, habe ich mich selbst noch mehr enttäuscht, denn ich ließ zu, dass ich mich vergaß. Ich verfiel in eine Gewohnheit, was mit Sicherheit kein Schritt auf dem Weg des Kriegers ist. Ich muss mich schämen.«

»Ach, um Naverras willen, Schluss jetzt mit diesem Melodram. Das ist alles unnötig«, sagte sie. »Sag mir das nächste Mal einfach Bescheid, ja?«

»Das werde ich. Kiki und ich besprechen uns heute

Nacht mit Kardamom. Turmalin wird zweifellos auch seine Meinung einbringen.«

Verbena schnaubte. »Da habe ich nicht den geringsten Zweifel. Lass dich bloß nicht von ihm zu irgendetwas überreden.«

»Ich werde seinen Worten das Gewicht geben, das sie verdienen.« Ein flüchtiges Lächeln ließ einen Stoßzahn aufblitzen. »Du solltest schlafen, wenn du kannst. Vielleicht müssen wir morgen sehr schnell sein.«

Er ging, während der Wagen unter seinen Schritten vibrierte. Einen Augenblick später trat Amethyst ein und setzte sich auf das Bett – Verbena gegenüber. Sie sah schrecklich blass aus, und Verbena fühlte sich gedrängt, etwas Tröstendes zu sagen, aber auf Anhieb fiel ihr nichts ein.

»Ich möchte meine Studien fortsetzen, Meisterin«, kam ihr Amethyst zuvor.

Das ließ sie erst einmal überrascht schweigen. »Ich ... na ja, ich bin überrascht, das zu hören, Amethyst.« Und das war noch höflich ausgedrückt – hätte sie ihren ehrgeizigsten Studenten benennen müssen, wäre Amethyst Langalia nicht einmal in die Nähe der Liste gekommen.

Die blauen Augen, die sie musterten, blickten ganz ruhig. Ernst. Irgendwie älter, und Verbena fragte sich, ob das eine neue Entwicklung oder bereits geschehen war, als Amethyst auf der Universität hatte zusehen müssen, wie ihre Mitstudenten starben.

»Ihr habt den Rest von uns verteidigt. Zweimal. Und Weißdorn hat das heute Nacht ebenfalls getan. Ich konnte mich bloß in einen Wagen kauern und hoffen, dass mich die Klicker nicht erwischen. Ich will lernen, was Ihr da tut. Ich will helfen.«

»Das gehört nicht zu den Dingen, die man über Nacht lernen kann.«

»Ihr könntet mir aber ein paar Sachen zeigen. Bringt mir bei, wie man den Kreis macht ...«

»Das könnte ich, und dann bringt Ihr uns alle um, weil Ihr die Prinzipien, die dahinterstehen, nicht begreift und sie deshalb nicht der Situation anpassen könnt«, unterbrach Verbena sie. »Entweder lernt Ihr die Magischen Wissenschaften von der Pike auf, oder Ihr bringt niemals einen Zauber zustande, der die Klicker beeinflussen wird.«

»Dann unterrichtet Ihr mich also nicht?« Amethyst klang enttäuscht.

»Das habe ich nicht gesagt. Ich meine lediglich, dass das Tempo vermutlich nicht Euren Wünschen entsprechen wird.« Die Zauberin betrachtete sie über den Rand ihrer Halbmondbrille hinweg. »Falls ich meine Zeit dafür opfere, dann erwarte ich aber, dass Ihr Euch etwas mehr bemüht als in meinem Hörsaal. Ihr seid nicht dumm, Amethyst. Meiner Ansicht nach habt Ihr es durchaus in Euch, große Dinge in diesem Fach zu erreichen. Aber das wird harte Arbeit.«

Überrascht riss die Studentin die Augen auf. »Ihr tut es also? Ich meine, danke, Meisterin.«

»Am besten fangen wir morgen an. Ich muss mich auch noch mit Weißdorn besprechen. Möglicherweise können wir ein paar Dinge tun, um uns zu schützen, die nicht gleich unsere Tarnung auffliegen lassen. Selbst wenn die Klicker und ihre Herrn wissen, wer wir sind, wäre es dumm, Straßenbanditen zu zeigen, dass wir keine gewöhnlichen Reisenden sind. Und jetzt versucht zu schlafen.«

Sie löschten das Licht der kleinen Kugel, die an der Decke hing. Doch den Geräuschen nach zu urteilen, die wenig später von dem anderen Bett zu hören waren, hatte Amethyst Probleme einzuschlafen – was auch kein Wunder war, wenn man den schrecklichen Angriff bedachte.

Auch Verbenas Geist wollte nicht zur Ruhe kommen, und ihre Gedanken drehten sich endlos im Kreis.

Riyu glaubte, dass jemand den Rechnenden Golem um jeden Preis in die Hände bekommen wollte und dafür sogar einen Angriff auf Giavolo riskierte. *Was keinen Sinn ergibt.* Das

Ding würde für die Magischen Wissenschaften sehr nützlich sein, keine Frage, denn es könnte Rechenfehler begrenzen, und damit die Anzahl der manchmal auf schlimme Weise scheiternden Zauber reduzieren, die sie zur Folge hatten. Berechnungen würden schneller und leichter durchzuführen sein, aber letztlich handelte es sich doch nur um eine Bequemlichkeit und nicht um eine welterschütternde Entdeckung. Wäre es irgendeine Waffe gewesen, so hätte sie verstehen können, warum jemand bereit war, dafür zu töten. Aber das war es nicht.

Zumindest für sich genommen nicht.

Der Gedanke ließ sie die Augen aufreißen und zur schattenverhüllten Decke blicken. *Der Golem soll die mathematischen Berechnungen, die für einen Zauber benötigt werden, schneller, einfacher und genauer machen. Und zwar gilt dies für jeden Zauber. Was natürlich auch Schlachtfeldzauber mit einschließt.*

Der Rechnende Golem war keine Waffe – aber er würde die existierenden Waffen verbessern, nicht wahr? Die Seite, die ihn besaß, würde bedeutend geringere Reaktionszeiten haben, wenn sie mit Angriffszaubern konfrontiert wurde. Vermutlich würde es sie so schnell werden lassen, dass sie jeglichen Verteidigungszauber ihrer Feinde ausmanövrieren konnten.

Bei allen Göttern. Was bin ich doch für eine Närrin gewesen!

Jemand will den Golem im Krieg einsetzen. Er war aber noch nicht vollendet, also mussten sie zumindest einen von uns entführen, um ihn fertigzustellen. Der arme Malachit hatte sich zufällig im Laboratorium befunden, was unseren Feinden als Glücksfall erschienen sein muss. Sie öffneten also den Korridor und schnappten sich ihn, den Golem und so viele Aufzeichnungen, wie sie finden konnten. Sie wollen nicht, dass Giavolo den Golem auch gegen sie einsetzen kann, deshalb zerstörten sie alles andere … und schickten die Klicker, um mich zu töten.

Natürlich waren die Klicker nicht allein ihretwegen gekommen – sie hatten jeden getötet, der ihnen in den Weg gekommen war. Vielleicht war die Möglichkeit, so viel Verzweiflung und Verwirrung in der Festung ihres Feindes zu verbreiten, einfach zu schön gewesen, um sie nicht zu nutzen.

Wenn ich recht habe, können wir davon ausgehen, dass Malachit noch am Leben bleibt, bis er den Golem für sie fertiggestellt hat. Er ist ein kluger Mann; er wird die Arbeit so gut verzögern, wie er kann, denn sobald er nicht länger nützlich ist, werden sie keine Skrupel haben, ihn zu töten.

Und was mich angeht … sie werden nicht aufhören, mich zu jagen. Dafür bin ich eine zu große Bedrohung.

Verbena schloss wieder die Augen, ihr war übel und kalt. *Das ist doch nicht mein Leben. Ich bin siebenundvierzig Jahre alt und lehre an der Universität. Ich verbringe meine Tage in Hörsälen und meine Abende mit der Benotung von Arbeiten. Ich bin keine junge Frau, die bereit ist, sich mit einem Schwert und einer Handvoll Zauber der Welt entgegenzustellen. Ich gehöre nicht hierher.*

Was hatte Riyu noch einmal gesagt? Die Realität so zu akzeptieren, wie sie war, und nicht wie man sie sich wünschte, das sei ein Schritt auf dem Weg des Kriegers. *Aber ich bin kein Krieger. Das ist nicht mein Weg.*

Plötzlich überkam sie ein starkes Verlangen. Sie wünschte sich, in ihrer eigenen Unterkunft zu sein, in ihrem eigenen Bett, und es sollte nichts Schrecklicheres auf sie warten als der neueste Stapel von Studentenaufsätzen. Sie wollte nicht als Gejagte auf der Landstraße sein, wo man sie jederzeit angreifen und töten konnte …

Hör auf damit, befahl sie sich energisch, weil sie das panische Gefühl als das erkannte, was es tatsächlich war. *Ich mag nichts weiter als eine schäbige alte Meisterin sein, aber Riyu kennt sich sicherlich mit gefährlichen Situationen aus. Ich muss einfach darauf vertrauen, dass er seine Arbeit versteht. Gemeinsam überwinden wir das.* Nicht dass Kardamom und Kiki keine Hilfe wären, aber Riyu verfügte über die Erfahrung, die ihnen fehlte. *Ich frage mich, wie alt er ist. Ich bin immer davon ausgegangen, dass er das schon jahrelang macht, aber eigentlich habe ich nicht die geringste Ahnung, mal davon abgesehen, dass er sich als Kikis Älteren betrachtet.*

Nicht, dass das eine Rolle spielte. Es zählte nur die Gewissheit, dass – sollte sie jetzt aufstehen und hinausgehen – sie ihn dort wachend vorfände, dazu bereit, sich allem zu stellen, was auch auf sie zukam. Diese Gewissheit reichte aus, um ihre Nerven und ihr Herz zu beruhigen und zuzulassen, dass sie in einen erschöpften Schlaf fiel.

Kapitel 10

Als sie am nächsten Morgen das Lager abbrachen, unterrichtete Verbena den Ork von ihren Überlegungen. Er lauschte stumm, bis sie fertig war. »Natürlich könnte ich mich irren. Das ist die einzige Erklärung, die mir einfällt, aber ...«

»Ich glaube nicht, dass du dich irrst«, unterbrach er sie sanft. Er hielt einen Becher mit warmem Cidre in der Hand und sah frisch aus, obwohl sie bezweifelte, dass er Schlaf bekommen hatte. »Wie du gesagt hast, die Erklärung ergibt Sinn.«

Der nächste Teil war noch schwieriger, aber seit sie aus ihrem unruhigen Schlaf erwacht war, hatte sie es immer wieder durchdacht. »Wenn das stimmt, wenn die Klicker hinter mir her sind ... vielleicht sollten wir dann unsere Strategie überdenken. Meine Anwesenheit bringt die Studenten vielleicht in Gefahr. Turmalin ist immerhin ein erwachsener Mann, aber es steht in meiner Verantwortung, dass Amethyst und Weißdorn nichts geschieht.«

»Wie Amethyst schon ihren Onkel auf der Ratsversammlung erinnerte: Sie sind alle volljährig und haben diesen Weg in dem vollen Wissen eingeschlagen, dass er gefährlich ist.« Riyu hielt inne und dachte offensichtlich über etwas nach. »Nachdem du gestern Nacht zu Bett gegangen bist, haben Kiki, Kardamom, Weißdorn und ich uns unterhalten.«

»Und Turmalin?«

»Der schlief ein, bevor er etwas sagen konnte.« Ein kurzes Lächeln entblößte seine Stoßzähne kurz. »Wir haben darüber gesprochen, ob es sicherer wäre, den Wagen zurückzulassen und zu Fuß weiterzugehen, in der Hoffnung, dass wir so außer Sicht bleiben und schneller vorankommen. Irgendwie konnten uns die Klicker folgen, es ist der Wagen, der auffällt. Andererseits wäre es bedeutend schwieriger, deine magische Ausrüstung tragen zu müssen, ganz zu schweigen von den Vorräten und all den anderen Dingen. Selbst wenn wir die Pferde als Packtiere benutzen, würden wir nicht bedeutend schneller vorankommen, und sollten wir Soldaten begegnen, wäre unsere Gegenwart noch schwieriger zu erklären. Ich habe keine Lust, neben den Klickern auch noch gegen Menschen kämpfen zu müssen, wenn es nicht notwendig ist.«

»Das stimmt.« Verbena nahm die Brille ab und rieb sich müde den Nasenrücken. »Also behalten wir den Wagen und bleiben zusammen.«

»Ich glaube, das ist für uns alle der sicherste Weg.« Er hielt inne, dann zuckte er mit den Schultern, als hätte er sich entschlossen, seine Gedanken laut auszusprechen. »Du sagst, dass die Klicker allein hinter dir her sind, und vielleicht sind sie das tatsächlich. Oder waren es zumindest. Aber wenn bekannt ist, dass Amethyst und Weißdorn deine Studenten sind, dann könnten sie nebensächliche Ziele sein, allein aufgrund der Annahme, dass du ihnen kritische Informationen mitgeteilt hast.«

»Verflucht!« Wie hatte ein so einfaches Experiment mit einem Rechnenden Golem nur so schrecklich schiefgehen können? »Wissen wir, wie die Klicker uns gefunden haben?«

»Nein. Weißdorn war der Ansicht, dass sie uns mithilfe von Magie aufspürten, aber sie könnten es auch mit ganz normalen Hilfsmitteln geschafft haben.«

»In der Tat, aber es ergibt keinen Sinn, unnötige Risiken einzugehen. Weißdorn und ich werden uns gegen jegliche magische Überwachung aus der Ferne abschirmen. Das mag vielleicht unnötig sein, und es ist auf jeden Fall mühsam, aber wenn sie uns mit Magie verfolgen, zwingt sie das zumindest, es auf die altmodische Weise zu tun.«

Riyu nickte. »Ich stimme zu.«

Verbena setzte sich in Bewegung, dann blieb sie stehen und warf einen Blick zurück über die Schulter. »Ach, und Riyu?«

»Ja?«

»Danke, dass du so ehrlich warst und deine Befürchtungen mit mir geteilt hast.«

Seine Ohren senkten sich und richteten sich von einem Lächeln begleitet wieder auf. »Keine Ursache.«

Verbena und Weißdorn verbrachten beinahe zwei Stunden damit, alles mit Schutzzaubern zu versehen. Sie zeichneten nicht nur den Wagen mit Blendrunen, sondern auch die Töpfe und Pfannen, mit denen man draußen die Mahlzeiten kochte, die Pferde, die Satteltaschen, die Waffen, die Rüstungen, ihre Gefährten und sich selbst. Für jede aufgetragene Rune musste ein Zauber gesprochen werden, der die Sigillen kurz aufglühen ließ, bevor sie in einem Lichtblitz verschwanden. Wenigstens mussten sie die Sigillen nicht gegen Tilgungspulver schützen, dachte Verbena müde; sollte jemand nahe genug herankommen, um die Blendzauber zu zerstören, so hatte er sie offensichtlich gefunden.

»Wird das diese … Dinger … von uns fernhalten?«, fragte Kardamom. Er klang zugleich jung und fordernd, und Verbena warf ihm einen giftigen Blick zu.

»Vielleicht.«

»Was ist das denn für eine Antwort?«

»Die beste, die ich habe!«, fauchte sie zurück. »Wenn Ihr es besser könnt, nur zu!«

Er verstummte und sagte nichts mehr – entschuldigte sich aber auch nicht, wie ihr keineswegs entging. Vielleicht hatte ihn die Begegnung mit den Klickern erschüttert … aber die hatte schließlich auch den Rest von ihnen erschüttert, und sonst stellte niemand ihre Fähigkeiten in der Magie infrage.

Sobald sie und Weißdorn mit den Abwehrzaubern fertig waren, fuhr der Wagen los. Ganz erschöpft vom Wirken ihrer Magie krochen beide in den Wagen und machten ein Nickerchen, während Turmalin fuhr und Amethyst neben ihm saß und ihn über die Bälle ausfragte, an denen er teilgenommen hatte. Erfrischt vom Schlaf übernahm Weißdorn am Nachmittag wieder die Zügel. Verbena und Amethyst fuhren im Wagen, umgeben von Büchern und Papieren, als die Meisterin erneut den Unterricht aufnahm.

Als die Sonne unterging, wurde jeder von ihnen seltsam still. Was ganz abwegig war, wie Verbena erkannte; schließlich war der Angriff auf die Universität mitten am Vormittag geschehen, selbst wenn der Angriff auf der Straße in der Nacht erfolgt war. Dennoch war ein neues Gefühl der Verletzlichkeit entstanden, als sie am Abend das Lager aufschlugen.

Als sie ihre Mahlzeit aus gekochten Erbsen und Rüben, die man zerquetschte und auf dunkles Brot strich, einnahmen, sagte Riyu: »Ich habe über unsere Wacheinteilung nachgedacht. Bis jetzt haben Kardamom-gu, Kiki-gu und ich uns die Pflicht geteilt. Aber wenn wir angegriffen werden, wäre es meiner Meinung nach besser, jemanden auf Posten zu haben, der sich in der Magie auskennt. Verbenanaga, falls du und Weißdorn-gu bereit wäret, einen Teil der Nachtwache zu übernehmen, könntet ihr vielleicht am Tag abwechselnd schlafen.«

Weißdorn saß neben Verbena; jetzt sah er auf und nickte. »Ich halte das für eine gute Idee.« Seine verschiedenfarbenen Augen blickten erstaunlich grimmig, aber vielleicht erschien das wegen der dunklen Ringe darunter auch nur so. »Wäre Meisterin Verbena letzte Nacht nicht wach gewesen, wir hätten alle viel langsamer reagiert und wären möglicherweise gestorben.«

»Danke, Weißdorn. Ich stimme Riyu zu«, sagte Verbena und beendete ihre Mahlzeit. Sie war nicht schlecht gewesen, aber ein Teil von ihr sehnte sich nach dem Angebot des Speisesaals. *Eine Apfelpastete wäre jetzt genau das Richtige. Oder frisches Brot statt dem Zeug, das wir seit Tagen mit uns führen.*

Riyu nickte. »Dann schlage ich vor, dass sich Verbena-naga und ich die erste Wache teilen, danach verbringt Verbena-naga noch eine halbe Wache mit Kiki-gu, bevor Weißdorn-gu übernimmt. Weißdorn-gu und Kardamom-gu beenden dann die Nacht.«

Verbena sah ihn fragend an. »Bist du sicher? Du hast doch in der letzten Nacht nicht viel Schlaf bekommen, oder? Und heute gar keinen.«

»Danke für deine Sorge, aber ich habe schon weitaus längere Zeit ohne Schlaf ausgehalten.«

»Oh. Na dann.«

Als sich alle anderen schlafen legten, gesellte sich Verbena zu Riyu an den Rand des kleinen Lagers. Sie hatten auf einem niedrigen Hügel haltgemacht, der ihnen einen klaren Blick auf das umliegende Land verschaffte. Im Osten ging der Mond auf, dünne Wolken verbargen die Sterne wie zerrissene Spitzengardinen. Die Luft roch nach dem Rauch ihres Lagerfeuers und dem trockenen, staubigen Gras oben auf dem Hügel. In der Nähe schwebte eine Eule – knapp über dem Feld –, einfach nur ein Aufblitzen aus Weiß und Bewegung, das sofort wieder verschwand.

»Ich braue mir ein Getränk, das mir hilft wach zu bleiben«, sagte Riyu. »Möchtest du auch etwas?«

»Bitte.«

Geduldig wartete sie und starrte auf die täuschend friedliche Landschaft, während Riyu mit dem Kessel und einem Beutel aus seinem Bündel beschäftigt war. Als er mit zwei Tonbechern zurückkehrte, reichte er ihr einen davon. Die Wärme fühlte sich gut an, und sie wiegte den Becher einen Augenblick lang in den Fingern, bevor sie einen Schluck von der darin befindlichen dunklen Flüssigkeit nahm.

»Ugh! Das ist ja eklig!«, stieß sie hervor. Es kostete sie

Mühe, das bittere Zeug herunterzuschlucken, statt es auszuspucken.

Riyus leises Kichern ließ sie die Stirn runzeln. »An den Geschmack muss man sich erst einmal gewöhnen«, gestand er ein und schien sich trotz ihres bösen Blickes keiner Schuld bewusst zu sein. »Man braut es aus der Rinde eines kleinen Baumes, der in den Tälern meiner Heimat wächst. Wir nennen es *Yasha*, was so viel wie ›das Weiße im Auge‹ heißt.«

»Ich verstehe auch, warum«, murmelte sie, nahm einen kleineren Schluck und versuchte, den Geschmack zu ignorieren.

Eine Weile saßen sie schweigend da, tranken ihren *Yasha* und beobachteten die Nacht um sich herum. Zuerst zuckte Verbena bei jedem Laut zusammen, aber nach einer Weile wurde sie mit den üblichen Bewegungen des Wildlebens vertraut und entspannte sich.

»Das erscheint so unmöglich«, sagte sie.

Riyu sah sie an, das Mondlicht funkelte auf den Ringen, die an seinen langen Ohren hingen. »Was denn?«

»Vermutlich alles. Vor allem die Vorstellung, dass sich jemand so sehr für meine Arbeit interessiert, dass er mich umbringen will.« Sie seufzte. »Riyu, ich bin bloß eine langweilige Meisterin. Bis zu dem Tag, an dem du aufgetaucht bist, hätte mein Leben nicht gewöhnlicher sein können.«

Er schüttelte den Kopf, was die Perlen in seinen langen Haaren aneinanderstoßen ließ. »Das glaube ich nicht. An dir ist nichts Gewöhnliches, Verbena-naga.«

»Du machst wohl Witze.« Sie nahm noch einen Schluck von dem Getränk. Wenigstens schien es seinen Zweck zu erfüllen und sie wachzuhalten. »Ich gehe zu meinen Vorlesungen, ich arbeite in meinem Laboratorium, ich debattiere mit meinen Kollegen, und ich kehre nach Hause zurück, um einen ruhigen Abend mit der Benotung von Arbeiten zu verbringen, bevor ich schlafen gehe. Nur um alles am nächsten Tag zu wiederholen. Und es gefällt mir, verflucht noch mal. Ich will dieses Leben zurück.«

Schweigend dachte Riyu über ihre Worte nach. Als er schließlich sprach, tat er es mit Bedacht, als überschreite er damit eine Grenze, die er niemals hatte überschreiten wollen. »Verbena-naga, darf ich fragen ... sagst du diese Dinge wegen dieses Mannes, von dem du einmal gesprochen hast? Peridot?«

Verdammt. Ich habe doch gewusst, dass ich das besser nicht erwähnt hätte. »Vielleicht zum Teil. Wie du dir sicher vorstellen kannst, hatte ich nicht viele Herzensangelegenheiten, und die meisten davon endeten in Frieden. Peridot ... na ja. Bei ihm endeten die Dinge eher schlecht. Vielleicht sprach er bloß aus, was der Rest von ihnen dachte. Ich weiß es nicht.«

»Erzähl mir von ihm. Bitte. Falls du mich für deinen Freund – wie auch für deinen Leibwächter – hältst.«

»Ich dachte, das hätten wir bereits geklärt.« Sie zögerte, dann berührte sie seine Schulter, obwohl ihre Finger ledig lich glatte, lackierte Rüstung ertasteten. Der Augenblick erschien unbehaglich; sie hatte nicht viele enge Freunde, und mit Sicherheit keinen, mit dem sie über ihr Privatleben sprach. Die Vorstellung, dass sie sich einem Ork nahe genug fühlte, um das zu tun, reizte sie fast zum Lachen – über ihre eigene Dummheit.

Und warum kein Ork? Riyu ist einfühlsamer als die meisten Menschen, die ich kenne.

»Peridot diMiro ist Weinhändler. Sein Laden befindet sich in der Nähe der Universität, und gelegentlich kaufte ich dort. Wir kamen miteinander ins Gespräch, und eines Abends lud er mich zum Essen ein. Er war klug und charmant, und ich vermute, ich fühlte mich durch sein Interesse an mir geschmeichelt. Die ersten Wochen waren wunderbar. Wir gingen ins Theater, zu Festen seiner Freunde und sogar zu irgendeiner schrecklichen Universitätsveranstaltung, bei der er es irgendwie schaffte, sich zu amüsieren, und mich dazu brachte, mich aus diesem Grund ebenfalls zu amüsieren.« Sie wandte sich ab, verschränkte die Arme unter den Brüsten und verspürte ein fernes Echo enttäuschter Trauer. »Aber ich hatte meine Arbeit zu erledigen, und jeden Abend ins Theater oder auf eine Gesellschaft zu gehen, das konnte nicht lange meine Aufmerksamkeit fesseln. Zu Hause zu sitzen und Arbeiten zu benoten ist nicht sehr romantisch.

Um ehrlich zu sein, war es vorbei, bevor es richtig begonnen hatte. Ich erwischte ihn mit einer Kesselflickerin im Bett.« Die brennende Demütigung, die noch immer an ihrem Herzen nagte, ließ sie die Lippen zusammenpressen. »Er meinte, es sei meine Schuld gewesen. Weil ich so langweilig sei. Ohne Leidenschaft.«

Auf Riyus ärgerliches Schnauben hin drehte sie sich überrascht zu ihm um. Die Stirn über seinen dunklen Augen lag in Falten, seine Stoßzähne funkelten im weichen Mondlicht. »Was?«, fragte sie verblüfft.

»Ohne Leidenschaft? Verbena-naga, ich habe dich bei deiner Arbeit in deinem Laboratorium gesehen, bei Vorträgen vor deinen Studenten, wie du sie gescholten hast, wenn du wusstest, dass sie viel besser hätten sein können, als sie waren. Du liebst die Magischen Wissenschaften mit jeder Faser deines Wesens: die Entdeckung, die Kunst, die Fertigkeiten darin, einfach alles. Und du liebst die Weitergabe der Lehre. Deine Studenten bedeuten dir alles – das war mir schon klar, bevor du dein Leben aufs Spiel gesetzt hast, um sie in Sicherheit zu bringen. Du bist eines der leidenschaftlichsten Wesen, die mir je begegnet sind, ob Mensch oder Ork. Wenn sich irgendein Narr von deiner Intensität einschüchtern ließ, dann hat er deine Zuneigung mit Sicherheit nicht verdient.«

Sie starrte ihn an, von seinem Ausbruch überrascht. Sie hatte ja keine Ahnung gehabt, dass Riyu – oder überhaupt jemand – sie auf diese Weise betrachtete. »Ich … danke dir.«

Er winkte ab. »Ich sage bloß die Wahrheit. Hast du ihn geliebt?«

»Ich … ich weiß es nicht.« Sie schüttelte den Kopf und versuchte, ihr Gleichgewicht zurückzugewinnen. »Ich dachte es zumindest, und es tat auf jeden Fall weh, als er mich verriet. Wenn ich so zurückblicke, glaube ich eigentlich nicht, dass es mit uns gut gegangen wäre, aber … ich hätte es gern herausgefunden.«

»Er hat dich nicht verdient. Wenn er andere Leidenschaften hatte, dann ist das hinnehmbar, aber er hatte keinen Respekt für das Lied deines Herzens. Der Versuch, dich für seine Mängel verantwortlich zu machen … das ist feige.«

Es machte sie lächeln, dass Riyu ihretwegen so aufgebracht war. »Nun, es ist ja vorbei. Aber danke, dass du zugehört hast.«

»Fühlst du dich besser?«

Sie dachte darüber nach … und nickte überrascht. »Ja. Ja, das tue ich.«

Trotz ihrer Befürchtungen kehrten die Klicker in dieser Nacht nicht zurück und auch nicht in den nächsten. Einzelne Reisende begegneten ihnen keine mehr, dafür häuften sich bewaffnete Karawanen, je tiefer sie ins Landesinnere vorstießen. Die Karawanen waren das Lebensblut der Städte im Landesinneren, beförderten alles Mögliche von einem Ort zum anderen: Gewürze, Holz, Kleidung, Wein, Olivenöl und tausend weitere Güter. Die meisten von ihnen schienen erfreut, andere Reisende zu sehen, und hielten an, um über den Zustand der Straße zu sprechen. Ein ganz besonders charmanter Karawanenmeister schenkte Amethyst zu ihrer bevorstehenden Hochzeit einen kleinen Flakon mit Parfüm. Amethyst nahm ihn mit einer Liebenswürdigkeit entgegen, die Verbena erstaunte. Sie hatte ja keine Ahnung gehabt, dass ihre Studentin eine so gute Schauspielerin war.

»Ich wurde in einer Politikerfamilie groß, in der Meisterspione zu Besuch kamen und mir Geschenke machten«, sagte Amethyst mit einem trockenen Lächeln, als Verbena sie darauf ansprach. »Ich erhielt Unterricht von den Besten – natürlich wollte mich niemand zur Spionin ausbilden, aber der Adel hat stets Verwendung für Täuschungen.«

Mitten in einer Lektion saßen sie auf ihren Betten, während der Wagen über die Straße rollte. Verbena hatte sich an das schwankende Gefährt gewöhnt und bemerkte den unebenen Untergrund nicht einmal mehr, solange sie nicht durch besonders unwegsames Gelände fuhren. Amethyst hatte ihr Lehrbuch und eine Schiefertafel sowie ein Stück Kreide auf dem Schoß liegen, mit denen sie ihre Berechnungen und ihre Sigillen üben konnte. Ihre Fähigkeiten, einen Kreis ohne Instrumentenhilfe zu zeichnen, verbesserten sich, auch wenn sie noch nicht den Punkt erreicht hatte, an dem Verbena ausreichend Zuversicht gehabt hätte, um sie einen echten Kreiszauber wirken zu lassen.

»Euer Leben klingt sehr anders«, sagte Verbena und ließ ihre Studentin nicht aus den Augen. Wie gewöhnlich war Amethysts Haar so wunderbar frisiert, wie es ohne die Hilfe einer Zofe nur möglich war. Die himmelblaue Farbe ihres Gewandes passte wunderbar zu ihren Augen, und der dezente Duft ihres neuen Parfüms trieb in die Ecken des Wagens und vermengte sich mit dem Geruch der Gewürze. »Ich bin neugierig – wäre es nicht besser für Euch gewesen, die Fakultät für Tanz und Gesellschaftslehre zu besuchen? Natürlich bin ich froh, dass Ihr es nicht getan habt, aber vielleicht wäre das ja nützlicher für die Art eines Lebens gewesen, wie Ihr es beschreibt.«

Amethyst lachte. »Ich glaube, ich habe als Kind so viel Ausbildung in Gesellschaftslehre ertragen, dass es mir für den Rest meines Lebens reicht. Außerdem hat es meine Mutter stets bereut, keinen Unterricht in den Magischen Wissenschaften genommen zu haben, und sie hat mich darin unterstützt, mich an der Universität zu bewerben. Sie hat meinen Vater mit dem Argument überredet, dass es eines Tages nützlich sein könnte. Und sollte es auch nichts weiter nützen, wird es mich zumindest aus der Menge herausragen lassen, wenn die Zeit für meine Eltern kommt, eine Ehe für mich zu arrangieren.«

Die letzte Bemerkung überraschte die Zauberin. »Ich nahm an, Ihr würdet selbst nach einem Ehemann jagen.«

Das Lächeln auf Amethysts Antlitz erlosch, und Verbena begriff zu spät, dass sie da ein heikles Thema berührt hatte. »Es tut mir leid«, sagte sie hastig. »Das war gedankenlos von mir. Es geht mich nichts an.«

Die junge Frau zuckte bloß mit den Schultern und lächelte traurig. »Das spielt keine Rolle. Natürlich, wenn ich jemand Passenden kennenlerne, sollte ich ihn auf jeden Fall der Aufmerksamkeit meiner Eltern anvertrauen. Aber letztlich besteht meine Pflicht Giavolo und meiner Familie gegenüber darin, die Ehe mit den größtmöglichen Vorteilen einzugehen.«

»Das erscheint sehr ungerecht.« Verbena runzelte die Stirn und stellte sich vor, wie die junge Frau vor ihr wie ein Stück Vieh an den Höchstbietenden verkauft wurde.

»Ungerecht ist die Pflicht doch oft.« Amethysts Lächeln war nun ehrlicher. »Als Ihr nach dem Angriff das Krankenlager verlassen habt, da meintet Ihr, dass Ihr keine Heldin wäret, weil Ihr nur Eure Pflicht getan hättet. Ihr habt es zwar nicht mit diesen Worten gesagt, aber das habt Ihr doch gemeint, oder?«

»Ich glaube schon, aber das ist doch etwas ganz anderes.«

»Da habt Ihr recht, weil Ihr beinahe Euer Leben verloren habt. Ich spreche bloß davon, dass ich mit einem armen Jungen verheiratet werde, der in dieser Angelegenheit keine größere Wahl gehabt haben wird als ich. Zumindest das werden wir also gemeinsam haben.«

»Ich verstehe. Ich habe das noch nie zuvor auf diese Weise betrachtet«, gab Verbena zu. *Ich habe Amethyst unterschätzt, weil ich viel zu schnell ein Urteil über sie gefällt hatte.* »Ich hoffe, dass unsere Tarnung auf dieser Reise nicht zu schmerzlich für Euch war.«

»Oh, nicht im Mindesten! Kiki und ich haben einen sehr hübschen Bräutigam für mich erfunden.« Amethysts Lächeln nahm einen durchtriebenen Zug an. »Tatsächlich hat sie mir alles über Orkjungen erzählt.«

»Das kann ich mir vorstellen«, sagte Verbena trocken. Trotz der wachsenden Bewunderung für ihre junge Studentin wollte sie jetzt wirklich keine Diskussion über Jungs anfangen, ganz gleich von welcher Spezies sie sein mochten. »Also, habt Ihr die Antwort auf Frage vier berechnet?«

Kapitel 11

Obwohl sie auf der Reise größtenteils gutes Wetter hatten, ballten sich am vierten Tag nach dem Angriff der Klicker dunkle Wolken zusammen, die immer dichter wurden, während der Nachmittag zum Abend wurde. Kalter Wind kam auf und trug den Geruch von Regen mit sich, da bohrten die ersten fetten Tropfen bereits Krater in den Staub vor den Pferdehufen. Verbena hockte neben Turmalin auf dem Kutschbock, während Amethyst das Pferd des Meisters ritt und Weißdorn und Kardamom hinten im Wagen ein Nickerchen machten. Als der Wind stärker wurde und eine Handvoll kalten Regen und feuchte Blätter in ihr Gesicht schleuderte, murmelte Verbena einen Fluch und zog die Kapuze des Umhangs hoch, den sie sich wegen der kühlen Witterung umgelegt hatte.

Turmalin trug bereits eine Samtkappe, aber nach dem ersten Regenguss war sie schon so nass wie seine blonden Locken. »Könnt Ihr nicht etwas gegen dieses verfluchte Wetter tun, Verbena?«, fragte er. »Ich habe nie begriffen, warum sich die Angehörigen Eurer Disziplin weigern, mit den Elementen zu arbeiten. Vielleicht könntet Ihr den Regen um uns herum lenken?«

»Im Prinzip könnte ich das durchaus. Und gleichzeitig in Giavolo eine gewaltige Flut verursachen oder einen Hagelsturm, der die Ernte vernichtet oder wer weiß was sonst.«

»Ich verstehe nicht.«

Verbena gab sich geschlagen und fing an, Turmalin die Grundsätze der Wettermagie zu erklären. »Es ist zu kompliziert. In der Frühzeit haben Magier versucht, das Wetter zu kontrollieren, was zu katastrophalen Ergebnissen führte.

Selbst eine scheinbar kleine Veränderung resultierte in ungewünschten Konsequenzen, von denen einige sehr ernst waren.« Wasser tropfte ihr von der Kapuze auf die Nase, also riss sie sie gereizt ein Stück weiter nach vorn. »Das Wetter zu verändern gehört zu den wenigen Dingen, die von der Universität ausdrücklich verboten wurden – nicht nur in Giavolo, sondern in jeder Nation und jeder Stadt.«

»Oh. Ich verstehe. Danke, dass Ihr es mir erklärt habt.« Turmalin machte eine kleine Verbeugung, die seine wasserdurchtränkte Kopfbedeckung herunterfallen ließ. Als er sie hastig aufhob, erschien Kiki vor ihnen auf der Straße und winkte enthusiastisch. Sie und Riyu hatten ebenfalls Kapuzen aufgesetzt, die mit Schlitzen für ihre Ohren versehen waren.

»Anscheinend hat Kiki einen Lagerplatz gefunden«, sagte Riyu von seinem üblichen Platz neben dem Wagen aus. Seine Kleidung war voller Schlamm, der von den Rädern hochgewirbelt worden war, und Verbena war sich sicher, dass er völlig durchnässt sein musste. Aber wie immer beklagte er sich nicht.

»Ich hoffe wirklich, dass er etwas Schutz bietet«, sagte Turmalin und wrang betrübt seine Kappe aus. Vorn war ein kleines Abzeichen mit ein paar Federn befestigt, die er sorgfältig entfernte und in eine Tasche schob, bevor er die Kappe wieder aufsetzte. »Sonst wird das eine nasse Nacht.«

Als sie die wartende Orkfrau erreichten, zeigte sie auf einen schmalen Weg, der in den Wald führte. »Hier! Dort sind irgendwelche Ruinen. Ich dachte, wir könnten die Zelte vielleicht so aufspannen, dass wir im Trockenen bleiben.«

Riyu klopfte ihr auf die Schultern. Auch wenn die junge Ork nach menschlichem Maß alles andere als klein war, erschien sie neben seiner bemerkenswerten Gestalt doch eher schmal. »Gut gemacht, Kiki-gu. Ist das groß genug für den Wagen?«

Das Lob ließ sie strahlen. »Ich glaube schon. Anscheinend

fahren hier öfter Wagen, um sich bei dem Baumaterial zu bedienen.«

»Dann geh voraus.«

In der zunehmenden Dunkelheit konnte man den Pfad kaum erkennen, da die Lichtkugeln nur die unmittelbare Umgebung erhellten. Kiki ging voraus, und Turmalin lenkte den Wagen vorsichtig hinter ihr her. Dann kam Amethyst, die Kardamoms Pferd hinter sich herzog, und Riyu machte die Nachhut. Je weiter sie sich von der Straße entfernten, umso urtümlicher wurde der Wald, und bald kratzten die Äste an den Wagenseiten entlang. Das Fenster hinter dem Kutschbock öffnete sich, und Weißdorn streckte verschlafen blinzelnd den Kopf hinaus. »Bei Naverras Augen! Wo sind wir?«

»Wir suchen nach einem Unterstand gegen den Regen«, erwiderte Verbena. »Glücklicherweise halten die Bannzauber auf den Rädern durch, sonst steckten wir wohl bis zu den Achsen im Schlamm. Gut gemacht, Weißdorn.«

Er grinste. Mit seinem zerzausten Haar und den hellen ungleichen Augen sah er plötzlich schrecklich jung aus. »Danke, Meisterin. Mit etwas Glück sind die Zauberformeln auf den Pferdehufen auch noch intakt. Ich werde sie später überprüfen.«

»Ich helfe Euch dabei.«

Eine kalte Regenbö ließ Weißdorn aufschreien und das Fenster zuknallen. Verbena wollte gerade fragen, wie weit es noch zu dem versprochenen Unterstand war, als Kiki den Arm ausstreckte. »Seht! Da sind sie!«

Neben dem Pfad erhob sich eine zierlich erscheinende Steinsäule, deren oberer Teil abgebrochen und direkt daneben teilweise im Waldboden versunken war. Als sie näher kamen, entdeckte Verbena alte eingemeißelte Zeichen, die in präzisen Reihen um die zerstörte Säule herumliefen. Obwohl seit Jahrhunderten der Witterung ausgesetzt, waren sie noch immer sichtbar. Hinter der Säule ragten Marmorwände aus dem Nebel; allerdings waren sie teilweise zu Steinhaufen eingestürzt. Selbst die noch stehenden Wände hatten Sprünge davongetragen, von wuchernden Baumwurzeln verursacht; wie die Augen eines Geisteskranken starrten leere Fenster ins Nichts. Von einem Tor existierte lediglich noch der Bogen, und es war unmöglich zu sagen, ob es dem Schutz gedient hatte oder lediglich schmückendes Beiwerk gewesen war.

Turmalin hielt den Wagen an und blickte sich verwundert um. »Erstaunlich! Diese Ruine muss aus den Tagen des Kaiserreichs stammen.«

Neben ihnen zügelte Amethyst ihr Pferd. »Könnt Ihr die Inschriften entziffern, Meister Turmalin?«

Er schenkte dem Mädchen einen gönnerhaften Blick. »Das kann ich in der Tat. Alte Sprachen, vor allem die des Kaiserreichs, sind mein Steckenpferd. Zum Beispiel ist diese Säule der Göttin Bethelia gewidmet, der Göttin des Herdes, und sie soll …«

Verbena hatte nicht das geringste Interesse am Vortrag ihres Kollegen und gab Riyu ein Zeichen. »Hilf mir runter, wenn es dir recht ist. Hier ist es etwas rutschig, und das Letzte, was diese Expedition brauchen kann, wäre ein gebrochenes Bein.«

Der Ork nahm sie bei der Taille. Seine großen Hände fühlten sich durch den Stoff warm an, und er hob sie mühelos hinunter. »Danke«, sagte sie und lächelte zu ihm hoch. »Wollen wir nach der besten Stelle für unser Lager suchen?«

Unfassbarerweise hatte eines der zerstörten Gebäude noch den Teil eines Daches. Und es erschien sogar fest genug. Riyu und Kiki luden die Zelte aus und spannten die Plane zwischen dem Dachende und einer weiteren Mauer, die zur Hälfte eingestürzt war. Daraus ergab sich ein Stück von ordentlicher Größe, auf dem sie das Lager mehr oder weniger in Trockenheit aufschlagen konnten. Das Licht ihres Lagerfeuers erhellte die Innenwände und enthüllte von der

Zeit verwitterte Steinmetzarbeiten, deren Bemalung schon lange den Elementen zum Opfer gefallen war. Verbena trat näher heran, um sie sich anzusehen, und Riyu und Turmalin gesellten sich zu ihr.

»Der Besitzer muss ein ziemlich kriegerischer Bursche gewesen sein«, sagte Turmalin und beugte sich vor, um eine Szene mit marschierenden Kriegern zu betrachten. »Oder die Dame des Hauses, obwohl die Kaiserlichen ihre Soldatinnen von den Männern getrennt und in eigenen Regimentern zusammengefasst hatten.«

»Vielleicht war der Besitzer – natürlich vorausgesetzt, dass dies hier überhaupt ein Haus ist und kein Laden – ja Waffenschmied oder Rüstungsschmied«, hielt Verbena dagegen. »Das könnte ebenfalls die Darstellung von Soldaten und Schlachten erklären, selbst wenn die fragliche Person gar nicht besonders blutrünstig veranlagt war.«

»Was auch immer die Erklärung sein mag, diese Arbeiten sind jedenfalls meisterhaft. Wer auch immer sie in Auftrag gab, es war ein reicher Mann, das ist sicher.«

Dieses eine Mal musste sie Turmalin zustimmen. Selbst jetzt waren die Abbildungen von Männern, Frauen und Pferden, von Kriegswagen und Schlachten noch eindrucksvoll. Obwohl die Kunst des Kaiserreiches stets höchst stilisierten Darstellungen zugeneigt gewesen war, schienen die Muskeln der Pferde unter ihrer Haut zu spielen und die Speerschneiden scharf zu funkeln.

»Da ist ein Ork«, sagte Riyu, hielt inne und legte verblüfft und neugierig den Kopf schief. Als Verbena an seine Seite trat, bemerkte sie, dass ein nasses Blatt an seinem Ohr klebte, und zog es gedankenverloren ab. Sie ließ es fallen und erwischte Turmalin dabei, wie er sie mit einem seltsamen Gesichtsausdruck ansah.

Und?

Das Bas-Relief zeigte einen besonders nackten – und besonders männlichen – Ork, der mit einem Löwen kämpfte.

»Ein gut gebauter Bursche, was?«, bemerkte Verbena, einfach bloß, um Turmalins Reaktion zu sehen. Der Meister wurde prompt knallrot.

»Nicht unbedingt«, sagte Riyu nüchtern, aber Verbena entging das vergnügte Funkeln in seinen Augen nicht, während er zusah, wie Turmalin etwas stotterte und sich dann entschuldigte.

»Das war wohl nicht sehr nett von uns«, murmelte Verbena. »Aber ich frage mich, was hier ein Ork zu suchen hat – ich dachte, dein Volk wäre bis zum vorigen Jahrhundert oder so im Norden geblieben.«

Riyus Ohren senkten sich. »Da hast du nicht ganz unrecht. Soweit ich weiß, hat man uns, falls man uns in Kämpfen gegen das Kaiserreich lebendig gefangen nahm, zur Volksbelustigung in einer Arena gegen wilde Tiere kämpfen lassen. Weder Kleidung noch Waffen waren erlaubt, denn war unsereins nicht bloß ein Tier, das gegen ein anderes Tier kämpfte?«

Jetzt errötete Verbena, wenn auch aus entschieden anderen Gründen als jene, die Turmalin in die Flucht getrieben hatten. »Bei Naverras Augen, es tut mir leid. Ich hatte ja keine Ahnung. Und ich mache hier meine Scherze mit … du musst mich für schrecklich gefühllos halten.«

»Nein.« Seine Ohren richteten sich wieder auf, auch wenn es ihn sichtlich Mühe kostete. »Das ist alles uralte Geschichte, und all die, die daran teilnahmen, starben Jahrhunderte, bevor du oder ich geboren wurden. Um gerecht zu sein: Soweit ich weiß ermordeten die Kaiserlichen weitaus mehr Menschen als Orks.«

»Da habe ich nicht den geringsten Zweifel. Darin ist meine Spezies anscheinend ganz hervorragend. Es gibt viele Gründe, aus denen ich Lehrerin wurde, nicht Kampfmagierin. Aber meine persönliche Betroffenheit über unsere gewalttätige Geschichte gehörte sicherlich auch dazu.« Dann wurde ihr wieder bewusst, mit wem sie da sprach, und sie errötete erneut. »Bei den Göttern, das sollte keine Kritik an dir oder deiner Truppe sein. Offenbar trete ich heute Abend in jedes erreichbare Fettnäpfchen.«

»Ich habe mich gar nicht angesprochen gefühlt.« Die Hände hinter dem Rücken gefaltet, wandte er sich ihr in entspannter Haltung zu. »Es ist kein Schritt auf dem Weg des Kriegers, um der Liebe zum Tod willen zu töten. Selbst diejenigen von uns, die für Geld in fremde Dienste treten, müssen zuerst aus ehrenhaften Gründen kämpfen.«

»Na, dann hoffe ich, dass sie dich wenigstens anständig dafür bezahlen«, sagte Verbena. »Mit uns in Kälte und Regen durch das Land zu ziehen, kann nicht besonders unterhaltsam sein.«

Seine Miene wurde weicher, und plötzlich starrte sie in seine Augen. Die Iris war so dunkel, dass man sie kaum von der Pupille unterscheiden konnte. So hatte sie das Gefühl, auf der anderen Seite warte ein unbekanntes, grenzenloses Universum.

Seine tiefe Stimme war so leise, dass sie sich anstrengen musste, ihn zu verstehen. »Sicherlich ist dir klar, dass ich nicht wegen des Geldes hier bin. Ja, ich bin durchaus davon überzeugt, dass mich deine Universität gut bezahlen wird, sollte ich den Auftrag überleben. Aber selbst, wenn sie sich nicht an die Abmachung gehalten hätten, wäre ich hier, weil ... weil es richtig ist. Du bist meine Freundin, Verbenanaga, und ich werde dich nicht im Stich lassen.«

Etwas schnürte ihr den Hals zu, raubte ihr die Luft, legte enge Fesseln um ihre Brust. *Jetzt spricht er von der Ehre, oder?* Sie hatte noch nie besonders ausführlich über dieses ... Konzept nachgedacht, vielleicht weil es Leuten wie Turmalin, die schon wegen der kleinsten Beleidigung ein Duell als ihre wichtigste Ausdrucksform betrachteten, so leicht über die Lippen kam.

Riyu würde dieser Beschreibung nicht zustimmen; da brauchte sie ihn gar nicht erst zu fragen. Für ihn bedeutete

Ehre, nach einem Kodex zu leben, den sie nur zur Hälfte verstand. Es bedeutete, an der Seite eines Freundes zu bleiben, selbst wenn dieser Freund in einem solchen Fall eine menschliche Frau im mittleren Alter war, die er nicht mal einen ganzen Monat lang kannte.

»Danke«, sagte sie leise. Aber das erschien nicht einmal annähernd ausreichend, also nahm sie seine Hand und versuchte, durch eine Berührung zu vermitteln, wie viel ihr das bedeutete. Seine Finger schlossen sich sanft um die ihren und ließen ihre wesentlich kleinere Hand verschwinden. Ihr wurde bewusst, dass die grüne Farbe seiner Haut auf der ihren jetzt ganz normal erschien, so wie auch seine fremdartigen Züge in ihrer Wahrnehmung verblichen waren und nur Stärke und eine Art Schönheit zurückgelassen hatten.

»Was seht ihr beiden euch dort an?«, fragte Kiki und trat auf sie zu.

Überrascht ließ Verbena Riyus Hand los, dann traten sie beide einen schuldbewussten Schritt auseinander, als wären sie bei etwas Unangebrachtem ertappt worden. *Was vollkommen albern ist. Mit einem Ork befreundet zu sein, ist keineswegs unangebracht, selbst wenn einige Leute dieser Meinung sein mögen.*

Völlig ahnungslos beugte sich Kiki vor und untersuchte das Bas-Relief. »Oh, der ist aber süß«, sagte sie anerkennend. »Amethyst, kommt her und seht Euch das an!«

Verbena eilte davon, denn sie verspürte keine große Lust, mit zwei kichernden Mädchen in eine Unterhaltung über die gewissen Teile – und Proportionen – der männlichen Anatomie verwickelt zu werden. Riyu zog sich klugerweise ebenfalls zurück, aber der Augenblick war unwiederbringlich dahin.

Was vermutlich gut so ist, sagte sich die Zauberin entschieden, als sie sich neben Weißdorn setzte, um mit ihm über einen möglichen Nachtrag zur Restriktionstheorie zu diskutieren, über den sie sich schon Gedanken gemacht hatte. *Ich wäre bloß hemmungslos sentimental geworden, wäre Kiki nicht gekommen. Das muss an der anstrengenden Reise liegen – ich bin das gar nicht gewöhnt, und darum stehe ich auch neben mir.*

Zufrieden mit ihrer Erklärung stürzte sie sich in den intellektuellen Ringkampf mit Weißdorn. Und trotzdem konnte etwas in ihr nicht vergessen, wie sich Riyus Hand angefühlt hatte.

In dieser Nacht verging die erste Wache wie immer. Der Regen wurde stärker und prasselte jenseits ihres Unterstands hart auf den Boden. Nach ein paar Stunden ging Riyu schlafen, und Kiki nahm ihren Posten ein.

Größtenteils genoss Verbena die Gesellschaft der jungen Ork. Kiki wirkte neugierig, was erfrischend war … aber ihr fehlte Disziplin, solange es nicht um den Weg des Kriegers ging. Und ihre Unterhaltung neigte dazu, von einem Thema zum nächsten zu springen – wie ein Schmetterling, der von einem Dutzend verschiedener Blumen trinkt.

»Wie ich sehe, seid Ihr und Amethyst Freunde geworden«, sagte Verbena. Sie gestand sich ein, sich bloß vergewissern zu wollen, dass sie nicht der einzige Mensch auf der Welt war, der mit einem Ork Freundschaft geschlossen hatte. *Und selbst wenn doch, es wäre mir egal. Aber ständig hält man mich für exzentrisch – eine Exzentrizität weniger wäre auch ganz nett.*

»O ja!«, sagte Kiki mit der für sie typischen Begeisterung. »Da ich mit Mamas – ich meine Nagatis – Truppe reise, lerne ich nicht viele Orkmädchen meines Alters kennen.«

»Oder Orkjungen, wette ich«, erwiderte Verbena, die sich an Kikis Enthusiasmus bei dem Relief erinnerte.

»Garantiert keine Orkjungen.« Kiki warf ihr einen traurigen Blick zu. »Und Menschenjungen sind so schrecklich dürr, nicht wahr? Dieser arme Kardamom – angeblich ist er ja ein Krieger, aber wenn man sich seine Rüstung wegdenkt, dann, na ja …«

Verbena unterdrückte ein Kichern. Schließlich war es

nicht richtig, sich auf Kosten eines Studenten zu amüsieren, selbst wenn er ihrer Fakultät gar nicht angehörte. Sie hatte nicht die geringste Vorstellung vom Schönheitsideal der Orks, aber sie glaubte durchaus, dass Kiki hübsch genug war, um jedem Orkjungen den Kopf zu verdrehen. Sie trug ihr Haar kürzer als die Älteren, was ihren Status als Lehrling in der Kompanie anzeigte. Aber es passte zu ihren vergleichsweise zarten Zügen und dem schlankeren Körper. Nichts schien sie aus der Fassung bringen zu können, und Verbena vermochte sich nicht daran zu erinnern, sie jemals anders als fröhlich gesehen zu haben.

Kiki schlug sich die Hand vor den Mund, als sie zu spät erkannte, was sie da gesagt hatte. »Oh! Es tut mir leid, Verbena-naga! Ich bin sicher, dass Menschenmänner in Euren Augen gut aussehen!«

»Ihr braucht Euch nicht zu entschuldigen.«

»Nein, nein. Riyu sagt mir ständig, ich soll nachdenken, bevor ich den Mund aufmache. Er wäre sehr enttäuscht, wenn er erführe, dass ich etwas so Beleidigendes gesagt habe.« Ihre Ohren senkten sich.

»Ich verrate es ihm nicht«, versicherte ihr Verbena, und Kikis Ohren richteten sich sofort zu ihrer normalen Position auf. »Ihr empfindet großen Respekt für Riyu, nicht wahr?«

»Natürlich.« Ausnahmsweise wurde Kikis Miene einmal ernst. »Es war sehr nett von ihm, damit einverstanden zu sein, mich mitzunehmen. Ich ... na ja, in der Kompanie meiner Mutter zu dienen ist nicht einfach. Sie erwartet eine Menge von mir – und das ist auch richtig so! Aber manchmal glaube ich, dass sie mich als ein kleines Kind betrachtet, und was ich auch tue, es reicht nicht aus.«

Verbena fragte sich, ob das wohl stimmte oder ob Kiki das nur so wahrnahm. »Also hofft Ihr, dass ein guter Bericht von Riyu ihre Meinung ändern wird?«

Kiki nickte und schien erfreut, dass Verbena sie verstand. »Ja! Aber es wäre schon genug, von Riyu eine gute Beurteilung zu erhalten. Er ist unter unseresgleichen sehr hoch angesehen, so wie Ihr unter Euren Kollegen.«

»Oh.« Verbena verschlug es die Sprache. »Nun, ich bin mir nicht sicher, dass ich …«

Grelle Lichter zerrissen die dunkle Nacht und verwandelten die fallenden Regentropfen in Kristall und den Nebel in Gold. Sämtliche Schutzsigillen, die um das Lager herum aufgestellt worden waren, flammten auf und erloschen sofort, als ihre Macht aufgesogen wurde.

Verbena zuckte sofort zurück, während Kiki einen Alarmschrei ausstieß, der laut genug war, um jeden zu wecken, den das helle Licht noch nicht aus dem Schlaf gerissen hatte.

»Schön, schön. Ihr müsst Verbena sein«, sagte eine fremde Stimme.

Das Licht verblich ausreichend stark, um die Silhouette eines Mannes auf einem auf und ab schreitenden Pferd erkennen zu können, direkt am Rand der Schutzzauber, die sie und Weißdorn aufgebaut hatten. Er trug einen Umhang, die Kapuze verbarg sein Gesicht. Als sie verwirrt in seine Richtung starrte, deutete er eine Verbeugung an. »Ich habe von Euch gehört, Zauberin, und es wird mir eine Freude sein, das Instrument Eurer Vernichtung zu sein. Hellhand entbietet Euch seinen Gruß.«

Mit einem fürchterlichen Getöse tauchten hinter ihm die Klicker auf. Ihre wuchtigen Körper bewegten sich mit einer schrecklichen Anmut, die Verbena das Blut in den Adern gefrieren ließ. Ihr Aufmarsch war völlig unbemerkt geschehen, und mit sinkendem Mut wurde ihr klar, dass der Mann auf dem Pferd in den Magischen Wissenschaften versiert sein musste.

Natürlich. Die Klicker konnten uns allein nicht besiegen, also haben sie einen Kampfmagier zur Unterstützung geschickt. Naverra steh uns bei.

Verbena richtete sich zu ihrer vollen Größe auf und sah die vermummte Gestalt scharf an. »Also bist du der Laufbursche«, sagte sie. Ihre Stimme troff vor Verachtung, obwohl ihre Hände vor Angst zitterten. »Und mehr noch, der Laufbursche eines Feiglings, der zuerst hilflose Studenten angreift und dann jemand anderen schickt, um sein schmutziges Werk zu erledigen.« Ihre Lippen verzogen sich zu einem angewiderten Lächeln. »Das macht dich wirklich verabscheuenswürdig.«

Der Kampfmagier stieß einen Fluch aus und hob die Hand, um einen Zauber zu schleudern. Im gleichen Augenblick lösten sich zwei Klicker aus dem Rudel und kamen von beiden Seiten auf Verbena zu.

Ich muss den Kampfmagier aufhalten, dachte sie mit seltener Klarheit. Alles schien plötzlich ganz entrückt und verlangsamt zu sein: ein Schmerzensschrei, Amethysts verzweifelter Aufschrei, Turmalin, der etwas Unverständliches schrie. Sie hatte alle Zeit der Welt, um im Kopf die nötigen Berechnungen durchzuführen, ein ganzes Zeitalter, eine Sigille zu zeichnen, die die Wärme aus der Luft um sie herum zog.

Riyus Aufbrüllen hallte von den Mauern wider; aus den Augenwinkeln sah sie eine Klinge aufblitzen und mit schierer, wilder Kraft einem Klicker ein Bein abtrennen. Kiki war auf ihrer anderen Seite, ein Schwert in jeder Hand, und hieb auf die Augen des anderen Golems ein, die auf Draht aufgefädelt waren.

Eiskalte Luft stach im gleichen Augenblick in Verbenas Lungen, als sich der Regen in Hagel verwandelte. Mit einem Ruf deutete sie auf den Kampfmagier, und die Eissplitter flogen in seine Richtung. Tausend winzige Geschosse prasselten gegen sein Gesicht; instinktiv riss er die Hände hoch, um sich zu schützen. Damit brach er den eigenen Zauber.

»Verbena-naga! Zurück zur Mauer!«, rief Riyu. Zwei Klicker kamen gleichzeitig auf ihn zu. Zu Verbenas Entsetzen durchbrach der, der sein Bein verloren hatte, die Deckung des Orks und schlug die bösartigen Zähne in seine Wade. Das Bein gab nach, er stolperte, und der andere Klicker sprang gegen seine Brust und riss ihn zu Boden.

Nein! Mit der einen Hand zog Verbena ihr Messer, mit der anderen griff sie nach einem Beutel mit dem Tilgungspulver. Sie schleuderte ihn dem Klicker ins Antlitz. Er zerplatzte, und ein Dutzend Bannzauber flammten auf dem Kopf des Ungeheuers auf. Das Pulver hatte die Bannzauber nicht zerstört, sie aber geschwächt, und Verbena zog die Klinge mit aller Kraft durch die wolfsähnliche Fratze. Drähte rissen, ein Auge fiel zu Boden und blieb dort feucht schimmernd liegen, ein Kiefergelenk klappte nutzlos nach unten.

»Verflucht, Verbena-naga, lauf!«, befahl Riyu und stieß den Klicker zur Seite.

Wie dankbar. Sie fuhr herum, und der nur noch dreibeinige Golem ließ den Ork los und schnappte nach ihr. Ihr Rock machte den Biss zwar zunichte, aber eine eisenkrallenbewehrte Tatze schlug zu, durchtrennte Stoff und schnitt brennende Striemen in ihren Oberschenkel.

Turmalin brüllte ihren Namen, im nächsten Augenblick bohrte sich sein lächerlicher Degen in den Klicker. Das Monstrum wandte sich ihm zu, und die Klinge zerbrach. Einfach so. Der Meister blinzelte ungläubig, dann schleuderte er den Griff auf das Wesen, ohne damit etwas zu bewirken.

Schon war Kiki zur Stelle. Ihre Klingen wirbelten und lenkten den Klicker ab. Riyu sprang auf die Füße, schlang Verbena den Arm um die Taille, hob sie hoch und brachte sie zur Wand. »Bleib hier!«

»Riyu, nein! Wir haben es mit einem Magier zu tun! Er wird …«

Sie bekam keine Gelegenheit, den Satz zu beenden. Während die Golems sie abgelenkt hatten, hatte ihr Befehlshaber die Zeit genutzt, seinen Zauber zu vollenden. Ein flammender Strich schoss um das Lager in die Höhe und schloss die Wände mit ein. Außerhalb des Kreises geschah nichts, doch in seinem Inneren bäumte sich plötzlich die Erde auf.

Ein tiefes Ächzen entfuhr den Mauerresten, die als ein so

sicherer Unterschlupf erschienen waren, Steine zerbrachen lautstark. Einen Augenblick lang erstarrte Riyu; entsetzt riss er die Augen auf, da er seinen Fehler erkannte. Als die ersten Ziegel zu Boden prasselten, stieß er Verbena von den Füßen. Im nächsten Augenblick warf er sich über sie und schützte sie mit seinem Körper. Hilflos fühlte sie ihn zucken, als ihn die Trümmer trafen. Ein lautes Krachen ertönte, begleitet von verzweifelten Schreien.

Dann ... nichts.

Verbena blinzelte Staub aus den Augen und bemühte sich, nach Luft zu schnappen, aber das erwies sich durch das Gewicht des Orks auf ihr – und der Steine auf ihnen beiden – als unmöglich. Panik stieg in ihr auf, und ihre kurzen Atemzüge wurden immer schneller. Der Geruch von Blut verstopfte ihre Nase, und sie kämpfte gegen das Gewicht an, versuchte sich freizugraben. Aber sie war gefangen ...

Gedämpfte Stimmen erklangen, gefolgt von knirschenden Trümmern. »Helft mir, sie zur Seite zu schieben!«, rief Amethyst. »Meisterin Verbena ist getötet worden!«

»Riyu-ga?« Das war Kikis Stimme, und die Angst, die darin lag, ließ Verbenas Herz erstarren.

Dann fühlte sie, wie sich der Ork bewegte. Kiki musste das gesehen haben, denn sie rief: »Wartet! Wir befreien euch jetzt! Nur noch ein paar Steine!«

Die Arme an Verbenas Seiten spannten sich an, dann stieß sich Riyu mit einem tiefen Stöhnen nach oben und von ihr herunter. Endlich konnte sie wieder frei atmen und kroch unter ihm weg. Turmalin nahm sie am Ellbogen und half ihr, sich aus den Steintrümmern zu befreien. Sobald sie frei war, riss er sie in eine erleichterte Umarmung. »Bei den Göttern! Ich hielt Euch schon für tot!«

»Mir geht es gut«, sagte sie und schob ihn ungeduldig fort. »Was ist geschehen? Wo sind die Klicker?«

»Als die Mauer zusammenbrach, liefen die, die noch funktionierten, einfach weg ...« Turmalin schluckte. »Verbena ... der Magier ... in der Verwirrung schnappte er sich Weißdorn.«

Ihr blieb die Luft weg. »W-Weißdorn?«

»Ja.« Verzweiflung trat in Turmalins blaue Augen. »Der Magier hat ihn entführt, Verbena.«

»Nein.« Die Vorstellung, dass sich der fröhliche Weißdorn – ihr Student, ihr Freund – in den Fängen ihrer Feinde befand, erfüllte sie mit Angst. »Warum das? Ich dachte, sie wollten uns töten. Warum sollten sie ihn entführen?«

Turmalin breitete hilflos die Hände aus, und Verbena sah, dass er sich bei seinen Anstrengungen, die Trümmer zur Seite zu schaffen, die weiche Haut seiner Finger eingerissen hatte. »Ich weiß es nicht. Eine Geisel? Der gleiche Grund, aus dem sie auch Malachit entführt haben?«

Verbena war wie betäubt. Sie drehte sich um und betrachtete den Rest ihrer Gruppe. Kardamom blutete am Arm; Amethyst saß neben ihm und verband die Wunde mit einem Stück Stoff, das sie sich aus ihrem Kleid gerissen hatte. Eines der Pferde lag tot unter der zusammengebrochenen Mauer, die anderen standen mit weit aufgerissenen Augen da und wären sicherlich durchgegangen, wären nicht ihre Beine gefesselt gewesen. Kiki kniete nervös neben Riyu und redete auf Orkisch auf ihn ein.

Was Riyu betraf, so sah er ausgesprochen mitgenommen aus: Sein Umhang war abgerissen worden, und die Rüstung war voller Staub, der von der zusammengebrochenen Mauer stammte. Eine Mischung aus Blut und Dreck bedeckte seine eine Gesichtshälfte. Trotzdem kam er taumelnd auf die Füße und machte ein paar Schritte, verzog dabei aber jedes Mal das Gesicht, wenn er das verletzte Bein belastete.

»Setz dich, bevor du fällst«, befahl Verbena. »Ich hole Salbe und Verbände aus dem Wagen.«

»Du bist verletzt«, sagte er und ignorierte ihren guten Rat.

Sie sah an sich herab und entdeckte, dass die Schnitte an

ihrem Oberschenkel noch immer ihren beschädigten Rock mit Blut tränkten. »Das ist nichts. Wie schlimm bist du verletzt? Etwas gebrochen?«

»Nein.« Er sah zu Boden, und seine Ohren sackten nach unten. »Es tut mir sehr leid, Verbena-naga. Wegen meiner Taten hättest du getötet werden können. Heute Abend habe ich in meiner Pflicht schwer versagt.«

»Sei nicht albern.«

»Ich habe nicht weit genug gedacht. Es kam mir nicht in den Sinn, dass das, was wie ein guter Unterschlupf erschien, für einen Ausübenden deiner Wissenschaft nur eine andere Waffe sein würde. Nicht nur habe ich dich in Gefahr gebracht, die dadurch verursachte Ablenkung erlaubte unseren Feinden auch, Weißdorn zu ergreifen.«

Die Angst um ihren Studenten rumorte wie Gift in ihrem Leib, aber sie zwang sich dazu, es gar nicht zu beachten. »Wir holen ihn zurück, zusammen mit Malachit. Daran müssen wir glauben. Und was dich angeht, du hast dein Bestes getan, Riyu. Mehr kann keiner verlangen, und ich mache dich bestimmt nicht dafür verantwortlich.«

Er erschien keineswegs überzeugt, deutete aber unbeholfen auf das Blut in seinem Gesicht. »Kiki kümmert sich um mich. Und du musst dich um deine Wunden kümmern.«

»Also gut.« Sie zögerte, dann nahm sie seine Hand. »Es kommt alles in Ordnung. Dafür sorgen wir.«

Aber seine Ohren blieben gesenkt, und seine dunklen Augen blickten traurig. »Das hoffe ich«, erwiderte er und drückte kurz ihre Hand, bevor er sie losließ und sich erneut Kiki zuwandte.

Kapitel 12

Am nächsten Morgen zog Verbena eine Bilanz der demoralisierten Gruppe.

Amethyst hatte als Einzige keine Verletzungen davongetragen, und das hatte sie allein Kardamoms tapferer Verteidigung zu verdanken. Der Kadett hatte eine böse Bisswunde erlitten, und sein Arm würde zumindest einige Tage lang so gut wie nutzlos sein. Turmalins abgeschürften Hände waren verbunden, darum konnte er den Wagen nicht lenken, also würde dies Verbena übernehmen müssen. Kikis Verletzungen waren dank ihrer Rüstung und ihres Geschicks nicht der Rede wert. Riyu war zwar auf den Beinen, aber seine Bewegungen wirkten langsam und steif, und vermutlich verbarg seine Rüstung böse Prellungen. Wenigstens hatte sein Schienbeinschutz den größten Teil des Klickerbisses abgehalten, was bedeutete, dass sein Bein zwar sicherlich schmerzte, die Verletzung aber bei Weitem nicht so schlimm wie Kardamoms war.

»Und wie geht es jetzt weiter?«, fragte Turmalin, als sie die Pferde anschirrten. Er würde neben Verbena fahren müssen, da die einstürzende Mauer sein Pferd getötet hatte. Verbena bedauerte seinen Tod, aber nicht nur, weil sie es verabscheute, eine unschuldige Kreatur sterben zu sehen, sondern auch weil es bedeutete, dass sie nun gezwungen war, den ganzen Tag mit dem Meister zu verbringen.

»Was meint Ihr?« Verbena überprüfte das Geschirr und versuchte, den Kloß in ihrem Hals zu ignorieren, den diese Tätigkeit verursachte. Das war immer Weißdorns Aufgabe gewesen, und dies nun tun zu müssen, unterstrich bloß sein Fehlen.

Turmalin sah sie überrascht an. »Wir sind alle verletzt, und einer von uns wurde entführt. Ich hasse die Vorstellung, mit leeren Händen nach Giavolo zurückzukehren, aber offensichtlich erweist sich diese Aufgabe als bedeutend größer als erwartet.«

»Dem stimme ich zu«, sagte Kardamom vom Rücken seines Pferdes herab. Sein hübsches Gesicht war voller blauer Flecken, und er sah elend aus. »Falls Meisterin Ringelblume sich einverstanden erklärt, eine ganze Abteilung loszuschicken, können wir vielleicht einen neuen Versuch wagen.«

Verbenas Hände erstarrten. Sie schluckte eine Reihe Beleidigungen herunter, die mit *Feigling* anfingen und mit *treulos* endeten. Aber es war Amethyst, die mit geballten Fäusten und blitzenden Augen vortrat. »Wie könnt Ihr den Gedanken auch nur in Betracht ziehen? Wir wussten doch immer, dass das schwierig werden würde – und Ihr wollt schon beim ersten Anzeichen von Schwierigkeiten zurück nach Hause laufen und Euch verstecken? Wir sind schließlich hier, weil es niemand sonst tut! Falls Meister Malachit nicht wichtig genug für eine Rettungsmission war, dann wird es der arme Weißdorn erst recht nicht sein! Wollt Ihr ihn seiner Gefangenschaft überlassen und ... und die Götter allein wissen, was noch?«

»Ich will ihn nicht im Stich lassen, aber ich will ihm auch nicht Gesellschaft leisten!«, protestierte Kardamom und sah noch elender aus, was Verbena nicht für möglich gehalten hätte.

»Jeder kann jederzeit gehen«, sagte sie, nachdem sie den größten Teil ihrer Wut heruntergeschluckt hatte. Sie kletterte auf den Kutschbock und starrte Turmalin böse an. »Aber ich nehme diesen Wagen und fahre nach Icci. Wer mich begleiten will, der soll das tun. Wer nicht, dem wünsche ich gutes Wetter, denn er wird nach Giavolo zurück*laufen* müssen.«

Amethyst stieg mit übertrieben lauten Bewegungen in

den Wagen und sah Kardamom die ganze Zeit über finster an. Zumindest hatte der Kadett den Anstand, verlegen auszusehen.

»Wenn Ihr diesen Weg einschlagen wollt, dann begleite ich Euch natürlich«, sagte Turmalin schließlich. Er sah ebenfalls elend aus, und dieses eine Mal hing ihm das Haar strähnig ins Gesicht, statt gelockt und peinlich genau frisiert zu sein. »Ich wollte lediglich meine rationelle Sorge zum Ausdruck bringen.«

»Eure Sorge ist zur Kenntnis genommen worden. Gewiss ebenso wie meine, wenn einer Eurer Lehrlinge entführt worden wäre.«

»Natürlich.« Er holte tief Luft und nahm die Schultern zurück, als finde er seinen Mut. »Ihr habt völlig recht, wie immer. Der junge Weißdorn braucht unsere Hilfe, und wir kehren nicht um, bis wir ihn und Malachit gerettet oder dieser ehrenvollen Sache unser Leben geopfert haben.«

»Bei den Göttern, müsst Ihr immer so melodramatisch sein?«, fauchte Verbena. »Kardamom, Eurem Blick nach zu urteilen schätze ich, dass Ihr Euch uns anschließt. Riyu? Kiki?«

Riyu legte die Ohren eng an, während sich seine Augen verengten. »Trotz meiner schlechten Leistung gestern Abend finde ich nicht, dass Kiki-gu es verdient, beleidigt zu werden.«

Verbena starrte ihn böse an, während Kiki nervös zwischen ihnen hin- und herblickte. »Ich weiß, dass ihr nicht die Absicht habt zu gehen, aber ich biete euch eine Wahl, damit ihr es nicht als Selbstverständlichkeit betrachten müsst. Ihr könntet meine Höflichkeit zumindest mit einer Antwort würdigen.«

Da hatte sie ihn auf dem falschen Fuß erwischt, wie sie mit einiger Befriedigung sah. Er verneigte sich tief und sagte: »Ich stehe in deinen Diensten, Verbena-naga, und ich folge dir, wohin du auch gehst. Selbst wenn du es dir in den Kopf setzen solltest, Nida-gashis Hölle zu besuchen. Wovon ich übrigens von ganzem Herzen hoffe, dass du es nicht tust.«

»All diese Melodramatik muss ansteckend sein«, murmelte sie. »Amethyst! Ist alles festgeschnallt?«

Das Fenster öffnete sich, und Amethyst steckte den Kopf heraus. »Alles ist fertig, Meisterin.«

Verbena nickte und schnalzte mit den Zügeln; nach all der Zeit hoffte sie, dass sie noch wusste, wie man einen Wagen lenkte. Mit etwas Glück hatten die Tage neben Weißdorn ihre Erinnerung angeregt, und sie würde den Wagen nicht in den nächsten Straßengraben fahren.

Betrachtet man andererseits unser Glück bis jetzt, so werden die Pferde bis zum Sonnenuntergang vermutlich über die nächste Klippe galoppiert sein. Dann reißen sie uns alle in den Tod.

Es gelang Verbena, den schmalen Pfad zur Hauptstraße zurückzufahren, indem sie den Pferden einfach ihren Willen ließ. Zu ihrem Ärger ließ Amethyst das Fenster geöffnet und begann eine Unterhaltung mit Turmalin, bei der es hauptsächlich darum ging, wer welche Bälle besucht hatte und welche Verbrechen gegen die Mode dabei begangen worden waren.

Als sie wieder auf der Straße fuhren, nahm Riyu seine übliche Position neben Verbena ein. Obwohl kein Wort der Klage über seine Lippen kam, war es offensichtlich, dass ihm sein Bein Probleme bereitete. Also trat Verbena Turmalin gegen den Knöchel. »Riyus Bein ist verletzt. Steigt ab und lasst ihn eine Weile fahren.«

Der Meister sah sie entsetzt an. »Oh! Es tut mir leid! Ich habe nicht nachgedacht.«

Darauf wette ich. Auch wenn Turmalin eine tadellose Höflichkeit an den Tag legte, war ihr nicht entgangen, dass er für gewöhnlich niemals an die Orks dachte.

»Mir geht es gut genug«, sagte Riyu stur.

»Das sehe ich. Ist es ein Schritt auf dem Weg des Kriegers,

so stur zu sein, dass du mit einem verletzten Bein marschierst und die Heilung verzögerst, damit du dann nicht stehen kannst, wenn wir dich brauchen?«

Riyu warf ihr einen mürrischen Blick zu, wusste aber nichts darauf zu erwidern. Sie hielten kurz an, damit er und Turmalin die Plätze tauschen konnten. Amethyst seufzte und schloss das Fenster, was, soweit es Verbena betraf, nur ein weiterer Vorteil war.

»Also«, sagte Verbena, sobald sie wieder unterwegs waren, »wir müssen uns über die Nachtwache unterhalten, da uns jetzt nur noch ein Zauberer zur Verfügung steht.«

Riyu saß ausgesprochen gerade und aufmerksam da, suchte ständig den Horizont nach Bedrohungen ab. Er roch leicht nach Limonen und feuchter Wolle, und der mittlerweile vertraute Geruch beruhigte die Zauberin.

»Wir werden einfach damit auskommen müssen«, sagte er schließlich. »Du kannst nicht den ganzen Tag fahren und die ganze Nacht Wache halten. Kiki und ich werden unser Bestes geben. Kardamom natürlich auch.«

»Natürlich.« Die Pferde schnaubten, als sie die Zügel fester hielt, und mühsam entspannte sie sich wieder. »Glaubst du, Weißdorn lebt noch?«

Sollte ihm etwas geschehen sein, werde ich mir das nie verzeihen. Er war nur meinetwegen auf dieser Reise dabei, nicht wegen Malachit.

»Ich glaube schon.« Riyu wedelte mit einem Ohr und ließ die Ringe leise klirren. »Dich wollten sie töten, das war ziemlich klar. Warum Weißdorn verschleppt wurde … Da bin ich mir noch nicht sicher. Vielleicht als Geisel. Vielleicht auch, damit sie von ihm etwas über dich und deine Pläne erfahren. Möglicherweise ist ihnen klar geworden, dass du eher sterben würdest, bevor du ihnen deine Geheimnisse verrätst. Und nun hoffen sie, dass sich Weißdorn als beeinflussbarer erweist. Ich weiß es nicht, aber ich bezweifle, dass sie ihn töten werden, solange er ihnen noch nützlich sein könnte.«

Verbena fröstelte und stellte sich ungeahnte Schrecken vor. »Ich hoffe, es geht ihm gut.«

»Das hoffe ich auch.« Aber Riyu klang nicht besonders überzeugt von dieser Möglichkeit. »Um unser aller willen.«

Am Ende dauerte es nicht lange, bis sie entdeckten, warum der Kampfmagier Weißdorn entführt hatte. Als sich die Sonne dem Horizont näherte und es Zeit wurde, nach einem Lager Ausschau zu halten, gab Kiki Alarm. Sie war ein Stück vor ihnen gegangen; als sie ein großes Tal passierten, kam sie angelaufen. »Da ist etwas auf der Straße!«

Ein paar Augenblicke später erblickte Verbena einen Schemen, der sich bewegte. »Was ist das?«, fragte Turmalin und beschattete die Augen mit der Hand. Verbena zügelte die Pferde und starrte ebenfalls in die Richtung, während sie nach der Tasche an ihrem Gürtel griff.

Riyu stieg vom Kutschbock, und Amethyst öffnete das Fenster und steckte ihren Kopf heraus. »Das sieht wie ein … Pferd aus?«, sagte sie unsicher.

»Ich glaube, das ist ein Läufer«, rief Kiki.

So wie man die Quietscher Botschaften von einem Teil der Universität zum nächsten bringen ließ und die Flieger Nachrichten von einem Teil der Stadt zum anderen, so überbrachten Läufer Neuigkeiten von einer Stadt zur anderen. Für gewöhnlich erschuf man sie in Pferdegestalt, aber Verbena hatte auch schon phantasievollere Gestalten gesehen – wie Löwen oder Einhörner.

Als sie nahe genug waren, und Verbena die Gestalt ausmachen konnte, kam sie zu dem Schluss, dass Kiki mit ihrer Vermutung wahrscheinlich recht hatte. Dieser Läufer wies die traditionelle Pferdegestalt auf. Das letzte Sonnenlicht ließ die Kolben seiner Beine und die Zahnräder in seinen Gelenken blitzen. In den Augen brannte magisches Licht, und aus dem Nacken wucherte fächergleich eine Mähne aus feinem Golddraht. Die Platten, die das zerbrechliche Innenleben schützten, waren mit komplizierten Schnörkeln bedeckt, und Verbena fühlte eine professionelle Bewunderung für den Konstrukteur aufsteigen.

Sie ging davon aus, dass der Läufer auf dem Weg zu seiner Bestimmung, einem fernen Dorf oder einer Stadt, an ihnen vorbeirennen würde, und dass die unermüdlichen Beine eine wichtige Botschaft transportierten. Läufer waren außerordentlich teuer, also konnten sich nur die Reichen und Mächtigen ihren Besitz leisten; alle anderen mussten sich mit Karawanen begnügen, um ihre Post zu transportieren. Aber er wurde langsamer, je näher er kam. Die Messinghufe ließen kleine Lehmklumpen aufspritzen. Riyu und Kiki traten geschmeidig nebeneinander und bildeten zwischen dem Läufer und dem Rest der Gruppe eine Barriere. Das blutrote Licht des Sonnenuntergangs spiegelte sich auf ihren Schwertern.

Der Läufer wandte den Kopf und betrachtete jeden von ihnen mit brennenden Augen, bis er Verbena entdeckt hatte. »Ihr seid Verbena diGiavolo«, sagte er mit monotoner Stimme.

Oh, das ist nicht gut. »Ja«, erwiderte sie.

»Die Botschaft lautet wie folgt«, verkündete der Läufer. »Wenn Ihr Weißdorn wiedersehen wollt, kommt nach Benevalia.«

Das Maul schloss sich, und er drehte sich um. »Warte! Wer hat dich geschickt?«, rief Turmalin und wollte hinter ihm herlaufen. Kiki streckte blitzschnell den Arm aus und hinderte ihn daran.

»Er kann Euch nicht antworten«, sagte Verbena angespannt. »Könnte er es, würde ich ihn selbst verfolgen. Aber Läufer sind nur einfache Golems ohne eigenständigen Willen oder Intelligenz.«

Kardamom brachte sein Pferd nach vorn und starrte dem Läufer hinterher, der jetzt – nach Abschluss seiner Mission –

wieder nach Hause zurückkehrte. »Ich könnte ihm folgen. Ihn zu dem zurückverfolgen, der ihn geschickt hat.«

»Nur wenn Euer Pferd Tag und Nacht ohne Pause laufen kann«, klärte Verbena ihn auf.

Kardamoms Schultern sackten nach unten. »Ach, ich habe nicht nachgedacht.« Dann hellte sich seine Miene wieder auf. »Aber das beweist es doch – Benevalia ist unser Feind, nicht Icci!«

»Vielleicht«, meinte Riyu tonlos, und Verbena fragte sich, was er wohl in diesem Augenblick dachte.

»Aber wenn wir nach Benevalia reisen, wie er gesagt hat ... das ist doch eine Falle, oder?«, fragte Turmalin unsicher.

Verbena schnaubte. »Natürlich ist es eine Falle.« Mit zusammengekniffenen Augen starrte sie dem Läufer hinterher. »Die eigentliche Frage ist, ob wir dieser Falle entgehen können und trotzdem noch weiter die Chance haben, Weißdorn zu retten.«

Amethyst beugte sich mit wehendem blondem Haar aus dem Fenster. »Ich glaube, das ist möglich«, sagte sie langsam. »Meisterin, da gibt es einen Mann namens Jaspis di-Morelo – das heißt, unter diesem Namen ist er in Benevalia bekannt. Er ist ... nun, er ist ein giavolonischer Spion.«

Verbena sah ihre Studentin mit hochgezogener Braue an, dachte an ihre Bemerkungen über Meisterspione und eine Kindheit voller politischer Intrigen. »Ach? Sprecht weiter.«

»Ich kenne ihn, seit ich ein kleines Mädchen war. Er war immer wie ein Onkel für mich. Falls wir uns in die Stadt schmuggeln können, wird er uns zweifellos helfen; vielleicht können wir dann die Falle, die eigentlich für uns gedacht ist, in unsere eigene Falle verwandeln.«

Langsam stahl sich ein Lächeln auf Verbenas Lippen. »Ja. Das könnte der Vorteil sein, den wir brauchen.«

Turmalin räusperte sich. »Falls ich mich nicht irre, beginnt in zwei Tagen das Maskenfest.«

»Und das ist …?«, fragte die Zauberin ungeduldig. Schließlich interessierte sie sich nicht einmal für Giavolos Gesellschaftsleben, geschweige denn für das seiner Feinde.

»Es begann als Herbstfest, vor Winterbeginn. Im Laufe der Zeit entwickelte es sich aber zu einem Fest, das die ganze Woche dauert. Von überall kommen Menschen in die Stadt, darum könnten wir in der Menge untertauchen. Außerdem ist es, wie der Name schon sagt, eine Maskerade, also können wir uns verkleiden.«

Anscheinend hatte sich ihnen endlich das Glück zugewendet. Verbena verspürte zum ersten Mal seit Weißdorns Entführung wieder so etwas wie Hoffnung. »Ausgezeichnet. Wir werden ihnen zeigen, dass man uns nicht so einfach hereinlegen kann. Amethyst, wisst Ihr, wie man sich mit diesem Jaspis diMorelo in Verbindung setzen kann, sobald wir in der Stadt sind?«

Die Studentin nickte eifrig. »Ja. Ich kann es gar nicht erwarten, ihn wiederzusehen!«

»Kümmern wir uns zuerst darum, überhaupt reinzukommen«, meinte Riyu. »Eine Reisegruppe mit zwei Orks wird auffallen, und wenn unser Feind tatsächlich die Regierung von Benevalia sein sollte, dann wird man die Torwächter angewiesen haben, nach uns Ausschau zu halten.«

»Das steht ja wohl kaum noch zur Debatte, oder?«, fragte Kardamom mit einer gewissen Verachtung in der Stimme. »Wir wussten von Anfang an, dass Icci nichts weiter als ein Ablenkungsmanöver war. Benevalia ist der wahre Feind, wie sich jeder hätte denken können.«

Riyu tauschte einen sardonischen Blick mit Verbena aus. »Natürlich«, murmelte die Zauberin so leise, dass es sonst niemand verstehen konnte, »bedeutet das, dass ich keineswegs davon überzeugt bin, dass Benevalia überhaupt etwas mit der ganzen Sache zu tun hat.«

Riyu lächelte kaum merklich. »Natürlich.«

Dass sich nun offenbar ein klares Ziel und auch ein eindeutiger Feind gezeigt hatten, gab der Gruppe neue Kraft – und das Ausbleiben weiterer Angriffe schadete ebenfalls nicht. Trotzdem durfte man nicht in der Aufmerksamkeit nachlassen, also bestand Verbena darauf, Riyu in jeder Nacht zumindest für eine Weile bei der Wache Gesellschaft zu leisten.

Sein Bein heilte schnell, und er nahm wieder seine Position neben dem Wagen ein, was die Zauberin irgendwie enttäuschte. Er war eine gute Gesellschaft gewesen – jedenfalls besser als Turmalin und Amethyst, die viel zu viel gemeinsam hatten. Und dann erschien ihr auch noch alles davon auf eine so schreckliche Weise oberflächlich.

»Na gut, um gerecht zu sein, wird das Wissen über dynastische Verwicklungen – ob nun legitime oder illegitime –, Mode und Gunst unter den Adligen vermutlich ganz nützlich sein, wenn wir uns in Benevalia einschleichen«, vertraute Verbena Riyu in einer Nacht an. »Die Möglichkeit, dass dieser Plan ohne das Wissen eines Adligen geschmiedet wurde, ist doch sehr gering.«

Er runzelte leicht die Stirn, wie er es immer tat, wenn er sie nicht auf Anhieb verstand. »Du sagtest einmal, du wärst Bäuerin gewesen, Verbena-naga. Dass das schon der Name verrate.«

»Das ist richtig.«

»Und doch könntest du mühelos einen derartigen Plan schmieden, solltest du es müssen oder wollen.«

Der Gedanke ließ sie auflachen. »Riyu, ich glaube, du willst mich zu einer Verschwörerin machen.«

Er schnaubte leise, das orkische Äquivalent eines Augenrollens. »Du weißt, was ich meine.«

»Ich könnte es, aber nicht ohne die Unterstützung der Universität«, gestand sie. »Und die Universität würde es ohne den Rückhalt des Adels nicht wagen. Also sind wir wieder bei Leuten, die nach Edelsteinen und nicht nach Pflanzen benannt wurden.«

Riyu dachte einen Augenblick nach, dann schüttelte er den Kopf. »Manchmal verstehe ich Menschen nicht.«

Das ließ sie nochmals lachen. »Ich auch nicht, mein Freund. Ich auch nicht.«

In der Nacht, bevor sie Benevalia erreichten, lagerten sie in einer kleinen Schlucht, umgeben von den Lagern anderer Reisender. Wie Turmalin vorausgesagt hatte, wollte das halbe Umland zum Fest in die Stadt kommen, und sie waren vielen Leuten begegnet, die sich bereitwillig unterhielten. Verbenas kalter Blick war nützlich gewesen, wenn es darum ging, alle außer den Entschlossensten abzuschrecken, und Amethyst hatte einer Zahl bereitwilliger Bewunderer zögernd erklärt, dass ihre Lehrerin nichts davon hielt, wenn sie sich zwanglos amüsierte.

Aber die Situation hatte Verbenas Stimmung getrübt. Sie glaubte zwar, das gut verborgen zu haben, aber als sie sich an diesem Abend neben Riyu setzte, um ihren Gemüseeintopf zu essen, sagte er: »Ist alles in Ordnung, Verbenanaga?«

Sie seufzte und rührte mit dem Löffel in ihrer Portion herum, während ihr Appetit plötzlich schwand. »Natürlich. Unsere Tarnung war gut, niemand hat uns angegriffen, und wir sind schon fast in Benevalia.«

»Aber …?«

Verflucht. »Es gefällt mir nicht besonders, die Rolle der bösen Anstandsdame zu spielen. So lange kann es nun auch nicht her sein, dass ich die wilde junge Frau war. Da fühle ich mich alt.«

Als sie aufblickte, sah sie, dass er sie mit einem Ausdruck sanfter Belustigung betrachtete, als wüsste er etwas, das ihr verborgen blieb. »Ich will nicht behaupten, dass Fremde darauf hereingefallen sind, aber keiner, der dich wirklich kennt, würde auf die Idee kommen, dass du alt, verknöchert oder prüde bist.«

»Ha!« Sie aß einen Löffel Eintopf. »Vielleicht liegen meine wildesten Tage ja noch vor mir.«

»Da habe ich nicht den geringsten Zweifel, Verbena-ge.«

Kiki ließ ihre Schale fallen, Eintopf sprühte in alle Richtungen. Ein entsetzter Ausdruck huschte über Riyus Gesicht, bevor er sich schnell wieder fasste.

»Was ist?«, fragte Verbena. »Was habt ihr denn?«

»Nichts«, sagte Riyu, während Kiki im gleichen Augenblick verkündete: »Gar nichts, Verbena-naga.«

Zusammen waren sie ungefähr so überzeugend wie ein Student, der mit einer Entschuldigung für nicht gemachte Hausaufgaben ankam. Aber bevor sie sie strenger befragen konnte, stand Riyu auf. »Kiki-gu, darf ich dich kurz sprechen?«

Die beiden Orks gingen ein Stück zur Seite und ließen Verbena ratlos zurück. Hin- und hergerissen zwischen Neugier und grundsätzlicher Höflichkeit konzentrierte sie sich auf ihr Essen, während sie die Ohren spitzte, um etwas von der Unterhaltung mitzubekommen. Zu ihrer Enttäuschung wechselte Kiki auf Orkisch, und Verbena fluchte lautlos, weil sie Riyu nicht gebeten hatte, ihr die Sprache beizubringen.

Riyus Antwort war scharf genug, um jedes vorgetäuschte Desinteresse sofort fallen zu lassen. Die beiden Orks standen einander gegenüber und boten eine Studie der Kontraste. Kiki war vergleichsweise klein, und ihre Miene verriet ernsthafte Sorge. Riyu war auf einschüchternde Weise groß, er runzelte finster die Stirn, die Ohren lagen eng am Kopf an und verrieten deutlichen Unmut.

»*Terra-ya?*«, fragte Kiki und zeigte auf die Gruppe.

Jetzt starrte jeder hin.

Riyu knurrte und wandte sich ab. Kiki griff nach seinem Arm. Einen angespannten Augenblick lang starrten sie sich an. Dann ließ Riyu die Schultern hängen. »*Deru yef na-lo, erish agi, agi yef deru*«, sagte er leise.

Kiki machte große Augen und ließ ihn los. Er setzte sich in Bewegung und blickte nicht zurück, nicht einmal, als sie rief: »Ich sorge mich um dich, Riyu-ga! Das ist alles!«

Und nun? Als Riyu an ihnen vorbeimarschierte, ohne einen Blick für die vier Menschen zu haben, die ihn anstarrten, stellte Verbena ihre Schale ab und eilte ihm nach.

Er blieb nicht stehen, bis er erreicht hatte, was man als den äußersten Rand ihres Lagers bezeichnen konnte, und wo man gerade noch in Rufweite und doch von den anderen getrennt war. Er verschränkte die Arme vor der Brust und starrte finster auf die Baumgruppe, die sie von der nächsten Karawane trennte.

»Alles in Ordnung?«, fragte Verbena, als sie die Röcke vom wuchernden Unterholz losriss. »Und spar dir ein ›Ja‹, denn es ist ziemlich offensichtlich, dass das eine Lüge wäre.«

Einen Augenblick lang war sie überzeugt, dass er ihr nicht antworten würde. Dann ließ er die Arme an den Seiten baumeln und schüttelte den Kopf. »Nichts, worüber du dir Sorgen machen müsstest, Verbena-naga.«

»Was ist denn passiert, ich verstehe es nicht. Was hat Kiki so aufgebracht?«

»Vergiss Kiki. Sie ist jung, voreilig und … impertinent.«

»Ging es um deine Anrede? Sie war mir unbekannt. *Naga* ist eine respektvolle Anrede für eine Frau, oder nicht? Und *gu* verwendet man bei einer jüngeren Person egal welchen Geschlechts, stimmt's?«

Riyus Ohren legten sich ärgerlich dicht an den Kopf, er schnaubte leise. »Ja, ja. Das war nichts, bloß eine Bezeichnung, die enge Bekannte benutzen.«

»Also ist Kiki aus anderen Gründen besorgt?«

»Wie ich bereits sagte, sie ist jung.« Was eine ziemlich nichtssagende Antwort war, wie Verbena fand.

»Riyu …!«

»Ich vermisse meinen Bruder«, sagte er ganz plötzlich,

als spreche er mit sich selbst statt mit ihr. »Bihai war viel klüger und gewitzter als ich. Es gibt manche Dinge, bei denen ich mir wünsche, ich könnte ihn danach fragen oder mit ihm darüber sprechen. So viele Dinge, die ich mir wünschte ihm gesagt zu haben, als ich noch die Gelegenheit dazu hatte. Er hätte etwas geantwortet, um mir meinen Weg deutlich zu machen.«

Jetzt *war* sie besorgt. Zögernd legte sie ihm die Hand auf den Arm. »Riyu? Was ist denn los? Bist du … hast du Zweifel an dem, was wir hier tun? Ist es Kiki? Bitte sag es mir.«

Er sah sie nicht an, aber verstohlen legte er seine Hand auf die ihre. »Es ist nichts dergleichen, Verbena-naga. Mach dir keine Sorgen, wirklich nicht.«

»Wenn es also eine persönliche Sache ist, kann ich etwas tun?«

»Nein. Wie ich bereits sagte, mach dir keine Sorgen.«

Sie fühlte sich verletzt, entzog sich ihm und trat einen Schritt zurück. »Ich glaubte, wir wären Freunde. Wenn du mir nicht sagen kannst, was dich bedrückt, wenn du mir nicht vertraust, dann muss ich mir die Frage stellen, ob ich recht hatte.«

»Nein!« Schnell fuhr er zu ihr herum, und in seinem Blick lag eine seltsame Art von Verzweiflung, die sie nicht verstand. »Verbena-naga … Sag so etwas nicht. Ich bitte dich.«

Die Spitzen seiner Stoßzähne funkelten im letzten Licht des Tages, und sie verspürte das seltsame Bedürfnis, die Hand auszustrecken und sie zu berühren. Seine Lippen zu ertasten, die sich um das Elfenbein spannten, und herauszufinden, ob sie tatsächlich so weich waren, wie sie aussahen. »Was wünschst du dir von mir?«, flüsterte sie mit plötzlich trockener Kehle.

»Glaub mir, dass ich nichts tun würde, was unsere Mission in Gefahr bringt. Glaub mir, dass ich nie etwas tun würde, das dich verletzt.«

Aber dich selbst schon? Doch das konnte sie nicht aussprechen, es fühlte sich zu intim und zu verzweifelt an, also nickte sie bloß. »Natürlich, Riyu. Ich glaube fest an dich, das weißt du.«

Kapitel 13

Wahre Menschenmassen drängten nach Benevalia, um am Maskenfest teilzunehmen, darum kamen sie viel leichter in die Stadt hinein, als Verbena gedacht hatte. Wie sich herausstellte, waren die beiden Orks noch die geringsten Kuriositäten auf der Straße.

Vor den Toren gab es einen Verkehrsstau, denn da waren mehr Menschen und Karawanen, als die Torwächter hofften überprüfen zu können. Verbena saß da, die Zügel locker in der Hand, und betrachtete eine Truppe Jongleure und Akrobaten, die bunt genug gekleidet waren, um Turmalin zu beschämen. Sie übten in der Nähe des Wagens und hielten die Hüte auf, um von den Leuten, die in ihrer Nähe warten mussten, ein Trinkgeld zu bekommen. Ein Troubadour ohne jedes Gespür für Noten oder Töne trällerte elegisch, und ein Ziegenhirte jagte seine Schützlinge zwischen den großen Wagen einer Karawane und verfluchte sie. Von einem kleinen Wagen mit Vorhängen kam der Duft von Parfüm, und einmal sah Verbena, wie eine Frau den Kopf hinausreckte. Ihre dunklen exotischen Augen waren mit Kohlestift betont, und von ihrem Nasenflügel führte eine Goldkette zu ihrem Ohrring.

Das große Stadttor von Benevalia wurde von einer Mauer umgeben. Im Gegensatz zu Giavolo hatte sich die Stadt noch nicht weiter ausgebreitet, obwohl geschäftstüchtige Händler Verkaufsstände davor aufgebaut hatten, um ihre Waren jenen feilzubieten, die Einlass suchten.

Als sie endlich nahe genug herangekommen waren, dass Verbena einen Blick auf die bedrängten Torwächter werfen konnte, sah sie, dass sie die Leute so schnell wie möglich einfach durchwinkten und den Reisenden kaum einen Blick zuwarfen. Ihrer Gruppe erging es keineswegs anders. Riyu und Kiki versuchte, so unauffällig wie möglich zu sein, senkten die Köpfe und hielten die Blicke fest zu Boden gerichtet.

»Wer kann sich denn die Grünhäute leisten?«, fragte einer der Torwächter, nachdem er ihnen nur einen oberflächlichen Blick geschenkt hatte.

»Ein Vater, der sich Sorgen um seine unschuldige Tochter macht – in diesem Sündenpfuhl«, erwiderte Verbena hochmütig.

Beide Torwächter lachten. »Da hat er wohl recht«, sagte der eine und winkte sie weiter.

»Klemmt Eure Schenkel nicht so fest zusammen«, sagte der andere mit einem anzüglichen Grinsen zu Verbena. »Begleitet mich hinter das Wachhaus, dann könnt Ihr der jungen Dame erzählen, was ihr entgeht.«

Riyus Kopf fuhr in die Höhe, und er knurrte leise mit flach angelegten Ohren.

Bei Naverras Augen, was tut er da? Wir dürfen ihnen keinen Grund geben, sich an uns zu erinnern!

Die Zauberin ignorierte Riyu und sah den Wächter mit hochgezogener Braue an. »Vergebt mir, junger Mann, aber mein Augenlicht ist auch nicht mehr das, was es einmal war. Ich fürchte, etwas so Winziges kann ich einfach nicht mehr sehen.«

Auf Kosten seines Kameraden brüllte der andere Wächter vor Lachen. Mit einem bösen Blick winkte er sie weiter, und sie passierten die mächtige Mauer nach Benevalia.

»Wir wollten doch keine Aufmerksamkeit erregen«, fauchte Verbena, sobald sie außer Hörweite waren. »Die Wächter anzuknurren ist wohl kaum die richtige Methode dafür.«

Riyu sah nicht beschwichtigt aus. »Er hat dich beleidigt.«

»Wie du vielleicht bemerkt hast, bin ich durchaus dazu

fähig, mich gegen seinesgleichen zu wehren. Falls jemand versucht, mich zu köpfen, ist dein Handwerk gefragt. Wenn sie irgendeinen Blödsinn reden und ihr Stolz zurechtgestutzt werden muss, bin ich an der Reihe.«

Turmalin hatte Verbena die ganze Zeit über von seinem Sitz an ihrer Seite aus angestarrt. Nun schloss er den Mund mit einem deutlich hörbaren Schnappen. »Das mit Sicherheit«, murmelte er. »Aber jetzt erinnern sie sich bestimmt an uns.«

»Daran lässt sich nichts mehr ändern.« Verbena klopfte an das Holzfenster hinter sich. Es öffnete sich, und Amethyst steckte den Kopf heraus. »Wie finden wir Euren Kontaktmann?«

Das Grinsen auf ihrem Gesicht verriet Verbena, dass die Studentin die ganze Unterhaltung mitgehört hatte. Aber sie wurde schnell wieder ernst und blickte sich unsicher um. »Mein Onkel sagte, dass Jaspis auf der Straße der Fließenden Gezeiten wohnt. Allerdings bin ich dort noch nie gewesen. Ich weiß nicht, wo das ist.«

»Dann fragen wir eben.«

Es war nicht schwer, jemanden zu finden, der ihnen bereitwillig erklärte, wo sich die Straße der Fließenden Gezeiten befand. Dort hinzukommen erwies sich allerdings als ein ganz anderes Problem. Die Straßen waren mit allen möglichen Karren und Wagen verstopft, dazu kamen Vieh, fahrendes Volk und Bettler. Die Gebäude ragten zu beiden Seiten der Straße hoch auf und verwandelten sie in ein schmales Band. Die Luft stank nach Abfall, Schweiß und Essen. Kiki rümpfte angewidert die Nase.

Wenigstens half ihnen die Anwesenheit der Orks, durch die Menge zu kommen, obwohl dies eine unerwünschte Nebenwirkung hatte: Sie fielen auf. Die meisten, die die Orks erblickten, gingen ihnen eilig aus dem Weg, und so kamen sie schneller voran als gedacht.

Sie folgten der Beschreibung des Pastetenverkäufers, und

schließlich wurden die Straßen breiter und weniger bevölkert. Dann kamen sie zu einer großzügigen Prachtstraße, die von Herrenhäusern hinter hohen Mauern gesäumt wurde. Gelegentlich eröffnete ein Eisentor einen Ausblick auf die dahinter liegenden Gärten und Springbrunnen, aber größtenteils hatten die in diesem Teil von Benevalia wohnenden Bürger den offensichtlichen Wunsch, außer Sichtweite der ungewaschenen Massen zu bleiben, die möglicherweise vorbeikamen.

Das überraschte Verbena. Sie hatte stets geglaubt, einen Spion bestenfalls in irgendeinem schmierigen Hinterzimmer im schlimmsten Stadtteil zu finden. »Anscheinend geht es Eurem Freund sehr gut«, sagte sie.

Amethyst nickte. »Er gibt sich als reicher Stutzer aus. So wird er zu den vornehmsten Bällen eingeladen, wenn er nicht gerade selbst einen gibt. Das ist recht nützlich.«

»Ich denke es mir.«

Schließlich erreichten sie die allem Anschein nach richtige Adresse. Das schmiedeeiserne Tor war geschlossen, aber auf einen Ruf hin kam ein Wächter in einer Livree. Amethyst stieg aus dem Wagen und gab sich so hochmütig, wie sie nur konnte. »Du da! Ist das das Haus von Jaspis diMorelo?«

Der Wächter nickte vorsichtig. »Ja.«

»Dann sag ihm bitte, dass seine Nichte Amethyst da ist.«

»Sir Jaspis hat keine Nichte.«

Amethyst blickte von oben auf ihn herab. »Ich habe es nicht nötig, mich einem Diener zu erklären!«, fauchte sie. »Überbring die Nachricht!«

Als er fort war, sackte sie ein Stück in sich zusammen und warf Turmalin einen reumütigen Blick zu. »Hoffen wir, dass Jaspis ohne Probleme für mich bürgen kann.«

Sie brauchten nicht lange zu warten, um das herauszufinden. Keine fünf Minuten später wurden die Tore aufgerissen, und Jaspis höchstpersönlich trat auf die Straße. Verbena schätzte ihn auf Mitte dreißig. Er hatte sich eine jugendliche Attraktivität erhalten, die ihm in seiner geheimen Karriere zweifellos sehr nützlich gewesen war. Wie es sich für einen reichen Stutzer gehörte, war er nach der neuesten Mode geschmackvoll gekleidet und trug ein blaues Samtwams und graue Hosen.

Mit einem Freudenschrei legte er die Arme um Amethyst. »Bei den Göttern, was bist du groß geworden!«, rief er. »Als Rebe mir die Nachricht überbrachte, wollte ich es kaum glauben! Komm rein, komm rein. Mein Stallbursche kümmert sich um eure Pferde.«

Als er von ihr zurücktrat, fiel sein Blick auf die Orks. Zu Verbenas Überraschung breitete sich ein strahlendes Lächeln auf seinem Gesicht aus. Er faltete die Hände vor dem Herzen zusammen und verneigte sich tief. »*Tashi*.«

Riyus Augen weiteten sich leicht, doch dann erwiderten er und Kiki den Gruß. »*Tashi*, Jaspis-ga.«

Noch immer lächelnd richtete sich Jaspis auf und führte den Weg durch das Tor an. Amethyst folgte ihm auf den Fersen. Verbena trieb die Pferde an, dann beugte sie sich zur Seite, als sie Riyu erreicht hatte. »Worum ging es da?«

»Der Mann kennt sich mit Orks aus«, murmelte er und klang überrascht. »Er kennt unsere Bräuche und unsere Sprache. Ich weiß nicht, was das zu bedeuten hat, aber mein Herz sagt mir, dass es ein gutes Omen ist.«

»Das hoffe ich doch. Wir könnten eins gebrauchen.«

Der Stallbursche und ein Diener kamen, um die Pferde zu nehmen, und Verbena überreichte ihnen dankbar die Zügel. Jaspis ging voraus, und die Gruppe folgte ihm. »Meine Diener werden Eure Besitztümer aus dem Wagen holen«, teilte er ihnen mit, als sie das Herrenhaus betraten.

Beim Anblick der Eingangshalle stieß Kardamom einen leisen Seufzer der Überraschung aus, während sich Verbena insgeheim der Einschätzung des Kadetten anschloss. Der Boden war mit luxuriösen, dicken Teppichen bedeckt, die in hellen Farben geknüpft waren. In Nischen standen Marmorstatuen, und an den Wänden hingen Bilder, von denen jedes einzelne ein Meisterwerk war. Die Luft roch nach Sandelholz und Patschuli.

Wie viel davon ist er selbst, und wie viel ist die Tarnung, die Giavolo für ihn erschuf?

Jaspis führte sie auf direktem Weg in sein Arbeitszimmer. Wie der Rest des Hauses war auch das Arbeitszimmer vornehm eingerichtet. Durch die mit Glasmalereien verschönten Fenster strömte helles Licht und liebkoste Hunderte von Buchrücken. In der Zimmermitte stand ein gewaltiger Schreibtisch mit Klauenfüßen, eine Kommode mit Glasflöten und einer Karaffe Wein rundeten das Mobiliar ab. Sobald die Tür verschlossen war, trat Jaspis zur Kommode und hob die Karaffe.

»Nun«, sagte er, während ein trockenes Lächeln über seine ansehnlichen Züge glitt, »ich vermute, das ist kein Freundschaftsbesuch, oder, Amethyst?«

»Natürlich nicht.«

Er nickte und schenkte aromatischen roten Wein in die Gläser. »Ich glaube nicht, dass dein Onkel meine Position hier leichtfertig in Gefahr bringen wird.«

»Er weiß gar nicht, dass ich hier bin«, sagte Amethyst. »Ich versichere dir, Jaspis, ich wäre auch nicht hier, würde ich deine Hilfe nicht brauchen.«

»Also gut, wie kann ich helfen?«

Amethyst, Verbena, Turmalin und Kardamom nahmen alle ein Glas Wein. Beide Orks lehnten ab, aber Jaspis schien das schon erwartet zu haben und erwiderte ihre Verneigungen mit einer eigenen. Während Amethyst die Ereignisse schilderte, die sie in Jaspis' Haus gebracht hatten, nippte Verbena an ihrem Wein. Er war süß und stark und wärmte unerwarteterweise ihren Magen.

Ich frage mich, ob sich Orks jemals betrinken, dachte sie und betrachtete Riyu. Die Vorstellung, dass er die Kontrolle verlor, fiel zwar schwer, aber vermutlich dachte man das Gleiche über sie.

Jaspis' Miene wurde ernst, während er Amethysts Erzählung lauschte. Als sie fertig war, stellte er seinen kaum angerührten Wein ab. »Das ist schrecklich«, sagte er. »Ich habe natürlich von dem Angriff auf die Universität gehört, aber anscheinend weiß hier niemand etwas darüber. Dieser Name, Hellhand, ist unbekannt, aber zweifellos handelt es sich dabei um einen Decknamen.«

»Und doch waren die Anweisungen des Läufers unmissverständlich – wir sollten in diese Stadt kommen, falls wir Weißdorn wiedersehen wollten«, erklärte Verbena.

»Stimmt. Und es gab keine weiteren Anweisungen? Zum Beispiel den Befehl, sich zu einer bestimmten Zeit an einem bestimmten Ort einzufinden?«

»Nein.«

Jaspis' Stirnrunzeln vertiefte sich noch. Das Sonnenlicht, das durch die Glasmalerei einfiel, legte rote und blaue Rechtecke auf sein Gesicht und funkelte auf den goldenen Ringen an seinen schlanken Fingern. »Das beunruhigt mich. Eure Feinde haben euch hergelockt, gehen aber trotzdem das Risiko ein, dass ihr ihnen entgeht. Das gefällt mir nicht.«

»Uns auch nicht, aber ich wüsste nicht, dass wir eine Wahl hätten. Helft Ihr uns?«

Der Spion schien einen Augenblick lang nachzudenken. Dann blinzelte er und nahm die Schultern zurück. »Ja, natürlich. Selbst wenn ich Amethyst nicht zugeneigt wäre, ist es doch offensichtlich, dass Giavolos Sicherheit gefährdet ist. Ich gehe heute Abend nach dem Essen aus und sehe mal, ob ich etwas über diesen Hellhand in Erfahrung bringe. Ich lasse von den Dienern Zimmer für Euch herrichten. Riyu-ga, ich kann Euch zwar keine Baupläne des Hauses zeigen, aber bitte seht Euch so viel im Haus um, wie Ihr möchtet, um die Sicherheit Eurer Schützlinge zu gewährleisten.«

Riyu deutete eine Verbeugung an. »Danke.«

»Ich gehe davon aus, dass die Diener nicht über Eure unerwarteten Gäste klatschen?«, fragte Verbena. »Oder sind das auch Spione?«

»Sie verfügen alle über zahlreiche Fertigkeiten, abgesehen von den offensichtlichen«, sagte Jaspis taktvoll, während er die Bibliothekstür öffnete. »Ich lasse meinen Koch mit dem Essen beginnen, während die Mägde die Zimmer durchlüften. Riyu-ga, mein Waffenmeister Birke wird Euch alles zeigen.«

Verbena fand es wunderbar, dass zur Abwechslung mal jemand anders Pläne schmiedete und sich um die Einzelheiten kümmern musste. Nachdem sie Gelegenheit gehabt hatten, sich den Straßenstaub abzuwaschen, machten sie es sich im Garten bequem und tranken Wein, während sich die Dienerschaft um das Essen kümmerte. Jaspis erwies sich als charmanter Gastgeber, und der Zauberin wurde klar, warum er ein so guter Spion war. Etwas an ihm wirkte vertrauenerweckend – vielleicht eine gewisse Sympathie, die ihn sofort dessen würdig erscheinen ließ.

Und für uns ist er das auch. Hoffentlich. Sie erinnerte sich daran, dass er eine skrupellose Ader haben musste, um in Benevalia leben und die Geheimnisse der Stadt ergründen zu können, um sie dann nach Giavolo zu schicken. Sollte er je ertappt werden, würde ein schneller Tod noch die geringste seiner Sorgen sein.

Riyu kehrte kurz vor dem Essen zurück, begleitet von Birke, dem bereits erwähnten Waffenmeister. Normalerweise hätte man ihn als großen Mann betrachtet, aber Riyus Masse ließ ihn vergleichsweise zierlich erscheinen. Sie sprachen Orkisch. Verbena musste sich ihre Überraschung haben anmerken lassen, denn Jaspis lachte.

»Vermutlich wundert Ihr Euch darüber«, sagte er. »Es ist ganz einfach. Vor meiner derzeitigen Tätigkeit war ich ein ganz gewöhnlicher Diplomat. Unsere erste gemeinsame Mission führte Birke und mich ins Orkland. Ich verliebte mich in den Ort und seine Einwohner und lernte während des Aufenthalts so viel darüber, wie ich konnte. Seitdem ist mein Wissen über diese Sprache und Kultur recht nützlich gewesen, wenn es darum ging, eine Beziehung zu den Leibwächtern und Söldnern aufzubauen, die gelegentlich durch Benevalia kommen. Sie stellen eine erstaunliche Informationsquelle dar. Ihr würdet nicht glauben, was Menschen alles vor Orks sagen.«

Verbena schürzte die Lippen und erinnerte sich nur zu gut daran, wie sich Malachit vor Bihai benommen hatte, als könnte der Ork nicht mehr verstehen als ein Wachhund. Aber bevor sie etwas dazu sagen konnte, ertönte in den Tiefen des Hauses ein Gong, und Jaspis erhob sich. »Das Essen ist serviert«, sagte er und bot der Zauberin den Arm. Äußerst überrascht von dieser Geste ergriff sie ihn, weil ihr nichts anderes übrig blieb, und ließ sich von ihm führen.

Das Essen war ausgezeichnet und reichlich. Es gab auch eine Art Gemüsekuchen, der sich als traditionelle orkische Speise entpuppte. Kiki war begeistert und plauderte hemmungslos auf Orkisch mit Jaspis. Während sich jetzt jeder unterhielt, ergriff Verbena die Gelegenheit, sich an Riyu zu wenden, der neben ihr saß. »Was denkst du?«, fragte sie leise.

»Das Haus ist zu verteidigen«, murmelte er zurück. »Und ich finde es beruhigend, dass unser Gastgeber mir erlaubt hat, unsere Zimmer zu inspizieren. Ich glaube, dass er unser Verbündeter ist.«

»Gut.« Sie fragte sich, was sie wohl getan hätten, hätte Riyu Amethysts altem Freund nicht vertraut. Mitten in der Nacht über die Mauer klettern, um heimlich zu verschwinden?

Nach dem Essen zeigte ihnen Jaspis ihre Zimmer. Sie

lagen nebeneinander, und Verbena fiel sofort die diskrete Verbindungstür zwischen ihrem Zimmer und Riyus auf, damit er in der Nähe sein konnte.

Verbenas Raum roch nach Lavendel und Orangen, und das gewaltige Bett wies einen Himmel aus feiner Seide auf. Zu jedem anderen Zeitpunkt hätte sie den Luxus genossen, aber jetzt erschien es ihr irgendwie übertrieben. Sie ließ sich auf das Bett sinken, starrte auf ihrer Hände und dachte an den Streit ... obwohl die Bezeichnung vielleicht zu stark war ... also an die Diskussion zwischen Riyu und Kiki. Hätte sie wie Jaspis und Birke Orkisch gesprochen, so hätte sie gewusst, was ihn so sehr beschäftigte, ohne ihn später danach fragen zu müssen. *Verdammt, kann er nicht einfach mit mir reden? Warum kann denn nichts jemals einfach sein?*

Er hatte behauptet, es würde keine Rolle spielen, und wie es aussah, würde sie sich auf sein Wort verlassen müssen. Seufzend zog sie Schuhe und Gewand aus, bevor sie sich auf das riesige Bett legte. Es war groß genug, um einer ganzen Familie Platz zu bieten. Irgendwie fühlte sie sich hier verloren, als wäre sie aus Versehen in das Leben einer anderen Person gewandert. Die Decke bis an die Schultern gezogen, vergrub sie den Kopf im Kopfkissen, schloss die Augen und versuchte, alles zu vergessen.

Auf der anderen Seite der Tür ertönte ein leises Geräusch. Schritte, wie ihr klar wurde, die auf und ab gingen. Die auf dem Korridor patrouillierten und dafür sorgten, dass alles sicher war. Dass *sie* sicher war.

Riyu, dachte sie benommen und überlegte, zu ihm zu gehen und ihn erneut zu bitten, mit ihr zu sprechen. Aber der Gedanke war ihr kaum gekommen, als auch schon der Schlaf von ihr Besitz ergriff und sie sich dankbar in seine Umarmung stürzte.

Am nächsten Morgen weckte eine Dienerin Verbena, indem sie die Vorhänge zurückzog und Sonnenlicht in den Raum ließ. Benommen blinzelnd setzte sich die Zauberin auf und nahm die Tasse Tee entgegen, die ihr die junge Frau reichte. »Möchtet Ihr Euren Freunden beim Frühstück Gesellschaft leisten, oder soll ich Euch etwas bringen?«, fragte die Dienerin, als kämen jeden Tag Fremde ins Haus.

Was zweifellos auch so sein wird, dachte Verbena und nahm einen Schluck Tee. Er half, ein paar der Spinnweben zu verscheuchen, die der Schlaf noch in ihrem Kopf hinterlassen hatte. »Ich gehe nach unten, vielen Dank.«

»Braucht Ihr Hilfe beim Ankleiden?«

»Bei den Göttern, nein.«

Die Frau lächelte und deutete auf einen Kleiderschrank in der Ecke. Die Türen waren mit geschnitzten tanzenden Engeln und stilisierten Trauben verziert, die zu beiden Seiten Geflechte bildeten. »Eure Kleider wurden gereinigt und eingeräumt.«

Beeindruckt von der Tüchtigkeit von Jaspis' Dienerschaft zog Verbena ihr Lieblingskleid an, das wie alle anderen gedeckte Farben aufwies. Es roch nach Seife und Zedern, und ihr entging keineswegs, dass ein kleiner Riss in einem Ärmel geflickt worden war. Ihr langes Haar war so wirr wie das einer Verrückten, also bürstete sie es sorgfältig und flocht es zu einem Zopf.

Riyu wartete vor der Tür, womit sie auch schon gerechnet hatte. Er sah erfrischt aus; selbst seine Rüstung war gereinigt worden. »Hast du schlafen können?«, fragte sie.

»Ja.« Er ging zur Treppe, und sie folgte ihm, da er anscheinend wusste, wohin es ging. Da er am Vortag das ganze Haus besichtigt hatte, durfte man wohl auch davon ausgehen.

Das Frühstück wurde in einem kleinen Speisezimmer gereicht, dessen Decke mit Göttern bemalt war, die ihren Vergnügungen nachgingen. Alle anderen waren bereits da, und Verbena erkannte etwas ungehalten, dass sie zugelassen hatte zu verschlafen. Ein Diener stellte in dem Augenblick, in dem sie sich setzte, einen Teller mit Obst und Käse vor ihr ab, während ein anderer ein Glas Cidre einschenkte.

»Ich hoffe, Ihr habt gut geschlafen, Meisterin«, sagte Jaspis von seinem Platz am Kopf der Tafel aus. Er erschien genauso frisch und ausgeruht wie am vorherigen Nachmittag und nicht im Mindesten wie ein Mann, der sich lange, nachdem sie zu Bett gegangen waren, in der Stadt herumgetrieben hatte.

»Ja. Danke.« Sie faltete ihre Serviette auseinander, dann biss sie in einen Apfel. »Was habe ich verpasst?«

»Nichts. Wir haben auf Euch gewartet«, sagte Turmalin und bot ihr ein gekochtes Ei an. Sie schüttelte den Kopf, und er fing an, es selbst zu pellen. »Wir wussten, dass Ihr über alles in Kenntnis gesetzt sein wollt.«

Verbena nickte und fand, dass das für Turmalin eine außerordentlich kluge Einschätzung war. »Danke. Also, Jaspis, habt Ihr etwas über unseren mysteriösen Hellhand herausfinden können?«

Jaspis legte das Messer zur Seite und beugte sich vor. Kurz flackerte Müdigkeit in seinem Blick auf, das einzige Anzeichen für die lange Nacht, das er erkennen ließ. »Nun, nein. Zumindest nicht direkt. Es kursieren zwar alle möglichen Gerüchte, die meisten davon sind allerdings nicht besonders glaubwürdig. Eines, das wahr erscheint und für uns von Interesse sein könnte, lautet, dass sich ein gewisser Jett diSeraro plötzlich sehr für die Magischen Wissenschaften interessiert.«

Amethyst runzelte nachdenklich die Stirn. »Jett diSeraro … er ist Kaufmann, nicht wahr?«

»Eher ein Kaufmannsprinz«, erwiderte Jaspis mit einem betrübten Lächeln. »Er verfügte über eine ganze Schiffsflotte, die Häfen in jedem Teil der zivilisierten Welt anlief. Seine Schiffe transportierten alles, was irgendwie Gewinn einbringen konnte: Holz, Olivenöl, Wein, Gewürze, Seide – was es auch gibt.«

Verbena war Jaspis' Verwendung der Vergangenheitsform keineswegs entgangen. »Und was ist passiert?«

»Anscheinend eine schreckliche Pechsträhne, obwohl viele Leute der Ansicht waren, dass man ihn verflucht hatte.«

Die Zauberin schnaubte. »So etwas wie einen Fluch gibt es nicht. Aberglaube und Zufall, weiter nichts.«

Jaspis zuckte mit den Schultern. Das Sonnenlicht, das durch das Fenster hinter ihm ins Zimmer fiel, schien seinem hellen Haar einen Heiligenschein zu verleihen. »Vielleicht«, sagte er und rührte nachdenklich den Honig in seinem mit Wasser verdünnten Wein um. »Bis auf zwei Schiffe gingen alle durch Sturm, Piraterie oder Auflaufen verloren. Bei den letzten beiden verdarb irgendwie die Fracht – der Wein wurde zu Essig, die Seide wurde nass und schimmelte, eben solche Sachen. Jett ging schnell das Geld aus, und seine Gläubigen kreisen bereits wie die Geier. Trotzdem hat er in den letzten paar Monaten große Mengen von Substanzen gekauft, die man für Magie benötigt: Quecksilber, Zinnober, gemahlene Edelsteine, Messing, Draht und noch ein Dutzend andere Dinge, die mir größtenteils nicht sagen. Soweit bekannt ist, verkauft er sie nicht weiter, was darauf hinweist, dass er sie selbst benutzt. Oder sie an jemanden weitergibt, der es dann tut.«

Verbena runzelte die Stirn, legte die Finger aneinander und stützte das Kinn darauf. »Hat er irgendeine Ausbildung in den Magischen Wissenschaften?«

»Überhaupt nicht, falls er keinen Privatunterricht erhalten hat.«

»Also ist es unwahrscheinlich, dass er die Klicker erschaffen hat«, spekulierte Riyu. In der großen Hand hielt er vorsichtig einen Becher Cidre.

»Ich würde es sogar unmöglich nennen«, erwiderte Verbena. »Für eine solche Arbeit braucht man einen erfahrenen Zauberer. Jett ist nicht Hellhand – aber er könnte mit ihm verbündet sein.« Ihr Herz schlug schneller. »Jett könnte sogar wissen, wo sich Weißdorn befindet – oder ihn in seinem Haus gefangen halten.«

»Also wie finden wir das heraus?«, fragte Turmalin.

Jaspis lächelte zwar, aber das Lächeln zeigte einen Hauch von Durchtriebenheit. »Ah. Da haben wir etwas Glück. Jett mag ja Geld bluten, aber noch hat er seine gesellschaftliche Stellung. Der Schein ist alles, wenn man ein Kaufmannsprinz ist und nicht dem Adel angehört. Das bedeutet: Man muss große extravagante Feste ausrichten, vor allem während der halbjährlichen Feiertage. Morgen Abend gibt er einen Ball. Hunderte Gäste werden erwartet. Einer meiner Alter Egos, ein Gelegenheitsschmuggler namens Neunkraft daBenevalia, kann Einladungen für uns alle ergattern. Da einige Karawanenmeister gerne Orks als Wächter einstellen, werden Riyu und Kiki nicht viel Aufmerksamkeit erregen, vor allem wenn wir uns bei ihren Kostümen zurückhalten.«

»Kostüme?«, fragte Verbena verblüfft.

Turmalin antwortete an Jaspis' Stelle. »Es ist das Maskenfest, schon vergessen? Nach Einbruch der Dunkelheit geht zumindest niemand ohne Maske, und die Wohlhabenden tragen aufwendige Kostüme. Es ist eine Möglichkeit, sich die Freiheit zu gestatten, einmal außerhalb der normalen gesellschaftlichen Fesseln Spaß zu haben. Was denn?«, fügte er hinzu, als er ihre hochgezogene Braue sah. »Glaubt Ihr etwa, ich kenne mich auf meinem Betätigungsfeld nicht aus?«

Zu ihrer eigenen Überraschung ertappte sich Verbena dabei, wie sie ihn anlächelte. »Natürlich nicht. Sonst würdet Ihr ja nicht auf der Universität lehren.«

»Dann seid Ihr schockiert, dass es sich tatsächlich als nützlich erweist.« Er erwiderte ihr Lächeln, um die Zurechtweisung aus seinen Worten zu nehmen.

Mit einem leichten Gefühl der Scham zuckte Verbena mit den Schultern. »Vielleicht, und wenn auch nur, weil ich nicht damit gerechnet habe, auf dieser Reise irgendwelche

Bälle zu besuchen. Jaspis, was benötigen wir, um uns darauf vorzubereiten? Wie Ihr Euch sicher vorstellen könnt, haben wir weder Masken noch Ballkleider eingepackt.«

»Überlasst das meiner Dienerschaft.« Jaspis trank seinen verdünnten Wein aus und stand auf. »Wenn Ihr erlaubt, nehmen sie heute Eure Größen und fangen an, das zu ändern, was uns zur Verfügung steht. Sie werden alles nähen, was uns fehlt. Ich spreche mit einigen meiner Verbindungsleute und sehe, ob ich noch mehr Einzelheiten über Jett erhalte.«

»Danke«, sagte Verbena. Er verneigte sich vor ihr, dann vor Amethyst, und danach ging er.

Als er fort war, wandte sich Amethyst aufgeregt Kiki zu. »Habt Ihr das gehört? Wir gehen auf einen Ball!«

Kapitel 14

»Wenigstens hat dieses lächerliche Gewand so viele Stoffschichten, dass ich magische Hilfsmittel bei mir tragen kann«, sagte Verbena mürrisch.

Sie und Amethyst standen in einem ziemlich pompösen Ankleidezimmer und ließen sich von zwei Dienerinnen, die Verbena insgeheim verdächtigte, Meuchelmörderinnen zu sein, in ihre Kostüme helfen. Zumindest schien diejenige, die gerade die Schnüre ihres Korsetts zuzog, viel zu große Erfahrung mit der Garrotte zu haben.

Während Amethyst ihr luftiges Gewand aus blauer Seide, Spitze und violetten Schleifen trug, als wäre sie dafür geboren, sah Verbena wie ein linkischer Kranich aus, den man in einen Sack gestopft hatte. Das Kleid selbst war zweifellos wunderschön; wer auch immer es erschaffen haben mochte, er hatte es passend zu ihrem Haar gemacht. Die Röcke schimmerten in Schichten aus Silber und Schwarz, das Oberteil bestand aus schwarzer Seide mit silbernen Brokatbahnen. Ein schwarzes Spitzenband schlang sich um ihren Hals, und die verfluchten Dienerinnen hatten darauf bestanden, dass sie ihr Haar offen tragen musste, abgesehen von ein paar dünnen Zöpfen mit Kristallperlen. Zwei Perlenohrringe funkelten an ihren Ohren, und die Maske bestand aus schwarzen Federn und noch mehr silbernem Brokat. Unglücklicherweise hatte sie ihre Brille abnehmen müssen, um die Maske tragen zu können – und würde also nichts erkennen können, was sich nicht in ihrer unmittelbaren Nähe befand.

Verflucht soll der Narr sein, der sich dieses alberne Fest hat einfallen lassen. Und Turmalin sagte, dass es in Giavolo ebenfalls populär wird. Ha!

Sobald die Dienerin den Versuch beendet hatte, sie zu ersticken, begab sich Verbena zu ihrer Truhe und holte alles heraus, was sie möglicherweise gebrauchen konnte. Die Dienerinnen hatten kleine Taschen und Schlaufen in die Rockfalten eingenäht – ein weiterer Beweis dafür, dass sie keine gewöhnlichen Dienerinnen waren –, was Verbena gestattete, sich mit Kreide, gemahlenen Edelsteinen, ein paar Kristallen und mehreren Phiolen giftiger oder sogar tödlicher Flüssigkeiten, die sie nicht benutzen zu müssen hoffte, auszustatten. Ein kleiner Astrolab und ein Kompass wurden ebenfalls in den Taschen untergebracht, wie auch der Dolch mit der Silberklinge. Sie hakte ihre Brille in eine Schleife – für den Fall, dass sie etwas lesen musste.

»Ihr seht wunderschön aus, Meisterin«, sagte Amethyst, zweifellos in dem Bemühen, nett zu sein.

Verbena verstaute die letzten Gegenstände und richtete sich auf, dann machte sie ein paar Schritte, um sich zu vergewissern, dass nichts klirrte oder eine verdächtige Beule bildete. Zufrieden gestattete sie sich ein Schnauben. »Ich sehe vollkommen albern aus. Aber das spielt kaum eine Rolle, solange wir nicht allzu sehr auffallen.«

Amethyst hatte einen Spitzenschleier, den sie sich vor die untere Gesichtshälfte hielt, leider nicht schnell genug, um ihr Grinsen zu verbergen. Mit einem Seufzen und einem Kopfschütteln verließ Verbena den Raum als Erste und gab sich große Mühe, mit ihren voluminösen Röcken nichts Wertvolles umzuwerfen.

Die Männer warteten an der Tür – sie mussten nicht erst in verrückte Kostüme gestopft werden, die einen am Laufen hinderten oder sogar an einem tiefen Atemzug. Man war übereingekommen, dass sich Kardamom als Diener ausgeben würde, da sein Arm noch immer nicht geheilt war; er würde ein Auge auf die Geschehnisse außerhalb des Herrenhauses haben. Darum trug er nur eine schlichte schwarze Maske zu Kleidung, wie man sie bei dem Diener eines mäßig reichen Adligen erwartete. Turmalin andererseits war wie ein Pfau gekleidet, einschließlich Umhang und Maske aus extravaganten Federn. Ein neues Schwert hing an seiner Seite, das vermutlich irgendwann nützlich werden würde.

Die erstaunlichste Veränderung zeigte Jaspis – oder Neunkraft, wie er heute Abend hieß, was niemand vergessen durfte. Er war als Harlekin in Schwarz und Weiß gekleidet, und eine glatte Maske bedeckte beinahe sein gesamtes Gesicht. Aber das war noch die geringste der Veränderungen: Sein blondes Haar war jetzt braun, und seine Körperhaltung hatte sich so sehr verändert, dass die Zauberin ihn niemals erkannt hätte, wäre sie auf der Straße an ihm vorbeigegangen. Als er sprach, klang seine Stimme tiefer und sein Akzent war der eines weniger gebildeten Mannes.

»Die Kostüme stehen Euch, meine Damen«, sagte er. Seine Blicke huschten nervös umher. »Verflucht, es macht mich ganz nervös, hier als Neunkraft zu stehen. Die Orks warten draußen, lasst uns gehen.«

Er ging als Erster hinaus, Verbena folgte ihm. Turmalin wartete an der Tür. Als sich die Zauberin ihm näherte, lächelte er sie an. »Neunkraft hat recht – Ihr seht heute Abend wunderschön aus.«

Verbena verdrehte die Augen. »Bei den Göttern, was unterrichtet Ihr bloß an Eurer Fakultät? Wie man mit Höflichkeit lügt?«

Turmalin lachte bloß, als er sich neben ihr in Bewegung setzte. »Höfliche Lügen halten die Gesellschaft zusammen, obwohl ich zugeben muss, dass ich Eure Direktheit manchmal auch ganz erfrischend finde. Allerdings war es gar keine Lüge. Ihr seht äußerst attraktiv aus. Ich fürchte, dass Ihr unter all den verwöhnten Damen herausragen werdet.«

Verbena stolperte über einen Stein. Wovon redete Turmalin da bloß? *Sicherlich hat er nicht in Jaspis' Weinkeller geräubert. Nicht mal er ist so dumm, vor einer geheimen Mission zu trinken.*

Die Orks warteten am offenen Tor und flankierten es

wie zwei Statuen. Jaspis – Neunkraft – hatte offensichtlich entschieden, ihre Kostüme möglichst gleich aussehen zu lassen, und so sahen sie entfernt wie zwei Straßenräuber aus, wenn man die langen Ohren beiseiteließ, die durch Schlitze in den breiten Hüten ragten. Beide trugen weite Umhänge, Hosen, lange Wämser, die zum Reiten geschlitzt waren, und Reithandschuhe, alles in Schwarz. Verbena erkannte den Sinn dieser Kleidung – falls sie in der Dunkelheit herumschleichen mussten, würden sie so gut wie unsichtbar sein, und die Umhänge würden ihre Schwerter sowie die anderen Waffen verbergen.

»Seht mich an!«, rief Kiki Amethyst zu und berührte die schwarze Dominomaske, die geändert worden war, um zu ihren orkischen Zügen zu passen. Die beiden Mädchen schritten Seite an Seite, lachten und verglichen ihre Kostüme.

»Ich hoffe, Ihr habt nichts dagegen zu laufen«, sagte Jaspis – *Neunkraft*, korrigierte sich Verbena erneut. »Ich habe darüber nachgedacht, eine Kutsche zu mieten, aber es erschien mir dann doch nicht so klug, uns an ein Gefährt zu fesseln. Kommen wir zu Fuß, gibt uns das die Gelegenheit, uns gemeinsam oder einzeln unauffälliger zu verdrücken.«

»Sehr schlau«, lobte ihn Verbena. »Ich bin sicher, ein ordentlicher Spaziergang tut uns allen gut.«

Neunkraft ging voraus, gefolgt von Kiki, Amethyst und Kardamom. Turmalin machte einen Schritt auf Verbena zu, und einen schrecklichen Augenblick lang glaubte sie, er würde ihr allen Ernstes seinen Arm bieten.

»Bleib in meiner Nähe, Verbena-naga«, sagte Riyu und kam von der anderen Seite heran.

»Das werde ich.« Dankbar schob sie ihre Hand in seine Armbeuge.

Wegen des Kostüms trug er seine sperrige Rüstung nicht. Durch den weichen Stoff des Wamses spürte sie seine harten Muskeln, und seine Hitze wärmte ihre Finger. Der Geruch von Limonen und Moschus lockte sie, und ohne weiter nachzudenken holte sie tief Luft. Der Schnitt des Wamses stand ihm gut, und sie blickte lächelnd zu ihm hoch. »Diese Ausstattung sieht gut an dir aus.«

Zwar verbarg der Schatten des Hutes seinen Gesichtsausdruck, aber sie hatte den Eindruck, dass sie ihn hatte überraschen können. »Ich … du siehst sehr nett aus, wenn ich das sagen darf.«

»Warum nicht? Das sagt schließlich jeder.« Sie verzog das Gesicht.

Jetzt lachte er. »Nur du kannst dich über ein Kompliment ärgern«, spottete er, und sie stimmte in sein Kichern ein.

»Aber auch nur darum, weil mich hohle Schmeichelei immer geärgert hat. Weißt du, da gab es einen Spiegel, als wir uns anzogen.«

Einen Augenblick lang sah er sie an, und obwohl sie seine Augen nicht erkennen konnte, spürte sie doch die Intensität seines Blickes. »Ich weiß nicht, was Menschen für schön halten«, sagte er schließlich. »Aber was diesen Ork betrifft, so siehst du … mächtig aus. Bemerkenswert. Wie eine der Göttinnen, die aus ihrem Schlaf vom Meeresboden aufsteigt, dazu bereit, aus einer Laune heraus zu helfen oder zu vernichten. Vielleicht liegt es ja auch nur daran, dass ich weiß, wozu du fähig bist, aber ich sehe eine große Kraft in dir, und dein Kostüm verbirgt das nicht.«

»Ich … ich weiß gar nicht, was ich sagen soll.« Wärme stieg in ihre Wangen, und sie hoffte sehr, dass er es nicht bemerkte. Bei den Göttern, sie war viel zu alt, um wie eine Studentin zu erröten. »Ich glaube, das ist das netteste Kompliment, das mir jemals gemacht wurde.«

»Dann bin ich froh, dass ich es war, der das sagte.«

Mit der untergehenden Sonne war Nebel vom Meer aufgekommen. Die meisten Herrenhäuser hatten Leuchtkugeln an ihren Toren, deren Licht den Nebel durchdrang und alles geheimnisvoll und wie im Traum erscheinen ließ. Wahrzeichen ragten plötzlich aus den grauen Schwaden empor: ein Springbrunnen, den die anmutige Statue von Benemara schmückte, der Meeresgöttin; ein kunstvolles Eisentor; ein kleiner Park. Hufgeklapper verkündete das Näherkommen geisterhafter Kutschen, andere Laute schienen aus allen Richtungen zu kommen: Gelächter, Rufe und die Melodie einer Flöte, die unerwartet leiser wurde.

Als sie einen großen Platz überquerten, der auf der einen Seite von einer Kathedrale und auf der anderen von einem Bankhaus flankiert wurde, trat eine Gruppe von Feiernden aus der Nacht. Alle waren kostbar in Samt und Seide gekleidet, die vergoldeten Masken hatte man mit Edelsteinen verziert. Sie stanken nach billigem Wein, sodass Riyu angewidert die Nase rümpfte. »Hallo, du Hübsche!«, rief einer Amethyst zu. »Suchst du Gesellschaft?«

»Falls sie es tut, dann bestimmt nicht Eure!«, fauchte Kardamom.

Was ein unbeschwerter Augenblick hätte sein sollen, wurde plötzlich ernster. Die Lippen des Betrunkenen wurden ganz schmal. »Ist das so? Gehört sie also Euch? Warum finden wir nicht heraus, wer besser ist?« Er warf Amethyst ein hässliches Grinsen zu. »Zeigen ihr, wie ein Mann mit einer echten Klinge aussieht.«

Kardamom legte die Hand auf den Schwertgriff.

Neunkraft stieß ein lautes Lachen aus und legte den Arm um Kardamom, klemmte seinen Schwertarm fest. »Entschuldigt meinen Freund, Ihr Ehrenmänner – er hat zu viel getrunken, wisst Ihr?« Wie durch Zauberei erschien ein kleiner Beutel in seiner Hand, den er den anderen Männern lässig zuwarf. »Ich sage Euch was – warum trinkt Ihr nicht auf sein Wohl?«

Kardamom fluchte, als er seinen eigenen Geldbeutel erkannte. Die anderen Männer lachten und taumelten weiter, klopften einander auf die Schultern und warfen dabei ein paar anzügliche Blicke in Amethysts Richtung.

»Narr!«, zischte Neunkraft, sobald sie verschwunden waren. Er stieß Kardamom grob von sich. »Ihr sorgt noch dafür, dass wir auffallen! Bei den Göttern, konnte Meisterin Ringelblume keinen Besseren aussuchen?«

Kardamom errötete. »Er hätte nicht so über Amethyst reden sollen!«

Amethyst fuhr zu ihm herum, und der lodernde Zorn in ihren Augen flößte Verbena neuen Respekt für sie ein. »Hättet Ihr nicht eingegriffen, wären sie einfach weitergegangen«, fauchte sie. »Und selbst wenn sie mich mit den gemeinsten Ausdrücken der Welt angesprochen hätten, unsere Mission ist doch wichtiger als meine verletzten Gefühle!«

Offensichtlich verwirrt sah Kardamom sie an. »Nichts ist wichtiger als die Ehre.«

Verbena setzte an, ihm eine harsche Lektion zu erteilen, aber Turmalin kam ihr zuvor. »Ich verstehe Eure Besorgnis«, sagte er beschwichtigend zu dem Kadetten. »Aber das Leben der Dame, zu deren Schutz Ihr hier seid, sollte Eure vordringlichste Aufgabe sein. Unter anderen Umständen hätte ich diesen Schurken selbst eine ordentliche Abreibung verpasst. Unglücklicherweise würde eine solche Rangelei aber nur unerwünschte Aufmerksamkeit erregen, und in diesem Fall könnte uns das allen den Tod bringen, Studentin Langalia eingeschlossen.«

Kardamoms Unterlippe ragte vor, doch er schien keine Antwort darauf zu haben. Schließlich brachte er ein knappes Nicken zustande.

»Gut gesprochen, Turmalin«, murmelte Verbena, als sie weitergingen.

Er lächelte sie an. »Danke.« Sein Blick wanderte zu ihrer Hand, die sich durch Riyus Ellenbeuge geschoben hatte, dann nickte er ihnen knapp zu und ging einen Schritt schneller, um an Kardamoms Seite zu sein.

Riyu sah ihm hinterher. Im Schein der Lichtkugeln entging Verbena nicht, dass sich seine Augen leicht verengten. Aber als er dann sprach, handelte es sich gar nicht um den stutzerhaften Meister. »Ich denke ähnlich wie Neunkraft.«

Eine gewölbte Brücke führte am Ende des Platzes über einen Kanal. Es roch nach Meer, und der Nebel verdichtete sich noch weiter. Übergroße nackte Statuen hielten Lichtkugeln in die Höhe, die die Brücke erleuchteten. Auf dem Scheitelpunkt der Brücke verlangsamte Verbena ihre Schritte, ließ den Rest vorausgehen und warf einen Blick über das Geländer. Unter ihnen schipperte ein kleines Boot; seine Ruder bewegten sich in mechanischer Gleichmäßigkeit, angetrieben von einer einfachen Vorrichtung aus einem Räderwerk mit Kolben. Ein gefangener Salamander sorgte für die nötige Hitze, um den Kessel zu betreiben. Er qualmte fröhlich vor sich hin, während die Passagiere sangen und lachten.

»Was meinst du mit Neunkraft?«, fragte Verbena leise.

Riyus tiefe Stimme grollte in seiner Brust, das konnte sie durch die Nähe zu ihm fühlen. »Ich frage mich, warum Ringelblume für unsere Reise keinen besseren Kadetten finden konnte. Die meisten Berührungspunkte mit den Kadetten hatte ich am Morgen des Angriffs, als uns die falsche Vorhersage zur Westmauer schickte. Natürlich war ihr Können unterschiedlich groß, genau wie das bei deinen Studenten der Fall ist, aber diejenigen, die sie an die Front befahl, waren … professionell.«

»Ich verstehe«, murmelte Verbena. Dieses Urteil bedeutete in der Tat ein großes Kompliment, wenn es von Riyu kam. »Ich glaube, darüber habe ich nie nachgedacht. Ich bin immer davon ausgegangen, dass sie einen starken Arm, aber nichts im Kopf haben.«

Er blickte nach vorn. »Zum Beispiel wie Orks?«

»Natürlich nicht!« Sie verstärkte den Griff um seinen Arm. »Na … also gut, ja. Wenn ich ehrlich sein soll, muss ich zugeben, dass das mein erster Eindruck war, als ich dich sah. Es war dumm, und ich schäme mich, dass ich das je dachte. Ich bitte dich um Entschuldigung.«

Die Muskeln unter ihren Fingern entspannten sich. »Verbena-naga bittet um etwas? Also das kann ich mir nicht vorstellen.«

»Auf den Knien, falls das nötig sein sollte, damit du mir vergibst.«

Er warf ihr einen Blick zu, den sie nicht deuten konnte, dann murmelte er etwas auf Orkisch, das sich irgendwie wie ein Schimpfwort anhörte. »Jetzt bist du albern.«

Sein amüsierter Ton verriet ihr alles, was sie wissen musste. »Also, was hat das zu bedeuten?«, fragte sie begierig, um zu einem sichereren Gesprächsthema zu kommen. »Dass Ringelblume keinen ihrer besten Männer verschwenden wollte – für ein Unternehmen, das ohnehin zum Scheitern verurteilt war?«

Er schüttelte langsam den Kopf. »Ich weiß es nicht. Vielleicht bedeutet es auch gar nichts.«

»Vielleicht.«

Schweigend gingen sie weiter, aber die Zauberin hielt es für ein kameradschaftliches Schweigen. Überall um sie herum waren Feiernde, doch der Nebel ließ alles so fern erscheinen, als existierten sie ausschließlich in ihrer eigenen Welt. Gelegentlich strich Riyus Umhang über ihren Ellbogen und die Hinterseite ihres Arms, und sie fragte sich, wie es wohl sein würde, ihren Arm beim Gehen um seine Taille zu legen. Oder dass er seinen Arm um ihre Schulter legte, sodass sie eng nebeneinander gehen und die Bewegungen von Muskeln und warmer Haut spüren konnten …

Sie schluckte den plötzlichen, unerwarteten Schmerz in ihrer Brust herunter. *Bei Naverras Augen, ich muss den Verstand verloren haben.*

Turmalin hatte behauptet, die Masken sollten dafür sorgen, dass die Menschen ihre üblichen Hemmungen verloren. Vielleicht waren es also bloß die Kostüme oder die ferne Musik oder die Anonymität des Nebels, die sie auf solche Gedanken brachten.

Vielleicht war es auch nur Riyu.

Kapitel 15

Jett diSeraros Haus lag unmittelbar hinter der Brücke. Verbena hätte keine Mühe gehabt, es zu erkennen, selbst wenn Neunkraft sie nicht begleitet hätte. Die Straße war mit Kutschen verstopft, was sie mit Erleichterung erfüllte, da sie zu Fuß gegangen waren. Lichtkugeln erhellten die Nacht in einem halben Dutzend verschiedenen Farben: Gelb, Weiß, Blau, Rosa, Grün und Violett. Eine hohe Mauer umgab das Anwesen, aber das Tor stand weit geöffnet, und Menschen in allen möglichen Kostümen drängelten um Einlass. Anscheinend hatte Jett eine große Gästeliste, denn hier stand alles, von Arbeitern und Frauen in schlichten Kostümen und mit den einfachsten Dominomasken bis zu Adligen, die von Kopf bis Fuß mit Edelsteinen behängt waren. Ein als Tod verkleideter Mann in schwarzer Seide und Brokat führte eine Parade aus Männern und Frauen an, die als seine Opfer verkleidet waren. Schädelmasken verbargen ihre Gesichter, die Kostüme sollten das gesamte gesellschaftliche Spektrum darstellen, vom Prinzen über den Priester bis zum Diener.

»Allegorische Kostüme waren letztes Jahr beliebt«, murmelte Neunkraft kritisch.

Die überforderten Wächter am Eingang warfen kaum einen Blick auf die Einladungen, die er besorgt hatte, und Verbena fragte sich, ob es wohl an seinem professionellen Stolz nagte, dass jeder zweitklassige Fälscher sie genauso leicht hineingebracht hätte. Hinter dem Tor erhielten sie ihren ersten Blick auf das Haus mit dem riesigen Garten. Musikanten spielten in künstlichen Grotten und Heckenlabyrinthen, winzige Glühwürmchen, für die es eigentlich die falsche Jahreszeit war, tanzten in der Brise und sorgten für erstaunlich viel Licht. Neugierig fing die Zauberin eins ein und untersuchte es näher.

»Das ist ein Golem«, sagte sie und entließ es wieder in die Luft. »Keine komplizierte Arbeit zwar, aber bei dieser Menge muss das viel Geld gekostet haben.«

»Würden diese Insektengolems die Gegenstände erklären, die sich Jett besorgt hat?«, fragte Neunkraft.

»Nicht einmal annähernd.«

»Gut.« Einen Augenblick lang umspielte ein wildes Grinsen seine Lippen, und Verbena starrte in die Augen eines Jägers. Jaspis oder Neunkraft oder wie auch immer er sich sonst nannte, war nicht grundlos zum Spion für Giavolo ernannt worden. Er genoss diese Spiele; ein Teil von ihm liebte die Aufregung und die Jagd. Zweifellos würde es ihn enttäuschen, falls Jett sich als unschuldig erwies.

»Was ist mit dem Haus?«, fragte Riyu und nickte in die Richtung. »Wenn es überhaupt etwas zu finden gibt, dann dort.«

Neunkraft nickte und war sofort wieder ernst. »Die Gäste werden vor dem Eintreten erneut kontrolliert, und diese Liste wird genauer sein. Vermutlich wird man nur Menschen einlassen ... jedenfalls, was die Vordertür angeht. Glücklicherweise wirken die Sicherheitsmaßnahmen in den Herrenhäusern hinter diesem Schutzwall meistens wie ein Sieb.«

»Was schlagt Ihr also vor?«

»Dass wir uns aufteilen. Ich gehe hinein und treffe so viele von meinen Kontakten, wie ich kann. Außer mir hat Meisterin Verbena die nützlichsten Fertigkeiten. Falls es einen belastenden Hinweis auf die Magischen Wissenschaften gibt, wird sie das erkennen. Also schlage ich vor, dass sie sich ebenfalls unauffällig in das Haus begibt.«

»Nicht ohne mich«, sagte Riyu in einem entschiedenen Tonfall, der deutlich signalisierte, dass dies keinesfalls verhandelbar war.

»Das werdet Ihr selbst regeln müssen. Ich schlage vor, dass Ihr eine Möglichkeit findet, Euch hineinzuschleichen, und zu ihr stoßt, sobald sie drinnen ist.«

Verbena sah, dass es Riyu nicht gefiel, aber er nickte. Vermutlich war ihm klar, dass er keine andere Wahl hatte.

»Und was ist mit dem Rest von uns?«, fragte Turmalin hoffnungsvoll.

»Mischt Euch unter das Volk. Versucht unauffällig zu bleiben. Und haltet Euch bereit, falls nötig für eine Ablenkung zu sorgen.«

Amethyst lächelte, aber diese Reaktion kündete auch von Entschlossenheit. »Falls nötig kann ich in Ohnmacht fallen, und zwar auf eine Weise, dass jeder anwesende Mann zu meiner Seite eilt.«

»Davon bin ich überzeugt«, sagte Neunkraft mit einem aufmunternden Lächeln. »Was Kiki-gu angeht, halte ich es für am vernünftigsten, wenn Riyu-ga sie dort einsetzt, wo er es für richtig hält.«

»Finde für uns einen Weg hinein«, sagte Riyu ohne zu zögern, und Kiki verneigte sich zustimmend vor ihm.

Kardamom hatten sie vor der Mauer gelassen, um ein Notsignal in Form eines Feuerwerkskörpers zu geben, falls etwas schrecklich schieflaufen sollte. Also waren das alle von ihnen. »Nun dann«, sagte Verbena und ergriff wieder Riyus Arm, »mischen wir uns unter die Gäste?«

Sie betraten den Garten und lösten sich vom Rest ihrer Gruppe, als jeder in seine Richtung ging. Trotz der Kühle in der Luft blühten noch immer die Herbstrosen, aber davon abgesehen wiesen nur noch die immergrünen Hecken Färbungen auf. Alle möglichen Gäste stolperten vorbei, saßen auf Bänken, tanzten oder gaben sich intimeren Tätigkeiten hin. Diener mit Tabletts voller Weingläser gingen herum; einer trat auf sie zu und sah überrascht aus, als er plötzlich vor einem Ork stand. Verbena nahm ihm zwei Gläser ab und reichte eines davon an Riyu weiter. Als Riyu einen Einwand erheben wollte, sagte sie: »Wir müssen so tun, als wollten wir uns hier amüsieren.«

Er nickte und nahm das Glas entgegen. »Du hast natürlich recht.«

»Natürlich.« Sie lächelte ihn an und nippte, wünschte sich fast, sie wären tatsächlich hier, um einfach einen netten Abend zu erleben. *Ich mag ja nichts von ständigen Festen halten, aber gelegentlich kann so ein Abend durchaus vergnüglich sein. Riyu wäre sicherlich ein besserer Begleiter, als Peridot es je gewesen ist.*

»Ich fürchte, ich bin an solche Heimlichkeiten nicht gewöhnt«, gestand Riyu zögernd ein, als sie in Richtung Haus spazierten. »Orktruppen werden hauptsächlich für direkte Unternehmen bezahlt.«

»Um ehrlich zu sein, du siehst einschüchternd genug aus, um den meisten menschlichen Soldaten so viel Angst einzujagen, dass sie sich ergeben«, meinte sie. »Das heißt, du bist sehr, äh, muskulös. Und doch auch klug.«

Seine Stoßzähne funkelten, als er sie anlächelte.

»Und es ist ja nicht so, dass du ganz verbergen kannst, was du bist«, fuhr sie fort. »Die meisten Menschen werden einen Ork bemerken – sie können sie vielleicht nicht auseinanderhalten, aber sie werden wissen, dass an jenem Tag an jenem Ort ein Ork gewesen ist. Ich gehe davon aus, dass ein Mensch im Orkland genau den gleichen Nachteil hat.«

Riyus Ohren senkten sich, und er wirkte zerknirscht. »Das ist wohl wahr. Ich muss gestehen, dass einige Orks die Menschen für … schwach halten. Und vielleicht für nicht besonders schlau.«

Verbena lachte. »Die derzeitige Begleitung ist hoffentlich davon ausgeschlossen.«

»Ich sagte nicht, dass ich Menschen so betrachte. Keiner von uns, der sich in den Menschenländern seinen Lebensunterhalt verdient, kann sich das leisten.«

Die Musik wurde lauter, als sie sich dem Haus näherten.

Schließlich verließen sie den Garten und kamen zu einer weiten Terrasse. Eine große Menge eifriger Tänzer nahm sie in Beschlag. Zu Verbenas Überraschung entdeckten sie auch ein paar Orks, die allerdings am Terrassenrand standen und die Tänzer beobachteten, ohne mitzumachen. Keiner von ihnen trug ein Kostüm, wenn man einmal von schlecht sitzenden Dominomasken absah, die ihren Zügen nicht einmal angepasst worden waren.

Bei diesem Anblick richteten sich Riyus Ohren auf, und er führte sie zu seinen Artgenossen. Alle verneigten sich, und einer von ihnen ergriff das Wort. Verbena verstand nichts von dem grollenden Orkisch.

Ich muss die Sprache wirklich lernen. Vielleicht bringt Riyu es mir ja bei.

Riyu verbeugte sich ebenfalls. »*Riyu-na. Nagati-the, ya saka.* Aber ich muss darum bitten, dass wir aus Respekt vor Verbena-naga die menschliche Sprache benutzen.«

Er deutete auf sie, und sie errötete, als sich fünf neugierige Augenpaare auf sie richteten. Um ihre Verlegenheit zu überspielen machte sie ihren besten Knicks. »Ein Vergnügen«, sagte sie, weil ihr sonst nichts einfiel.

Der offensichtliche Anführer der Orks verneigte sich vor ihr. »Für uns auch. Ich bin Hedori.«

»Wie ist der Abend?«, erkundigte sich Riyu, und Verbena fragte sich, ob er bloß höflich sein wollte oder sich noch etwas anderes hinter der Frage verbarg.

Hedori zuckte mit den Schultern. »Belladonna daBenevalia hat uns eingestellt, um dafür zu sorgen, dass auch jeder weiß: Sie ist wichtig genug, um eine Schar Leibwächter zu benötigen. Also haben wir das Privileg, hier zu stehen und Menschen beim Tanzen zuzusehen. Aber es ist ein Schritt auf dem Weg des Kriegers, Geduld zu haben, also stehen wir hier und sehen zu. Was gäbe es sonst zu tun?«

Etwas an seinem Tonfall ärgerte Verbena. Sie ergriff Riyus Hand und hob eine Braue. »Selbst zu tanzen?«

Hedoris Gesicht glich einer Studie in orkischer Überraschung. Riyu hingegen lächelte bloß und verneigte sich. »Das ist wohl so, nicht wahr?«

Gemeinsam begaben sie sich auf die Terrasse, gerade als die Musikanten eine neue Melodie anstimmten, die etwas intimer als die vorherige Weise war. *Du sollst doch kein Aufsehen erregen*, rief sich Verbena selbst zur Ordnung. *Es ist nur ein Tanz auf einer Nebenterrasse. Es ist ja nicht so, als befänden wir uns im großen Ballsaal, wo uns der ganze Adel anstarrt.*

Und es war wichtig für Riyu, denn sie sah das Leuchten in seinen Augen, als er mit ihr die richtigen Schritte machte. Wie gewöhnlich bewegte er sich mit einer erstaunlichen Anmut, die Berührungen ihrer Hand und Taille waren so sanft wie das Schlagen eines Schmetterlingsflügels. Tatsächlich sogar zu sanft, also fasste sie ihn fester. Überrascht sah er sie an, bevor er den Griff erwiderte.

Verbena war sich vage der Blicke der sie anstarrenden Orks und der anderen Tänzer bewusst … aber wann hätte sie sich je dafür interessiert, was andere dachten? Hätte sie auf die Erlaubnis anderer gewartet, lebte sie jetzt noch immer im Blancatal, hätte einen Bauern geheiratet und mittlerweile zwölf Kinder.

Die Musik ging viel zu früh zu Ende. Einen Augenblick lang blickten sie einander verwirrt an … dann ließ Riyu ihre Taille los, trat einen Schritt zurück und verneigte sich wieder. »Das müsste ein wunderbarer Augenblick sein, um sich unauffällig in das Haus zu schleichen«, flüsterte er, als sie einen Knicks vor ihm machte.

Sie hatte das Gefühl, keine Luft mehr zu bekommen, als laste ein gewaltiges Gewicht auf ihrer Brust. »Ja«, flüsterte sie zurück, fast schon erstaunt, dass sie überhaupt sprechen konnte. Schluckend richtete sie sich auf und nickte ihm majestätisch zu. »Ich bin gleich wieder da, nachdem ich, äh, mein Kostüm gerichtet habe«, sagte sie laut genug, um von anderen gehört werden zu können.

»Ja, meine Lady«, erwiderte er mit unbewegter Miene.

Als sich Verbena dem Eingang zum Haus näherte, fing eine ältere Frau mit weißen Haaren sie ab. Sie war gekleidet wie ein Vogel – ihr Gewand war mit Federn benäht – und steckte in einem Eisenkäfig, der sich den Konturen ihres Körpers anpasste. Ihr Gesicht war stark gepudert, allerdings unterstrich die Schminke nur die Falten, die sie doch eigentlich hatte verbergen sollen.

»Also«, flüsterte sie und schnappte sich ziemlich unverschämt Verbenas Handgelenk, »ist es wahr, was man sich erzählt?«

Bei den Göttern! »Was erzählt man sich denn – und worüber?«, fragte Verbena ungeduldig.

Die ältere Frau stieß ein kokettes Kichern aus, das besser zu einem Mädchen gepasst hätte, das etwa ein Viertel so alt wie sie war. »Über die Orks, meine Liebe! Ist es wirklich wahr, was man sich über die … *Bullen* … erzählt?«

Verbena hatte nicht die geringste Vorstellung, was »man« sich über Orkmänner erzählte, und sie bezweifelte ernsthaft, dass sie es wissen wollte.

»Ja«, sagte sie mit dem bösartigsten Lächeln, zu dem sie imstande war. »Es ist *alles* wahr. Bitte, entschuldigt mich.«

Sie befreite sich, obwohl die Frau offensichtlich auch noch die pikanteren Einzelheiten hören wollte, und ging weiter auf die Tür zu. Glücklicherweise achteten die Wächter nicht so streng darauf – oder sie verbargen es gut. Nach einem sorgfältigen Blick auf ihre Einladung winkte man sie durch.

Um Hedoris willen, ich hoffe nicht, dass das Belladonna daBenevalia war. Also ehrlich, was die Leute doch alles für dummes Zeug reden!

Die Tür führte in den großen Ballsaal, in dem sich die Gäste in prächtigen Kostümen drängten. An der gegenüberliegenden Wand stand ein gewaltiger Bankettisch, dessen Platten sich unter dem dort aufgehäuften Essen praktisch durchbogen. In regelmäßigen Abständen standen Statuen an der Wand, aber bei genauerem Hinsehen erkannte Verbena schnell, dass es sich in Wirklichkeit um sehr schlaue Golems handelte, die Wein einschenkten und jedem, der vorbeiging, ein Glas in die Hand drückten. Ein Teil von ihr brannte darauf, sie sich näher anzusehen, aber dann konzentrierte sie sich doch lieber auf ihre Mission.

Neunkraft sagte, der untere Teil des Hauses sei für die Gäste geöffnet. Was bedeutet, dass man oben nach den Dingen suchen muss, die Jett den Blicken der Allgemeinheit nicht preisgeben möchte.

Als hätte ihn der Gedanke herbeigezaubert, entdeckte sie Neunkraft, der am Arm einer kichernden Frau die breite Treppe im Hintergrund des Saals heraufgestiegen kam. Die dort aufgestellten Diener sahen diskret zur Seite. Sobald das Pärchen verschwunden war, marschierte Verbena auf direktem Weg zur Treppe und setzte einen wütenden Gesichtsausdruck auf.

Als sie den Fuß auf die unterste Stufe setzte, streckte einer der Diener die Hand aus. »Verzeiht, meine Lady, aber die oberen Etagen sind für die normalen Gäste nicht zugänglich.«

Verbena hob die Braue. »Tatsächlich? Nun also, ich habe gerade meinen Begleiter, Neunkraft daBenevalia, mit jemandem nach oben gehen sehen, der mit Sicherheit nicht *ich* gewesen bin.«

Die Diener wechselten Blicke und schätzten offensichtlich ihre Möglichkeiten ein: sie entweder stillschweigend nach oben gehen und in aller Abgeschiedenheit eine peinliche Szene machen zu lassen, oder sie eine peinliche Szene in aller Öffentlichkeit machen zu lassen … was möglicherweise beinhaltete, dass sie den Namen der fraglichen Dame herausschrie oder zumindest die Aufmerksamkeit auf ihre Anwesenheit lenkte.

Die Diskretion gewann. »Geht einfach hinauf, meine Lady«, sagte der Diener und senkte die Hand.

Als Verbena daraufhin die Treppe emporstürmte, lächelte

sie innerlich. Wer hätte denn gedacht, dass sich die Teilnahme an den Kanzlerfesten jemals als nützlich erwiese? *Sobald wir Malachit gerettet haben, muss ich daran denken, ihm zu danken, dass er mich immer mitgeschleppt hat.*

Die Treppe führte auf eine Galerie. Verbena eilte in die Richtung, die Neunkraft ihrer Meinung nach eingeschlagen hatte. Nur wenige Augenblicke später entdeckte sie ihn, als er aus einem Zimmer kam.

»Das ging ja schnell«, bemerkte sie trocken. »Wer ist sie?«

»Jetts älteste Tochter. Seine verheiratete älteste Tochter.« Neunkraft grinste ohne jedes Bedauern. »Morgen früh wird sie mit Kopfschmerzen und ohne Erinnerung an die letzten paar Stunden aufwachen. Und selbst wenn sie das verdächtig finden sollte, bezweifle ich doch, dass sie den Zwischenfall jemandem gegenüber erwähnen wird. Wie seid Ihr hier heraufgekommen?«

»Ich bin Eure verschmähte Geliebte, die Euch gerade mit einer anderen Frau verschwinden sah.«

Er lachte. »Gut gespielt. Wisst Ihr, wo die Orks reinkommen?«

»Nein.«

»Wir sollten sie schnell finden, sonst fürchte ich, dass sich Euer Leibwächter meinen Kopf holt. Er ist Euch ja sehr zugetan.« Neunkraft wurde einen Augenblick lang ernst. »Ich hoffe, Ihr wisst zu schätzen, wie selten das ist. Ein Ork auf dem Weg des Kriegers erfüllt seine Pflicht bis zum letzten Atemzug. Aber das bedeutet noch nicht, dass er die Person auch respektiert, für die er kämpfen muss.«

Verbena musste an Hedoris trockene Kommentare denken. »Ja. So langsam verstehe ich das.«

Sie betraten einen Korridor, der mit einem teuren dicken roten Teppich ausgelegt war. Die obere Etage lag auf unheimliche Weise verlassen da, und die fernen Laute, die von unten heraufhallten, ließen den Anblick auf eine seltsame Weise unwirklich erscheinen. Sie bogen um eine Ecke herum, und Verbenas Herz setzte einen Schlag aus, als sie zwei dunkle Gestalten erblickte. Im nächsten Augenblick erkannte sie Riyu und Kiki.

»Gut gemacht«, sagte Neunkraft, während Riyu Verbena musterte, als hätte sie sich während der kurzen Zeit ihrer Trennung irgendwie in Schwierigkeiten gebracht. »Also gut. Die meisten Diener und Wächter sind unten mit dem Fest beschäftigt, aber wir können es uns nicht leisten, mit der Wachsamkeit nachzulassen. Wir sollten uns aufteilen, damit die Suche schneller geht. Nehmt alles mit, was irgendwie nützlich aussieht; wir schauen es uns dann morgen genauer an. Falls wir es wie einen Diebstahl aussehen lassen können, umso besser.«

Riyu nickte. »Kiki-gu, geh mit Neunkraft-ga und durchsuch die nördliche Hälfte des Hauses. Verbena und ich nehmen den Süden.«

»Ja, Riyu-ga«, sagte Kiki und brach mit Neunkraft eilig auf.

»Ich wünschte, ich wüsste, wonach wir suchen – und wo«, sagte Verbena mürrisch, als sie und Riyu die entgegengesetzte Richtung einschlugen.

»Wir können davon ausgehen, dass Jett keine belastenden Briefe oder andere Beweise an einem öffentlich zugänglichen Ort aufbewahrt, wo die Diener darüber stolpern könnten«, murmelte Riyu. Seine tiefe Stimme war wie Balsam für ihre Nerven.

»Ein ausgezeichnetes Argument.« Sie kamen zu einer verschlossenen Tür, Verbena stählte sich und öffnete sie. Es handelte sich um ein kaum beleuchtetes Schlafzimmer, und die überall zu sehende Spitze ließ die Zauberin vermuten, dass es einer Frau gehörte – vielleicht einer der unverheirateten Töchter.

»Offenbar haben wir den Frauenflügel gefunden«, sagte sie und schloss die Tür. »Wir können wohl sicher davon ausgehen, dass Jett nichts im Zimmer einer anderen Person versteckt.«

»Frauenflügel?«, fragte Riyu neugierig.

»Eine Sache der Reichen«, erklärte sie und ging zur nächsten Tür voraus. Ihre Röcke raschelten fürchterlich, und angesichts Riyus lautlosen Bewegungen kam sie sich lärmend und unbeholfen vor. »Die Schlafzimmer der Männer und Frauen sind in verschiedenen Teilen des Hauses untergebracht.«

»Warum?«

»Frag Amethyst. Ich habe nicht die geringste Ahnung.« Vorsichtig öffnete Verbena die nächste Tür und fand ein weiteres Schlafzimmer. »Manchmal hat der Adel eben seltsame Ideen.«

Riyu grunzte, was vermutlich eine Zustimmung sein sollte. Wenn ihre Beobachtungen hinsichtlich der Orktruppe und Riyus Beziehung zu Kiki stimmten, neigten die Orks nicht dazu, die Geschlechter künstlich voneinander zu trennen. Allerdings schien jetzt nicht der richtige Augenblick zu sein, um ihn nach orkischen Sitten zu fragen.

Es gab weitere Schlafzimmer, diverse Wohnzimmer und ein Gemach voller Stoff, Rahmen, Fäden und Nähnadeln. Unwillkürlich musste Verbena an ihre Mutter denken, die in dem einen Zimmer ihres kleinen Bauernhauses beim Herdlicht genäht hatte – und wieder war da der Irrsinn der Reichen, einer einzigen Tätigkeit einen ganzen Raum zu widmen.

Allmählich kam ihr schon die Befürchtung, hier nur ihre Zeit zu verschwenden, da stießen sie auf eine besonders prächtig verzierte Tür. Während sie sie vorsichtig einen Spalt öffnete, stieß sie einen leisen Seufzer aus.

»Ich glaube, hier sollten wir suchen«, sagte sie.

Riyu warf ihr einen scharfen Blick zu, als er das unverblümte Verlangen in ihrer Stimme hörte. »Was ist es?«

»Die Bibliothek.«

Die Bibliothek war größer als die meisten der von ihnen aufgespürten Zimmer zusammen. Am Tag ließen hohe Fenster viel Licht ein; jetzt gaben sie die Sicht auf die im Garten schwebenden Glühwürmchen-Golems frei. In dem dämmrigen Licht konnte Verbena Tausende von Buchrücken ausmachen sowie die dunklen Umrisse eines Tisches und das Schimmern von Schränken, die mit Glastüren ausgestattet waren.

Sie schlüpften hinein, und Riyu schloss leise die Tür hinter ihnen. Die Dunkelheit verfluchend fummelte Verbena in den Falten ihres voluminösen Rockes herum, bis sie einen kleinen Kristall fand. Er war mit einem Draht umwickelt, der mit Runen versehen war, und ein leises Wort ließ ihn aufleuchten. Sobald er glühte, riss sie sich die Maske herunter und setzte die Brille auf, damit sie die Titel der Bücher lesen konnte.

Das verräterische Licht mit dem Körper abschirmend verschaffte sich Verbena schnell einen Überblick. Kein Buch erschien besonders verdächtig – aber damit hatte sie auch nicht gerechnet.

Sie holte den Beutel mit dem Tilgungspulver hervor, ging langsam von Regal zu Regal und blies dabei winzige Mengen von ihrer Handfläche. Sie rechnete nicht damit, irgendwelche Verhüllungszauber auf diese Weise gleich zu zerstören, aber jeder Bann würde verräterisch aufleuchten, wenn das Pulver damit in Berührung kam.

Während sie arbeitete, schlich Riyu in der Dunkelheit durch den Raum, als wäre er hier zu Hause. Papier raschelte leise, als er sich den Schreibtisch näher ansah; da er nicht lesen konnte, würde er auch kaum sagen können, ob es verdächtige Papiere waren oder nicht.

Vermutlich nicht. Jett ließe niemals etwas Belastendes so offen auf seinem Tisch herumliegen, es sei denn, er wäre wirklich dumm.

Obwohl sie davon überzeugt war, dass eines der Bücher einen Verhüllungszauber aufweisen würde, war nichts geschehen, als sie ihre Runde an den unteren Regalbrettern beendete. *Verdammt. Ich weiß, dass du etwas zu verbergen hast, Jett diSeraro. Und wenn es nicht auf deinem Schreibtisch liegt und auch nicht in deinen Regalen steht, dann …*

In den Tiefen des Hauses erscholl plötzlich eine lautstarke Glocke.

»Nein!«, rief Riyu im gleichen Augenblick.

Verbena wandte sich ihm zu. Er stand noch immer am Schreibtisch. Seine Hand lag auf dem Bügel einer verschlossenen Schublade.

»Die Glocke erklang genau in dem Moment, in dem ich an dem Bügel zog, obwohl die Schublade abgeschlossen zu sein scheint«, sagte er und sah auf. Im schwachen Licht des Kristalls konnte sie sehen, dass sich seine Pupillen zusammengezogen hatten und die Ohren flach am Schädel lagen.

»Dann nimm dir, was dort verstaut ist! Sinnlos, sich jetzt noch Sorgen um Verstohlenheit zu machen.«

Riyu riss hart an der Schublade, Holz splitterte, als das Schloss brach. Während Verbena zu ihm eilte, zog er einen lose mit einer Schnur zusammengehaltenen Blätterstapel heraus und warf die nun leere Schublade zu Boden. »Wir müssen hier raus«, sagte er drängend.

Im Korridor ertönte das Getrampel sich eilig nähernder Schritte. Riyu stieß einen orkischen Fluch aus und drückte Verbena die Papiere in die Hand. »Nimm das und geh! Schwör mir, dass du gehst!«

»Was?« Nichts begreifend blinzelte sie ihn an.

Er sparte sich die Antwort, nahm sie einfach auf die Arme und rannte zum Fenster. Schreie ertönten, eine Tür splitterte, und ihr Herz setzte für einen Schlag aus, als sie erkannte, dass die Wächter bereits auf dem Weg waren.

Riyu trat das Fenster auf und warf einen Blick nach unten.

»Halt!«, rief eine Stimme hinter ihnen.

»Geh, Verbena-naga«, befahl Riyu.

Dann warf er sie aus dem Fenster.

Die kühle Nachtluft wirkte wie ein Schlag gegen ihre Haut, und sie schrie instinktiv auf, als sie stürzte. Das Aufbrüllen eines wütenden Orks übertönte den Schrei, und ein winziger Teil von ihr erkannte selbst in diesem Augenblick, dass er sie auf diese Weise beschützte. Dann berührte sie die harten Zweige eines Busches. Sie zerfetzten ihr Kostüm und zerkratzten ihr Gesicht. Wild mit den Armen rudernd landete sie auf dem Boden.

Oh, Naverra, das will ich nicht noch einmal erleben. Ihr Herz schlug wild, ihre Sinne drohten sie zu verlassen.

Aus dem offenen Fenster in der Höhe drang das Geklirr aufeinandertreffender Schwerter. *Riyu. Ich muss ihn retten.* Mühsam kam sie auf die Füße, entschlossen, wieder einen Weg ins Haus zurück zu finden. Sie musste ihm helfen; sie konnte ihn diesen Kampf nicht allein ausfechten lassen. Das ging nicht.

Eine dunkle Gestalt brach durch die Hecke und ließ Verbenas Herz beinahe stehen bleiben – zum zweiten Mal in wenigen Augenblicken. Kiki schnappte ihren Arm. Hinter der Schulter der jungen Orkfrau erblickte sie Neunkrafts bleiches Gesicht.

»Was ist passiert?«, wollte Neunkraft wissen, während Kiki gleichzeitig fragte: »Wo ist Riyu?«

»Wir waren in der Bibliothek – die Schreibtischschublade löste einen Alarm aus – Riyu hat mich aus dem Fenster geworfen – wir müssen zurück!« In der Hoffnung, alles Wichtige gesagt zu haben, rannte Verbena in die Richtung des nächsten Eingangs – nur um von Kiki festgehalten zu werden.

»Lasst mich los!«, rief sie, aber Kiki, so klein sie im Vergleich zu Riyu auch sein mochte, war trotzdem zu stark, um sich gegen sie wehren zu können.

»Nein, Verbena-naga! Er wollte, dass Ihr geht!« Kiki hatte die Ohren flach an den Kopf gelegt, verzweifelt gaben ihre Lippen die Stoßzähne frei.

»Kiki-gu hat recht!« Neunkraft schnappte sich ihren anderen Arm. »Habt Ihr etwas gefunden?«

»Ja, aber …«

»Dann müssen wir hier verschwinden, bevor die anderen Wächter kommen!«

Kiki zerrte Verbena in Richtung Gartenmauer. »Bitte, Verbena-naga! Wir müssen tun, was Riyu wollte!«

»Nein!« Verbena wehrte sich verzweifelt, aber Kiki war gnadenlos. »Ich lasse ihn nicht zurück!«

»Das müssen wir aber!«, verkündete Neunkraft wild. Doch Verbena entdeckte in seinem Blick Trauer, als werde er von einer schlimmen Erinnerung heimgesucht. »Riyu hat sich für die Mission geopfert, für Euch, für das Volk von Giavolo. Lasst seine Entscheidung nicht sinnlos sein!«

»Nein …« Sie wollte schreien, weinen, aber sie wusste auch, dass jeder Augenblick des Zögerns sie der Gefangenschaft einen Augenblick näher brachte. Wenn man sie überwältigte, was würde dann aus Amethyst werden? Wer würde Weißdorn retten?

»Verbena-naga«, sagte Kiki leise, »ich will Riyu auch nicht im Stich lassen. Aber diesen Kampf können wir nicht gewinnen. Wir müssen geduldig sein; wir müssen später zurückkommen, wenn wir die Chance haben, ihn zu retten.«

Jeder Instinkt schrie Verbena zu, nicht auf sie zu hören, sondern zu bleiben und zu kämpfen. Ihr Verstand sagte ihr jedoch, dass die junge Ork recht hatte.

Sie fand Kikis Hand und drückte sie fest. »Schwöre es mir. Versprich mir, dass wir ihn nicht im Stich lassen.«

Kiki nickte, ihr junges Gesicht verriet eine Mischung aus Unsicherheit und Entschlossenheit – als hätte sie keine Ahnung, wie sie diesen Schwur je erfüllen sollte, nur dass nicht der geringste Zweifel bestand, dass sie es tun würde. »Ich schwöre es, bei der Ehre meiner Familie.«

»Kommt schon!«, knurrte Neunkraft und zerrte wild an ihnen.

Irgendwie schafften sie es bis zum Eingangstor. Der Alarm hatte sich noch nicht herumgesprochen, und die Wächter wussten nicht, dass sie sie aufhalten mussten, was bedeutete, dass Jett den Notfall nicht publik machen wollte. Warum den Gästen einen Grund geben, unbequeme Fragen zu stellen.

Sobald sie auf den in Nebel gehüllten Straßen standen, blieb Verbena stehen, während ihr das Herz bis zum Hals klopfte. »Wir müssen zurück.«

»Jetzt nicht.« Neunkraft zog an ihrem Arm. »Verbena, *vertraut mir!*«

Aber das tue ich nicht, wollte sie sagen. *Ich vertraue Riyu, der zurückblieb, um mich zu retten, und soweit ich weiß ist er tot.*

Dann vertraue Riyu und hör auf, so verflucht dumm zu sein. Riyu hat das getan, um mich zu retten. Ich kann das jetzt nicht wegwerfen.

Wie benommen folgte sie Neunkraft durch die nebeligen Straßen, und Kiki bildete die Nachhut. *Riyu ließ mich nicht einmal kämpfen. Vielleicht hätten wir sie zusammen aufhalten können. Aber er ... er hat mich einfach aus dem Fenster geworfen.*

Dann wusste er, dass es hoffnungslos war. Sein Gehör ist besser als das meine. Er wusste, wie viele Wächter kamen, und er hat die beste Entscheidung getroffen, die er überhaupt treffen konnte. Respektiere das.

Naverra, bitte ... wenn es Euch gibt, wenn es einen von Euch Göttern gibt, dann wacht über ihn.

Irgendwann wurde ihr bewusst, dass Neunkraft sie nicht wieder über die Brücke geführt hatte. »Wo sind wir?«

Grimmig schüttelte er den Kopf. »Ich muss davon ausgehen, dass man Riyu lebend gefangen nahm. Und ich muss davon ausgehen, dass er sowohl Neunkraft als auch Jaspis verrät, wenn er gefoltert wird – und das meine ich nicht respektlos.«

»Gefoltert?«, wiederholte Verbena kaum hörbar. »Was ... was werden sie ihm antun?«

Neunkraft ignorierte die Frage. »Glücklicherweise habe ich in der Stadt noch andere Schlupflöcher. Wir bringen

Euch in einem davon unter, dann gehe ich zurück und versuche Amethyst und die anderen abzufangen.«

»Wir tun, was Ihr sagt, Neunkraft-ga«, sagte Kiki, aber ihre Stimme war nur noch ein Schatten ihrer sonstigen Lebhaftigkeit. Verbena blickte über die Schulter und sah, dass die junge Orkfrau in die Richtung zurückblickte, aus der sie gekommen waren. Sie trug ihre Verzweiflung wie einen Umhang.

Ja. Wir tun, was Ihr sagt. Für den Augenblick.

Kapitel 16

Das Schlupfloch machte seinem Namen alle Ehre. Es waren nicht mehr als ein paar fensterlose Ziegelräume unter dem Kontor eines Lagerhauses. Sie waren mit Kisten und Fässern vollgestellt, hinter denen sich ein Hinterzimmer verbarg, in dem es nur eine Pritsche und einen Wasserhahn gab. Es gab keinen Kamin, um Kälte und Feuchtigkeit zu vertreiben, und nur eine einsame Lichtkugel vertrieb das Zwielicht. Neunkraft ließ Verbena und Kiki zurück, um den Rest ihrer Gruppe zu finden.

Verbena lehnte sich an die Wand und ließ sich langsam zu Boden sinken. Der nackte Boden war zwar kalt, doch sie widerstand dem Drang, sich auf eines der Fässer zu setzen. Die Götter allein mochten wissen, was aus Riyu geworden war; wie konnte sie da auch nur den geringsten Komfort in Anspruch nehmen?

»Verbena-naga?«, fragte Kiki leise, sobald sie unter sich waren.

Verbena hob den Kopf und erwiderte den bekümmerten Blick der jungen Ork. »Ja?«

»Ich … ich habe doch getan, was Riyu gewollt hätte. Oder?«

Unerwartet rührte ihre Unsicherheit die Zauberin. Schließlich unterschied sich Kiki gar nicht so sehr von ihren Studentinnen, selbst wenn ihr der Weg des Kriegers fremd erschien. Kiki hatte in Gegenwart ihres Mentors ihr Bestes getan, aber jetzt, da sie ohne Anleitung war, wandte sie sich der nächsten Autoritätsperson zu.

»Ja, Kiki«, sagte Verbena sanft. »Es gefällt mir nicht, dass Riyu dafür gesorgt hat, dass ich auf seine Kosten entkommen konnte, aber ich habe nicht den geringsten Zweifel, dass es genau das war, was er wollte. Du hast seine Wünsche vollkommen erfüllt.«

Zwischen ihnen kehrte Schweigen ein, und sie saßen lange mit hängenden Köpfen da. Nach einer scheinbaren Ewigkeit, die in Wirklichkeit vermutlich aber weniger als zwei Stunden dauerte, öffnete sich die Tür des Verstecks erneut und ließ Amethyst, Turmalin, Kardamom und Neunkraft ein. Oder den Mann, der einst Neunkraft gewesen war, wenn man sich das zu Herzen nehmen wollte, was er zuvor über die Annahme, dass Riyu sie verraten würde, gesagt hatte.

Unter der Folter.

Verbena schloss die Augen und kämpfte gegen die aufsteigende Übelkeit an. Turmalin setzte sich neben sie, nahm ihre Hand und drückte sie sanft. »Alles in Ordnung, Verbena?«, fragte er leise.

»Natürlich nicht.« Sie holte tief Luft. »Es geschah alles so schnell. Ich hatte nicht einmal Gelegenheit, mich zu wehren. Verflucht soll er sein, dass er mir das angetan hat.«

Turmalin schwieg für eine scheinbar lange Zeit. Dann stieß er einen leisen Seufzer aus. »Riyu bedeutet Euch viel, nicht wahr?«

Sie öffnete die Augen. Neunkraft stand an der Tür und ließ sie nicht aus den Augen, und aus irgendeinem Grund gab ihr das Kraft. Schließlich war sie die Anführerin dieser Expedition; es war ihre Aufgabe, die Entscheidungen zu treffen.

Natürlich wusste sie genau, wie ihre Entscheidung lauten würde.

»Ja«, sagte sie und stand auf. »Riyu ist mein Freund. Und wenn ich etwas von ihm gelernt habe, dann das: Es ist kein Schritt auf dem Weg des Kriegers, einen Freund zurückzulassen. Ich werde diese Stadt nicht ohne Riyu verlassen.«

Kardamom schüttelte den Kopf. »Vermutlich ist er aber tot.«

Verbena schluckte. *Ihr Götter, nein.* »Dann gehen wir eben mit seiner Leiche«, sagte sie und war erleichtert, dass ihre Stimme nicht bebte. »Aber bevor ich seine Leiche nicht mit eigenen Augen gesehen habe, glaube ich nicht, dass er tot ist. Ich lasse ihn nicht im Stich.«

Kiki saß noch immer mit gesenktem Kopf da. Sie sah völlig verzweifelt aus. Doch als die Zauberin sprach, hob sie den Kopf, und das lebendige Funkeln trat wieder in ihre Augen. Sie stand auf Verbenas Seite, ganz gleich was auch passieren würde.

Leider urteilte der Rest der Gruppe nicht so einstimmig. Kardamom hob die Hände. »Ich war der Ansicht, er wäre Euer Leibwächter und nicht umgekehrt! Ihr werdet uns alle in den Tod führen, nur um eine alberne Grünhaut zu retten, die das nicht einmal will!«

Stille kehrte ein. Turmalin sah entsetzt aus, Amethyst wütend. Kiki hatte vor Wut die Ohren angelegt. Neunkraft starrte Verbena bloß weiter so an, als wäre sie die Einzige, auf die es hier ankam.

Sie erwiderte Neunkrafts Blick furchtlos. »Ich verlasse diese Stadt nicht ohne Riyu«, wiederholte sie. »Ich weiß sehr gut, dass es nicht in seinem Sinne wäre, wenn ich mich in Gefahr begebe. Das ist mir egal. Er hat mir die Gelegenheit zur Flucht verschafft; ohne ihn wäre ich tot oder würde in einer Zelle hocken. Ich schulde ihm mein Leben, und würde ich dieser Schuld den Rücken zuwenden, so wäre ich verdammt zur untersten Hölle.«

Neunkraft nickte langsam. »Gebt mir den kommenden Tag, damit ich versuchen kann herauszufinden, was mit ihm geschehen ist. Ich bezweifle zwar, dass man auch nur einen Ton über seine Gefangennahme hören wird, aber es ist durchaus möglich, dass ich mich irre. Ich möchte sicher sein.«

Zustimmend senkte Verbena den Kopf. »Gut. Findet heraus, was Ihr könnt. Denn morgen Nacht werden Kiki und ich Riyu retten, auf die eine oder andere Weise.«

Natürlich verkündete jeder, dass er bei der Rettungsmission dabei sei, selbst Kardamom, der zum Ausdruck brachte, dass seine Anwesenheit schon deshalb erforderlich sein würde, um Amethyst zu beschützen. »Vielleicht werden wir alle gebraucht«, sagte Neunkraft, als er sich für den Aufbruch vorbereitete. Er hatte seine Frisur verändert und trug jetzt die Kleidung eines Leibdieners, ein Wams mit gestärktem Kragen, Hosen und robuste Schuhe. Die gedämpften Farben seiner Kleidung ließen seine Augen noch dunkler erscheinen, und wieder veränderte er seinen Akzent und die Körpersprache. Verbena fragte sich, ob er überhaupt noch wusste, wer er eigentlich war.

»So«, sagte er und sah in einen Spiegel, der hinter einer Kiste verborgen war. »Ihr habt die Ehre, dem aufrechten und über jeden Zweifel erhabenen Quitte daBenevalia gegenüberzustehen. Er bewegt sich in den Quartieren der Leibdiener der Stadt, darum wird er auch nicht auffallen, wenn er vorbeikommt und etwas von dem Klatsch über das Fest in der vergangenen Nacht erfahren will. Seine Gemahlin verlässt leider nie das Haus, also würzt er sein Leben durch die Erfahrungen anderer.«

»Viel Glück«, sagte Verbena. Amethyst umarmte ihn.

»Es tut mir leid«, sagte sie. »Mir war nicht klar, dass wir dir so viel Ärger bereiten würden.«

Er lächelte und gab ihr einen sanften Stups mit der Faust gegen das Kinn. »Das ist meine Arbeit, meine Kleine. Und es war eine Freude zu sehen, wie du gewachsen bist. Du wirst eine größere Bereicherung für Giavolo sein, als deinen Eltern oder dem Großherzog bis jetzt klar ist.«

Errötend senkte sie den Kopf. Das goldene Haar verhüllte ihr Gesicht mit einem leuchtenden Vorhang. Kardamom starrte sie mit einem Ausdruck offenen Verlangens an, und Verbena zog kurz in Betracht, ihm einen Tritt gegen das Schienbein zu verpassen, nur um ihn aufzuwecken.

Nachdem Neunkraft – Quitte – *bei den Göttern, nicht schon wieder das!* – gegangen war, wollte der Tag kein Ende nehmen. In den winzigen Räumen gab es nichts zu tun, und die fehlenden Fenster machten es unmöglich, das Verstreichen der Zeit zu verfolgen. Quitte hatte vorgeschlagen, dass sie etwas schliefen, und Verbena versuchte, den Rat zu befolgen. Sie wickelte sich in eine Decke und legte sich in einer Ecke auf den unbequemen Fußboden. Aber sobald sie die Augen geschlossen hatte, wurde sie von Vorstellungen über Riyus mögliches Schicksal heimgesucht. Die schlimmste zeigte ihn als kalte Leiche auf dem Boden der Bibliothek. Die anderen, die sich ausmalten, wie schrecklich er gefoltert wurde, waren auch nicht viel besser.

Schließlich gab sie es auf. Die anderen lagen überall im Raum verteilt herum und schliefen oder versuchten es wenigstens. Sie schlich so leise sie konnte an ihnen vorbei. Kiki saß in dem anderen Zimmer neben der Tür und schliff sorgfältig ihre Klingen.

Verbena setzte sich neben sie auf eine Kiste. »Ich kann eine Weile Wache halten, wenn du möchtest.«

Das rhythmische Schaben des Schleifsteins an der Klinge wirkte seltsam beruhigend. »Die Nacht vor einer Schlacht ist das Schlimmste überhaupt«, sagte Kiki, ohne von der Arbeit aufzusehen. »Oder in diesem Fall der Tag. Ich kann nicht schlafen, obwohl ich doch weiß, dass ich es besser tun sollte.«

»Das schaffe ich auch nicht.« Verbena seufzte und lehnte sich zurück, versuchte, eine bequeme Position zu finden.

Sie schwiegen eine Weile, die ihnen sehr lang erschien. Schließlich verharrte Kiki. »Verbena-naga?«

»Ja?«

»Danke.« Kiki sah auf, einen Ausdruck aus Angst und

Sorge in den dunklen Augen. »Danke, dass du Riyu holen willst.«

Unbehaglich zuckte Verbena mit den Schultern. »Er würde für mich das Gleiche tun.«

»Das ist ja auch seine Arbeit. Er ist dein Leibwächter. Du hast aber nicht die gleiche Verpflichtung. Und auch wenn ich noch nicht so viel von der Welt gesehen habe wie Riyu, ich glaube doch nicht, dass viele Menschen das Bedürfnis verspüren würden, ihr Leben für einen von uns zu riskieren.«

Verbena wünschte sich, sie hätte etwas dagegen sagen können. »Das zeigt nur, wie sie sind, und betrifft mich nicht«, sagte sie schließlich. »Und ich fürchte, ich ertrage es einfach nicht, noch einen Namen der Liste derjenigen hinzuzufügen, die verschwunden sind. Malachit, Weißdorn, Riyu ... zumindest weiß ich, wo Riyu sein könnte, darum kann ich einfach nicht ohne ihn gehen.«

Nachdenklich nickte Kiki. »Du bist eine tapfere und ehrenhafte Kriegerin, Verbena-naga. Ich lerne von deinem Beispiel.«

Verbenas Wangen röteten sich, obwohl sie sich nicht sicher war, warum das geschah. »Ich bin keine Kriegerin. Aber sollten sie Riyu verletzt haben, dann wird es ihnen noch leidtun, das garantiere ich.«

Die Tür öffnete sich, und Kiki war schneller auf den Füßen, als Verbena zusehen konnte. Quitte eilte herein. Sein Gesichtsausdruck wirkte so grimmig, dass er ihr Angst machte.

»Was habt Ihr erfahren?«, fragte sie.

Hinter sich schloss er die Tür. »Hauptsächlich Gerüchte, aber ich glaube, es reicht, um uns zu helfen. Weckt die anderen. Ich möchte nicht alles wiederholen müssen.«

»Ich glaube, dass Riyu noch immer im Haus festgehalten wird. Unglücklicherweise weist nichts darauf hin, dass es außer ihm weitere Gefangene gibt, also ist es unwahrscheinlich, dass Weißdorn ebenfalls dort festgehalten wird«, sagte Quitte. Er saß auf einem Fass und hielt gedankenverloren einen Becher Cidre in den Händen. »Offenbar ist der Weinkeller ein ausgezeichneter Kerker. Zumindest vermute ich das, denn die Diener dürfen ihn seit gestern Nacht nicht mehr betreten, und ein Kontingent neu eingestellter Wachen ist fleißig dabei, seinen Inhalt auszutrinken.«

Verbena nickte und fühlte eine seltsame Ruhe in sich aufsteigen. Riyu lebte also noch, und sie wussten sogar, wo er sich befand: Das allein war ein Erfolg. »Wie bekommen wir ihn dort heraus?«

»Ich habe einen Plan, aber die daran Beteiligten müssen flexibel sein. Die Söldner verlangen von den Dienern unwillkommene Dinge, vor allem von den Frauen. Es dürfte sicherlich nicht schwierig sein, eine als Dienerin verkleidete Frau hineinzuschmuggeln, vor allem wenn ich mit dabei bin und einer richtigen Dienerin einen Vorwand liefere zu trödeln.«

»Und was wird diese falsche Dienerin genau tun?«, fragte Turmalin misstrauisch.

»Ein Betäubungsmittel unter ihr Essen mischen. Sobald sie ausgeschaltet sind, wird sich Kiki hineinschleichen und helfen, Riyu dort herauszuschaffen. Das ist natürlich der komplizierte Teil. Wer da auch immer reingeht, er wird Riyu befreien und ihn dort herausschaffen müssen, ohne gesehen zu werden. Turmalin wird draußen auf der Straße mit einem Karren warten, der uns alle dort wegschafft. Es wäre nützlich, wenn wir draußen jemanden hätten, der sich in den Magischen Wissenschaften auskennt, um – falls nötig – für eine Ablenkung zu sorgen.«

Verbena nickte. »Sehr gut. Amethyst, Ihr und ich, wir werden erarbeiten, was Ihr für eine Ablenkung braucht.«

Amethyst blinzelte überrascht. »Meisterin, ich dachte … ich nahm an …«

»Dass Ihr nützlicher wäret, wenn Ihr Euch um einen Haufen lüsterner Wächter kümmert?«, fragte Verbena mit hochgezogener Braue. »Auf keinen Fall. Dank meiner Anatomie werde ich wohl weniger Aufsehen erregen, darum werden sie sich auch schneller ihrem Essen zuwenden. Außerdem kann ich dabei helfen, die Substanz anzumischen, die in ihr Essen kommt. Dank meiner Studien kenne ich mich ausgezeichnet aus, was Gifte und Betäubungsmittel betrifft. Und sollten sie meinem Charme einfach nicht widerstehen können, dann greife ich auf die Taktiken zurück, die ich in meiner Jugend benutzt habe, um unwillkommenen Händen aus dem Weg zu gehen.«

»Ich finde auch, dass Verbena-naga ins Haus gehen sollte«, sagte Kiki kleinlaut. »Sie wird das Nötige tun und es nicht bereuen.«

Es war zwar ein seltsamer Vertrauensbeweis, aber Verbena akzeptierte ihn trotzdem. »Dann ist alles klar. Quitte, ich nehme an, Ihr habt eine Dienerinnentracht für mich?«

Er nickte. »Betrachtet das als erledigt.«

»Ausgezeichnet. Dann kommt, Amethyst. Jetzt könnt Ihr all das anwenden, was Ihr gelernt habt.«

Kapitel 17

An diesem Abend unterschied sich die Reise durch die Stadt sehr von der am Vorabend. Leichter Regenfall dünnte die Anzahl der Feiernden aus, und in der Stille erklang der langsame Hufschlag des Karrenpferdes, als würde er die Sekunden bis zum Untergang zählen.

Auch Jett diSeraros Haus sah – so eingehüllt in Nebel und Dunkelheit – verändert aus. Nur wenige Lichtkugeln unterbrachen die Schatten. Quitte berichtete, dass der Hausherr an diesem Abend Gast auf einem anderen Fest sei. Die hohe Mauer machte einen unfreundlichen Eindruck, und als sie an ihr hochstarrten, verspürte Verbena einen Hauch von Beklommenheit.

»Kommt schon«, murmelte Quitte, bevor er in der Dunkelheit verschwand. In der stillen Hoffnung, dass der Rest der Gruppe seine Rollen kannte, eilte Verbena hinter ihm her, gefolgt von Kiki. Sie alle trugen dunkle Umhänge, die sie hoffentlich vor den Blicken der Wächter verbargen.

Sie duckten sich in die Schatten und zählten stumm die Sekunden, die zwischen den Runden der Wächter vergingen. Als sich Quitte bewegte, war er schnell wie ein Hase, der aus seinem Bau eilte. Er warf ein Seil über die Mauer und kletterte daran hoch, bevor Verbena wusste, was geschah. Kiki folgte ihm, nach ihr packte Verbena das Seil und hoffte, dass sie die vor ihr liegende Aufgabe meistern konnte.

Quitte und Kiki zogen zusammen an dem Seil und hievten sie schneller in die Höhe, als sie je hätte klettern können. Ihre Hände und Schultern stießen auf dem Weg nach oben immer wieder gegen die Steine und schabten Haut von ihren Knöcheln.

Als sie sich oben angekommen ganz auf die Mauer zog, hörte sie das Schaben einer Stiefelsohle in der Nebelnacht. Kiki packte sie, und einen Augenblick lang stürzten sie gewichtslos in die Tiefe. Verbena zwang sich dazu, nicht aufzuschreien, und im nächsten Augenblick landeten sie mehr oder weniger weich in den Büschen auf der anderen Mauerseite.

Quitte legte einen Finger an die Lippen, dann kauerten sie reglos da und lauschten den patrouillierenden Schritten, die in der Höhe an ihnen vorbeigingen. Es erschien so gut wie unmöglich, dass der Wächter sie nicht entdeckte, Alarm gab und allem ein Ende machte …

Doch nichts geschah. Sobald die Schritte verklungen waren, rannte Quitte über den Rasen, während Verbena und Kiki ihm folgten. Er führte sie zur Hinterseite des Hauses, wo die Küche und die Dienerquartiere auf den Gemüsegarten hinauszeigten.

Quitte hob eine Hand, und sie blieben stehen, während er allein zur Küchentür huschte und klopfte. Die Tür öffnete sich und entließ eine Mischung aus Schatten und Licht, dann schloss sie sich wieder.

Verbena kauerte neben Kiki in der Dunkelheit und wartete auf Quittes Signal. Der Duft von Limonen und Öl stieg ihr in die Nase und versetzte ihrem Herzen einen Stich. Kikis Moschusgeruch war zwar nicht so stark wie der von Riyu, aber doch sehr ähnlich: sauber und wild und rein.

Wir kommen, Riyu. Weißt du das? Ich komme für dich zurück. Du musst nur noch einen Augenblick lang aushalten.

Im Haus flackerte das Licht, und Kiki spannte sich an. »Das war das Signal.«

»Ja.« Verbena erhob sich und löste den Umhang. Darunter trug sie das einfache schwarze Kleid und das weiße Unterhemd der niedrigsten Dienerin. *Ich bin ein Nichts*, verkündete die Uniform. *Schenkt mir keine Beachtung.*

Die Pulver und Ausrüstung, die unter dem Rock verborgen lagen, besagten natürlich etwas ganz anderes. Hoffentlich bemerkten es die Wächter nicht, bevor es zu spät war.

Verbena stählte sich und betrat die Küche, als gehörte sie dorthin. Auf dem Tisch stand ein abkühlender Topf mit Eintopf, aber von Quitte und der diensthabenden Magd war keine Spur zu sehen.

Hastig holte Verbena einen Beutel unter dem Rock hervor und leerte ihn über dem Topf. Quitte war im Besitz einer furchterregenden Sammlung von Giften und Rauschmitteln gewesen, allerdings gehörte das vermutlich zu seinem Handwerk. Falls die Wächter genug aßen, würden sie in kurzer Zeit das Bewusstsein verlieren.

Verbena nahm den präparierten Topf in beide Hände und rief sich den Lageplan ins Gedächtnis, den ihr Quitte zuvor gezeigt hatte. Glücklicherweise befand sich der Eingang zum Weinkeller ganz in der Nähe, also eilte sie mit gesenktem Kopf darauf zu und betete, dass niemand sie zu genau ansah. Jeden Augenblick rechnete sie mit dem Ruf, der sie auffliegen ließ, aber der Dienertrakt lag seltsam verlassen da.

Zweifellos schränkt es die Möglichkeit der Dienerschaft ein, wenn man den Weinkeller als Kerker benutzt. Vor allem, wenn die Wächter des besagten Kerkers mit den Fingern so flink bei den Mägden waren. Keiner der Diener würde freiwillig hier verweilen, was ihre Aufgabe wesentlich erleichterte.

Die Tür stand offen, Männerstimmen hallten die Treppe hinauf. Die Augen bewusst zu Boden gerichtet schritt Verbena die Stufen hinunter und registrierte, dass die Luft kühler und die Steine verwitterter wurden. Das Haus war auf den Ruinen eines älteren Baus errichtet worden. Flüchtig fragte sie sich, ob der Weinkeller früher einmal ein Kerker gewesen war und erst jetzt wieder seinem ursprünglichen Zweck diente.

Am Fuß der Treppe saßen vier Wächter an einem Tisch, spielten Karten und plauderten. Sie schienen ein rauer Haufen zu sein, keiner war mehr als ein angeheuerter Schläger. Würfel rollten um einen Gewinn herum, und als Verbena näher kam, sah sie, dass es sich dabei um Riyus goldene Ohrringe handelte.

Eine Faust schien ihren Magen zusammenzuquetschen, und es kostete sie ihre ganze Kraft, den Eintopf nicht zitternd abzusetzen. »Das Essen, meine Herren«, murmelte sie mit einem kleinen Knicks.

Einer der Männer schnaubte. »Anscheinend sind ihnen die hübschen Mägde wohl ausgegangen, was?«

»Das sagst du«, antwortete der Mann, der Verbena am nächsten saß. »Aber ältere Frauen sind erfahrener.«

Eine grobe Hand packte ihr Hinterteil, aber sie drehte die Hüfte und brach den Griff unauffällig. »Das ist richtig, mein Herr«, sagte sie mit einem falschen Lächeln. »Keine errötende Maid weiß die Hälfte von dem, was ich im Kopf habe.«

Die anderen drei Männer lachten und gaben obszöne Bemerkungen von sich, während sie sich auf ihren Eintopf stürzten. *Gesell dich zu deinen Kameraden*, beschwor die Zauberin ihren Bewunderer, aber nicht einmal eine Meisterin der Magischen Wissenschaften konnte jemanden allein durch Gedankenkraft kontrollieren.

Ihr Möchtegern-Freier griff erneut nach ihrem Hintern. »Zeigst du es mir?«, fragte er mit einem lüsternen Grinsen. Offenbar begriff er ihr kühles Lächeln nicht.

»Wenn du willst«, murmelte sie.

Begierig zerrte er sie tiefer in den Keller hinein. In dem uralten Gewölbe ragten Dutzende gewaltiger Weinfässer auf und verbreiteten überall tiefe Schatten. Der Wächter löste ihren Haarknoten und stieß sie mit dem Rücken gegen ein Fass. Mit der einen Hand fummelte er an seiner Hose herum, mit der anderen an ihrem Rock.

»Warum zeigst du mir nicht diese vielen Tricks, die du gelernt hast, Liebchen?«

Lächelnd zog sie die Röcke bis zur Taille hinauf, schloss die Finger um den Griff des Dolches, den sie dort versteckt hatte, und führte die Klinge quer über seinen Hals, bevor er aufschreien konnte.

Blut spritzte. Sie wich zurück und ließ die Röcke fallen. Sein Sterben stank scheußlich, Rost vermischte sich mit Scheiße, also drückte sie die Faust vor ihren Mund, während er zusammenbrach. Er zuckte und kämpfte um sein Leben, obwohl er bereits verloren war, während sie zurücktrat, um seinen zupackenden Fingern zu entgehen.

Bei Naverras Augen, das war schlimmer, als ich es mir vorgestellt hätte. Sie würgte ihre Übelkeit herunter und hoffte, sich nicht übergeben zu müssen. Als der Mann endlich still dalag, richtete Verbena ihre blutgetränkten Röcke und schlich zum Tisch zurück. Die anderen drei Wächter lagen reglos darauf und schnarchten laut. Hinter ihnen huschte Kikis Schatten über die Wand, als sie die Stufen hinuntereilte.

Die Augen der Orkfrau weiteten sich, als sie das Blut roch. »Bist du verletzt?«, fragte sie.

Verbena schüttelte den Kopf. »Das ist nicht mein Blut.«

Riyus Ohrringe lagen zwischen den schlafenden Männern auf dem Tisch. Falls da noch so etwas wie Bedauern gewesen wäre, verdrängte Verbenas Wut dieses Gefühl nun; sie schnappte sich die Goldringe und stopfte sie hastig in ihre Tasche. »Komm schon. Finden wir Riyu.«

Kiki nahm eine Lichtkugel vom Ständer, und sie begaben sich in die Tiefen des Weinkellers. »Er wird sich in der Nähe einer Wand befinden, damit sie ihn anketten konnten«, sagte Kiki leise, was für Verbena durchaus Sinn ergab, auch wenn sich ihr dabei der Magen umdrehte.

Nur wenige Schritte weiter stieß Kiki ein Zischen aus und rannte los. Verbena musste ihr in der Dunkelheit hinterherstolpern. Als sie sie schließlich einholte, kniete die Ork vor einem kleinen Alkoven, der zweifellos für die besten Jahrgänge bestimmt gewesen war. Aber jetzt waren sämtliche

Fässer entfernt worden, und eine einsame Gestalt nahm reglos ihren Platz ein.

Das Licht der Kugel enthüllte grüne Haut und rotes Blut. Man hatte Riyu bis auf die Hosen ausgezogen, was bedeutete, dass da nichts war, das die langen Peitschenschnitte verbergen konnte, die sich über die straffen Muskeln an den Schultern und auf dem Rücken zogen.

Bis zu diesem Augenblick hatte ihn Verbena noch nie als verletzlich betrachtet, hatte sich das nicht einmal vorstellen können. Schlaff hing er in den Handeisen, die seine Gelenke umschlossen, den Kopf gesenkt, sodass ein Vorhang aus Haar sein Gesicht verbarg. Bei diesem Anblick zerbrach etwas in ihrem Herzen.

»Riyu«, flüsterte sie mit einer Stimme, die so sehr zitterte, dass sie wie die einer Fremden klang.

Sie atmete auf, als er reagierte und den Kopf hob, aber die Erleichterung dauerte nur kurz. Seine Augen waren erweitert, kaum mehr als ein schmaler brauner Ring um die schwarze Pupille. Ein benommener Ausdruck lag darin, und er schien von seiner Umgebung nichts richtig wahrzunehmen. Kiki trat auf ihn zu und zuckte mit geblähten Nüstern zurück. »Pfui! Sie haben ihm Rauschmittel eingeflößt.«

Sie dürften keine andere Wahl gehabt haben, oder? Selbst ein Stück entfernt konnte Verbena noch das getrocknete Blut an den Handschellen erkennen. Für sie war Riyu ihr sanfter Beschützer, ihr Freund, dessen trockenes Lächeln und trockener Humor ihre Tage erträglicher machten. Aber das änderte nichts an der Tatsache, dass er auch ein Kämpfer war, der hundertsiebenundzwanzig Kilogramm solider Muskeln darstellte. Er hatte gegen sie gekämpft, so lange und so hart er konnte. Hätten sie ihn nicht mit etwas ruhiggestellt, so hätte er gewiss die Ketten aus der Wand gerissen.

Wieder siedete in Verbena die Wut, aber sie schluckte sie herunter und beschwor die ganze Disziplin herauf, die sie beim Studium der Magischen Wissenschaften entwickelt hatte. Sie trat näher an ihn heran und streckte vorsichtig die Hand aus, um ihn zu berühren. »Riyu? Hörst du mich?«

Er blinzelte, aber das kam zu langsam, zu unnatürlich. »*Deru yef na-lo* …«

Am liebsten hätte sie geweint. »Ich weiß nicht, was das bedeutet. Bitte, Riyu, komm zurück zu mir.«

Eisen klirrte, und Verbena erkannte, dass Kiki die Wächter um die Schlüssel erleichtert hatte und nun hektisch versuchte, den richtigen zu finden, um Riyus Ketten zu öffnen. »Riyu-ga! Verbena-naga, er ist nicht er selbst. Du musst mir helfen!«

Dies erst riss die Zauberin aus ihrer Benommenheit. *Hör auf, so verflucht empfindsam zu sein, du Närrin! Reiß dich zusammen, wenn du lebend hier herauskommen willst!*

Ein Schloss schnappte auf, eine Handschelle fiel. Riyu sackte auf die Knie, und Verbena legte den Arm um ihn, während sich Kiki um das andere Schloss bemühte. »Riyu, wir können dich nicht tragen! Bitte, versuch zu stehen.«

Endlich schien er sich langsam auf ihre Stimme zu konzentrieren. Seine Augen kämpften um Konzentration, und jetzt konnte sie seine Verwirrung spüren. »Verbena-ge?«

»Ja, ich bin es – es ist deine Freundin, Riyu.«

Kiki öffnete die zweite Handschelle. »Bitte, Verbena-naga, du bist die Einzige, auf die er jetzt hört!«

Einen Augenblick lang fühlte sich Verbena hilflos und überfordert. Bei den Göttern, wie sollte sie bloß einen ausgewachsenen Ork an einen Ort schaffen, an den er nicht gehen wollte?

Was sagte er vergangene Nacht zu mir – Ihr Götter, ist das wirklich erst gestern gewesen? Er hatte ihr kein Kompliment gemacht, weil sie weich oder süß oder hübsch oder sanft war, nicht wahr? Warum sollte er also jetzt auf ihr Gejammer hören, da er doch nicht einmal ganz bei Sinnen war?

Sie ließ ihn los, nahm die Schultern zurück und starrte

auf ihn herunter. »Riyu!«, fauchte sie ihn in ihrem besten Befehlston an.

Endlich folgte er zumindest ihrer Stimme, aber es schien ihn noch immer große Mühe zu kosten, sie im Nebel auszumachen.

»Riyu. Steh auf. Ich helfe dir, aber ich kann dich nicht tragen, also stell dich auf deine verdammten Füße und beweg dich!«

Kiki starrte sie an, aber da kämpfte sich Riyu schon auf die Füße. Verbena schob schnell einen Arm unter seine Achselhöhle und versuchte, ihn zu stützen, während Kiki die andere Seite nahm. Die Striemen auf seinem Rücken und den Schultern brachen wieder auf und verstärkten den Blutgestank, den auch Verbenas Kleidung schon verströmte.

»So ist das richtig«, murmelte sie und kämpfte darum, die Fassung nicht wieder zu verlieren. »Gut. Einen Fuß vor den anderen jetzt. Du schaffst das.«

Glücklicherweise hielt sich Riyu aufrecht, solange sie ihn im Gleichgewicht hielten, sonst hätten sie ihn niemals aus dem Keller schaffen können. Der Ork stolperte zwischen ihnen her, es gab keine Spur seiner sonstigen wunderbaren Anmut. Die Stufen erschienen zunächst wie eine unmögliche Herausforderung, aber als sie dann doch den Ausgang erreichten, hatte er sich offenbar etwas erholt, denn er nahm den Kopf hoch und schien sich zum ersten Mal auf etwas konzentrieren zu können.

»Wie bekommen wir ihn bloß über die Mauer?«, sorgte sich Kiki.

Verbena schüttelte den Kopf. Riyus Arm über ihren Schultern war eine tote Last, sein langes Haar baumelte vor ihrem Gesicht und raubte ihr die Sicht. »Ich weiß es nicht. Darüber sorgen wir uns, wenn wir da sind.«

Die Küche lag noch immer verlassen da. Als sie ins Freie schlüpften, wuchs in Verbena die Hoffnung, möglicherweise doch noch unentdeckt entkommen zu können. Die kühle Nachtluft verschaffte Riyus nackten Armen eine Gänsehaut und schien ihn etwas aufzuwecken. Langsam und verwirrt sah er sich um. »Verbena-naga?«

»Ja, ich bin es.« Sie drückte seine Hand. »Nur noch ein kleines Stück, in Ordnung?«

»Was ... haben sie dich gefangen genommen? Ich wusste nicht ... ich dachte ...«

»Nein, nein, alles in Ordnung«, beruhigte ihn Verbena, während Kiki nervös auf Orkisch auf ihn einredete. Sollte Riyu jetzt auf die Idee kommen, stehen zu bleiben oder kämpfen zu wollen, würden sie hier niemals wegkommen.

»Gebt Alarm! Eindringlinge!« Die Stimme kam aus dem Haus hinter ihnen.

Verdammt.

»Kiki, nimm ihn!«, befahl die Zauberin und befreite sich von Riyus Arm. Gleichzeitig fischte sie eine kleine Drahtschlinge aus ihrem Rock und hielt sie an die Lippen. »Amethyst? Bitte das Ablenkungsmanöver«, flüsterte sie.

Zufrieden verfolgte sie, wie auf der anderen Seite des Hauses auf der Straße jenseits der Mauer ein greller Lichtstrahl in die Höhe schoss. Zum Teil war es die Befriedigung, dass ihre Studentin es geschafft hatte, zum Teil war es die Freude, dass ihr Experiment gelang. In dieser Nähe zueinander pflanzten sich die ätherischen Vibrationen von ähnlich gestimmten Drahtstücken über kurze Distanzen fort und erlaubten eine Kommunikation in einer Richtung.

Wenn wir überleben, muss ich einen Aufsatz darüber schreiben und veröffentlichen.

Wütende und alarmierte Rufe ertönten ganz in der Nähe des Vorfalls, und Verbena hoffte, dass Amethyst entkommen konnte, bevor man sie erwischte. Mit etwas Glück war Quitte bereits wieder an ihrer Seite und würde sie wegschaffen, falls sich Gefahr näherte.

»Verbena-naga!«, sagte Riyu plötzlich alarmiert und griff nach ihr.

»Nein!« Kiki riss an seinem Arm und bemühte sich, ihn zur Mauer zu zerren. »Riyu-ga, du musst …«

»Da sind sie! Schnappt sie euch!«

Von dem Gefühl überwältigt, dass sich die Welt plötzlich viel langsamer als normal bewegte, wandte sich Verbena in die Richtung des Rufers. Wächter liefen mit gezogenen Schwertern auf sie zu, und bitterer Zorn stieg in ihr auf. Sie kannte die Männer nicht, hatte keine Ahnung, was sie dazu getrieben hatte, sich Jett und Hellhand zu verdingen. Aber sie wusste, dass sie Riyu Schmerzen zugefügt hatten.

Ihn gefoltert hatten.

Ein Kreis hätte die Dinge vereinfacht, aber für diesen Zauber war er eigentlich gar nicht erforderlich, solange der Magier die präzisen Ausmaße des Kreises und sämtliche Komponenten in Gedanken festhalten konnte. Verbena fuhr herum, verwandelte ihren Körper in einen Dreh- und Angelpunkt und stieß die Zauberformel hervor. Sigillen blitzten auf, als sie sie in die Luft malte. Plötzlich fauchte heißer Wind aus dem Nichts und fuhr ihr wild durchs Haar.

Die Wächter kamen stolpernd vor ihr zum Stehen, die Schwerter nervös ausgestreckt. »Ergebt euch!«, rief der eine, der ein Stück vor den anderen stand.

Hitze durchströmte Verbena; sie war nur einen Hauch von der Feuerdimension entfernt. Sie hörte die Gedanken des erwachsenen Salamanders an ihr vorbeirauschen: alt, langsam, leicht zu zähmen. Und da waren auch die Schreie der Jungtiere: wild, verrückt, voller Hitze und Leben und dem blindwütigen Verlangen zu wachsen.

»Lasst uns gehen«, sagte sie zu den Männern, und ihre Stimme war wie ein Rauschen aus Sturm und Flammen.

Die Wächter schienen unsicher, aber der Anführer dachte nicht einmal daran, wegen einer bloßen Drohung zurückzuweichen. »Nein. Ergebt euch. Hier kommt ihr nicht mehr weg. Ergib dich, und die beiden Tiere sollten das auch tun.«

Wut pochte in ihren Adern, Gleiches rief Gleiches, die

vielen Jungen der heißen Salamander rasten durch die Dimensionen auf sie zu. »Du solltest deine Worte sorgfältiger wählen«, sagte Verbena mit einem bösartigen Grinsen.

»Jetzt brenne!«

Die Salamander strömten klein wie Funken aus ihrem gedachten Kreis – aber wie Funken vermochten sie ein gewaltiges Feuer zu entfachen. Die winzigen Elementargeister klammerten sich an Kleidung, Fleisch und alles andere, das ihrem dringenden Verlangen, so schnell wie möglich wachsen zu können, als Brennstoff dienen konnte. Schreie hallten durch die Luft, als sich Kleider und Haare entzündeten, Eisen rot glühte und Fett unter der Haut kochte.

Verbena brüllte die Schutzworte, die die Salamander von ihr und ihren Verbündeten fernhielten, aber alles andere erschien entrückt. Ihr Geist reiste mit den Elementarwesen, die sie entfesselt hatte, sprang von Gebüsch zu Gebüsch, von Mann zu Mann, fand Halt in den Nischen des Hauses, in den Vorhängen, in den Möbeln, die nichts als Brennstoff für ihre Flamme waren …

Undeutlich wurde sie sich bewusst, wie jemand an ihrem Arm zerrte. Langsam drehte sie sich um und sah Quitte oder Neunkraft oder Jaspis – oder wer auch immer das in Wirklichkeit sein mochte – vor sich stehen. Mit vor Furcht weit aufgerissenen Augen zuckte er vor ihrem brennenden Blick zurück. »Meisterin Verbena! Wir müssen fliehen, bevor die Stadtwächter kommen!«

»Sie haben ihn verletzt«, sagte sie, und das Flüstern des Feuers prasselte in ihrer Stimme. »Ich werde sie leiden lassen.«

»Verbena-naga!« Eine Gestalt stolperte auf sie zu, und sie sah das Blut im Feuerschein funkeln. Riyus Haar hing ihm wirr ins Gesicht; sie konnte bloß die Enden der Stoßzähne und das Funkeln in seinen Augen erkennen.

Jetzt war es genug. Mit einem Ruck erkannte sie, dass er ohne sie nicht gehen würde, und – bei den Göttern! – war es bei diesem Unternehmen nicht darum gegangen, ihn zu befreien?

Sie senkte die Hände und entließ das Elementar-Tor, das sie mit ihrem Geist errichtet hatte. Die jungen Salamander würden sich austoben, bis sie entweder ihren Hunger gestillt hatten oder die Magier von Benevalia sie einfingen. Das ganze Haus war bereits ein flammendes Inferno. Wenn die Feuerwehr nicht bald eintraf, würden auch die Gebäude in der Umgebung brennen.

»Ich glaube, sie sind abgelenkt«, sagte Quitte zittrig. »Können wir jetzt also bitte gehen?«

»Ja.« Verbena wandte sich von der Zerstörung ab, die sie verursacht hatte. Plötzlich drückte eine Last auf ihr Herz. »Lasst uns gehen.«

Kapitel 18

Glücklicherweise verlief die Rückkehr zum Versteck ohne besondere Vorkommnisse; die Behörden waren ausreichend damit beschäftigt zu verhindern, dass halb Benevalia in Flammen aufging. Am Morgen würde jeder Magier der Stadt wissen, dass das Feuer Salamandern entsprungen war. Damit würde allgemein bekannt sein, dass auf Jetts Besitz Magie eingesetzt worden war. Ob man ihn dafür verantwortlich machen würde oder eine stadtweite Jagd auf einen abtrünnigen Magier begann, das vermochte Verbena nicht zu sagen.

Aber das war es wert gewesen.

Riyu schaffte es, allein vom Karren in den Keller zu stolpern, aber danach verließen ihn offensichtlich die Kräfte. Während Kiki eine kleine Tasche mit Material zur Wundversorgung öffnete, führte ihn Verbena sanft zu der Pritsche im Nebenraum.

»Verbena-naga«, sagte er wieder – zu mehr schien er nicht fähig zu sein.

»Schon gut«, murmelte sie. »Du bist in Sicherheit.«

Er ließ sich auf die Pritsche sinken, aber sie hielt ihn weiter fest – aus Furcht, er könnte umkippen. Mit einem tief empfundenen Seufzen lehnte er sich gegen sie, sein Kopf lag schwer auf ihrer Brust, einen Arm schlang er um ihre Taille. »Ist das hier wirklich?«, fragte er heiser.

»Natürlich.« Vorsichtig strich sie tröstend über die eisenharten Muskeln seiner Schultern. »Du bist jetzt in Sicherheit. Wir haben dich geholt.«

Kiki kam mit einer Waschschüssel, Verbänden, Nadel und Faden. Als sie den feuchten Lappen auf Riyus Rücken drückte, versteifte er sich und zischte. Aber er versuchte nicht, sich ihr zu entziehen. »Ich befahl dir zu gehen«, sagte er mühsam zu Verbena.

»Ich hatte dich verstanden.« Sie strich sein Haar für Kiki aus dem Weg, dann streichelte sie es. Ihre Finger berührten sein Ohr, also zeichnete sie seine zierliche Krümmung nach; es fühlte sich zugleich glatt und stark an. Unter dem Gestank nach Blut duftete er wie immer nach Limonen und Moschus, und es kam Verbena so vor, als hätte er ihr Herz und ihre Lungen ergriffen und würde sie fest drücken.

Die Nadel blitzte auf, als Kiki die schlimmsten Wunden nähte. Verbena beugte sich herunter und hüllte sein Gesicht in ihr loses Haar, als könnte sie ihn auf diese Weise irgendwie vor dem Schmerz verstecken. Aber er zuckte nicht einmal, sondern ruhte sich an ihr aus, vor Erschöpfung ganz schlaff geworden.

»Wenn du mich verstanden hattest, warum bist du dann zurückgekommen?« Seine Stimme war ein Grollen in ihren Knochen, aber er sah nicht auf und bewegte sich auch nicht.

Sie ertappte sich dabei, wie sie die Umrisse eines Ohrs wieder nachzeichnete. Ohne die Ringe erschien es schrecklich nackt. Obwohl ihr klar war, dass sie es besser lassen sollte, strichen ihre Finger tiefer seinen Nacken hinunter, über seine Schultern. Ihre Berührung ließ ihn sich noch mehr entspannen, und sie hoffte, dass es Kikis Bemühungen weniger schmerzhaft machte.

»Ich kann nicht glauben, dass du diese Frage stellst«, sagte sie. »Ich konnte dich doch nicht zurücklassen.«

»Du bist es, für deren Sicherheit gesorgt werden muss«, murmelte er schläfrig. »Du.«

»Dann betrachte es als Selbstverteidigung. Weil ich diese Stadt nicht ohne dich verlassen wollte.« Sie schloss die Augen und atmete den Duft seines Haares tief ein, wünschte sich … sie war sich nicht einmal sicher, was sie sich da eigentlich wünschte. Vielleicht dass sie den nötigen Mut aufbrachte und ihre Lippen darauf drückte. »Damit ich also sicher aus Benevalia herauskomme, musst auch *du* sicher aus Benevalia herauskommen.«

Leise lachte er. »Sture Frau.«

»Ja.«

Die Hand, die locker um ihre Taille lag, bewegte sich und fuhr kurz ihren Rücken hinauf. »Meine Sturmhexe«, flüsterte er.

Kiki hielt inne und starrte ihn an, dann blickte sie Verbena an. Falls die Worte aber eine tiefere Bedeutung haben sollten, war die Zauberin zu müde, um sie zu ergründen. »Kiki? Wie geht es ihm?«

Kiki ließ den Lappen in die Waschschüssel fallen und stand auf. »Gut genug. Die Striemen sehen zwar hässlich aus, aber die meisten sind oberflächlich.« Es waren die Folgen einer Auspeitschung, die jeden Menschen ausgeschaltet hätte, vielleicht sogar für immer. »Sobald Riyu-ga das Mittel ausgeschlafen hat, das sie ihm gegeben haben, wird es ihm viel besser gehen. Du wirst schon sehen.«

»Danke«, sagte Verbena.

Kiki nickte und ging hinaus, ließ sie allein. Verbena wusste, dass sie ihr hätte folgen sollen, aber sie blieb noch ein paar Augenblicke, nur um sich davon zu überzeugen, dass es ihm auch wirklich gut ging.

»Du musst ruhen«, flüsterte sie schließlich in sein Haar. »Ich sollte jetzt gehen.«

Der Druck seines Armes wurde etwas fester. »Bist du in Sicherheit?«

»Ja.«

»Geh nicht.«

Ach, Riyu. Unverletzt und bei klarem Verstand hätte er niemals eine solche Bitte ausgesprochen. Mit plötzlicher, schmerzhafter Klarheit erinnerte sie sich daran, wie er ihre Hand genommen hatte, als sie in der Krankenstube gelegen hatte. Eine einfache Geste der Freundlichkeit, und doch hatte das irgendwie alles über ihn verraten.

»Das werde ich nicht«, sagte sie leise. Sie setzte sich an das eine Ende der Pritsche und zog ihn herunter, bis er seinen Kopf in ihren Schoß betten konnte. »So. Und jetzt schließ die Augen.« Ihre Finger strichen über sein Gesicht, während er gehorchte.

Es schmerzte, ihn so verletzlich zu sehen. Dass er sich für Trost an sie wenden musste, nicht weil er das wollte, sondern weil er verletzt und sonst niemand da war. *Wenn doch nur …*

Aber dieser Gedanke war absurd, jedenfalls sofern er von einer nachlässig gekleideten Menschenfrau mittleren Alters kam. Vielleicht wenn sie jünger oder hübscher gewesen wäre oder einer anderen Spezies angehört hätte, dann hätte alles ganz anders sein können.

Aber das ist es nicht. Es ist ein Schritt auf dem Weg des Kriegers, die Realität zu akzeptieren, erinnerst du dich?

Sobald er die Augen schloss, schlief Riyu ein. Gedankenverloren streichelte sie sein Haar, lehnte sich gegen die Wand und starrte in die Schatten, bemühte sich mit aller Kraft, nicht die vielen Dinge zu wollen, die sie nicht haben konnte.

Als Verbena aufwachte, schmerzte ihr jeder Knochen, wegen des Lagers auf dem harten Boden. Vor dem Schlafengehen hatte sie wieder das Ballkostüm angezogen, denn wenigstens dieses wies keine Blutflecke auf. Die Korsettstangen bohrten sich schmerzhaft in ihre Seite, obwohl sie es nicht so eng geschnürt hatte wie Jaspis' Dienerinnen. Der Geruch von Brot und Seife durchdrang das notdürftige Versteck, irgendwo unterhielt sich leise jemand. Riyus tiefe Stimme grollte aus dem Hinterzimmer; also musste er wach sein, und sie hoffte, dass er wieder mehr er selbst war.

Mit einem unterdrückten Stöhnen setzte sich Verbena auf und schob das locker fallende Haar aus dem Gesicht. Ihre

Finger verfingen sich in hoffnungslos verfilzten Locken. Vermutlich sah sie schrecklich aus.

Außer Riyu und Kiki saßen alle in dem vorderen Raum und aßen eine einfache Mahlzeit, die aus Brot bestand. »Es dürfte sicher sein, wieder in Jaspis' Haus zurückzukehren«, sagte Quitte gerade. Er saß auf einem Fass neben der Tür und sah noch müder aus, als Verbena ihn ohnehin schon in Erinnerung hatte. »Jetts Schläger haben nichts aus Riyu herausgebracht, also sollte es keine Verbindung zwischen Neunkraft und Jaspis geben.«

»Zumindest behauptet der Ork das«, sagte Kardamom mit gerunzelter Stirn. Zwei Tage in diesem feuchten Keller gefangen zu sein, hatte seine Einstellung nicht gerade verbessert. »Vielleicht will er ja nur verbergen, dass er eingeknickt ist und ihnen alles verraten hat.«

»Riyu würde nicht zulassen, dass sich sein Stolz unserem Überleben in den Weg stellt«, fauchte Amethyst, bevor sich jemand anders zu Wort melden konnte.

»Davon abgesehen war es so schwer nun auch wieder nicht«, sagte Riyu und trat in die Tür.

Verbenas Herz überschlug sich. Sein leuchtendes schwarzes Haar war vom Waschen noch feucht; er musste die Quelle benutzt haben, um den gröbsten Schmutz loszuwerden. Da sie keine Ersatzkleidung hatten, war er noch immer ohne Hemd und Schuhe. Auf seiner moosgrünen Haut und an den Rändern seiner Verbände zeigten sich dunkle Blutergüsse.

»Warum denn das?«, fragte Kardamom misstrauisch.

Riyu schenkte dem Jungen ein unfreundliches Grinsen, das seine Stoßzähne bedrohlich entblößte. »Ich sein dummer Ork. Nicht sprechen menschlich gut. Nix verstehen, nur tun, was befohlen.«

»Gut gemacht«, sagte Quitte. »Es gibt nichts Befriedigenderes, als die Unwissenheit des Feindes gegen ihn zu benutzen. Also, konntet Ihr etwas erfahren, Riyu-ga?«

»Nein. Die Wächter waren bloß gemietete Schläger, und Jett sah ich nur kurz. Er schien mir nervös zu sein.« Riyu biss kurz die Zähne zusammen, und Verbena fragte sich, ob Jett wohl den Befehl gegeben hatte, ihm das Betäubungsmittel einzuflößen.

»Setz dich und iss etwas«, schlug sie vor, griff nach dem Brotlaib und riss ein Stück ab. Mit steifen Bewegungen kam er und setzte sich neben sie. Sie hatte nicht den geringsten Zweifel, dass er kämpfen würde, falls es notwendig war, ganz gleich wie viele Nähte er dabei zerreißen würde.

»Danke«, sagte er und nahm das Brot. Sie versuchte nicht zu beobachten, wie das Licht die Linien seines wie gemeißelt erscheinenden Oberkörpers akzentuierte oder wie sich die Muskeln unter der Haut bewegten. *Bei den Göttern, da sitze ich hier und starre meinen verwundeten Freund genüsslich an, dem ein Haufen Schurken Hemd und Würde geraubt haben. Ich sollte mich schämen.*

Und was das Rauben betrifft … »Ich habe etwas für dich.« Sie kramte in der Tasche herum und holte die Ohrringe hervor.

Bei diesem Anblick bekam er große Augen. »Danke«, wiederholte er, aber die Wärme, die in dem Wort lag, machte es zu mehr als einer höflichen Erwiderung. Er legte das Brot zur Seite und fing sofort an, die Goldringe in die langen Ohren zu stecken. Verbena fragte sich, welche Bedeutung sie wohl für ihn haben mochten.

»Und was machen wir jetzt?«, fragte Turmalin und lehnte sich an die Mauer. Wie alle anderen außer Quitte trug auch er noch immer das Kostüm, das mittlerweile geradezu fadenscheinig aussah. Ständig lösten sich Federn und bildeten einen Kreis um seine Füße.

»Jetzt, da ich weiß, dass meine Rolle als Jaspis unangetastet geblieben ist, glaube ich, dass ich mich zum Haus zurückschleichen und euren Wagen und ein paar andere Dinge holen sollte«, sagte Quitte. »Danach … da bin ich mir nicht sicher. Wir müssen darüber nachdenken, was wir erfahren haben. Da Jetts Haus nicht mehr steht, werden sich vermutlich auch unsere Feinde neu formieren müssen – was sie verletzlich macht.«

Riyu sah überrascht auf. »Das Haus steht nicht mehr?«, fragte er und fädelte den nächsten Ring ein.

Kiki grinste. »Verbena-naga hat es niedergebrannt.«

Als sein Blick auf sie fiel, zuckte Verbena lediglich peinlich berührt mit den Schultern. Sie hatte wie ein Kampfmagier gehandelt, dabei aber ihre Kräfte gegen Leute gewandt, die nicht die Mittel hatten, sich dagegen zu wehren. »Ich war wütend. Und ich glaube, es hat uns etwas Wichtiges gezeigt.«

»Was denn?«, fragte Turmalin.

»Wer auch immer Jetts magische Verbündete sein mögen, sie waren in der vergangenen Nacht nicht nur nicht anwesend, er war ihnen nicht einmal wichtig genug, sein Haus gegen magische Angriffe zu schützen. Natürlich gab es die üblichen Bannzauber gegen ein normales Feuer, aber die konnten nicht gegen einen Salamander bestehen.«

»Geschweige denn gegen ein ganzes Rudel von ihnen.« Kiki runzelte die Stirn. »Oder heißt das Schwarm?«

Jetzt betrachtete Riyu Verbena mit echter Sorge. Sie ignorierte ihn jedoch. »Das Problem ist, dass unsere Feinde *wissen*, dass ich Zauberin bin. Nun gestehe ich ihnen ja gern zu, dass sie mich unterschätzt haben, weil ich nicht in den Diensten von Giavolos Militär stehe, aber nach unseren Zusammenstößen auf der Straße können sie nicht mehr davon ausgehen, dass ich bloß eine Akademikerin bin, die keine Ahnung hat, wie sie ihr Wissen praktisch einsetzen soll. Selbst wenn sie sich nicht ganz sicher waren, ob Riyu einer der Orks aus meiner Begleitung ist, hätten sie doch Vorsichtsmaßnahmen ergreifen müssen.«

»Vielleicht glaubten sie ja nicht, dass Ihr Euch die Mühe macht, ihn zu retten«, wandte Turmalin unsicher ein.

»Stand denn irgendetwas in den Papieren, die du mitgenommen hast?«, fragte Riyu. Er war inzwischen mit seinen Ohrringen fertig, und Verbena sah, dass das letzte Loch an der Spitze des rechten Ohrs noch immer leer war. Sie hatte also einen Ohrring übersehen, oder einer der Wächter hatte ihn bereits eingesteckt. *Schließlich hatte ich keine Zeit zu suchen, trotzdem tut es mir leid, dass ich ihn verloren habe.*

»Ich hatte keine Zeit, sie mir anzusehen. Vielleicht wenn wir wieder im Haus sind.« Sie entfernte eine der kleinen Perlen aus ihrem Ohr und hielt sie ihm hin. *Genau genommen gehören sie Jaspis, aber soll er ihren Verlust doch Giavolo in Rechnung stellen!*

Riyu schenkte ihr einen langen, forschenden Blick. Einen Augenblick lang glaubte sie, er werde Einwände haben. Aber dann strichen seine schwieligen Finger über die ihren, und er nahm den Ohrring. »Danke«, sagte er ernst.

»Keine Ursache«, erwiderte sie, sah zu Boden und verspürte eine seltsame Verlegenheit.

Quitte stand auf. »Ihr werdet bald Zeit genug haben, Euch die Papiere anzusehen, Verbena. Ihr dürft sowieso eine Weile nicht auffallen. Benevalias Verteidiger wissen jetzt, dass eine wütende Zauberin in ihrer Stadt entfesselt ist. Sie werden nach Euch suchen, vielleicht auch nach Amethyst, falls es Zeugen gibt, die ihnen sagen, dass in der letzten Nacht mehrere Zauber gewirkt wurden.«

»Die Liste unserer Feinde wird immer länger«, bemerkte Turmalin versonnen.

»Als hätten wir die Wahl gehabt.« Verbena seufzte und zupfte an einem losen Faden ihres zerrissenen Rocks herum.

Riyu musterte sie auf seltsame Weise. »Du hattest die Wahl.«

»Sei nicht albern.«

»Ich gehe zurück zum Haus, verwandle mich in Jaspis und bringe euren Wagen«, schlug Quitte vor. »Es dürfte sicherer sein, die Orks darin zu verstecken, als sie offen über die Straße gehen zu lassen.«

Verbena nickte. »Einverstanden.«

»Noch eine Sache stört mich.« Quitte blieb stehen, eine Hand auf der Türklinke. »Man hat Euch mit der Hoffnung, Euren Studenten zu retten, nach Benevalia gelockt. Aber nichts an dem Zwischenfall sagt mir, dass Hellhand wollte, dass Ihr Jett überhaupt begegnet. Die Falle, die sie aufgestellt haben, muss erst noch zuschlagen.«

»Na großartig«, murmelte Verbena, während er aus der Tür schlüpfte und verschwand. »Und nach dieser fröhlichen Abschiedsbemerkung sollten wir versuchen, uns auszuruhen. Ich hoffe, dass das nicht noch so eine lange Nacht wird, aber die letzten Erfahrungen deuten darauf hin, dass das allzu zuversichtlich gedacht wäre.«

»Darf ich dich sprechen, Verbena-naga?«, fragte Riyu, als sich alle anderen einen Platz suchten, wo sie den Rest des Tages abwarten wollten.

»Es ist aber sinnlos, darauf herumzureiten, dass ich nicht in einem sicheren Versteck geblieben bin, so wie ich es eigentlich sollte.«

»Ich weiß.« Doch sein Ausdruck blieb ernst. »Es dauert nur einen Augenblick, versprochen.«

»Wie du willst.« Sie stand auf und begab sich ins Hinterzimmer, wo sie wenigstens eine gewisse Privatsphäre hatten. Riyu folgte ihr und schloss hinter sich die Tür.

Verbena setzte sich auf die Pritsche und wünschte sich dann, dies nicht getan zu haben, denn von hier aus präsentierte sich ihr der ablenkende Anblick von Riyus strammen Bauchmuskeln. Fest richtete sie den Blick nach oben, betrachtete sein Gesicht. »Worum geht es?«

Seine Ohren senkten sich auf Halbmast. »Eigentlich dachte ich, *du* möchtest reden.«

»Worüber sollte ich reden wollen?«, fragte sie überrascht.

»Du hast einen Schwarm Salamander auf eine Gruppe Menschen gehetzt und sie damit umgebracht. Ich kann mir nicht vorstellen, dass dir das leichtgefallen ist.«

Sie starrte auf ihre Röcke und versuchte gedankenverloren, die Falten zu glätten. »Das war leichter, als den Wächter zu erstechen.«

»Du hast einen Wächter erstochen?«

»Na ja, um genau zu sein, schnitt ich ihm die Kehle durch.« Ihre Stimme bebte etwas, und sie verfluchte sich, diese Schwäche zu zeigen. »Die restlichen Wächter habe ich mit einem Trank betäubt – zweifellos sind sie in den Flammen umgekommen. Ich kann mir nicht vorstellen, wie sie hätten entkommen sollen.«

»Nida-glikta, hab Gnade für deine Kinder«, murmelte er. Er ging vor ihr auf ein Knie herunter, nahm ihre Hände und verhinderte ihre ruhelosen Bewegungen. »Es tut mir leid, Verbena-naga.«

Seine Finger waren warm und stark, und aus irgendeinem unerfindlichen Grund ließ seine Berührung Tränen in ihren Augen brennen. Sie blinzelte sie weg. »Ich hoffe, du bist nicht zu enttäuscht von mir. Oder von Kiki, die dem Betäubungsmittel zugestimmt hatte. Ich nehme an, dass solche Methoden kaum einen Schritt auf dem Weg des Kriegers darstellen.«

Leise schnaubte er. »Du verwechselst mich mit Turmalin. Er hätte vielleicht vorgeschlagen, dass du mit gezücktem Schwert hereinstürmst, damit du für deine Anstrengungen durchbohrt wirst. Dass du weder Magie noch Rauschmittel benutzen darfst. Aber ich sage, du hast getan, was nötig war, um einen Kameraden zu retten, ohne dabei selbst den Tod zu finden. Darin liegt keine Schande.«

Überrascht sah sie auf und entdeckte, dass er sie ernst anblickte. »Wirklich?«

»Natürlich.« Er ließ ihre Hände los und strich vorsichtig eine Haarlocke aus ihrem Gesicht. »Fühlst du dich jetzt besser?«

»Ja.« Sie brachte ein kleines Lächeln zustande. »Das tue ich. Danke.«

»Wenn die Träume über den Kampf kommen, wenn sie dir zu schaffen machen – sprich mit mir. Bitte.«

»Ich verspreche es.«

»Und versprich mir auch, dass du dich meinetwegen nicht noch einmal in Gefahr begibst. Ich bin derjenige, der *dich* beschützen soll, Verbena-naga, falls du das vergessen haben solltest.«

Sie schüttelte den Kopf. »Das werde ich nicht versprechen.«

»Ich weiß. Das ist eine der Sachen, über die ich …«

Leise klopfte es an der Tür. Riyu zog die Hand so entschieden von ihrem Haar zurück, als hätte er sich verbrannt. Hastig stand er auf und öffnete die Tür. Dort stand Kiki.

»Es tut mir leid, dass ich störe«, sagte sie, während sich ihre Ohren entschuldigend senkten. »Aber ich sollte Riyugas Verbände wechseln, bevor wir schlafen gehen.«

»Natürlich.« Riyu trat einen Schritt zurück und ließ sie herein.

Plötzlich war Verbena in dem kleinen Raum mit all den vielen Personen unbehaglich zumute. Sie stand auf. »Dann mache ich dir Platz und versuche etwas zu schlafen.«

»Ja.« Riyu sah nicht in ihre Richtung. »Das wäre wohl besser.«

Kapitel 19

Als Quitte – jetzt hieß er wieder Jaspis, vermutete Verbena – mit dem Wagen zurückkehrte, war es dunkel. Offensichtlich hatte er ein Bad genommen und sein Äußeres verändert; sein Haar war wieder blond, und der helle Stoff seines Gewandes ließ seine Augen klarer wirken. Eine mit künstlichen Edelsteinen beklebte Maske verdeckte die Hälfte seines Gesichts.

Er hielt so nahe an der Tür wie möglich, dann sprang er vom Kutschbock und senkte die Treppe. »Kardamom, Ihr fahrt«, sagte er energisch. »Riyu-ga, Kiki-gu, Amethyst, ich halte es für das Beste, Ihr setzt Euch in den Wagen – ja, mir ist klar, dass das etwas eng sein wird, aber ich hoffe, wir sind hier alles gute Freunde. Übrigens habe ich Eure Rüstung eingeladen, also könnt Ihr sie wieder anziehen, wenn Ihr wünscht. Turmalin, Verbena, ich habe Pferde mitgebracht, wir drei reiten.«

Missmutig senkten sich Riyus Ohren, und zwar wegen der Einteilung. Bevor er jedoch protestieren konnte, sagte Verbena: »Sollte etwas sein, schreie ich richtig laut, versprochen.«

»Warum glaube ich das nicht?«, murmelte er.

Es war lange her, dass Verbena geritten war; glücklicherweise hatte Jaspis einen Gaul mitgebracht, der so lammfromm war, dass er sich kaum bewegte. Turmalin half ihr galant in den Sattel und auch dabei, ihre Röcke zu richten. Ein über ihr Kostüm geworfener Umhang würde die schlimmsten Risse verbergen und sie nur wie eine Feiernde aussehen lassen.

Hoffen wir zumindest.

Sie brachen auf. Turmalin ritt voraus, dann kam der Wagen, Verbena und Jaspis bildeten die Nachhut. Wieder war es eine neblige Nacht, die alles gedämpft und wie aus weiter Ferne kommend klingen ließ. Niemand trieb sich im Lagerhausbezirk herum, also erschien die Stadt auf unheimliche Weise verlassen.

Auf dem Weg ertappte sich Verbena immer wieder dabei, wie sie Jaspis verstohlen musterte. Er hatte Zeit im Orkland verbracht, und er kannte dessen Sprache und Sitten – vielleicht sogar besser als sonst irgendein Mensch. Die Worte, die Riyu vor der Stadt gesagt hatte und dann wieder in der vergangenen Nacht während ihrer Rettungsaktion hallten noch immer in ihren Ohren. Riyu war ihren Fragen ausgewichen, und Kiki folgte dem Vorbild ihres Mentors, aber Jaspis wusste vielleicht die Antwort.

Also sagte sie betont leise – obwohl sie bezweifelte, dass selbst die scharfen Ohren der Orks sie durch die Wagenwände und das Hufgeklapper hätten hören können: »Sir Jaspis, darf ich Euch etwas fragen?«

»Natürlich.«

»Ihr sprecht Orkisch.«

»Ja.« Vorsicht trat in seinen Blick. »Aber jede Frage über die Sprache solltet Ihr eher an Riyu oder Kiki richten.«

»Das habe ich versucht. Riyu kann verflucht verschlossen sein, wenn er will, und Kiki hält sich an ihn. Ehrlich gesagt, ich sorge mich wegen Riyu, und ich frage nur aus diesem Grund.«

»Er ist stark, und die Wunden sollten schnell heilen.«

Sie schüttelte den Kopf. »Nein, das fing schon an, bevor wir zu Benevalias Toren kamen. Er und Kiki unterhielten sich – sie war offensichtlich besorgt – und er sagte etwas auf Orkisch, das er mir nicht übersetzen wollte. Gestern Nacht während der Rettung sagte er es erneut.«

»Erinnert Ihr Euch an die genauen Worte?«

Jeder, der die Magischen Wissenschaften praktizieren wollte, benötigte ein ausgezeichnetes Gedächtnis, und drei

Jahrzehnte der Übung hatte Verbena mit der Fähigkeit ausgestattet, sich an alles zu erinnern, was sie hörte. »Mein Akzent ist bestimmt ganz fürchterlich, aber es klang so ähnlich wie *Deru yef na-lo, erish agi, agi yef deru.*«

»Ah. *Nida-sana.*«

»Was bedeutet das?«

»Nida-sana heißt grob übersetzt so etwas wie ›Sturmhexe‹. Das ist eine bekannte Gestalt aus der orkischen Mythenwelt. Hauptsächlich lebt sie auf dem Grund des Meeres und beschwört Stürme herauf, aber gelegentlich kommt sie auch an Land und bringt dort das Wetter durcheinander. Meiner Meinung nach würden sie die meisten Menschen als jemanden betrachten, von dem sie sich fernhalten sollten, aber die Orks verehren sie. Oder zumindest verehren sie die Sagen über sie. Vermutlich bietet sie Stoff für aufregende Geschichten.

Was Riyu da gesagt hat, stammt aus einer populären Edda. Der Held der Dichtung verliebt sich in die Sturmhexe, die natürlich keinen Unterschied zwischen ihm und den vielen anderen Sterblichen sieht, denen sie im Laufe der Jahrtausende übel mitgespielt hat. Am Ende der Saga überkommt ihn die Verzweiflung, und er wirft sich vom Bug des Schiffes ins Meer, wo sie lebt. Er ertrinkt, und sie weiß nicht einmal, dass es ihn gegeben hat. Seine letzten Worte hat Riyu zitiert: ›Ein Teil von mir ist weggegeben worden, und nun bin ich wie ausgehöhlt, denn es gibt nichts, was diese Leere im Gegenzug ausfüllen könnte.‹«

Sie ritten gerade über eine Brücke – nicht die in der Nähe von Jetts Anwesen, obwohl der in der Luft hängende Brandgeruch ein deutlicher Hinweis war, dass sie sich in der Nähe befanden. Die meisten Leute waren nun unterwegs, und Lachen und Musik hallten durch den Nebel. »Nun, das klingt wirklich deprimierend«, sagte Verbena. »Ich verstehe nicht, warum Riyu so etwas in Bezug auf Kiki und mich zitieren sollte. Obwohl er mich in der vergangenen Nacht

›Sturmhexe‹ nannte, als er noch ganz benommen war.« Sie sah die Mähne ihres Pferdes finster an, als läge in dem rauen Haar die Antwort verborgen. »Er und Kiki stritten bereits miteinander, als er es zum ersten Mal sagte. Ich wünschte, ich hätte mehr davon mitbekommen, verflucht.«

»Wisst Ihr, weswegen sie sich stritten?«

»Nein. Es fing damit an, dass mich Riyu mit der Ehrenbezeichnung Freundin ansprach, aber das kann nicht der Grund gewesen sein. Kiki ist mit Amethyst befreundet, also würde sie nur wegen einer Freundschaft mit einem Menschen nicht besorgt sein.«

Jaspis runzelte die Stirn. »Was für eine Ehrenbezeichnung für Freundin?«

»Er nannte mich Verbena-ge.«

»Oh! Oh!«

Seine Reaktion befremdete sie. »Ich entnehme Eurer Miene, dass Riyu da gelogen hat.« Sie seufzte und schluckte ihren Zorn herunter. »Schön. Her mit den schlechten Neuigkeiten. Es ist eine schreckliche Beleidigung, nicht wahr?«

Jaspis ließ sich mit der Antwort Zeit. Sie kamen aus einer Seitenstraße auf den Platz, den sie auf ihrem Weg zum Fest überquert hatten. Damals war er so gut wie verlassen gewesen, aber heute Abend schien es eine Veranstaltung vor der Kathedrale zu geben. Feiernde drängten sich auf dem Platz, der voller Papierlaternen war. An einem Dutzend verschiedener Stellen spielten Straßenmusikanten, von denen jeder versuchte, den Ton anzugeben; Händler verkauften Wein, Pasteten, billige Masken und Glasperlen von ihren Karren.

»Ganz im Gegenteil«, sagte Jaspis so leise, dass sie sich anstrengen musste, ihn zu verstehen. »Es ist ein Ausdruck tiefster Zuneigung. Ein Mensch hätte wohl ›meine geliebte Verbena‹ dafür gesagt.«

Verbenas Hände verkrampften sich leicht um die Zügel, und plötzlich stockte ihr der Atem. »Nein«, sagte sie. Das war absurd, unmöglich. »Es tut mir leid. Dann muss ich mich verhört haben.« *Riyu kann so nicht für jemanden wie mich empfinden. Ganz gleich wie sehnlich ich mir auch wünsche …*

»Aufpassen!«, schrie Turmalin so laut er konnte. »Klicker!«

Verbena riss den Kopf hoch, automatisch griff sie nach den in ihren Röcken eingenähten Taschen. Zwischen den baumelnden Laternen konnte sie die Bedrohung nicht erkennen; sie riss die Maske herunter und rammte sich die Brille auf die Nase.

Sofort wurde alles schrecklich scharf. Geschmeidige, anmutige Schatten strömten aus den Seitenstraßen, schwankendes Laternenlicht funkelte auf Messingwirbeln und geölten Gelenken, schrecklichen Augen, die feucht waren, und Elfenbeinzähnen.

Turmalins Ruf hatte die Feiernden um sie herum aufgeschreckt. Ein paar lachten, weil sie ihn für betrunken hielten. Dann erblickte eine junge Frau die auf sie zustürmenden Ungeheuer und schrie; der hohe, dünne Laut ging in der Musik und dem Singen beinahe unter.

Als wäre ihr Schrei ein Signal gewesen, wurde der vorderste Klicker schneller. Wie gelähmt starrte die Frau ihn an, bis der schwere Golem gegen sie krachte und sie mit zu Boden riss.

Der Schrei verstummte ganz plötzlich.

In der Menge brach Panik aus. Verbenas Pferd schnaubte und wollte auf die Hinterbeine steigen, völlig verängstigt von den Klickern und den Schreien der entsetzten Bürger. Wild fluchend kämpfte sie um Kontrolle, aber sie war einfach keine gute Reiterin. Die Zügel entglitten ihren Händen, dann stürzte sie …

Riyus Hände schlossen sich um ihre Taille, fingen sie auf und stellten sie ab. Panische Menschen stießen gegen ihn, aber seine Masse schirmte sie vor allen ab.

Der Gestank von Blut hing schwer in der Luft, und Verbena verspürte einen Stich im Herzen, als ihr wieder die

Gerüche und das Entsetzen beim Angriff auf die Universität einfielen. Hektisch kramte sie in ihren Taschen und Beuteln herum. »Wir müssen etwas tun! Ein paar der Zauber darf ich nicht riskieren, nicht in dieser Menge, aber vielleicht kann ich die Klicker langsamer machen!«

Überall um sie herum herrschten Panik und Chaos, und die Schreie erschwerten jede Konzentration. Zertrampelte Masken lagen auf dem Boden inmitten von Blutpfützen und Glasperlen. Ein paar Angehörige der Nachtwache versuchten zu kämpfen, aber sie waren den Klickern nicht gewachsen. *Bei den Göttern, wo bleiben Benevalias Kampfmagier?*

Riyu grunzte, und Eisen klirrte, als er einen Klicker abwehrte. Ein anderer kam von der Seite. Endlich fand Verbena den gesuchten Beutel, entnahm ihm eine Phiole und schüttelte sie in ihrer Hand. Der Luft ausgesetzt würde die Flüssigkeit darin mit unvorstellbarer Hitze brennen, und auch wenn das nicht lange andauern würde, hoffte sie dennoch, dass es reichte, um eines der Ungeheuer zu vernichten. Sie hob die Hand, um die Phiole zu schleudern … und erstarrte, als sie den Golem vor sich zum ersten Mal richtig in Augenschein nahm.

Wie die anderen sollte er Furcht verbreiten und töten. Der hundeähnliche Körper, das leise Klicken der Gelenke, die Eisenkrallen, der biegsame Schwanz, das Knirschen lederähnlicher Muskeln und Sehnen – das alles nahm Verbena in sich auf, als die Kreatur langsam auf sie zukam. Und am schlimmsten von allem waren die lidlosen Augen, an den Drähten befestigt, die sich auf sie richteten und ihren Blick bannten.

Die Augen …

Im Gegensatz zum Rest der Klicker hatte dieser hier unterschiedliche Augen: ein grünes und ein blaues.

Vertraute Augen.

Weißdorns Augen.

»Wenn Ihr Weißdorn wiedersehen wollt, kommt nach Benevalia.«

Es – *er* – kam einen zögernden Schritt näher. Die schreckliche Anmut war jetzt verschwunden; dieser Klicker bewegte sich ruckartig, als würde er mit allen Fertigkeiten eines Lehrlings der Magischen Wissenschaften gegen einen Zwang ankämpfen. Sein Mund klappte auf und entblößte schreckliche Zähne, aber er hatte keine Stimme, mit der er sprechen konnte.

Nein. Es war zu schrecklich, um wahr zu sein. »W-Weißdorn?«, flüsterte sie.

Ohne den Blickkontakt zu brechen nickte er.

Verbena sackte auf die Knie und konnte den Blick nicht von dieser Abscheulichkeit abwenden, die einst ihr Student gewesen war. Sie hatten ihn entführt, seinen Körper zerlegt und ihn noch immer lebendig in diese Monstrosität gestopft. Nun verstand sie die Magie hinter den Klickern; die Herzen, die in den Eisenkäfigen ihrer Brust schlugen, hatten Menschen gehört. Aber das allein reichte nicht aus, um sie zu tödlichen Waffen zu machen. Welche Bannzauber sie auch immer am Leben erhielten, sie zwangen die Klicker auch dazu, ihren Herren zu gehorchen und gnadenlos zu töten.

»Oh ... oh ... Ihr Götter«, flüsterte Verbena. Allein Weißdorns Ausbildung erlaubte ihm, diesem letzten Schrecken zu widerstehen, denn sie hatte nicht die geringsten Zweifel, dass sie ihn hauptsächlich geschickt hatten, um sie zu töten. Er kroch auf sie zu, den Leib beinahe über den Boden schleifend, Schwanz und Beine bewegte er nur ruckartig. Und seine Augen starrten sie verzweifelt an ...

»Verbena-naga!«, schrie Riyu. Sie hatte ihn genauso vergessen wie den Kampf, allein Weißdorn zählte in diesem Augenblick.

»Nein«, wollte sie sagen, aber der Ork kam mit erhobenem Schwert auf sie zu, um sie vor dem Ungeheuer zu beschützen, das er dort sah. Und in der Minute, bevor sich Weißdorn bewegte, glaubte sie Erleichterung im Blick ihres

Studenten zu lesen, weil er nicht mehr gegen den Zwang ankämpfen musste.

Mit der tödlichen Geschwindigkeit eines Klickers schnellte das, was von Weißdorn übrig geblieben war, herum und warf sich Riyu entgegen. Es gab kein Zögern mehr, und ihr wurde jetzt auch klar, dass die Willenskraft, die ihm erlaubt hatte, sie zu verschonen, nicht stark genug sein würde, um zu verhindern, andere zu töten. Er würde Riyu in Stücke reißen, wenn er dazu die Gelegenheit bekam.

Mit einem Aufschrei, der sich den Tiefen ihrer Seele entrang, schleuderte sie die Phiole auf ihn.

Das Glas zersplitterte an einem Messingwirbel, und die darin enthaltene Flüssigkeit entzündete sich beim Kontakt mit der Luft. Sie spritzte über sein Rückgrat und eine Flanke, regnete zu Boden und hinterließ Feuertropfen. Als ihn die Flammen verschlangen, zuckte er wild, und der Gestank von brennendem Fleisch breitete sich aus. Riyu sprang zurück, um dem Feuer zu entgehen. Weißdorn wollte ihm folgen, machte zwei schwankende Schritte … und krachte eingehüllt in Flammen zu Boden.

Weißdorn. Ich habe Weißdorn getötet.

Das rot glühende Messing brannte sich in ihre Sicht ein, aber sie konnte nicht wegschauen, konnte sich nicht bewegen, konnte nicht einmal denken. In der Ferne hörte sie Schreie, ein paar Schemen näherten sich ihr. Starke Arme hoben sie hoch, und als sie sich wand, um das brennende Etwas, das einst ihr Student gewesen war, nicht aus dem Blick zu verlieren, schob sich eine breite, gepanzerte Schulter vor ihre Augen.

»Nein!«, schrie sie. »Nein! Weißdorn! Das war Weißdorn!«

»Sie hat einen Schock erlitten«, sagte Riyu zu jemandem. »Kommt! Wir müssen aus dieser Stadt verschwinden! Auf der Stelle!«

»Nein!« Verbena schüttelte wild den Kopf. »Wir müssen

sie bekämpfen, sie vernichten, wir müssen herausfinden, wer das getan hat. *Weißdorn!*«

Riyu hörte nicht auf ihre Bitten, sondern trug sie unerklärlicherweise weg. Der Wagen ragte vor ihnen auf, und ihr wurde klar, dass er es ernst meinte, dass sie tatsächlich fliehen und Weißdorn hier zurücklassen würden.

Etwas in ihr zerbrach, sie kämpfte wie eine Furie, schlug und trat um sich. Natürlich machte das nicht den geringsten Unterschied; er war viel zu stark für sie, also verfluchte sie ihn lautstark.

Er fasste sie nur fester. Sie konnte sich kaum bewegen, und das war nicht richtig! Es war verflucht noch mal überhaupt nicht richtig, dass er seine größere Kraft gegen sie einsetzte. »Verbena-naga, hör auf damit. Wir müssen Benevalia verlassen, bevor man uns alle tötet. Die Kampfmagier sind unterwegs, alles strömt zum Stadttor in der Nähe. Das ist unsere beste Chance, um unbemerkt fortzukommen. Bitte, hör auf, dich zu wehren!«

Sie sah ihn an, dazu bereit, ihn erneut zu verfluchen, aber die Trauer in seinem Blick raubte ihr die Stimme. »Es tut mir leid«, murmelte er sanft. »Aber wir haben alles getan, was wir konnten. Jetzt ist es Zeit zu gehen.«

Benommen nickte sie und entspannte sich. Alles fühlte sich ganz weit entfernt an, so wie damals, als sie in der Universität verwundet worden war, und als Riyu sie neben Turmalin auf dem Kutschbock absetzte, blieb sie reglos und zusammengesunken dort hocken. Am anderen Ende des Platzes hatten Benevalias Kampfmagier die Aufmerksamkeit der Klicker errungen. Ganze Abteilungen von Wächtern bemühten sich, die Golems abzuwehren und die Bürger zu schützen. Überall lagen Verwundete neben den Toten, und Verbena fragte sich benebelt, wie viele sich wohl noch zu ihren Reihen gesellen würden.

Kardamom und Jaspis bildeten die Nachhut, während die beiden Orks mit ihrer Größe den Weg frei machten.

Nach einer Weile wurde sich Verbena bewusst, dass da noch mehr Orks waren: Hedoris Truppe mit einer Frau in ihrer Mitte – das musste Belladonna daBenevalia sein. Die beiden Gruppen vereinigten sich, danach schien alles schneller zu gehen. Es gab keine weiteren Angriffe. Vielleicht hielten die Klicker nach leichterer Beute Ausschau.

Weißdorn wurde zu mir geschickt. Allein zu mir.

Oh, Weißdorn.

Die Stadttore standen weit geöffnet, zweifellos von der panischen Menge aufgezwungen. Sobald sie sich außerhalb der Mauern befanden, senkte Verbena den Kopf. Sie war schrecklich müde. Aus dem Wagen kam Amethysts lautes Schluchzen – sie sann darüber nach, wie sie ihre Studentin trösten konnte, war jedoch zu keiner Bewegung fähig.

Ich kann nicht glauben, dass er tot ist.

Ich kann nicht glauben, dass sie ihm das angetan haben. Wie sadistisch musste man sein, um einen anderen Menschen derart zu quälen?

Ich kann auch nicht glauben, dass ich ihn getötet habe.

Irgendwann hielt der Wagen an – sie vermochte nicht zu sagen, wie lange sie gefahren waren oder wo sie sich jetzt befanden. Um sie herum ertönten Stimmen und diskutierten darüber, ob sie hier wohl in Sicherheit waren. Hedoris Truppe hatte sich wieder von ihnen getrennt, und so waren sie erneut allein. Jemand sprach davon, ein Lager aufzuschlagen, aber Verbena konnte sich nicht vorstellen, jemals wieder eine Entscheidung zu treffen. Sie würde dort sitzen bleiben, bis sie entweder Wurzeln schlug oder zu Stein wurde. Zumindest würde dann der Schmerz vergehen.

Eine Hand berührte ihren Knöchel, worauf sie blinzelte. Riyu stand da und blickte zu ihr hoch. In seinem blutverschmierten Gesicht stand Trauer.

»Verbena-naga?«, fragte er leise. »Es tut mir leid. Von ganzem Herzen leid.«

Die harte Mauer, die sie vor der Welt schützte, zerbrach. Sie legte die Hand vor den Mund und versuchte, das Schluchzen aufzuhalten, aber das war sinnlos.

Riyu zog sie sanft vom Kutschbock in seine Arme und hielt sie an seiner Brust. Mit dem Gefühl, als zerisse jeder Schluchzer ein lebenswichtiges Organ, klammerte sie sich an ihn und weinte.

Kapitel 20

Verbena schlug die Augen auf und fand sich auf ihrer Pritsche im Wagen wieder. Ihr Mund schmeckte wie das Innere eines alten Stiefels, während ihr Kopf heftig schmerzte. Die Tür war nicht ganz geschlossen, und das Tageslicht, das durch den Spalt drang, verriet ihr, dass sie, nachdem sie sich in Riyus Armen ausgeweint hatte, zumindest ein paar Stunden geschlafen hatte.

Es war kein Traum. Sie haben Weißdorn wirklich zu einem Klicker gemacht.

Hellhand, wer auch immer er ist, hat viele Menschen in Klicker verwandelt. Bei den Göttern, wann hat das alles angefangen? Was hat er sonst noch vernichtet?

Der Verlust von Weißdorn hatte ihr Herz zerrissen. Auf dem Fest, auf dem die neuen Lehrlinge der restlichen Fakultät vorgestellt wurden, hatte sie seine Eltern kennengelernt. Sie waren so stolz gewesen, dass ihr jüngster Sohn etwas aus sich machte. Wie sollte sie ihnen nur erklären, dass er jetzt tot war? Oder dass sein Tod nicht das Resultat eines tapferen Opfers gewesen war, nicht einmal ein tragischer Unfall, sondern eine so schreckliche Sache, die bei jedem, der ihn gemocht hatte, für den Rest seines Lebens Narben hinterließe?

Wie soll ich ihnen sagen, dass ich selbst ihn ermordet habe?

Verbena setzte sich auf und versuchte verzweifelt, den letzten Gedanken zu verdrängen. Noch immer trug sie ihr ruiniertes Kostüm. Draußen waren Stimmen zu hören, und sie lauschte – weniger aus echtem Interesse, als vielmehr, um ihre eigenen Gedanken zu verdrängen.

Kardamoms Stimme fiel ihr zuerst auf: wütend und

ängstlich klang sie. »Was mit Weißdorn geschehen ist, war schlimm genug, aber was ist mit dem Rest von uns? Amethyst, hört mir zu! Die alte Schreckschraube wird uns noch alle umbringen!«

Leise stieß Verbena die Luft aus. *Ja. Es ist meine Schuld. Gelegentlich hat selbst Kardamom mal recht.*

Amethyst gab einen wütenden Laut von sich, aber Turmalins scharfe Stimme übertönte ihn. »Kadett Kardamom, Ihr werdet Meisterin Verbena den ihr zustehenden Respekt erweisen!«

»Warum sollte ich? Sie ist doch diejenige, die ihren albernen Kollegen aufspüren wollte! Ihretwegen ist Weißdorn jetzt tot! Wenn wir ihr weiter folgen, wie lange wird es wohl dauern, bis wir uns zu ihm gesellen? Ich werde keineswegs bereit sein, für eine selbstsüchtige Hexe mit einer … befremdlichen Zuneigung zu einer Grünhaut zu sterben!«

»Ihr zeigt Respekt, oder ich fordere Euch, Herr!«

Verbena war auf den Füßen und bewegte sich, bevor ihr überhaupt bewusst war, dass sie sich dazu entschieden hatte. Plötzlich trat Schweigen ein, als sie die Tür aufstieß, und einen kurzen Augenblick lang bereute sie es, sich nicht für die nun vor ihr liegende Reise vorbereitet zu haben. Aber das ließ sich jetzt nicht mehr ändern; sie würde einfach auf das zurückgreifen müssen, was ihr zur Verfügung stand.

Sie lagerten an einer schmalen Straße. Dem Rauchgeruch und dem Müll auf dem Weg nach zu urteilen, waren sie nicht die einzigen Flüchtlinge aus Benevalia, die diese Richtung eingeschlagen hatten.

Kurz blickte sie in die Gesichter in der Runde. Kardamom, so klein und wütend; Amethyst, die verzweifelt nach Anerkennung rang; Jaspis, rätselhaft und ein Außenstehender. Dann richtete sie den Blick zu Boden, denn sie war sich gar nicht sicher, ob sie es ertrüge, Turmalin anzusehen, der sie unterstützt hatte – oder Kiki. Oder vor allem Riyu. Sie holte tief Luft, um gegen den beständigen Schmerz in ihrer Brust anzugehen, dann ging sie zur Straße und entfernte sich von dem Wagen.

»Verbena-naga?«, rief ihr Riyu scharf hinterher. »Wo gehst du hin?«

Sie blieb stehen. Sie hasste es, dass er sie zwang zu antworten und sie nicht einfach ohne Szene verschwinden lassen konnte. »Ich gehe nach Icci. Und der Rest von euch nimmt den Wagen und kehrt nach Giavolo zurück.«

Hinter ihr ertönte Geschrei. »Und warum sollten wir das tun?«, fragte Riyu, der den Rest ignorierte.

»Du bist nicht dumm, also tu auch nicht so!«, fauchte sie. »Benevalia hat nichts mit dem Angriff auf die Universität zu tun, auch nicht mit Malachits Entführung, mit nichts davon. Der Klickerangriff auf die Stadt vergangene Nacht, die Tatsache, dass Hellhand Jett nur benutzt hat, das alles deutet doch auf unseren ersten Anhaltspunkt hin. Thymians Lehrling – seine Enkelin – opferte ihre geistige Gesundheit, um uns zu sagen, dass Icci hinter allem stecke, aber wir konnten ja nicht glauben, dass das stimmt – und meinten, es müsse eine andere Erklärung geben. Aber die gibt es nicht. Also werde ich jetzt nach Icci gehen. Ich muss dorthin, um Hellhand zu finden und ihn zu töten.«

»Ich glaube, dass Ihr recht habt, was Benevalias fehlende Verstrickung in die Angelegenheit angeht«, sagte Jaspis vorsichtig.

»Ich freue mich, dass Ihr mir zustimmt. Aber Ihr solltet jetzt in die Stadt zurückkehren. Und der Rest von euch reist zurück nach Giavolo.«

Riyu hatte neben Kiki gesessen, jetzt stand er auf und kam auf sie zu. Sie wich vor ihm zurück, trat auf die Straße.

»Wir kehren nicht nach Giavolo zurück, Verbena-naga«, sagte er.

Ihre Hände ballten sich zu Fäusten, während sie die

Tränen zurückkämpfte. »Doch, das werdet ihr! Verdammt, Kardamom hat recht! Es ist meine Schuld, dass Weißdorn gestorben ist!«

»Aber das ist doch nicht Eure Schuld!«, rief Amethyst. »Hellhand hat ihm das angetan, nicht Ihr.«

Verbena schüttelte den Kopf. »Nein. Hellhand tat es allein wegen mir. Weißdorn wurde entführt und verwandelt, um *mich* zu treffen. Und das ist nicht gerecht, verdammt! Er war so brillant und so jung, sein ganzes Leben lag noch vor ihm. Er hat nur den einen Fehler gemacht, mein Student zu werden, und darum wurde er auf eine Weise gefoltert, die ich nicht einmal ertrage mir vorzustellen. Auch Ihr seid meine Studentin, Amethyst, und ich lasse mich eher in die tiefste aller Höllen verdammen, bevor ich zusehe, wie man Euch auf die gleiche Weise vernichtet.«

Turmalin erhob sich und streckte die Hand in ihre Richtung aus. »Dann sollte Amethyst vielleicht zurückkehren, und der Rest von uns …«

»Nein!«, riefen Amethyst und Verbena gleichzeitig.

»Ich lasse nicht zu, dass noch jemand meinetwegen den Tod findet«, vollendete Verbena ihren Satz. »Kehrt zurück nach Giavolo, ihr alle. Ich gehe allein weiter.«

Sie kehrte ihnen den Rücken zu und hoffte, dass sie damit zur Vernunft kamen und sie einfach gehen ließen. Aber das sollte nicht sein.

»Du weißt doch, dass ich dich begleiten muss«, sagte Riyu beinahe im Plauderton. Sie schritt schneller aus, aber er hielt mühelos mit ihr mit.

»Geh zurück, Riyu!«, fauchte sie über die Schulter. »Zur Hölle, geh zurück ins Orkland, fort von diesem Wahnsinn. Geh einfach.«

»Nein.«

»Verdammt!« Sie fuhr herum, versuchte, gleichzeitig rückwärts zu gehen und ihn böse anzustarren. »*Geh jetzt weg!*«

Er blieb so verdammt ruhig. »Du bist meine Verantwortung, Verbena-naga.«

»Dann entlasse ich dich aus deinem Dienst! Geh schon! Du bist frei!«

»Ein Kontrakt kann weder geschlossen noch aufgelöst werden, wenn eine Partei gefühlsmäßig nicht zurechnungsfähig ist.«

»Ich wollte das nicht; der Kanzler zwang es mir auf. Ich wollte nichts von alldem hier! Lass mich in Ruhe! Ich will dich nicht in meiner Nähe haben!«

Er zuckte zusammen, als hätte sie ihn geschlagen. Seine Ohren senkten sich, und ebenso für einen kurzen Augenblick lang sein Blick. »Ich weiß.«

Das ließ sie sofort stehen bleiben. Entsetzt über die eigenen Worte starrte sie ihn an. »Ich ... Riyu, es tut mir leid. Das habe ich nicht so gemeint.«

Er konzentrierte sich auf eine Stelle knapp neben ihr. »Ob das so ist oder nicht, das ändert nichts an meiner Pflicht dir gegenüber.«

Sie hätte es nicht für möglich gehalten, sich noch schlechter zu fühlen, aber jetzt tat sie es. »Ich habe es nicht so gemeint«, wiederholte sie in dem verzweifelten Versuch, ihn zu überzeugen. »Ich habe das gesagt, weil ... weil ich eine Närrin bin, die in ihrem Schmerz auf jeden in ihrer Nähe einprügelt.«

Etwas schien aus ihm zu entweichen, als würde das Gewicht seiner Rüstung jetzt viel schwerer auf seinen Schultern lasten. »Auch der Rest von uns leidet. Ich trauere, und ich habe Angst, außerdem mache ich mir schreckliche Sorgen um dich. Aber ich werde dich in dieser Stunde der Not nicht auf der Straße und im Stich lassen. Und nichts von dem, was du sagst, wird das ändern.«

»Ich weiß.« Sie hielt sich die schmerzende Stirn. »Verzeih mir, Riyu. Bitte. Auch wenn ich das nicht verdiene.«

»Da gibt es nichts zu verzeihen.« Er hielt ihr eine Hand

hin. »Bitte komm zum Wagen zurück. Zieh dir etwas anderes an, trink eine Tasse Tee. Ruh dich aus. Später sieht alles anders aus.«

Sie nahm seine Hand, seine großen Finger mit den schwarzen Krallen verbargen sie, und Verbena war sich bewusst, dass er sie sich genauso gut über die Schulter werfen und sie brüllend und um sich tretend zum Wagen hätte zurückbringen können. *Er weiß auch, dass ich darauf nicht gut reagiert hätte. Es ist nicht gerecht. Ich kann mich nicht gegen ihn wehren, ganz gleich was er auch tut. Er kennt mich zu gut, er soll verdammt sein.*

Amethyst eilte ihnen mit einer dampfenden Tasse in der Hand entgegen. »Hier, Meisterin. Ich habe Euch Tee gekocht.«

»Danke.« Verbena nahm die Tasse und hielt sie in beiden Händen. Die Wärme sickerte tröstend in ihre Knochen, und sie nahm einen Schluck.

Amethysts Augen waren rot und vom Weinen geschwollen, und ihr sonst so vollendet frisiertes Haar hing verfilzt um ihre Schultern. Auch sie trug noch immer ihr Kostüm, doch die weiche Seide war zerrissen und schmutzig. »Wie geht es Euch, Amethyst?«, fragte Verbena.

Amethyst hob das Kinn. »Gut genug, um Euch nach Icci zu begleiten und der Sache ein Ende zu machen.«

»Braves Mädchen. Ich bin stolz auf Euch.« Verbena betrat das Lager und begegnete Turmalins besorgtem Blick. »Mein Ausbruch tut mir sehr leid. Ich ... Weißdorns Tod ... Es fällt mir nicht leicht, das hinzunehmen.«

»Es ist für keinen von uns leicht«, sagte Turmalin. Er war offensichtlich erleichtert, dass sie aufgehört hatte, sich wie eine Verrückte zu benehmen. »Aber Ihr kanntet ihn am besten, also ist es für Euch auch am schwersten. Euer Verlust tut mir leid.«

»Danke.« Sie nahm noch einen Schluck Tee, der ihren Magen wärmte. Jetzt fühlte sie sich etwas besser. »Ich vermute, Ihr seid auch entschlossen, nach Icci zu gehen?«

Er verneigte sich leicht. »Natürlich.«

»Das ist verrückt!«, rief Kardamom und sprang von der Stelle auf, auf der er neben dem Wagen gesessen hatte. »Wir sind überhaupt nicht in der Verfassung, um nach Icci zu reisen! Seht uns doch an! Wir fliehen um unser Leben, haben kaum Vorräte und folgen einer Verrückten, die ihren eigenen Lehrling umgebracht hat!«

Wieder erschienen vor Verbenas innerem Auge die Flammen und das heiße Messing; sie roch den Gestank von brodelndem Metall und brennendem Fleisch.

Kiki knurrte, während sich Riyus Ohren flach an den Kopf legten. »Das war ein Akt der Gnade«, sagte er gefährlich grollend. »Wärt Ihr an Weißdorns Stelle gewesen, hättet Ihr weiterleben wollen, gefangen in einem abscheulichen Ungeheuer?«

Kardamom wurde puterrot. »Weißdorn wäre gar nicht erst in diese Lage gekommen, hätte *sie* uns nicht auf diese verrückte Mission geführt! Aber ich erwarte nicht, dass du das begreifst.«

Turmalin legte die Hand auf den Schwertgriff, und einen Augenblick lang glaubte Verbena tatsächlich, dass er Kardamom zum Duell herausfordern wollte, vorausgesetzt, Riyu kam ihm nicht zuvor. Aber bevor einer von ihnen etwas unternehmen konnte, hallte Jaspis' Stimme über die Lichtung.

»Meisterin Ringelblume hat Euch gar nicht geschickt, oder, Kardamom?«

Eine schockierte Stille trat ein. Jaspis saß ganz entspannt auf einem Stein, doch seinen Blicken entging nichts. Kardamom war totenbleich geworden, seine Lippen bewegten sich, ohne einen Ton hervorzubringen. Schließlich stotterte er: »W-Was wollt Ihr damit sagen?«

»Keine besonders originelle Antwort«, sagte Jaspis trocken. Er trank einen kleinen Schluck aus der Tasse in seiner Hand, aber sein Blick wich keinen Augenblick lang von Kardamoms Miene. »Ich habe mir so meine Gedanken über Euch gemacht, schon in der Nacht von Jetts Feier. Aber andere Geschehnisse hatten mich dann abgelenkt, und ehrlich gesagt erschient Ihr mir einfach nicht wichtig genug, um darauf Zeit zu verschwenden. Vielleicht war das ja ein Fehler von mir.«

Zwei rote Flecken brannten jetzt auf Kardamoms Wangen. »Ich weiß nicht, wovon Ihr da sprecht.«

»Wirklich nicht? Ich bin Spion, mein Junge – ich verdiene mir meinen Lebensunterhalt damit, vorzugeben, jemand zu sein, der ich gar nicht bin. Ihr andererseits würdet keinen Tag in meinem Geschäft überleben, weil Ihr Eure Aufgabe nicht besonders gut erledigt.«

Als Verbena begriff, was Jaspis da andeutete, wurde ihr eiskalt. Bei Naverras Augen, hatten sie etwa einen Verräter in ihrer Mitte beherbergt? »Was habt Ihr getan, Kardamom? Habt Ihr Hellhand zu uns geführt?«

Die beiden Orks machten ein paar Schritte, sodass sie nun zwischen Kardamom und allen anderen standen. Kardamom kniff die Augen zusammen. »Ich hätte ja damit rechnen sollen, dass du vertrocknete alte Schachtel mich beschuldigst!«

»Hör auf, dich wie ein Kind zu benehmen«, sagte Jaspis. Er stellte seine Tasse ab und trat langsam an Riyus Seite. »Lass mich raten, was passiert ist. Meisterin Ringelblume wählte einen ihrer besten Männer aus. Das Unternehmen sollte am frühen Morgen seinen Anfang nehmen, und es gab keinen großen Abschied, um nicht mehr Aufmerksamkeit als nötig zu erregen. Also war Ringelblume nicht dabei und auch sonst niemand, dem aufgefallen wäre, dass es einen Ersatzmann gab. Was hast du mit dem Kadetten gemacht, der ursprünglich eingeteilt war? Hast du ihn umgebracht?«

»Nein!« Entsetzt riss Kardamom die Augen auf. »Bei den Göttern, nein! Also gut … ich gestehe es. Ihr habt recht. Ich wurde nicht ausgewählt, obwohl ich Meisterin Ringelblume darum bat, mich zu nehmen. Fingerhut diGiavolo sollte mitkommen – er ist einer von Ringelblumes Lehrlingen. Mein … mein Stubenkamerad ist sein Geliebter, und sie wollten in der Nacht vor dem Aufbruch zusammen sein, also … also tat ich etwas in ihren Wein. Nicht viel, nur gerade genug, damit sie tief schliefen. Ich hoffte, dass – wenn Fingerhut aufwachte und Ringelblume alles erfuhr – wir weit genug von Giavolo entfernt sein würden, dass sie nicht riskieren würde, unsere Tarnung auffliegen zu lassen, indem sie jemand anderen hinter uns herschickte.«

»Und warum hast du das getan?«, fragte Riyu mit tödlicher Ruhe in der Stimme. »Damit du Hellhand Bericht erstatten kannst?«

»Nein!« Kardamom warf dem Ork einen finsteren Blick zu. »Ich hatte meine Gründe, die du ohnehin nicht verstehen würdest.«

»Dann versuch es doch in Worten zu erklären, die selbst ich verstehe. Oder ich gehe davon aus, dass meine Vermutung stimmt und verscharre deine Leiche im Wald.«

»Oh, da gibt es viel bessere Möglichkeiten, wie wir die loswerden«, sagte Jaspis mit schmalem Blick. Eine kleine Klinge erschien in seiner Hand; Verbena fragte sich, ob die funkelnde Schneide wohl vergiftet war.

Kardamom wurde noch blasser … aber sein Blick suchte Amethyst. »Ihr … Ihr glaubt mir doch, Amethyst, oder nicht?«

»Warum sollte ich?«, fragte sie kalt.

»Weil … weil ich das für Euch tat! Ich wollte Euch beschützen. Versteht Ihr denn nicht? Ich liebe Euch vom ersten Augenblick an, als ich Euch sah. Ich wusste immer, dass Ihr über mir steht, schließlich seid Ihr eine Adlige. Das war meine einzige Chance, mich Euch zu beweisen.«

Amethyst machte zwei Schritte auf ihn zu, und seine Augen leuchteten auf, als glaubte er, sie würde sich in seine Arme werfen und ihm ihre unsterbliche Liebe gestehen.

Stattdessen schlug sie ihn so hart ins Gesicht, dass sein Kopf zur Seite flog.

»Du ekelst mich an«, sagte sie verächtlich. »Du behauptest, mich zu lieben, bringst mit deinem kindischen Trick aber unser aller Leben in Gefahr!«

Kardamom streckte die Hände nach ihr aus. »Ame-«

Er unterbrach sich, als die Orks und Jaspis drohend auf ihn zukamen. Amethyst wandte sich ab, und Verbena legte den Arm um ihre Schultern. »Alles in Ordnung?«

Der Zorn in ihren Augen war erstaunlich. »Das wird es sein, sobald er fort ist.«

Kardamom starrte sie an. »Fort? Aber ...«

»Fort«, sagte Jaspis entschieden. »Ich bringe dich zurück nach Benevalia, wo ich dich im Auge behalten und dafür sorgen kann, dass du keine Anstalten machst, ihnen zu folgen.«

»Nein – das könnt Ihr nicht tun!«

Jaspis spielte lächelnd an dem Dolchgriff herum. »Du hast keine Ahnung, was ich alles tun kann, mein Junge.«

Das schien endlich in den sturen Schädel des Trottels vorzudringen. Jaspis ließ Kardamom von den Orks bewachen und trat zu Amethyst, um sie zu umarmen. Sie klammerte sich an ihn und blinzelte neue Tränen fort. »Vielen Dank, Jaspis. Ich berichte dem Onkel von allem, was du für uns getan hast.«

»Es war ein Vergnügen, dich wiederzusehen, meine Kleine.« Er ließ Amethyst los und verneigte sich tief vor Verbena. »Und es war wirklich ein Vergnügen, Euch kennenzulernen, Meisterin Verbena. Ich hoffe, dass sich unsere Wege auch in Zukunft wieder einmal kreuzen.«

»Ich auch. Und ich werde Euch niemals für all das entschädigen können, was Ihr für uns getan habt.«

Jaspis ging zu Turmalin, und sie schüttelten sich innig die Hände. Die Orks erhielten tiefe Verneigungen, die sie erwiderten, und tauschten eine Flut – wie Verbena vermutete – orkischer Höflichkeiten aus. Sobald sie fertig waren, nickte Jaspis dem Kadetten zu. »Geh vor mir her, sodass ich dich sehen kann. Nun geh schon.«

Kardamom warf einen letzten, verzweifelten Blick in Amethysts Richtung. Sie hatte ihm aber resolut den Rücken zugekehrt. Mit hängenden Schultern wandte er sich zur Straße, zurück nach Benevalia.

»Ich hoffe, er tut nichts Dummes und bringt Jaspis in Schwierigkeiten«, sagte Verbena.

»Ich bezweifle, dass Jaspis ihm dazu die Gelegenheit geben wird«, erwiderte Riyu unheilverkündend.

»Und nun?« Turmalin setzte sich an das kleine Lagerfeuer und schenkte sich eine Tasse Tee ein. »So ungern ich das zugebe, aber Kardamom hatte in einem Punkt auch recht. Wir sind nicht in der besten Verfassung. Ich weiß kaum, wie wir es ohne Vorräte nach Icci schaffen sollen. Außerdem sind wir nun ein Kämpfer weniger, denn trotz seiner Fehler konnte Kardamom ordentlich mit einer Klinge umgehen. Und nach Icci hereinzukommen ... also, das wird schwer. Die Stadt steht auf einer Insel, nur eine einzige Brücke führt vom Festland dorthin. Selbst diese Stelle zu erreichen, ist schon ein Problem. Die vordringliche Aufgabe der Klicker und ihrer Herren wird es sein, uns aufzuspüren. Selbst wenn wir querfeldein reisen ... das wird teuflisch schwer. Vielleicht sogar unmöglich.«

»Turmalin-ga hat recht.« Riyu warf Verbena einen vorsichtigen Blick zu, als befürchte er, sie werde wieder losbrüllen. »Vorräte sind unsere erste Sorge. Meine Karten verraten mir, dass wir uns ganz in der Nähe vom Blancatal befinden.«

Verflucht.

»Dort lebt doch Eure Familie, Verbena, oder?«, fragte Turmalin. »Sicherlich wird sie uns helfen, uns zumindest Vorräte überlassen, oder?«

Ihr Götter, nicht auch das noch!

Sie seufzte. »Ich weiß es nicht. Seit dreißig Jahren habe ich nichts mehr von ihnen gehört. Ich bin weggelaufen, statt zu Hause zu bleiben und auf dem Hof zu helfen. Das hätten sie mir vielleicht noch irgendwann verziehen, aber ich wurde zur Zauberin – und damit genau zu dem, was sie am meisten hassten und fürchteten. Ich habe keine Ahnung, welchen Empfang ich zu erwarten habe, wenn ich vor ihrer Schwelle auftauche.«

Turmalin zuckte zusammen. »Wir werden einen anderen Weg finden.«

»Nein.« Verbena nahm die Schultern zurück. »Wir sollten es zumindest versuchen. Wenn ich meinen Stolz herunterschlucke und um Hilfe bitte … na ja, sie könnten uns trotzdem die Tür vor der Nase zuschlagen. Aber vielleicht sind sie so freundlich, uns genug Vorräte zu verkaufen, damit wir es bis nach Icci schaffen.«

Für den Rest des Tages fuhr Turmalin den kleinen Wagen, während ihm Amethyst Gesellschaft leistete. Verbena zog sich ins Innere zurück und las die Papiere, die sie und Riyu aus Jett diSeraros Haus mitgenommen hatten. Da konnte sie über etwas anderes nachgrübeln als über die Vergangenheit oder die Zukunft – eine Ablenkung, für die sie dankbar war.

Gegen Mittag hielten sie an, um die Pferde ausruhen zu lassen; als sich die Tür öffnete, erwartete sie Amethyst zu sehen, stattdessen kam aber Riyu herein und setzte sich auf das gegenüberliegende Bett.

»Wo sind wir?«, fragte Verbena und richtete die Brille auf ihrer Nase. Bestürzt erkannte sie, dass sie sich in seiner Gesellschaft unwohl fühlte, was ihr seit ihren ersten gemeinsamen Tagen nicht mehr passiert war.

Riyu wirkte erschöpft. Seine Ohren hingen herab, die Haut um seine Augen sah angegriffen aus. Statt aufrecht zu sitzen, stützte er vornübergebeugt die Ellbogen auf die Knie. Seine sonst so makellos sauber gehaltene Rüstung war voller Schlamm und Blut, und zwei der kleinen Zöpfe in seinem Haar hatten sich gelöst; die Perlen waren während ihrer Flucht aus Benevalia verloren gegangen. Der Perlenohrring, den sie ihm gegeben hatte, funkelte dagegen sanft im Dämmerlicht.

»Wir befinden uns auf der Seitenstraße ins Blancatal«, erwiderte er. »Worüber ich ausgesprochen froh bin. Nach den Ereignissen in Benevalia habe ich überhaupt keinen Zweifel daran, dass die Straße nach Icci schwer bewacht sein wird, und ich verspüre auch nicht den geringsten Wunsch, heute auf Hellhands Leute zu stoßen. Wie viele Menschen kennen deine Verbindung zum Blancatal?«

Verbena nahm die Brille ab und rieb sich müde die Augen. »Nicht viele. Ich mag nicht an meine Herkunft denken, geschweige denn sie mit anderen teilen, also nannte ich mich von dem Moment an, da ich das Tor passiert hatte, diGiavolo.«

»Also könnten wir dort sicher sein, zumindest für eine Weile«, sagte Riyu mehr zu sich selbst. Dann blickte er zu ihr hoch. »Hast du etwas Nützliches in den Aufzeichnungen gefunden?«

Verbena schob die Seiten zusammen. »Anscheinend sind sie von einem Jorgensenschreiber geschrieben worden – die Schrift ist zu ordentlich, zu regelmäßig, um von Menschenhand zu stammen. Die meisten sind mit Hellhand unterschrieben, allerdings scheint sie der Schreiber unterschrieben zu haben, und nicht die fragliche Person.«

»Also hatten wir recht – Jett war mit Hellhand verbündet.«

»Ja. Die Korrespondenz verspricht Jett viel – eine neue Flotte, verzauberte Schiffe, Reichtum –, wenn er seine restliche Macht dazu benutzt, um für Hellhand Material zu besorgen, das er für seine Schöpfungen braucht. Aber es ist offensichtlich, dass Hellhand niemals in Benevalia gewesen ist – es ist die Rede von Schiffen, die sich an irgendeinem nicht näher benannten Ort treffen, ein Hinweis darauf, dass da irgendein Schmuggel gelaufen sein muss. Vermutlich wusste Jett nicht einmal, aus welcher Stadt Hellhand operiert.« Sie seufzte und legte die Blätter zur Seite. »Leider war Hellhand zu schlau, um viel zu verraten. Ich hoffe noch immer, auf etwas Nützliches zu stoßen, aber bis jetzt sieht es so aus, als hätten wir viel Mühe für wenig Gewinn investiert. Vor allem natürlich du.«

Riyu zuckte mit den Schultern. »Wir haben unser Bestes gegeben. Es ist ein Schritt auf dem Weg des Kriegers zu erkennen, dass man weder allwissend noch allmächtig ist. Fehler passieren, Pläne scheitern, und wir müssen einfach hoffen, das Beste aus der Lage zu machen, in der wir uns wiederfinden.«

»Ja.« Sie zögerte erst, dann entschied sie, das Thema jetzt lange genug gemieden zu haben. »Du musst schrecklich enttäuscht von mir sein.«

Sein Kopf ruckte nach oben, dann starrte er sie verwirrt an. »Warum das denn?«

Sie mied seinen Blick und betrachtete stattdessen ihre Hände. »Mein Benehmen heute Morgen war unentschuldbar. Ich habe mich wie ein Kind verhalten. Ich kann mich nur entschuldigen und hoffen, dass du nicht zu schlecht von mir denkst.«

Müde streckte er die Hand aus und legte sie auf die ihre. »Du redest Unsinn, Verbena-naga. In Trauer gesprochene Worte kann man niemandem zum Vorwurf machen, nicht wenn man gerecht sein will. Allerdings muss ich dich dringend warnen, dass – solltest du noch einmal blindlings davonstürmen – ich nicht für meine Reaktion verantwortlich gemacht werden kann.«

»Warnung verstanden«, sagte sie erleichtert. »Du bist erschöpft und erholst dich noch immer von deinen Wunden. Warum schläfst du nicht eine Weile? Mit etwas Glück finden uns weder Hellhand noch seine Leute, da wir uns jetzt abseits der Hauptstraßen aufhalten. Also sollten wir wenigstens ein paar Stunden lang keine Angriffe mehr zu fürchten haben.«

»Wir können es uns nicht leisten, in unserer Wachsamkeit nachzulassen«, widersprach Riyu. Dann verzog sich ein Mundwinkel zu einem bedauernden Lächeln, das ein zur Hälfte gespitztes Ohr unterstrich. »Andererseits fürchte ich, dass ich ohne Ruhe eher eine Behinderung als eine Hilfe sein würde, sollte es Schwierigkeiten geben.«

»Dann leg dich hin.« Verbena zeigte auf Amethysts Bett. »Ich bleibe hier sitzen und lese in aller Ruhe – und werde versuchen, nicht einfach davonzustürmen, wie du es so schön ausgedrückt hast. Nicht, dass ich überhaupt losgestürmt wäre.«

»Natürlich nicht.« Er folgte ihrem Rat, obwohl es nicht sonderlich bequem für ihn sein konnte, seine große Gestalt auf das kleine Bett zu legen. Er schlief beinahe sofort ein, seine Züge entspannten sich und er atmete ruhig. Nachdem Verbena ihm einige Minuten zugesehen hatte, nahm sie die Decke, die zusammengefaltet am Ende ihres Bettes lag, und breitete sie sanft über ihm aus, bevor sie sich auf ihre Seite des Wagens zurückzog.

Kapitel 21

Meine Heimat, dachte Verbena mit einem seltsamen, schmerzhaften Ziehen in der Brust. *Ich wollte doch niemals zurückkehren. Ich hätte nie gedacht, dass ich zurückgehen werde. Und doch bin ich hier.*

Ein Teil von ihr hatte erwartet, dass sich nach so langer Zeit alles verändert hätte, vielleicht sogar nicht wiederzuerkennen war. Stattdessen erschien ihr jede Einzelheit quälend vertraut, als wäre sie erst gestern fortgegangen. Wie die untergehende Sonne die niedrigen Hügel um das Tal berührte, die Lichter der Bauernhäuser, dazu der Duft von Rauch und Cidre, das alles brachte überwältigende Erinnerungen an ihre Kindheit zurück. Da war der Bach, an dem sie mit anderen Kindern gespielt und Dämme aus Zweigen und Steinen gebaut hatte. Da stand die knorrige Eiche, von der sie heruntergefallen war, nachdem sie ihre Brüder herausgefordert hatte, wer als Erster nach oben klettern konnte. Da stand das Haus, in dem der alte Roggen gewohnt hatte – mittlerweile musste er längst tot sein und ging nun zweifellos den Göttern der Unterwelt mit seinem ewigen Gemecker auf die Nerven.

Turmalin fuhr den Wagen, Amethyst an seiner Seite, während Kiki die Nachhut bildete. Verbena ging voraus, und wie immer war Riyu an ihrer Seite. Sein Nickerchen hatte ihm gutgetan, und auch wenn er sich gelegentlich wegen der Wunden auf seinem Rücken etwas steif bewegte, schien er doch wieder ganz er selbst zu sein.

»Wie fühlst du dich?«, fragte Riyu leise. Vermutlich war ihm ihre Miene nicht entgangen, als sie die Umgebung betrachtete. Das letzte Sonnenlicht funkelte auf seinen Ohrringen.

Verbena zuckte mit den Schultern. »Ganz gut. Da sind nur diese Erinnerungen. Das Bauernhaus müsste hinter der nächsten Biegung stehen, am Fluss. Mein Bruder Hopfen muss es nach dem Tod unserer Eltern geerbt haben. Vermutlich sitzt seine Familie jetzt schon beim Essen.«

Hühner flatterten aus dem Weg, als sie den Hof vor dem Haus betraten, das aus Stein erbaut worden war. Das einzige Licht kam von den flackernden Flammen hinter den Fenstern und den Lichtkugeln an ihrem Wagen. Seufzend ging Verbena zu den Lichtkugeln und löschte sie; umgeben von Magie aufzutauchen konnte ihnen nur schaden.

Ihre Nervosität bewirkte, dass sich ihr Magen verkrampfte. Also befahl sie sich wütend, sich zu beruhigen. Schließlich hatte sie Klickern gegenübergestanden, die sie in Stücke reißen wollten. Das Schlimmste, das Hopfen tun konnte, war, ihr die Tür vor der Nase zuzuschlagen.

Warum habe ich dann plötzlich eine solche Angst?

Tief Luft holend schlug sie den Klopfer gegen die Tür. Noch nie zuvor hatte sie den schweren Messingring benutzt; schließlich hatte sie früher hier gelebt und nicht anklopfen müssen.

Vater und ich hatten unseren letzten Streit genau an dieser Schwelle. Als er mir sagte, dass – sollte ich gehen – ich nicht länger seine Tochter sei.

Im Haus bewegte sich etwas, einen Augenblick später schwang die Tür auf. Das Gesicht, das ihr entgegenstarrte, war sowohl vertraut als auch auch fremd. Das braune Haar war dünn geworden und über der Stirn zurückgewichen, Witterung und Zeit hatten tiefe Linien um den Mund geschnitten. Aber die Form seines Gesichts hatte sich nicht verändert, und die grauen Augen entsprachen den ihren.

»Hallo, Hopfen«, sagte sie müde.

Seine Augen weiteten sich überrascht, als er sie erkannte. »Verbena? Bist du das?«

»Ich fürchte schon.« Hinter ihm konnte sie seine Familie am Tisch sitzen sehen. Da waren eine kleine, verschrumpelte Frau, die Verbena für seine Ehefrau hielt, und dann ein Haufen Kinder, die alle zwischen zwanzig und halbwüchsig waren. Sie starrten ausnahmslos mit offenen Mündern herüber, und Verbena vermutete, dass sie genug Geschichten über die wilde Tochter gehört hatten, deren Leichtsinn sie hatte weglaufen lassen, um nie wieder aufzutauchen. Zweifellos kannten sie sie bloß als warnendes Beispiel.

Hopfen schluckte, und nach der langen Zeit konnte sie nicht einmal erahnen, was er wohl dachte.

»Was ... was machst du hier?«

Hilflos streckte sie die Hände aus. »Ich brauche deine Hilfe.«

Seine Stirn legte sich in tiefe Falten. »Du. Brauchst. Meine. Hilfe.«

»Ja.«

»Du hast diese Familie verraten!«, schrie er ihr ins Gesicht. »Du bist weggelaufen, und uns fehlte jemand für die Ernte! Du hast Mutters Herz gebrochen, und Vater verfluchte deinen Namen noch an dem Tag, an dem er starb!«

Nun, das war nicht schlimmer, als sie erwartet hatte. »Ist das alles?«

»Nein! Du hast alles Anständige von dir gewiesen, um loszuziehen und eine Hexe zu werden! Und jetzt willst du plötzlich Hilfe?« Mit knallrotem Gesicht hatte er die Fäuste geballt.

Riyu trat einen Schritt vor, die Ohren angelegt und ein warnendes Grollen in der Kehle. Bei seinem Anblick zuckte Hopfen zusammen und trat hastig einen Schritt zurück. »Was ist das? Ein Ungeheuer, das du mit deiner Magie heraufbeschworen hast?«

Verbena verdrehte die Augen. »Sei nicht albern. Riyu ist ein Ork, genau wie Kiki. Sie werden dir nichts tun. Niemand von uns wird dir etwas tun. Es ist bloß ... ich brauche deine Hilfe, Hopfen. Wenn du das nicht tun willst, dann sag es mir, und ich gehe wieder.«

Ein Stuhl schabte über den Boden, einen Augenblick später spähte die Frau an Hopfens breiter Gestalt vorbei. »Verbena? Bist du das wirklich?«

Eine Erinnerung trat hervor. »Tausendschön?«

»Ja.«

Bei den Göttern, zusammen hatten sie als Kinder gespielt, hatten die krabbelnden Dinger unter den Steinen am Fluss gejagt oder sich an Seilen über den Mühlenteich geschwungen. Jetzt sah Tausendschön zehn Jahre älter aus als sie; ihre Haltung war gebückt und ihr Gesicht von den Jahren gezeichnet. »Wie geht es dir?«, fragte Verbena, einfach weil ihr nichts anderes einfiel.

»Gut.« Tausendschön ließ die Blicke zwischen Verbena und ihrem Mann wandern. »Hopfen, sie ist deine Schwester, selbst wenn sie eine Hexe ist.«

»Ich bin keine Hexe. Ich bin eine voll ausgebildete Meisterin der Magischen Wissenschaften«, erwiderte Verbena steif.

Hopfen starrte sie böse an. »Und deine Begleiter? Sind das auch Hexen?«

Verbena schluckte ihre Erwiderung herunter; seine Mitarbeit war wichtiger als ihr Stolz, das wurde ihr nur zu klar. »Nein. Meister Turmalin daLira lehrt Tanz und Gesellschaftslehre. Amethyst Langalia ist Studentin.« Was sie studierte, behielt sie besser für sich.

Turmalin verneigte sich tief vor Tausendschön. »Ich freue mich, Eure Bekanntschaft zu machen, Madame. Ich versichere Euch, uns würde nicht im Traum einfallen, Eure Gastfreundschaft zu erbitten, würde uns nicht die nackte Not dazu treiben.«

Tausendschön lächelte, offensichtlich von Turmalins hübschen Worten beeindruckt. »Hopfen, Verbena ist deine Schwester, und der Rest, das sind Reisende, die Hilfe brauchen. Wir können sie doch nicht fortschicken.«

Hopfen sah keineswegs so aus, als hätte er ein Problem

damit, sie ihrer Wege zu schicken. »Also gut«, sagte er widerstrebend. »Du kannst bleiben. Bring deinen Wagen in die Scheune, damit keiner der Nachbarn bemerkt, dass du da bist. Du weißt noch, wo sie steht?«

Verbena nickte und fragte sich, warum es sie jetzt nicht erleichterte, dass er einwilligte, sie bleiben zu lassen. »Ich erinnere mich.«

»Gut. Sieh zu, dass du deine Pferde und deinen Wagen unterstellst. Der Rest von euch kommt herein, setzt euch an den Tisch.«

»Danke, Hopfen«, sagte Verbena. »Ich bin dir wirklich dankbar.«

»Sieh zu, dass ich das nicht bereue.« Er drehte sich um und machte Anstalten, zurück ins Haus zu gehen, aber dann blickte er über die Schulter. »Wir unterhalten uns später.«

Riyu half ihr, den Wagen in die Scheune neben dem Haus zu bringen. Die Scheune war ebenfalls ein solider Steinbau. Eine Eule flog aus einem kleinen Loch an der höchsten Stelle des Daches, um die Mäuse zu jagen, die andernfalls das Getreide vernichten würden, von dem die Gemeinde abhängig war.

Vor der Scheunentür stand eine Laterne, die Verbena entzündete – trotz der Bedrohung, die Feuer für das dort untergebrachte Heu bedeutete. Benutzte sie Magie, würde das Hopfen nur einen Vorwand liefern, sie sofort herauszuwerfen, und das wollte sie nicht riskieren.

Sie trat in die Gerüche ihrer Kindheit hinein: Da war die Süße des Heus, der schwere Duft der Tiere. Stundenlang hatte sie hier gearbeitet und gespielt; auf dem Heuboden oben hatte sie sogar ihre Unschuld verloren. Eine Scheunenkatze beobachtete sie träge von ihrem Platz auf einer Getreidekiste, als sie die Pferde an ihr vorbeiführte. Von der Seite des Stalls spähte eine Ziege herüber, deren eines Bein verbunden war, und aus ihren beiden Maulseiten ragte das Heu heraus, das sie kaute. Das Zugpferd, das den Karren zum

Markt zog, musterte die neuen Pferde neugierig und stieß ein leises Wiehern aus.

Sie stellten den Wagen so hin, dass er mehr oder weniger aus dem Weg war, dann schirrten sie die Pferde ab. Verbena brachte sie in einer Box neben dem Zugpferd unter, und Riyu sah zu, wie sie anfing, die Tränke aus einem Fass in der Ecke zu füllen. »Kann ich helfen?«

»Nein.« Seufzend schob sie sich eine verirrte Haarsträhne aus dem Gesicht. »Um die Wahrheit zu sagen, diese Arbeit gibt mir Gelegenheit, mich ein bisschen zu beruhigen und zu konzentrieren.«

»Fällt es so schwer, wieder nach Hause zu kommen?«, fragte er, doch in seiner Stimme lag Mitgefühl, und ihr fiel wieder ein, dass auch er sein Zuhause nach einem Streit mit der Familie verlassen hatte.

»Ja.« Nachdem sie dafür gesorgt hatte, dass der Futtereimer voll war, fing sie an, das erste Pferd zu striegeln und dabei sorgfältig nach irgendwelchen Verletzungen Ausschau zu halten.

»Möchtest du es mir erzählen?«

Die Worte wollten ihr im Hals stecken bleiben; sie hatte noch nie darüber gesprochen. »Ich wollte niemandem wehtun, als ich ging«, sagte sie schließlich. »Ich hatte nie die Absicht, sie zu verraten.«

»Du hast ein starkes Pflichtgefühl.«

»Vermutlich.« Sie seufzte. »Zumindest versuche ich, so zu leben. Ich wusste, was ich meiner Familie schuldete.«

»Genau wie du wusstest, was du deinen Studenten schuldetest, an dem Tag, an dem die Klicker die Universität angriffen.«

Diese Entsprechung war ihr noch nie zuvor bewusst gewesen. »Vielleicht. Nur dass ich in dem einen versagte und in dem anderen nicht. Ich wusste, dass es als Kind meine Pflicht war, auf dem Hof zu helfen, und als Erwachsene, einen Mann zu heiraten, dessen starker Rücken eine Bereicherung für die Familie sein würde. Aber das war zu keiner Zeit mein Traum.«

»Du träumtest von Magie.«

»Ja. Obwohl Magie hier ein Fluch sein soll, gab es immer diejenigen, die spätnachts, wenn unsere Eltern schliefen, flüsternd Geschichten aus der Zeit vor unserem Leben erzählten. Gelegentlich gab es Reisende, die ihre eigenen Geschichten von der Welt außerhalb des Tales mitbrachten. Über Magie.

Es kommt mir so vor, als hätte ich immer schon gewusst, was ich wollte – die Magischen Wissenschaften studieren. Manchmal glaube ich, das war die einzige Sache, die ich mir je wirklich wünschte.«

»Und die eine Sache, die du nie bekommen hättest, wärst du hiergeblieben.«

»Genau.« Sie lehnte die Stirn gegen den warmen Oberschenkel des Pferdes und zog Trost aus seiner bodenständigen Gegenwart. »Also habe ich der Pflicht den Rücken gekehrt. Und bin gegangen. Mein Vater sagte mir, ich bräuchte nicht zurückkommen, und dass ich nicht länger seine Tochter sei.«

»Das tut mir leid.«

»Wir waren uns viel zu ähnlich, um uns je verstehen zu können. Das begreife ich jetzt, aber damals hielt ich ihn bloß für stur und in seinen Wegen eingefahren. Er schien zwischen mir und dem Leben zu stehen, das ich einfach haben *musste*. Er sah bloß, dass ich ihn im Stich ließ. Auf einem Bauernhof ist jede Hand unverzichtbar, und ich entfernte nicht nur meine. Ich beraubte sie damit auch der Hilfe des Ehemanns, den ich geheiratet hätte, und der Kinder, die ich geboren hätte.

Nachdem ich in Giavolo war, schickte ich Briefe und Geschenke. Meine Eltern reagierten nie darauf. Ich weiß nicht einmal, wann sie gestorben sind oder wie viele meiner Geschwister noch leben.«

Riyu trat an den Eingang der Box und sah sie an. »Es tut mir so leid, Verbena-naga.«

Sie zuckte mit den Schultern und striegelte weiter. »Ich wählte meinen eigenen Weg, aus eigenem Willen. Ich bedaure *nicht*, dass ich nach Giavolo und zur Universität gegangen bin. Das ist die eine Sache in meinem Leben, die ich nicht bereue, das habe ich niemals bereut, und ich fange jetzt bestimmt nicht noch damit an. Es ist nur ... hierher zurückzukehren, obwohl ich geschworen hatte, das niemals tun ... das fühlt sich wie Versagen an.«

Sie warf den Striegel weg. »Ach, seien wir doch ehrlich. Ich habe ja auch wirklich versagt. Wir haben einen der besten Lehrlinge verloren, den ich je hatte, Kardamom hat sich als gefährlicher Narr herausgestellt, wir haben nichts zu essen und nur wenig Geld und sind nicht näher dran, Malachit zu finden, als an dem Tag unseres Aufbruchs in Giavolo.«

Die Aufzählung ihrer Fehlschläge war sogar noch deprimierender, wenn man sie laut aussprach. Sie lehnte sich gegen die Box und starrte zu Boden. »Ich bin es, dem alles leidtun sollte, Riyu. Jeder andere hatte zumindest die Wahl, mich bei meiner verrückten Mission zu begleiten. Du hast Besseres verdient. Ich bin sicher, du verfluchst den Tag, an dem Nagati dich mir als Leibwächter zuteilte.«

Er schwieg so lange, dass sie es schon als Zustimmung auffasste. Dann stieß er laut die Luft aus. »Du irrst dich, Verbena-naga, und zwar in mehr als einer Hinsicht. Ich bat sogar um diesen Auftrag.«

Überrascht sah sie auf, aber jetzt hatte er den Kopf zur Seite gewandt und den Blick auf etwas gerichtet, das sie nicht sehen konnte. Seine Ohren standen auf Halbmast, und das unzureichende Licht der Laterne machte es unmöglich, in seiner Miene lesen zu können.

»Ich verstehe nicht.«

»Es ist kein Schritt auf dem Weg des Kriegers, sich blindlings in die Schlacht zu stürzen.« Er senkte den Kopf. Das lange grobe Haar strich knisternd über den Umhang. »Es ist auch nicht ehrenhaft zu erwarten, dass seine Anhänger das tun. Als Nagati dem Vertrag mit der Universität von Giavolo zustimmte, verlangte sie erschöpfende Aussagen über jeden der Meister und Meisterinnen, die man für wichtig genug hielt, unseres Schutzes zu bedürfen. Diese Dossiers standen dann uns allen zur Verfügung. Ich muss zugeben, dass sich die meisten von uns nicht dafür interessierten und Nagati vorschlugen, sie nach Belieben einzusetzen. Was spielte es schon für eine Rolle, welchen Menschen wir beschützen? Würde es am Ende nicht völlig gleichgültig sein?

Ich gehörte nicht zu ihnen, und Bihai auch nicht. Kiki las uns und ein paar anderen, die genauso dachten, alle Berichte vor.«

»Was stand denn dort?«

»Der gesellschaftliche Rang eines jeden Meisters, wer sie sind, wo sie herkommen, was sie lehren. Es gab Anmerkungen von Kollegen und Studenten, falls angebracht, die man im Laufe von Jahren gesammelt hatte.«

»Ah.« Verbena schürzte die Lippen zu einem reumütigen Lächeln. »Ich kann mir gut vorstellen, was die Studenten über mich zu sagen hatten. Ich kenne einige der Spitznamen.«

Er warf ihr einen Blick zu, und ein flüchtiges Lächeln umspielte seine Mundwinkel. »Einige davon waren vielleicht nicht ganz so … schmeichelhaft, wie sie hätten sein können. Aber der Rest … ich glaube, du wärst überrascht, wie sehr du geschätzt wirst. Deine Kollegen waren … ähnlich geteilter Meinung.«

»Das denke ich mir. Hatte Meister Porphyr etwas zu sagen? Ich glaube, er hat mir nie verziehen, dass ich ihn mal einen geifernden Narren nannte, dessen Methodologie einem Studenten im ersten Semester zur Schande gereichen würde.«

»Einem Studenten im ersten Semester der Kunstfakultät, so, glaube ich, lautete das Zitat.«

»Ihr Götter.« Verbena musste lachen und schlug die Hände vors Gesicht. »Was hat Nagati – oder der Kanzler? – gesagt, damit du dich anders entschiedest?«

Riyu schüttelte den Kopf und fing an, die Hände hinter dem Rücken verschränkt, auf und ab zu gehen. »Wieder irrst du dich. Ich musste gar nicht überredet werden. All die Dinge, die ich erfuhr, all die Kleinigkeiten, ja, selbst Meister Porphyrs Beschwerde – erschufen das Bild einer Frau, die leidenschaftlich, getrieben und äußerst klug ist. Jemand, der zwar keine Dummköpfe erträgt, aber auch nicht von Grund auf bösartig ist. Eine Frau, die andere zwar antreiben kann, sich selbst aber noch mehr. Die selbst nach den Maßstäben ihrer Gegner als brillant eingestuft werden muss.«

Seine dunklen Augen zeigten einen um Verständnis flehenden Blick, als er sich ihr wieder zuwandte. »Verstehst du, was ich sage, Verbena-naga? Ich habe *dich* erwählt. Und ich habe diese Wahl niemals, nicht einmal für den kleinsten Augenblick, bereut.«

Das machte sie völlig sprachlos. *Ich hätte nie gedacht … ich habe das nie geahnt.* Die Annahme, dass jemand freiwillig darum bat, einer nachlässig gekleideten Universitätsdozentin mittleren Alters zugeteilt zu werden, deren Vorstellung von ein paar aufregenden Stunden aus einer produktiven Sitzung im Laboratorium bestand, das war doch – Wahnsinn.

Seine Schultern sackten nach unten, als sie nicht antwortete. »Als du mich batest, an diesem ersten Abend in deine Wohnung zu kommen, da wusste ich endgültig, dass ich die richtige Wahl getroffen hatte. Ich wusste, dass du …«

Er verstummte und schloss kurz die Augen, als schmerze ihn etwas. *Sturmhexe* hatte er sie genannt, als er durch Rauschmittel und Folter den Verstand so gut wie verloren hatte. Die Göttin aus der Legende, diejenige, deren Herz niemand gewinnen konnte.

Verbena-ge. Meine geliebte Verbena.

Ihre Stimme zitterte, als sie seinen Namen sagte. »Riyu …«

»Ich halte draußen Wache«, unterbrach er sie plötzlich. Er drehte sich um und hielt mit schnellen Schritten auf die Scheunentür zu.

»Weißt du, ich habe mich ziemlich in dich verliebt!«, rief sie ihm nach.

Er erstarrte mitten im Schritt. Viel zu spät kam ihr in den Sinn, dass sie vielleicht alles falsch verstanden hatte, genau wie sie in Benevalia gegenüber Jaspis darauf beharrt hatte. In der verzweifelten Hoffnung, nicht gerade einen unfassbar peinlichen Fehler begangen zu haben, verließ sie die Box, machte ein paar Schritte auf Riyu zu … und blieb stehen, als sie der Mut verließ.

»Ich weiß … das heißt, ich finde mich nicht in deinen Worten wieder. Ich bin weder etwas Besonderes, noch bin ich mutig. Ich bin mir auf dieser Reise nie besonders brillant vorgekommen, und … bei den Göttern, jetzt plappere ich und habe Angst, dass ich gerade ein schreckliches Durcheinander angerichtet habe. Aber ich *liebe* dich, und ich hoffe, dass das nicht ganz und gar auf Ablehnung stößt.«

Riyu wandte sich ihr zu, aber sie wagte es nicht, in sein Gesicht zu schauen. »Ablehnung?« Er kam näher, bis sie sich beinahe berührten, bis sie die Hitze seines Körpers durch die wenigen Zoll zu spüren glaubte, die sie noch trennten. Sie ergriff seine Hand, schmiegte ihr Gesicht hinein und strich mit den Lippen sanft über die Haut. Sie musste an Amethysts vor langer Zeit gestellte, damals so impertinente Frage denken, und dann flüsterte sie: »Küssen Orks?«

»Nur unter ungewöhnlichen Umständen«, murmelte er und zog sie näher an sich. »Aber glücklicherweise bist du eine ungewöhnliche Frau.«

Seine Lippen waren überraschend weich, und die Stoßzähne gerieten gar nicht so sehr in den Weg, wie sie erwartet hatte. Er schmeckte nach bitteren Limonen und noch etwas anderem, das sie nicht benennen konnte. Sie legte die Arme um ihn, fuhr mit den Fingern durch sein langes Haar, zog die Umrisse eines Ohres nach.

Als der Kuss zu Ende war, wurde sie sich ihres keuchenden Atems deutlich bewusst, wie auch der süßen Qual, die sich in ihrem ganzen Körper ausgebreitet hatte. Er legte die Stirn auf ihren Kopf und machte tief in der Kehle einen zufriedenen Laut. Trotz der harten Rüstung fühlten sich seine Arme gut an, während sie sie umschlossen, und einen wilden Augenblick lang dachte sie daran, ihn zu bitten, sie auszuziehen.

»Ich kann unmöglich die erste Menschenfrau sein, die du geküsst hast, so wie du es kannst«, sagte sie und war irgendwie erleichtert, dass ihre Stimme nicht so sehr zitterte wie ihre Knie.

Er kicherte leise und fuhr durch ihr Haar. »Das stimmt nicht. Aber seit ich dir begegnet bin, habe ich viel darüber nachgedacht.«

»Und warum hast du nie etwas gesagt?«

Er streichelte ihren Nacken. »Ich ... hielt es für sehr unwahrscheinlich, dass du genauso empfindest. Hätte ich etwas gesagt und hättest du mich daraufhin weggeschickt, wer wäre dann da gewesen, um dich vor deinen Feinden zu beschützen?«

»Aber einmal hast du dich versprochen, in der Nacht, in der du mich ... Verbena-ge nanntest, stimmt's?«

Überrascht löste er sich von ihr. »Du weißt ...?«

»Jaspis hat es mir erklärt« Sie klopfte ihm leicht auf den Arm. »Es wäre besser für dich gewesen, du hättest es mir übersetzt, als ich dich vor Benevalia darum gebeten habe.«

»Zweifellos.« Er strich ihr das Haar so sanft aus dem Gesicht, dass es sie geradezu schmerzte. »Ich glaubte, ich könnte meine Zuneigung für dich verbergen. Dass ich mit deiner Freundschaft zufrieden bliebe. Aber als wir mehr

Zeit zusammen verbrachten und ich mich immer stärker in dich verliebte, da fing ich an, an dich als Verbena-ge zu denken. Es ist mir einfach so herausgerutscht.«

»Und du hast Kiki schockiert.«

»Um ehrlich zu sein, sie hatte schon einen Verdacht gehabt. Manchmal ist sie etwas zu aufmerksam.«

»Oder sie und Amethyst Langalia haben zu viel Zeit damit verbracht, über Jungs zu reden und überall nur Romantik zu sehen.«

»Vielleicht. Sie sorgte sich um mich, und zwar genug, um mich zu fragen, obwohl ich der Ältere bin. Ich glaube nicht, dass sie mit meiner Antwort gerechnet hat.« Reumütig kicherte er. »Ich glaube, ich rechnete selbst nicht damit. Ich weiß nicht, was mich geritten haben mag, ihr die Wahrheit zu sagen. Aber mein Herz schmerzte, und vielleicht hoffte ich ja, dass – wenn ich es laut ausspreche – ich die Wahrheit der Worte akzeptieren könnte.«

»Du hättest etwas sagen sollen ... Aber ich verstehe, warum du es nicht tatest. Ich war auch nicht gerade zuvorkommend, oder?« Sie beugte sich ein Stück zurück, weil sie ihm ins Gesicht sehen wollte. »Riyu? Wirst du deswegen Schwierigkeiten bekommen? Nicht nur mit Kiki, sondern mit dem Rest deiner Truppe?«

Er schwieg eine Weile und dachte über ihre Worte nach. Gedankenverloren fuhr seine Hand ihre Wirbelsäule hinauf und hinunter, und das Gefühl verwandelte ihre Knochen in Wasser und erfüllte ihren Körper mit Wärme. Sie fragte sich, ob er überhaupt eine Ahnung hatte, welche Wirkung das auf sie hatte.

»Ich glaube nicht«, sagte er schließlich. »Wenn ich vielleicht in Kikis Alter wäre, ohne jede Lebenserfahrung, dann sähe man mich wohl schief an, so als wäre es bloß ein Experiment. Aber was das angeht, mache ich mir mehr Sorgen um dich.«

»Warum?«

»Kardamom beschuldigte dich, du hättest eine ›unnatürliche‹ Beziehung zu mir, und ich fürchte, die anderen werden das genauso sehen.«

»Also ich kann nichts Unnatürliches daran finden, mich in einen Mann zu verlieben, der nicht nur klug erscheint und mit dem man sich ausgezeichnet unterhalten kann, sondern der auch noch ehrenhaft und freundlich ist«, sagte sie mit leisem Schnauben. »Davon abgesehen: Würde ich mich zu sehr darüber sorgen, was andere von mir halten, hätte ich diesen Hof niemals verlassen. Du kannst davon ausgehen, dass die Nachbarn ihren Kindern die vergangenen dreißig Jahre mit der Geschichte von Verbena Angst gemacht haben. Verbena, die weglief, um eine Hexe zu werden, und nun für alle Ewigkeit in der tiefsten Hölle verdammt sein wird.«

Er kicherte, was ihr Herz erfreute. Dann küsste er sie wieder, was ihr noch mehr Freude bereitete.

»Wir sollten wieder reingehen«, schaffte sie zu sagen, als sie dazu genug Luft hatte. »Irgendwann fragen sie sich, was so lange dauern mag, und wenn ich mir vorstelle, dass Amethyst uns erwischt, äh …«

»Ja.« Zögernd trat er zurück. »Du hast recht. Und außerdem möchte ich nicht, dass deine Familie mit dem Essen auf uns wartet.«

Verbena schnaubte. »Ich habe meine Zweifel, dass Hopfen mit irgendetwas auf uns wartet. Obwohl ich der Ansicht bin, dass mir die Aussicht auf einen Streit mit ihm nun wesentlich weniger zu schaffen macht als noch eben, bevor wir die Scheune betraten.«

Ein Grinsen breitete sich langsam auf seinem Gesicht aus. »Nun, dann bin ich froh, zu deinen Diensten gewesen zu sein.«

»Mhm.« Verbena nahm seine Hand und führte ihn hinaus. »Wir unterhalten uns später weiter. Pass auf, dass du nicht über die Hühner stolperst.«

Kapitel 22

Das Abendessen verlief, um es vorsichtig auszudrücken, ausgesprochen merkwürdig. Für Verbena war es ungewohnt, am Familientisch zu sitzen und sich daran zu erinnern, dass dieses Haus früher einmal auch ihr gehört hatte. Und Hopfen auf dem Platz ihres Vaters zu sehen. Das Essen verstärkte das unwirkliche Gefühl noch. Tausendschöns Gemüsekuchen, das Brot und die Apfeltorte – dies alles gehörte zu dem schlichten Essen ihrer Jugend; so etwas wurde im Speisesaal der Universität nur selten serviert.

Und aus gutem Grund, dachte sie und fummelte diskret ein Sandkorn aus dem groben Brot.

Hopfen war schockierend höflich, obwohl er ihr die ganze Zeit über verstohlene Blicke zuwarf. Verbena überließ die Unterhaltung größtenteils Turmalin, was dieser auch mit Bravour erledigte. Er war charmant, zivilisiert und vor allem kein Magier. Sowohl die Erwachsenen als auch die Kinder waren ihm auf der Stelle zugetan.

Hopfen stellte Verbena seine jüngsten Kinder vor: die Ältesten waren schon lange verheiratet und aus dem Haus, eine Tatsache, über die sie froh war, bedeutete dies doch, sich weniger Namen merken zu müssen. Zehn der dreizehn Kinder hatten überlebt, und sie fragte sich, ob es der endlose Kreislauf aus Schwangerschaften und Geburten war, der Tausendschön vor ihrer Zeit hatte altern lassen. *Da es hier überhaupt keine modernen Heiler gibt, ist sogar es erstaunlich, dass sie überlebt hat.*

Die Kinder hingen größtenteils an Turmalins Lippen. Die Ausnahme war Dorn, der Jüngste. Er fiel Verbena auf, weil er mehr an ihr interessiert zu sein schien als seine Geschwister.

Er hatte sie von dem Augenblick an, da sie das Haus betreten hatte, mit einem Ausdruck angestarrt, den sie zu erkennen glaubte, hatte sie ihn im Laufe der Jahre doch oft genug auf den Gesichtern einiger Studenten gesehen.

Weißdorn eingeschlossen. Ein schmerzhafter Stich durchfuhr sie, aber sie verdrängte ihn und konzentrierte sich stattdessen auf die Erinnerung an ihren Studenten. Er hatte in dem Einführungskurs in der ersten Reihe gesessen, und in seinen Augen hatte damals der gleiche Wissensdurst und das gleiche verzweifelte Verlangen nach Verstehen gelegen, das sie jetzt in Dorn erkannte.

Als die Mahlzeit beendet war, schob Hopfen den Stuhl zurück. »Wir müssen schwer arbeiten und brauchen unseren Schlaf«, verkündete er mürrisch. »Und es klingt so, als würdet auch ihr Ruhe brauchen. Ihr könnt auf dem Heuboden schlafen. Lasst uns wissen, ob ihr vor der Morgendämmerung etwas braucht.«

»Ich zeige ihnen den Weg«, bot Dorn hastig an, als wären Verbena und Riyu nicht schon dort gewesen. Im Gegensatz zu Hopfen war er klein und dunkel, und Verbena nahm an, dass er seiner Großmutter eher ähnelte als seine Geschwister.

Nachdem es Hopfen mit einem Nicken erlaubt hatte, stemmte sich Dorn mit einer festen Holzkrücke von seinem Stuhl hoch, und Verbena sah, was der Tisch bisher verborgen hatte: Sein Körper war verwachsen, das rechte Bein war nach innen gekrümmt, und sein Rückgrat krümmte sich zur selben Seite.

Ohne Krücke hätte er nicht laufen können, und selbst mit ihr war sein Gang langsam und unsicher. Verbena fand es quälend, ihm dabei zusehen zu müssen, aber sie gab sich alle Mühe, ihre Miene ausdruckslos zu halten.

»Was ist passiert?«, fragte sie, als sie außer Hörweite des Hauses waren.

Dorns schulterlanges Haar verbarg sein Gesicht. »Ich wurde falsch geboren.«

Die angespannten, kurzen Worte verbargen ein Leben voller Schmerz. Unwillkürlich ballte Verbena die Fäuste, als Zorn in ihr aufstieg. *Ein richtiger Heiler hätte das in Ordnung bringen können, sobald er aus dem Schoß geholt worden war. Zumindest hätte er dabei helfen können, seine Glieder zu begradigen. Hätten sie ihn bloß nach Icci oder Benevalia gebracht, selbst zu mir nach Giavolo …*

Aber das war Magie und damit tabu, selbst wenn es Hopfens jüngsten Sohn zu dem aussichtslosen Leben eines Krüppels verurteilte.

»Ich verstehe.«

»Keiner rechnete damit, dass ich überlebe«, fuhr er im Plauderton fort, als sprächen sie über das Wetter. Danach schwieg er aber ein paar Augenblicke lang, und sie hatte das Gefühl, dass er jetzt seinen Mut zusammennahm, um ihr eine Frage zu stellen. Als er es dann tat, war sie trotzdem überrascht.

»Zeigst du mir Magie?«, platzte er heraus.

Sie zögerte, denn sie war sich nicht sicher, wie sie auf diese unerwartete Bitte reagieren sollte. »Weißt du, deinem Vater würde das nicht gefallen.«

Er blieb stehen, um zu ihr aufzuschauen, und das Gesicht, von den dunklen langen Haaren umgeben, wies einen sturen Zug auf. »*Deinem* Vater gefiel das auch nicht.«

»Das stimmt. Aber ich bin hier, um Hopfens Hilfe zu erbitten, die wir verzweifelt brauchen. Zeige ich dir Magie, und er findet es heraus, dann schickt er uns mit leeren Händen weg.«

»Ich sage es auch niemandem, das schwöre ich!«, protestierte er. »Außerdem – ich wäre genauso in Schwierigkeiten. Es ist nur … ich will bloß sehen, dass sie wirkt.«

Die Sehnsucht in diesen letzten Worten riss an ihrem Herzen. *Das hätte ich sein können, vor dreißig Jahren oder so.* »Kiki, Amethyst, könntet ihr bitte eine Lichtkugel vom Wagen bringen?«

Sie betraten die warme Scheune, und Dorn stellte die Laterne vor der Tür ab, weit genug entfernt vom Heu oder den Tieren, die sie umstoßen konnten. Nach so vielen Jahren mit den Lichtkugeln kam es Verbena unglaublich gefährlich vor, Feuer als Lichtquelle zu benutzen, und sie war froh, als Kiki und Amethyst eine der Kugeln brachten, die normalerweise an den Wagenwänden hingen.

Beim Anblick der Glaskugel bekam Dorn große Augen. »Was ist das?«, flüsterte er.

»Eine Lichtkugel.« Verbena holte einen Melkschemel aus einer Ecke und setzte sich, nahm die Kugel auf den Schoß, damit Dorn sie gut sehen konnte. »Siehst du den Eisenring um die Mitte?«

»Ja. Was bedeuten die Runen?«

»Vieles. Doch für jemanden ohne anständige Grundlage in den Magischen Wissenschaften bleibt es alles bedeutungslos«, sagte sie und sprach die Beschwörung, die sie weckte.

In den Tiefen der Kugel erschien ein Licht und wuchs rapide, bis es ohne zu flackern Dorns Gesicht in Helligkeit tauchte und von seinen weit aufgerissenen Augen widergespiegelt wurde. »Wie … wie lange hast du gebraucht, um das zu lernen?«

»Das Licht herbeizurufen ist einfach; das kann jeder, wenn er die richtigen Worte kennt. Die Kugel zu erschaffen ist natürlich wesentlich komplizierter, aber auch das bringt jeder Student im dritten Jahr fertig.«

Auf Dorns Gesicht zeigten sich zugleich Verlangen und Erstaunen. »Ich verstehe«, flüsterte er. Dann schluckte er schwer. »Ich … ich sollte zurück ins Haus gehen, bevor man nach mir sucht. Ich werde niemandem erzählen, dass du es mir gezeigt hast.« Er ging los, blieb dann aber stehen. »Danke, Tante Verbena.«

Die Anrede klang seltsam, ließ sie aber lächeln, vor allem da keine ihrer anderen Nichten und Neffen die Familienbande anerkannt hatte. »Keine Ursache, Dorn. Wir sehen uns morgen früh.«

Obwohl sie den nächsten Schritt dringend hätten besprechen müssen, konnte sich Verbena einfach nicht dazu durchringen, das Thema anzuschneiden. *Sorgen wir uns morgen früh, wie wir nach Icci kommen und was wir dort machen wollen, sobald wir eingetroffen sind. Ruhen wir uns erst einmal aus.*

Bei den Göttern, ich bete, dass wir die Klicker nicht ins Blancatal locken. Ich habe alles so gut ich konnte mit Bannzaubern versehen, und ich kann mir nicht vorstellen, jemand würde auf die Idee kommen, dass wir hier sein könnten. Aber es besteht immer die Möglichkeit, dass ich mich irre.

Riyu verschwand auf dem Heuboden, und Turmalin folgte ihm mit einer um die Schultern geschlungenen Decke. Kiki hatte sich angeboten, die erste Wache zu übernehmen, und sie und Amethyst saßen neben der Tür und spielten mit den Jungen der Scheunenkatze. Da sie Riyus Gesellschaft suchte, stieg Verbena ebenfalls die Leiter zum Boden hinauf.

Das viele Heu roch süß und gab unter ihren Schritten nach. Turmalin hatte sich im hinteren Teil hinter einem großen Ballen hingelegt; sie konnte bloß seine Stiefelspitzen sehen. Riyu saß näher bei der Leiter, zweifellos damit er bei einem Zwischenfall schnell nach unten springen konnte. Er hatte die Rüstung ausgezogen und reinigte sie sorgfältig, aber als er die Zauberin sah, legte er sie zur Seite.

Plötzlich fühlte sie sich unbehaglich, obwohl das Gefühl ganz und gar lächerlich war, wie sie sich versicherte, vor allem angesichts Riyus einladendem Lächeln. »Komm und setz dich neben mich, wenn du Lust hast.« Er klopfte auf das Heu.

Sie folgte seiner Bitte und glättete gedankenverloren die Röcke. »Ich bin nicht besonders geschickt in so etwas«, sagte sie leise und hoffte, dass Turmalin tatsächlich schon schlief. »Die meisten meiner Beziehungen habe ich versaut, und ich sorge mich, dass ich versehentlich etwas tue, das dich beleidigt, oder dass ich über eine … Art kulturelle Grenze stolpere, von deren Existenz ich nicht einmal etwas ahne.«

Er hob eine Braue und bewegte ein Ohr, sodass die Ringe klirrten. »Ist es dir schon in den Sinn gekommen, dass ich die gleichen Befürchtungen haben könnte?«

»Nein, eigentlich nicht. Du bist immer so … selbstbewusst.«

»Vielleicht habe ich ja bloß Vertrauen zu dir.« Riyu streckte die Hand aus, und dann ließ sie sich näher an ihn heranziehen. Seine Handflächen und die Finger waren von den Jahren der Schwertarbeit schwielig geworden, aber seine Berührung fühlte sich ungewöhnlich sanft an. »Zusammen finden wir einen Weg, Verbena-ge.«

Zusammen. Ihr Herz schlug schneller, als suchte es einen Weg durch ihre Brust. Sie küsste ihn, genoss seinen Mund und das Gefühl seiner Arme, die sich um sie legten und sie auf seinen Schoß setzten. Ihr ganzer Körper schmerzte auf diese bestimmte Art, und sie wünschte sich verzweifelt, es hätte eine Möglichkeit gegeben, ein paar Stunden echter Abgeschiedenheit mit ihm zu finden.

Aber das erschien im Augenblick eher unwahrscheinlich, also seufzte sie bloß, als sich ihre Münder nach dem Kuss trennten, und lehnte den Kopf gegen seine Schulter. Er hielt sie an sich gedrückt und streichelte mit der Hand ganz langsam über ihren Oberarm, als entzücke ihn dieses Gefühl.

»Es war gut, dass du dem Jungen die Lichtkugel gezeigt hast«, sagte er nach einer Weile.

Verbena zuckte zusammen. »Ich bezweifle, dass Dorns Eltern und Geschwister das auch so sehen würden. Aber ich könnte seine Lage wohl kaum schlimmer machen, also betraf das Risiko nur mich allein.«

»Was meinst du?«

»Du hast ihn ja gesehen. Er ist verkrüppelt. Dies hier ist ein Bauerndorf, das die modernen Errungenschaften der Magie ablehnt. Es gibt keine Pflüge, die sich selbst ziehen, oder Sicheln, die nicht stumpf werden. Das Leben ist hart und körperlich anstrengend. Mit seiner Behinderung kann Dorn nicht auf dem Feld arbeiten oder hier heraufklettern, um Heu zu wenden oder ein Dutzend anderer Dinge zu tun, die erforderlich sind, um Essen auf den Tisch zu bringen. Er ist eine Last, und seine Eltern haben ihn für alle Ewigkeit am Hals, denn keine Frau wird einen Mann heiraten, der nicht auf dem Hof ihrer Eltern arbeiten kann. Sein ganzes Leben ist also sinnlos.«

Riyus Miene wirkte besorgt. »Das erscheint nicht gerecht. Sicherlich gibt es doch irgendeine sinnvolle Arbeit, die er machen könnte.«

»Natürlich ist das nicht gerecht.« Sie seufzte und versuchte, die Bitterkeit aus ihrer Stimme zu halten. »Ich weiß nicht, was für einen Verstand er hat, aber du hast ja gesehen, wie er die Lichtkugel ansah. Er will mehr. Ich vermag nur nicht zu sagen, ob es daran liegt, dass er hier keine vernünftige Zukunft hat, oder weil es ihm im Wesen liegt.«

Gedankenverloren fuhr Riyu mit den Lippen über ihr Haar. »Ich vermute mal, es wird das Letztere sein. Würde er die Magie bloß als Mittel betrachten, um seinem Leben hier zu entkommen, dann hätte er dich während der Demonstration eindringlicher beobachtet. Schließlich stellst du jemanden dar, der diesen Ort einmal hinter sich ließ. Aber das tat er nicht; sein Blick war immer nur auf die Lichtkugel gerichtet.«

»Du hast natürlich recht.« Sein langes Haar fiel über seine Schulter, und ihre Finger strichen durch einige der Zöpfe und ließen die Perlen leise klirren. »Er bricht mir das Herz, denn ich weiß noch, wie es sich anfühlt, etwas so sehr haben zu wollen.«

»Weißt du, in welchem Augenblick ich erkannte, dass ich mein Herz an dich verliere?«

Diese Bemerkung, die offensichtlich ganz vom Thema abwich, traf sie unvorbereitet. »Es fällt mir schon schwer genug zu glauben, dass dir das überhaupt geschehen ist«, sagte sie trocken. »Also nein, ich habe nicht die geringste Ahnung.«

Er ignorierte ihre selbstironische Bemerkung. »Erinnerst du dich noch an den Morgen, an dem du mir von dem Luftschiff erzähltest und mir erklärt hast, was das Modell für dich bedeutet? Dein Gesichtsausdruck, als du von dem Staunen sprachst, das du als Kind verspürtest, wie sehr es dich angespornt hat ... da wusste ich, dass du jemand ganz Besonderes bist, die Art von Person, der man im Leben nur einmal begegnet.«

Das Luftschiff.

Verbena keuchte auf. »Riyu! Du bist brillant!«, rief sie.

Er sah sie fragend an. »Tatsächlich?«

»Das Luftschiff! Es lag Jahrzehnte in der Scheune meines Onkels, bis ich es gefunden habe – es könnte noch immer dort liegen. Falls es überhaupt noch funktioniert, und falls es in unserer Macht liegt, es zu reparieren, hätten wir damit die Möglichkeit, Icci zu erreichen, ohne erwischt zu werden!« Enthusiastisch warf sie die Arme um ihn. »Oh! Ich liebe dich!«

Jemand räusperte sich. Überrascht schaute Verbena auf und entdeckte Turmalin, der an dem Heuballen vorbei zu ihnen hinübersah. Er schien nicht gerade erfreut von dem zu sein, was er da sah, aber er sagte bloß: »Was höre ich da von einem Luftschiff?«

Kapitel 23

Als sie am nächsten Morgen über die Felder marschierten, lag noch Tau auf dem Gras, und die Sonne hatte kaum den Horizont berührt. Hopfen ging mit mürrischer Miene voran. »Falls das jemand außerhalb der Familie mitbekommt, werde ich geächtet«, sagte er zum vierten Mal.

»Wem sollten wir es sagen?«, wollte Verbena genervt wissen. »Bei den Göttern, Hopfen, glaubst du etwa, ich schicke einen Ausrufer durch das Tal und verkünde meine Rückkehr?«

»Es geht nicht nur darum, dass die Leute von dir erfahren. Sie könnten herausfinden, dass Onkel Löwenmaul das verdammte Ding behalten hat, statt es zu verbrennen, wie es richtig gewesen wäre.« Staunend schüttelte er den Kopf über den Irrsinn seines Onkels. »Ich kann mich noch daran erinnern, wie du nach Hause kamst und nicht aufhören konntest, über das zu plappern, was du gesehen hattest.«

»Ich auch. Und ich werde es nie vergessen! Vater hat mich so verprügelt, dass ich eine Woche nicht sitzen konnte.«

Die Orks nahmen die Ohren zurück, als sie das hörten. Kiki sah entsetzt aus, Riyu wütend. »Warum sollten Eltern so etwas tun?«, fragte Kiki.

»Vater war ein harter Mann«, sagte Hopfen abweisend. »Aber er meinte es gut. Verbena war immer wild, schon als Kind. Dauernd fiel sie von Bäumen oder kroch in Maulwurfshügel oder tat noch ganz andere verrückte Dinge. Dann kommt sie ins Haus und plappert etwas von einem Luftschiff, und wie toll es war ... hätte sich das herumgesprochen, hätte jeder sie für eine Hexe gehalten.«

»Ich war nicht wild«, sagte Verbena steif, war sich aber

all der interessierten Ohren in ihrer Nähe schmerzlich bewusst. »Es sei denn, man betrachtet gesunde Neugier als Wildheit.«

»Hmp.« Hopfen teilte ihre Meinung offensichtlich nicht. »Vermutlich erinnerst du dich nicht an den Streit, den Vater und Onkel Löwenmaul wegen diesem Teufelsding hatten. Löwenmaul war immer ein verrückter alter Bastard gewesen. Sagte, sein Besitz wäre seine Sache, und das war es dann. Danach sprachen sie sechs Monate lang nicht miteinander.« Er schüttelte den Kopf. »Ehrlich, Verbena, auch wenn du Vater das Herz gebrochen hast: Nachdem du weg warst, ging es hier viel friedlicher zu.«

»Das glaube ich gern«, sagte sie bitter. *Es gibt keinen Grund, dass seine Worte schmerzen sollten. Ich hätte wissen sollen, dass jeder in der Familie froh war, mich los zu sein.*

Riyu war schweigend neben ihr gegangen, jetzt griff er unauffällig nach ihrer Hand und hielt sie tröstend. Sie schenkte ihm ein kurzes, dankbares Lächeln ... und sah zufällig, wie Amethyst Langalia direkt hinter ihnen den Mund aufriss – wie ein an Land gestrandeter Fisch.

Oh, bei allen Göttern.

Sie kamen zu einem kleinen Waldstück mitten zwischen den Feldern, und Verbena war froh, dass sich ihr Bruder bereit erklärt hatte, sie zu führen, denn sie war sich nicht sicher, in diesem Wildwuchs aus dichtem Unterholz die verlassene Scheune zu finden. Dieses eine Mal war der alberne Aberglaube ihrer Familie von Nutzen. Das Luftschiff war ein magisches Artefakt, und da sich Löwenmaul geweigert hatte, es zu zerstören, hatte man das Gebiet einfach gemieden, als würde es gar nicht existieren. *So haben wir wenigstens eine gute Deckung, während wir arbeiten. Vorausgesetzt, dass überhaupt etwas zu retten ist.*

Vögel wurden aufgescheucht, als sie sich einen Weg durch das Unterholz bahnten. Verbena sah das rote Fell eines Fuchses, als er davonschoss. Unter einer Blätterschicht lugte die zerborstene Abdeckung eines alten Brunnens empor, und sie fragte sich, ob das Wasser wohl noch immer süß schmeckte. Ein paar Meter weiter erschienen die verwitterten Steine der Scheune. Obwohl hier Schlingpflanzen Fuß gefasst hatten, fehlte kein Stein, und anscheinend war in den vierzig Jahren, seit sie zuletzt hier gewesen war, auch das Dach nicht eingestürzt. Entweder musste die Scheune außerordentlich stabil gebaut worden sein oder es war Magie daran beteiligt. *Das sollte man Hopfen gegenüber besser nicht erwähnen, sonst brennt er das Ding noch nieder.*

»Wer hat das Luftschiff hergebracht, Meisterin?«, fragte Amethyst und blieb stehen, um den Rock von einer Schlingpflanze zu befreien. Hinter ihr kämpfte sich Dorn stumm weiter; sein verdrehtes Bein machte es besonders schwierig, durch das Unterholz zu kommen.

»Keine Ahnung.« Verbena blieb vor der großen Flügeltür stehen, die schräg hing, weil sich die beiden Torhälften von den Angeln gelöst hatten. »Es muss schon vor dem Krieg hier gewesen sein, bevor die Golems kamen und die meisten der Talbewohner töteten. Warum es der späteren Säuberung aller Magie entgangen ist, kann ich nicht sagen. Vielleicht hat es jemand schön gefunden oder hoffte insgeheim, dass die Magie ins Blancatal zurückkehre. Wer auch immer es war, ich bin ihnen sehr dankbar.«

Sie hätte versucht, sich durch den Spalt zwischen den Türen zu schieben, aber Riyu legte ihr eine Hand auf die Schulter. »Lass uns das machen«, sagte er. Die Orks besprachen sich kurz in ihrer Sprache, dann traten sie an eine Torhälfte und ergriffen sie am Rand. Zusammen gelang es ihnen, sie weit genug aufzuwuchten, dass zwei Menschen nebeneinander eintreten konnten.

Mit klopfendem Herzen näherte sich Verbena der Öffnung. *Mittlerweile könnte das Luftschiff gut und gern ein völliges Wrack sein. Die Zauber, die es halbwegs intakt gehalten hatten, könnten in den vergangenen vierzig Jahren versagt haben. Etwas anderes zu erwarten wäre nichts als eine lächerliche Hoffnung. Also gibt es keinen Grund, enttäuscht zu sein, wenn es sich als ein Haufen verfaulter Bretter erweist.*

Das frühe Tageslicht erhellte kaum das dunkle Scheunen-innere, trotzdem vermochte sie den großen Umriss auszumachen. Dorn trat neben sie und reichte ihr stumm eine der Lichtkugeln. Als das Licht aufflammte und sich dann langsam ausbreitete, erweckte es zuerst ein matt glänzendes schmutziges Glas, bevor es staubbedecktes Holz und angelaufenen Messing enthüllte. Der Rumpf ragte hoch über ihre Köpfe und lag halb auf der Seite, der Messingkiel hatte sich tief in den Erdboden gegraben. Die Fensterscheiben der unteren Decks waren wunderbarerweise unversehrt geblieben, aber man konnte unmöglich sagen, ob das Innere noch in einem Stück geblieben war. Der Steuerbord-Stabilisator ragte in die Luft, die zierlichen Rippen breiteten sich wie zugreifende Finger aus. Die Plane, die sie einst bedeckt hatte, war inzwischen zu Staub zerfallen. Vorn ging der Kiel in eine geschmeidige Galionsfigur aus angelaufenem Kupfer über, die ihre Arme nach vorn streckte, während ihr Haar für alle Ewigkeit nach hinten wehte, als stünde sie im Sturm. Die Takelage, die gewöhnlich den Ballon des Fahrzeugs hielt, hatte sich schon vor langer Zeit aufgelöst, aber Verbena sah entzückt, dass die Seidenhülle zumindest teilweise intakt über die Seite hing.

Dorn bekam große Augen, und einen seltsamen Augenblick lang sah Verbena sich selbst, wie sie an jenem Tag vor so langer Zeit ausgesehen haben musste, als sie zufällig hier hereingestolpert war. Sie legte eine Hand auf seine Schulter und runzelte kurz die Stirn, als sie die unter der Haut hervorstehenden Knochen spürte.

»Also das hier … das hier ist Magie!«, sagte sie zu ihm.

Er schluckte und nickte, ohne den Blick von dem heruntergekommenen Luftschiff zu nehmen. »Ja. Wirst du es reparieren?«

»Wir werden es versuchen.«

Schiefergraue Augen spähten zum ersten Mal durch den Vorhang aus schwarzem Haar zu ihr hinauf. »Darf ich helfen? Bitte? Ich verspreche auch, nicht im Weg zu stehen, aber ich bin nicht nutzlos. Ich schwöre, dass ich tun werde, was auch immer du willst.«

Ihr wurde klar, dass er gar nicht damit rechnete, sie könnte es erlauben. Nicht, weil Magie hier ein Tabu darstellte, sondern weil er davon ausging, dass sie ihn – wie offensichtlich der Rest der Familie auch – für nutzlos hielt.

Sie griff fester zu. »Ich wäre dankbar für deine Hilfe, Dorn. Ein weiteres Paar Hände wird unbezahlbar sein.«

Die Freude auf seinem Gesicht schnitt ihr ins Herz. Sie klopfte ihm noch einmal aufmunternd auf die Schulter, dann senkte sie die Hand. »Also gut. Als Erstes müssen wir die Ballonhülle überprüfen. Wenn die kaputt ist, dann können wir hier nicht viel ausrichten. Also lasst uns hoffen, dass wer auch immer die Erhaltungszauber gewirkt hat, schon wusste, was er tat. Wir müssen sie auf den Boden holen – und zwar vorsichtig –, wo wir sie ausbreiten können.«

»Dann machen wir den Boden frei, räumen Steine aus dem Weg, damit sie nicht hängen bleibt«, schlug Amethyst vor.

»Ausgezeichneter Vorschlag. Dorn, hilfst du bitte Amethyst und Kiki? Der Rest von uns …«

»Verbena. Wir müssen miteinander reden«, unterbrach Hopfen.

Zweifellos wird er mir jetzt erzählen, dass ich Dorn mit meinen bösen Fähigkeiten verderbe. Sie schürzte die Lippen und verschränkte die Arme über der Brust, bereitete ihren gelungensten finsteren Blick vor. Hopfen drehte sich aber auf dem Absatz um und ging hinaus. Überrascht folgte sie ihm.

Er führte sie beinahe bis ganz zum Feldrand zurück, den Kopf gesenkt, als denke er über etwas nach. Als er dann zwischen den letzten Bäumen stehen blieb, hob er wieder den Kopf und starrte in den Himmel, statt sie anzusehen.

»Es ist Zeit, etwas auszuhandeln«, sagte er. »Ich gab dir Unterkunft und Essen, wie es dein Recht war, weil du meine Schwester bist. Aber ich schulde dir nur eine Nacht, wenn man bedenkt, dass du bettelnd an meiner Tür aufgetaucht bist, nachdem du dreißig Jahre lang verschwunden warst.

Ich bin auch dazu bereit, dir weiterzuhelfen – ich leihe dir, was immer du brauchst, um dein Gerät da zu reparieren. Oder ich helfe dir, alles Nötige zu kaufen. Du kannst deine Sachen auch weiterhin nachts in meiner Scheune unterstellen, und Verpflegung gibt es ebenfalls.«

Sie betrachtete seine Silhouette, aber sie konnte seinen Ausdruck nicht deuten. »Und was muss ich dafür tun?«

»Ich möchte, dass du Dorn mitnimmst, wenn du gehst.«

Sie musste die Worte noch einmal im Geist Revue passieren lassen, um sicherzugehen, dass sie ihn richtig verstanden hatte. »Du willst, dass ich, deine Hexenschwester, dein jüngstes Kind mitnehme?«

Die Fassade brach. Er schloss die Augen, als trauere er, und schluckte schwer. »Das habe ich gesagt. Ich habe ihm nichts zu bieten. Wenn er hierbleibt, was soll er mit seinem Leben anfangen?« Hopfen deutete unbeholfen in Richtung der Felder. »Wäre er gesund, dann wäre alles anders. Ich würde versuchen, ihn dazu zu überreden, hierzubleiben. Würde ihn in ein paar Jahren verheiraten, mich darum kümmern, dass er sein eigenes Stück Land bekommt, eben diese Dinge. Aber die Wahrheit ist nun einmal, dass das nicht geschehen wird. Er ist immer ein Träumer gewesen – ein wenig so wie du, schätze ich. Versteh mich nicht falsch! Ich hasse zwar die Vorstellung, dass er auf deine Universität geht, aber die Möglichkeit, dass er hier sein Leben verschwendet, die hasse ich noch mehr.«

Ich kenne Hopfen wohl doch nicht so gut, wie ich dachte. Da sie zusammen mit ihm im Blancatal aufgewachsen war, wusste Verbena genau, wie schwer es ihm gefallen sein musste, sie darum zu bitten. *Er muss seinen Sohn wirklich lieben.*

»Es könnte etwas unsicher sein, ihn jetzt mitzunehmen«, sagte sie. »Ich begebe mich in eine sehr gefährliche Situation, und es besteht durchaus die Möglichkeit, dass einige von uns oder wir alle getötet werden.«

Hopfens Miene verhärtete sich. »Nimm ihn entweder jetzt mit oder gar nicht. Ich will nicht, dass du zurückkommst, Verbena. Und sobald er weg ist, will ich auch nicht, dass er zurückkommt. Ich muss genauso an die anderen Kinder denken, verstehst du.«

Aber vielleicht kenne ich ihn auch etwas zu gut. Verbena unterdrückte eine scharfe Erwiderung. *Wenn ich ihn jetzt einen sturen Narren nenne, könnte er es sich anders überlegen und Dorn doch nicht gehen lassen. Wenigstens ist er flexibel genug dafür, was mehr ist, als Vater je zustande brachte.*

»Dann frage ich ihn«, sagte sie, sobald sie sich dazu fähig hielt, beherrscht zu antworten. »Das muss seine Entscheidung sein. Aber wenn er will, obwohl er auch die Gefahren begriffen hat, dann nehme ich ihn. Und sollte sich herausstellen, dass er ein Talent für die Magischen Wissenschaften hat, dann sorge ich dafür, dass sein Studiengeld bezahlt wird. Selbst dann, wenn es ein Talent für etwas anderes ist«, fügte sie widerstrebend hinzu.

Hopfen nickte mit steinernem Gesicht, als müsste er sich dazu zwingen, kein Gefühl zu zeigen. »Dorn ist schlau. Hat schon lesen gelernt, als er noch klein war, als seine Mutter es Veilchen beizubringen versuchte und er bloß zuhörte. Er wird dich nicht enttäuschen.« Er blickte wieder zu den Feldern hinüber. »Ich sollte jetzt zurückgehen. Die Arbeit wartet auf mich. Sorgt dafür, dass ihr nicht vor Einbruch der Dunkelheit zum Haus kommt – wir wollen nicht, dass jemand dumme Fragen stellt.«

»Nein, das wollen wir nicht.« Sie sah ihm hinterher, wie ihn seine Schritte schnell forttrugen, als könnte er es nicht erwarten, dem Makel der Magie zu entkommen. Dann schüttelte sie seufzend den Kopf. Bei den Göttern, da kam sie her, um Hilfe zu finden, und für all ihre Mühe bekam sie einen verkrüppelten Jungen aufgebürdet. Was sollte sie bloß mit Dorn anstellen, sobald sie wieder zurück in Giavolo waren?

Es lohnt sich nicht, sich jetzt darüber zu sorgen, wenn man bedenkt, dass wir am Ende alle in Icci den Tod finden könnten. Vielleicht würde Dorn ja auf dem sicheren Bauernhof bleiben wollen, nachdem sie ihm alles erklärt hatte.

Ich hätte das nicht getan.

Kopfschüttelnd drehte sie sich um und rechnete eigentlich damit, Riyu in diskretem Abstand warten zu sehen. Stattdessen stand dort aber Turmalin.

Seine blonden Locken waren zerzaust, und sein einst so schönes Samtwams war von den Strapazen ihrer Reise fleckig geworden und voller Falten. Irgendwo war seine Kappe verloren gegangen, und er trug die Klinge, die Jaspis ihm überlassen hatte. Verbena fragte sich, ob ihn seine Kollegen von der Fakultät für Tanz und Gesellschaftslehre überhaupt noch erkannt hätten.

»Ich muss Euch sprechen.« Diese nüchternen Worte unterschieden sich doch sehr von seiner sonst so betont höflichen Ausdrucksweise.

»In Ordnung.« Sie wollte zur Scheune gehen, aber er griff nach ihrem Arm.

»Unter vier Augen. Abseits von ... anderen Ohren.« Da lag ein Ernst in seinem Ausdruck, der sie misstrauisch machte.

Bei Naverras Augen, was ist denn jetzt schon wieder?

»Ja, ja«, erwiderte sie ungeduldig und entzog sich ihm. »Ich habe viel zu tun, Turmalin, also würde ich es zu schätzen wissen, Ihr fasstet Euch kurz.«

Seine Lippen spannten sich ärgerlich. »Also gut. Schlaft Ihr mit Riyu?«

Einen Augenblick lang konnte ihn Verbena bloß anstarren, bevor sie sich ausreichend gesammelt hatte, um ihm zu antworten. »Einmal abgesehen von der Tatsache, dass ich wohl kaum Gelegenheit für eine romantische Beziehung zu irgendjemandem hatte, glaube ich nicht, dass meine Zuneigung zu Riyu Euch auch nur das Geringste angeht.«

Ärgerlicherweise griff er erneut nach ihrem Arm. »Ich sorge mich um Euch, Verbena. Und das hat nichts mit meinen eigenen Gefühlen in dieser Sache zu tun.«

Sie versuchte, sich von ihm zu lösen, doch er griff nur umso fester zu, und sie war noch nicht bereit, sich mit ihm um ihren Arm zu balgen. »Und wie sind Eure Gefühle in dieser Angelegenheit, Turmalin?«

»Das weiß ich nicht – ich hatte ja noch keine richtige Gelegenheit, das herauszufinden, oder? Jedes Mal, wenn ich mit Euch hätte sprechen wollen, war doch Riyu da. Ich hätte Euch in Benevalia auf diese Feier begleitet, aber da drängelte er sich schon vor, bevor eine höflichere Person Gelegenheit hatte zu fragen.«

»Riyu hat ausgezeichnete Manieren«, fauchte Verbena zurück.

»Vielleicht für einen Ork!«

»Wenigstens packt er nicht meinen Arm wie irgendein Rohling!«

Turmalin schien ganz vergessen zu haben, dass er sie noch immer festhielt. »Ich bitte Euch um Entschuldigung«, sagte er und ließ los. »Aber wie immer habt Ihr den Kern meiner Sorge aufgespürt. Ich möchte nicht, dass man Euch verletzt.«

»Wovon in aller Welt redet Ihr eigentlich?«

»Würde ich Euch auf unerwünschte Weise anfassen, könntet Ihr mich bitten, Euch loszulassen, was ich auch sofort täte.« Er sah sie ernst an. »Verbena, mir ist durchaus klar, dass Ihr von sehr neugieriger Natur seid, wie Ihr selbst zuvor sagtet. Ich muss gestehen, dass ich das nicht verstehe, aber ich habe gehört, dass einige Frauen eine gewisse … Neugier verspüren, was Orks betrifft.«

Was hatte diese schreckliche Frau auf Jetts Feier noch einmal gesagt? *Ist es wahr, was man sich über die … Bullen … erzählt?*

Es kostete Verbena große Anstrengung, dem Verlangen zu widerstehen, ihm einfach eine runterzuhauen. »Auch wenn Euch das einen Scheiß angeht, versichere ich Euch, dass meine Zuneigung zu Riyu über jegliche Neugier hinausgeht.«

Turmalin runzelte die Stirn. »Und er? Könnt Ihr mir ehrlich und aufrichtig versichern, dass er nicht von, nun … von niederen Instinkten angetrieben wird? Solltet Ihr Euch in einer Situation wiederfinden, in der Ihr die Dinge, äh, *vorzeitig* beenden wollt, ist er doch viel stärker als Ihr und kann Euch mühelos überwältigen.«

»Nach Euren eigenen Regeln sollte ich Euch jetzt zum Duell fordern und töten«, knurrte Riyu.

Überrascht wandte Verbena den Blick von Turmalin ab und entdeckte Riyu, der sich nur wenige Schritte entfernt befand. Seine Ohren lagen flach am Schädel an, und die Stoßzähne ragten drohend hervor. Ihr kam in den Sinn, dass sie ihn noch nie zuvor wirklich wütend gesehen hatte. Sie hatte ihn zwar im Kampf gesehen und so, wie er sie auch sonst verteidigte, aber dieser tiefe Zorn war ihr neu.

Mit geballten Fäusten ging er langsam auf Turmalin zu und machte keine Anstalten, anders als sehr groß und ausgesprochen bedrohlich auszusehen. Turmalins Augen weiteten sich, und er stolperte hektisch zurück, während er hastig nach dem Schwert griff.

Riyu blieb stehen, als er Verbena erreicht hatte. »Aber glücklicherweise sind wir Orks zivilisierte Leute«, sagte er mit einer Stimme, die ein kaum kontrolliertes Grollen darstellte. »Ganz im Gegensatz zu Menschen, die tausend triviale Gründe finden, um einander umzubringen.«

»Es ist kein Schritt auf dem Weg des Kriegers, in Wut zuzuschlagen«, erinnerte ihn Verbena.

Riyu legte ein Ohr in ihre Richtung. »Selbst wenn wir

es wünschen. Seid versichert, Turmalin, dass der ... Unrat ... dessen Ihr mich beschuldigt, eine menschliche Neigung ist.«

»Ihr ... Ihr habt gelauscht!«, stieß Turmalin empört hervor.

»Verbena-naga ist mir anvertraut. Ich wäre sehr nachlässig gewesen, wäre ich ihr nicht gefolgt. Aber da sah ich, wie Ihr hinter ihr und ihrem Bruder hergeschlichen seid, was mich gleich stutzig machte. Also blieb ich zurück, um Eure Absichten zu entdecken. Es ist kaum meine Schuld, wenn Euch nicht klar war, dass meine Ohren nicht nur der Zierde dienen.«

»Aber ... Verbena ...«

»Geht jetzt einfach, Turmalin«, sagte Verbena, die plötzlich große Müdigkeit empfand. »Eure Wahl ist ganz einfach. Helft bei dem Luftschiff, oder geht und kommt nicht zurück.«

»Ich mache mir doch bloß Sorgen um Euch«, protestierte er.

Sie verschränkte die Arme und sah ihn böse an. »Eure Sorge in dieser Angelegenheit ist nicht willkommen. Ich vertraue Riyu uneingeschränkt, und das gilt auch für meine Zuneigung. Ihr hättet damit anfangen – und auch aufhören – können, danach zu fragen und meine Antwort zu respektieren. Stattdessen beschuldigt Ihr ihn, dass er plant, mich zu vergewaltigen. Und das auch nur, weil er größer und stärker ist als ich – was übrigens ebenfalls für die meisten Männer gilt, wenn ich das einmal anmerken darf. Ihr seid hergegangen und habt jemanden auf unverzeihliche Weise beleidigt, der Euch nichts anderes als ein wahrer Kamerad auf der Reise war. Ganz zu schweigen davon, dass Ihr mich beschuldigt habt, aus unangebrachter Neugier die ... die Beine breit zu machen.«

Turmalin hatte den Anstand zu erröten. »Ich ...«

»Noch ein Wort, und ich prügel Euch windelweich, Meister Turmalin. Falls Ihr Euch nützlich machen wollt, dann geht jetzt zurück zur Scheune und fragt Amethyst, wie Ihr helfen könnt. Zumindest sie hat einen vernünftigen Verstand im Kopf. Falls Ihr das nicht tun wollt, dann begebt Euch bitte so schnell wie möglich an einen anderen Ort.«

Turmalins Schultern sackten nach unten, und er wandte sich ab. Mit schleppenden Schritten ging er zur Scheune zurück. Verbena sah ihm nach. Ihr Zorn war so groß, dass sie wie ein Salamander hätte Feuer spucken können.

»Es tut mir leid, dass du das anhören musstest, Riyu«, sagte sie mit zusammengebissenen Zähnen. »Ich habe ja schon immer gewusst, dass er ein Narr ist, aber mal ehrlich …«

Seltsamerweise schien ihn ihre Wut zu beruhigen. Zumindest lagen seine Ohren nicht mehr ganz so fest am Kopf, und da sein Unterkiefer zurück in die übliche Haltung geglitten war, erschienen die Stoßzähne nicht mehr als perlweiße Dreiecke an seiner Oberlippe. »Turmalin hat einen bösen Schlag erhalten, um gerecht zu sein.«

Sie glitt in seine Arme. Seine Rüstung erschwerte dies zwar etwas, aber im Augenblick reichte ihr seine Nähe. »Ich habe keine Ahnung, wie der Mann auf diese Ideen kommt. Du hast dich doch nicht wirklich immer vorgedrängt, nur damit er keine Chance bekommt, oder?«

Als er schwieg, sah sie auf und war entsetzt, dass er wirklich verlegen zu sein schien. »Turmalins … Interesse an dir ist mir nicht völlig entgangen«, sagte er. »Vielleicht war ich in Benevalia etwas ungestümer, als ich unter anderen Umständen gewesen wäre. Nicht dass ich erwartet hatte, dein Herz zu gewinnen, aber ich war auch nicht so entmutigt, dass ich zusehen wollte, wie dir ein anderer den Hof macht. Ich fürchte, dass mich mein Benehmen nicht besonders gut aussehen lässt … aber warum lachst du?«

Verbena legte die Hand auf den Mund, konnte sich aber nicht beherrschen. »Es tut mir leid. Allein die Vorstellung, dass ihr beide wegen mir verstohlen eure Züge macht, kommt mir so absurd vor.«

»Das verstehe ich ehrlich gesagt nicht. Du greifst meine sehr scharfsinnige Entscheidung an«, sagte er verschnupft.

»Ich lache auch, weil ich außerordentlich dankbar war, als du mir am Abend der Feier deinen Arm geboten hast. Ich hatte angenommen, dass Turmalin das Gleiche vorhatte, und fand deine Rettung schon sehr überlegt. Nicht, dass ich nicht über die Gelegenheit erfreut gewesen wäre, in deiner Nähe zu sein.«

Riyu lachte leise. »Ich verstehe.« Er senkte den Kopf und legte seine Stirn an die ihre. »Du hast nichts von mir zu befürchten, Verbena-ge. Ich würde niemals etwas tun, das dir schadet.«

»Ich weiß.« Sie fasste ihn fester. »Was ich zu Turmalin gesagt habe, ist die Wahrheit. Ich liebe dich von ganzem Herzen und vertraue dir voll und ganz.«

»Und du bist nicht einmal ein bisschen … neugierig?«

Sein neckender Ton ließ sie kichern. »Sehr neugierig, mein Geliebter, zumindest was dich betrifft. Ich brachte lediglich zum Ausdruck, dass ich nicht bloß bei dir bin, weil ich die Freuden entdecken will, die du zu bieten hast, sondern dass der Grund dafür meine wahre Zuneigung ist.«

»Dann bin ich zufrieden.« Seine Lippen fühlten sich auf ihrer Stirn sanft an.

»Wir sollten jetzt wirklich zur Scheune zurück«, sagte sie zögernd. »Zum einen gibt es viel Arbeit, und dann – wenn wir zu lange verschwinden, wird uns Amethyst Langalia mit Sicherheit mit einem anzüglichen Grinsen empfangen, weil sie sich zweifellos alle möglichen Ausschweifungen vorstellt.«

Die Ballonhülle erwies sich als größtenteils intakt. Es gab nur wenige Risse, die aber von einer Waffe und nicht vom

Zahn der Zeit zu stammen schienen. Verbena verspürte große Bewunderung für die Person, die das Luftschiff mit Erhaltungszaubern versehen hatte. Es war ein akribischer Verstand nötig, um etwas so gründlich zu bewahren, und zwar nicht nur vor den Elementen, sondern auch vor Tieren und dem langsamen Verfall der Zeit.

Sobald sie alles untersucht hatten, falteten sie die Hülle sorgfältig zusammen und legten sie zur Seite. Der Nachmittag wurde der Erforschung des restlichen Gefährts gewidmet. Da es schief stand, fiel es schwer, sich darin zu bewegen, und jeder von ihnen rutschte mindestens einmal aus. Das Deck erwies sich als unbeschädigt. Das Innere war in mehrere Abteilungen aufgeteilt, einschließlich einer Kombüse und den Schlafquartieren. Die meisten Möbel waren zu Staub zerfallen; es gab lediglich noch ein paar Überreste aus verfaultem Holz und verrosteten Küchenutensilien. Alles war mit einer dicken Dreckschicht bedeckt, was bedeutete, dass das Putzen an erster Stelle stand.

»Morgen machen wir uns an die Arbeit«, entschied Verbena, die Hände in die Hüfte gestemmt. Draußen ging die Sonne unter, und das einzige Licht kam von den Lichtkugeln. Ihr Haar war voller Spinnweben, ihr Kleid schien genauso schmutzig wie ihre Haut zu sein, aber sie verspürte vorsichtige Zuversicht. »Wer ist gut mit Seilen?«

»Ich!«, rief Dorn. »Ich kann jeden Knoten knüpfen.«

Sie sah über die Reling zu ihm herunter. Seine Behinderung machte es unmöglich, dass er auf dem schrägen Deck gehen konnte, selbst wenn er es geschafft hätte, zusammen mit den anderen an Bord zu klettern. Sobald sie das Schiff aufgerichtet hatten und die Stabilisatoren wieder funktionierten, würde man vielleicht eine Schlinge herrichten können, mit der man ihn an Bord zog.

»Ausgezeichnet. Wir werden Hopfen sagen, er soll sämtliche Seile holen, die er finden kann, dann kannst du schon mal mit der Takelage anfangen. Ich skizziere das heute

Abend kurz, damit du weißt, was wir brauchen, obwohl ich vermute, dass wir die Dinge während der Arbeit anpassen müssen. Morgen fängt der Rest von uns mit dem Saubermachen an.«

»Ist das nötig, Meisterin?«, fragte Amethyst. Ihr Gesicht war dreckverschmiert, und auch sie hatte Spinnweben im Haar. »Ich weiß, dass es schlimm aussieht, aber sollten wir unsere Zeit nicht wichtigeren Dingen widmen?«

»Wenn ich die Kontrollkreise und Runen nicht mal finden kann, kann ich sie auch kaum aktivieren, oder, Studentin Langalia? Oder habt Ihr geglaubt, ich würde das ganze Ding von vorn verzaubern?«

»Nein. Ich habe nicht nachgedacht, Meisterin.«

»Das war offensichtlich, obwohl ich schätze, dass ich daran nicht unschuldig bin. In den vergangenen Tagen habe ich Eure Ausbildung sträflich vernachlässigt. Ihr werdet mir bei allen Aufgaben helfen und lernen, wie man dieses Gefährt fliegt.«

Amethysts Gesicht hellte sich auf. »Danke!«

Verbena erlaubte sich ein kurzes Lächeln. »Ich hoffe, wir beide werden zusammen verhindern können, dass das Luftschiff eine spektakuläre Bauchlandung macht. Oder explodiert.«

Turmalin hatte den ganzen Nachmittag über kein Wort gesagt, aber jetzt wurde er ganz blass. »Ist denn damit zu rechnen?«, fragte er.

»Nein, vorausgesetzt ich erinnere mich richtig an die Forschung, die ich über Luftschiffe betrieb. Natürlich war das damals ein rein akademisches Interesse. Ich hatte ja keine Ahnung, dass ich tatsächlich einmal eines fliegen sollte.« Verbena streckte die Hand aus und legte sie sanft auf die Galionsfigur. »Geschweige denn dieses hier.«

»Sie braucht einen Namen«, sagte Riyu von seiner Position neben der Reling. »Damit wir Glück haben.«

»Mein Vater besaß ein Boot, das hieß *Bitte sink nicht*«, sagte

Kiki grinsend. »Vielleicht sollte dies hier ja *Bitte explodier nicht und bring uns alle um* heißen.«

Verbena hatte den Verdacht, dass Kiki Turmalin nur aufziehen wollte, da ihn dieser Vorschlag nur noch mehr zu beunruhigen schien. Auch wenn sie bezweifelte, dass Riyu seinen Zusammenstoß mit ihm berichtet hatte, war Kiki die Spannung zwischen ihnen sicherlich nicht verborgen geblieben.

Verbena blickte nach unten zu Dorn, der andächtig mit der Hand über den Kiel fuhr. »Wie wäre es mit *Träumerin?*«, rief sie.

Ein Grinsen breitete sich auf seinem jugendlichen Gesicht aus, das erste echte Lächeln, das sie ihm entlockte. »Der Name gefällt mir«, sagte er schüchtern.

»Dann heißt sie hiermit *Träumerin.*« Verbena warf dem Schiff einen letzten Blick zu. »Wir sollten zurück zum Hof, sonst wird das Essen kalt. Riyu, wärst du so nett und würdest mir nach unten helfen?«

Die nächsten Tage waren schwer. Während Kiki den Schmutz von Jahren von dem gewaltigen Ballon wusch und Dorn an der Takelage arbeitete, nähte Turmalin Stoffhüllen für die Stabilisatoren. Riyu säuberte den Rumpf und grub den Backbord-Stabilisator aus dem Boden.

Amethyst und Verbena verbrachten Stunden damit, das Deck zu putzen. Die Arbeit ließ Verbenas Rücken und Knie scheußlich schmerzen, und am Ende des Tages sahen sie und Amethyst aus, als hätten sie sich in einem Schweinestall gewälzt. Wenigstens war es nicht Hochsommer, sonst hätte sich noch eine unerträgliche Hitze zu ihren Qualen gesellt.

Aber jedes Unbehagen wurde belohnt, wenn die Bürstenstriche die goldene Kante eines im Holzdeck versenkten Bannkreises enthüllten oder das Funkeln der Kupferrunen am Steuerruder hervorriefen. Zu Verbenas Zufriedenheit stimmten die Bannkreise mit denen überein, die sie in ihren Büchern gefunden hatte, was ihre Zuversicht deutlich stärkte, dass sie *Träumerin* ohne abzustürzen fliegen würde.

Bei Sonnenuntergang schleppten sie sich zum Hof zurück und aßen gemeinsam mit Hopfen und seiner Familie. Die Unterhaltung war bestenfalls gedämpft, und jeder schien erleichtert, als es Zeit war, sich in die Scheune zurückzuziehen. Die Wache teilten sich Kiki und Amethyst, dann Riyu und Verbena.

Verbena entdeckte, dass es trotz des Schlafmangels genau diese Stunden waren, die sie am meisten aufmunterten. Manchmal unterhielten sie und Riyu sich leise, oder sie saßen in kameradschaftlichem Schweigen da, er den Arm um sie gelegt und sie den Kopf an seiner Schulter. Kurz vor Sonnenaufgang frühstückten sie im Bauernhaus, dann ging es zur Scheune zurück, wo wieder alles von vorn anfing.

Am dritten Tag saßen sie auf dem Scheunenboden und aßen ihr Mittagessen, das ihnen Tausendschön freundlicherweise in einem Korb mitgegeben hatte. »Wir kommen gut voran«, verkündete Verbena, die an einer Kante scharfen Käses knabberte. Der Rumpf funkelte, und die Galionsfigur leuchtete im Schein der Lichtkugeln. Der Steuerbord-Stabilisator war teilweise wieder mit Stoff bedeckt und breitete sich wie ein großer Flügel über ihren Köpfen aus.

Turmalin räusperte sich. Noch immer schien er sich nicht überwinden zu können, Verbena anzusprechen, solange es nicht unbedingt erforderlich war. Und sie vermutete schon, dass ihm sein Benehmen zu schaffen machte. »Ich stelle diese Frage nur ungern, aber … wie werden wir dieses verdammte Ding hier eigentlich rausbekommen? Das Tor ist nicht groß genug, selbst wenn wir die beiden Türflügel abnehmen.«

Dorn starrte enttäuscht zum Tor. »Ihr habt recht. Aber … wie hat man das Schiff überhaupt hier hereingebracht? Man wird doch wohl kaum die Scheune darum herum erbaut haben, oder?«

»Nein.« Verbena schürzte nachdenklich die Lippen. »Und ich vermute, dass wer auch immer es hier verbarg, es wieder hervorholen wollte, sobald der Ballon geflickt war.«

»Ich frage mich, warum sie es nicht taten.«

»Das weiß keiner. Ich habe nach einem Logbuch gesucht, aber entweder hat es sich aufgelöst oder es wurde mitgenommen.«

»Könnte das nicht Onkel Löwenmaul getan haben?«, fragte Dorn.

Verbena fragte sich, warum sie noch nicht auf diese Idee gekommen war. »Ein ausgezeichneter Gedanke, Dorn. Aber ... falls es so war, wer hätte es dann jetzt?«

»Tante Haselnuss.«

Haselnuss war die junge Braut gewesen, die Löwenmaul seine alten Tage verschönern und noch ein paar Kinder zu der Brut hinzufügen sollte, die seine ersten beiden Frauen zur Welt gebracht hatten. Sie würde kaum mehr als ein paar Jahre älter als Verbena sein, obwohl sie das im Blancatal zu einer alten Vettel machte. »Glaubst du, sie hätte so etwas aufbewahrt?«

Dorn zuckte mit den Schultern, was bei seinem verkrümmten Körper eine unbeholfene Bewegung darstellte. »Ich weiß es nicht. Aber sie hat immer von Löwenmaul erzählt, wenn wir sie besucht haben. Sie hat alles von ihm aufbewahrt, nur um sich an ihn zu erinnern. Falls er das Logbuch hatte, dann ist es bestimmt noch da.«

»Ich verstehe.« Nachdenklich stützte Verbena das Kinn auf die Faust. »Glaubst du, du könntest sie danach fragen, ohne großes Aufsehen zu erregen?«

Bei der Aussicht auf eine Aufgabe hellte sich die Miene ihres Neffen auf. »Ich versuche es. Soll ich morgen gehen? Ich habe den größten Teil der Takelage fertig.«

Er zeigte auf den beeindruckenden Stapel Seile, und Verbena lächelte. Dorn hatte sich als fleißiger Arbeiter erwiesen. Zweifellos wollte er sich unbedingt beweisen, was er auch auf eindrucksvolle Weise getan hatte. »Das wäre sehr gut, Dorn. Danke.«

Riyu hatte das Dach studiert, das selbst mit den Lichtkugeln im tiefen Schatten lag. »Ich denke mal, falls nötig könnten wir immer noch das Dach entfernen«, sagte er, klang allerdings recht unsicher. »Allerdings müssten wir außerordentlich vorsichtig sein, damit nichts auf das Schiff fällt und es beschädigt.«

»Bei den Göttern, das wäre wirklich Pech, wenn wir mit einer Dachschindel ausgerechnet den Propellerflügel zerbrechen«, sagte Verbena. »Eine Wand können wir nicht entfernen, oder doch?«

»Nicht, wenn wir nicht wollen, dass uns das Dach auf den Kopf fällt.«

»Mir sind in meinem Leben schon genug Dächer auf den Kopf gefallen, vielen Dank.«

Riyu hob eine Braue. »Ich nehme mal an, der Zwischenfall in der Ruine war nicht das einzige Mal, dass du beinahe erschlagen worden wärst?«

»Nun ... das erste Mal war ich schon eher selbst daran schuld.« Verbena strich die Käsekrümel vom Rock und stand auf. »Genug davon. Lasst uns jetzt wieder an die Arbeit gehen.«

Kapitel 24

An diesem Abend trat Amethyst zu Verbena, die in der Nähe des Bugs an Deck kauerte und einen kleinen Bannkreis studierte. Blinzelnd sah Verbena auf und wurde sich bewusst, dass sie die letzte halbe Stunde die Augen zusammengekniffen hatte, weil draußen fast schon die Sonne untergegangen war.

»Meisterin? Es wird spät. Ich glaube, wir haben heute alles getan, was möglich war.«

Verbena lächelte müde. »Eine taktvolle Weise vorzuschlagen, dass wir ins Haus zurückkehren und zu Abend essen sollten?«

Amethyst errötete etwas. »Zum Teil, ja.«

Die Kupferrunen des Bannkreises funkelten in dem geputzten Deck und lockten Verbena. Amethyst bemerkte, wo ihr Blick hinfiel, und fragte: »Wozu ist dieser Kreis wohl gut, Meisterin?«

»Da bin ich mir auch noch nicht ganz sicher«, gab die Zauberin zu. »Die Runen erwecken den Eindruck, dass es irgendetwas mit Offensivzwecken zu tun hat.«

»Eine Waffe?«

»Ja, irgendwie schon. Aber sie bedarf eines Gegenstandes, der sie bündelt, und ich bin mir gar nicht sicher, was das sein könnte.«

»Glaubt Ihr, Ihr findet es heraus?«

»Wenn ich es lange genug studiere, vielleicht.« Verbena weigerte sich, sich irgendwelche Zweifel anmerken zu lassen. »Die Runen und ihre Konfiguration müssten mir eigentlich etwas sagen, genau wie die Position des Bannkreises. Ich muss mich bloß mehr konzentrieren …«

Sie verstummte und blickte den Kreis stirnrunzelnd an. Amethyst hüstelte und holte sie in die Realität zurück.

»Verzeiht mir.« Verbena stand auf und streckte sich, verzog das Gesicht, als ihr Rücken protestierte. »Vielleicht ist es das Beste, wenn der Rest von euch essen geht. Ich bleibe hier und arbeite noch eine Weile.«

»Ich auch«, sagte Riyu, der noch immer mit dem Backbord-Stabilisator beschäftigt war.

»Seid Ihr sicher, Meisterin?«, fragte Amethyst. »Vielleicht sollten wir lieber bleiben und Euch helfen.«

Kiki stand neben der Strickleiter am Boden. Sie hustete wenig überzeugend. »Amethyst, vielleicht sollten wir Verbena-naga und Riyu *allein* lassen, damit sie *arbeiten* können.«

Verbenas Wangen brannten. Riyu klappte ein Ohr in Kikis Richtung. »Kiki-gu …«

»Ja, Riyu-ga?«, fragte sie in aller Unschuld.

»Ich verhungere«, sagte Amethyst hastig. »Wir sollten gehen, bevor ich noch vor Hunger umfalle.«

»Braucht Ihr Hilfe?«, rief Turmalin von dem Platz aus, an dem er an den Stabilisatorplanen gearbeitet hatte.

»Ja – darf ich mich auf Euren Arm stützen?«, fragte Amethyst, während Verbena dem Drang widerstand, das Gesicht in den Händen zu begraben.

Sie wartete, bis alle anderen gegangen waren und sie und Riyu allein zurückgelassen hatten. »Bei Naverras Augen, ich glaube, man hat uns hereingelegt«, murmelte sie. Ihr Gesicht glühte noch immer vor Verlegenheit.

Riyus Ohren schwebten auf Halbmast. »Kiki hat viele Ideen«, sagte er. Und klang genauso verlegen.

»Vermutlich hat ihr Amethyst die Hälfte davon in den Kopf gesetzt.«

»Es sind beides junge Frauen. Ich bin sicher, sie hatten schon genügend Ideen, bevor sie sich verschworen, um … nun ja, sie haben sich nicht direkt gegen uns verschworen.«

Stille kehrte ein. Verbena war sich nur zu bewusst, dass es

das erste Mal war, dass sie wirklich allein waren, seit sie zu einem … Paar … geworden waren. Aber waren sie wirklich ein Paar?

Bei Naverras Augen. Sie betrachtete den Bannkreis, was sie wieder daran erinnerte, dass sie seinen Gebrauch noch ergründen musste. »Ich sollte diesen Kreis wirklich noch studieren«, sagte sie, obwohl ihr Enthusiasmus in den letzten paar Minuten beträchtlich nachgelassen hatte.

»Das solltest du«, stimmte ihr Riyu nachdrücklich zu. »Das ist wichtig, Verbena-ge.«

Aber du bist auch wichtig, wollte sie sagen. »Ja«, erwiderte sie stattdessen und zwang sich, sich von der Reling abzuwenden und wieder vor den Kreis zu setzen. *Runen. Ich muss die Runen transkribieren und ergründen, wie man sie benutzen kann.*

»Manchmal hasse ich es, verantwortlich sein zu müssen«, murmelte sie, während sie ihre Brille richtete und sich nach vorn beugte, um die Runen zu studieren. Unten kicherte Riyu.

Später vermochte Verbena nicht zu sagen, wie lange sie sich in die Runen vertieft hatte. Eine Zauberformel nur anhand von Runen und einem Kreis zu dekonstruieren, das war auch unter den günstigsten Umständen eine schwierige Angelegenheit. Gerade, als sie glaubte, eine mögliche Verbindung zwischen *consumare* – zu vernichten – und *animare* – zu beleben – gefunden zu haben, sagte Riyu: »Verbena-naga.«

Seine Stimme klang leise und drängend. Damit hatte er sofort ihre Aufmerksamkeit. »Ja?« Sie bemühte sich, ebenfalls leise zu sein.

Seine lackierte Rüstung klirrte ein wenig, als er aufstand. »Draußen bewegt sich etwas.«

Ihre einzige Lichtkugel warf unheilvolle Schatten an die Steinwände. Die Zauberin atmete ganz ruhig. »Vielleicht ein Fuchs?«

»Nein. Halt dich bereit.«

Sie eilte zum nächsten Seil und ließ sich so leise wie möglich in die Tiefe. Riyu stand mit seinem Kurzschwert in der Hand neben dem Schiffsrumpf. Unablässig bewegten sich seine Ohren, um jeden Laut mitzubekommen. Als sie ihn erreichte, verharrte sie und strengte ebenfalls die Ohren an.

Zuerst war da nur Stille. *Stille – nicht das Zirpen der letzten Grillen oder das Rascheln von Füchsen.* Auch die Natur hielt den Atem an und schien Gefahr zu verspüren.

Verflucht.

Grelles Licht explodierte im Scheuneneingang. Verbena riss den Arm hoch und starrte mit zusammengekniffenen Augen auf die Silhouette, die in der Lücke zwischen den zur Hälfte abgefallenen Torflügeln erschienen war.

»Ich grüße dich noch einmal, Zauberin«, sagte eine viel zu vertraute Stimme.

»Du! Du bist derjenige, der Weißdorn entführt hat! Der ihn …« Sie verstummte, denn der Kloß in ihrem Hals versperrte jedem Wort den Weg. Der Kampfmagier lachte, was ihre Wut noch steigerte.

»In der Tat«, sagte er und deutete eine Verbeugung an. »Ich hatte ja schon gehört, dass du ein kaltblütiges Miststück allererster Güte sein sollst. Trotzdem hätte ich nicht gedacht, dass du tatsächlich deinen eigenen Lehrling umbringen würdest.«

»Du warst es, der Weißdorn umgebracht hat«, knurrte Riyu. Mit ausgestrecktem Schwert bewegte er sich zur Seite, als suche er nach einer Öffnung. »Verbena-naga handelte nur aus Gnade.«

»Ich selbst bin es nicht gewesen, der Weißdorn transformierte«, sagte der Kampfmagier in einem schrecklichen Plauderton, als würden sie sich über nichts Bedeutenderes als die neueste Mode unterhalten. »Aber ich durfte dabei zusehen. Du wärst stolz auf ihn gewesen, Zauberin. Er hielt um einiges länger durch als die meisten anderen.«

Zwei Klicker erschienen und schoben sich in ihrem geschmeidigen Gang an ihm vorbei. *Klicker. Menschliche Wesen, gefoltert und versklavt, ebenso wie Weißdorn.*

»Riyu?«, sagte Verbena an dem klaffenden Loch vorbei, das sich in ihrer Brust geöffnet zu haben schien.

»Verbena-naga?«

»Übernimm die Klicker. Den Magier überlässt du mir.«

Der Kampfmagier warf den Kopf in der Kapuze zurück und lachte. »Glaubst du wirklich …«

Verbena riss das Silbermesser hervor und zog es sich quer über die Handfläche, bevor er den Satz beenden konnte. Sie brüllte ihre Zauberformel und malte Sigillen in die Luft, bevor ihr Gegner erkannte, was sie da tat.

Sie schleuderte die Hand nach vorn. Blut verdickte und verformte sich zu langen Schlangen, die ihm entgegenschnellten. Einen Augenblick lang glaubte sie, dass es gelingen werde, dass sich das Blutseil um ihn winden und seine Arme an die Seiten fesseln würde.

Aber er war ein ausgebildeter Kampfmagier, und sie war dies nicht. Das Blutseil löste sich auf, bevor es sich zusammenziehen konnte. Vor ihm schien sich die Luft zu verdicken und dann zu verzerren; ihr blieb kaum genug Zeit, einen Gegenzauber zu bilden, bevor der Angriff mit der Macht eines wütenden Stiers in sie hineinkrachte.

Sie wurde zurückgeschleudert, hart krachte sie gegen das Luftschiff. Riyu brüllte ihren Namen und drehte sich ruckartig zu ihr um. Einer der Klicker nutzte die Ablenkung und sprang auf seinen Rücken, zwang ihn auf die Knie.

Nein!

Sie taumelte auf die Füße, griff nach der Strickleiter. Von dem Schnitt in ihrer Hand tropfte Blut, aber das fiel ihr kaum auf. Riyu schaffte es, den Klicker abzuwerfen, aber jetzt koordinierten die Golems ihren Angriff und schwärmten gemeinsam heran. Mit einem Schwert in jeder Hand gelang es ihm, sie zurückzutreiben, wenn auch nur kurz. Sie waren so schnell – und zu stark; gleich würden sie ihn überwältigen.

Ich darf ihn nicht verlieren!

Der Kampfmagier zeichnete Sigillen in die Luft, glühende Linien, die an Größe gewannen und auf Verbena zurasten. Die Temperatur fiel, Frost folgte ihnen und überzog den Messingkiel und die Galionsfigur des Luftschiffs. Verbena hatte nicht die geringste Ahnung, was sie anrichten würden, wenn sie sie berührten. Ihr war nur klar, dass das nicht geschehen durfte. Sie riss den Beutel Tilgungspulver von ihrer Taille, schlitzte ihn mit dem Messer auf und schleuderte ihn.

Die Sigillen trafen das Pulver, blitzten auf und erstarben. Der Kampfmagier lachte bloß.

»Das ist dein Bestes an Verteidigung?«, fragte er spöttisch. »Das reicht vielleicht, um einen deiner Studenten aufzuhalten, aber nicht mich.«

Der von den Runen hinterlassene Frost schmolz in der Nachtluft, Tropfen landeten kalt auf Verbenas Gesicht. Sofort blickte sie auf und sah über sich die Galionsfigur. Von den ausgestreckten Armen tropfte Wasser.

Die Bündelung. Aber natürlich.

Sie warf sich auf die Strickleiter und kletterte so schnell hinauf, wie sie konnte. Hinter ihr rief der Kampfmagier: »Willst du dich verstecken, Verbena? Deinen Leibwächter im Stich lassen? Keine Sorge – die Klicker sind gleich mit ihm fertig, dann schicke ich sie hinter dir her.«

Ihr Götter, Riyu!

»Und sobald du tot bist, spüre ich den Rest deiner kleinen Gruppe auf, wo auch immer sie sich verstecken mögen. Bevor ich sie töte, sorge ich dafür, dass sie wissen, dass du weggelaufen bist und dich versteckt hast, nur damit sie begreifen, was es für eine Frau gewesen ist, die sie in den Tod geführt hat.«

Sie stolperte über das schräge Deck zu dem Bannkreis. Noch immer floss Blut von ihrer Hand, und sie fing es auf, strich es nacheinander über jede Rune, während sie ihre

Namen flüsterte. Zu ihrer Erleichterung glühten die Runen eine nach der anderen auf.

»Keine Antwort, Verbena? Du weißt doch, dass ich dich finden werde. Es ist vollkommen sinnlos, sich zu verstecken.«

Ein Druck schien sich aufzubauen, als sie den Kreis abschritt, plötzlich roch die Luft nach einem näher kommenden Sturm. Es knisterte statisch, Aufladungen verbanden jede Rune mit ihrer Nachbarin, und Verbenas Haare sträubten sich. Ihr Brillengestell erwärmte sich, plötzlich pulsierte das Glühen eingefangener Blitze, zuckte zwischen Metall und Bannkreis auf.

Der Kampfmagier musste gespürt haben, dass etwas nicht stimmte, denn er rief plötzlich: »Was tust du da? Du verdammte …«

Verbena stand auf. Blitze tanzten um sie herum, knisterten um den Rand des Bannkreises. Sie erblickte den Kampfmagier, sah die Verwirrung auf seinem Gesicht.

»Du hast einen groben Fehler gemacht«, sagte sie.

»Ach ja? Und welchen?«

»Du hast mich unterschätzt.«

Mit einem wilden Aufschrei stieß sie beide Hände nach vorn und drückte mit ihrer Willenskraft in Richtung Galionsfigur. Gehorsam sprang die statische Ladung aus dem Kreis in die Kupferfigur hinein.

Blitze explodierten aus ihren Fingerspitzen, nahmen die Richtung, die Verbenas Willen aufzeigte, und rasten auf direktem Weg auf den Kampfmagier zu. Vielleicht stieß er einen Schrei aus; der hallende Donnerschlag, der das Gebäude erschütterte, übertönte alles. Sein Körper spannte sich wie eine Bogensehne, das Haar stand ihm vom Kopf ab, dann breitete sich der Gestank von brutzelndem Fleisch aus, bevor es ihn zurückschleuderte. Ein Stück außerhalb des Scheunentores brach er zusammen und lag ganz und gar schlaff auf dem Boden.

Der Blitz löste sich von ihm und sauste durch die Luft zum Eisenrückgrat des nächsten Klickers. Das Ungeheuer hatte sich in Riyus Rücken geschlichen, während ihn das andere bösartig von vorn attackierte. Sämtliche Metallteile leuchteten glühend heiß auf, bevor der Golem zusammenbrach. Die Hitze des Blitzes hatte sein Herz zu Asche verbrannt.

Riyu hatte sich nicht beirren lassen, das musste man ihm lassen, sondern den Vorteil genutzt, den sie ihm verschafft hatte. Er rang den übrig gebliebenen Klicker zu Boden. Die Zähne des Monstrums knirschten gegen seinen Unterarmschutz, während er dessen Kopf nach hinten zwang. Dann rammte er in der Zeit, die Verbena brauchte, um zur Strickleiter zu rennen, das Schwert in den Gitterbrustkorb und durchbohrte das Herz.

Sobald ihre Füße den Boden berührten, lief sie zu ihm. »Riyu! Bist du unversehrt?«

Der Klicker war zu einem leblosen Haufen zusammengebrochen; das Schwert hatte sich in dem Gitterwerk verkeilt und war dem Ork aus der Hand gehebelt worden. »Alles in Ordnung, Verbena-ge«, sagte er zwar, aber seine Stimme zitterte leicht.

Einer der Klicker hatte eine Schwachstelle in seiner Rüstung gefunden, unmittelbar hinter dem Brustpanzer. Unter einem zur Hälfte durchtrennten Lederriemen war ein zerfetztes Hemdstück zu sehen, das von Blut dunkel war. »Du bist verletzt!«

Er hob den Arm und zuckte dabei leicht zusammen. »Das ist nur ein Kratzer.«

»Lass mich wenigstens nachsehen.«

Einen Augenblick lang hatte es den Anschein, als wolle er protestieren. Vielleicht erkannte er die Vernunft ihrer Worte, vielleicht hörte er aber auch nur das Beben in ihrer Stimme, denn am Ende nickte er bloß. Mit zitternden Fingern half sie ihm, die Rüstung von den Armen und vom Oberkörper zu entfernen, dann das weiche Hemd darunter. Eine Klaue oder ein Reißzahn hatte ihn direkt über einer Rippe an der Seite erwischt und eine Blutspur hinterlassen, die auf der glatten Haut bereits trocknete.

»Siehst du? Es hat schon aufgehört zu bluten«, sagte er sanft.

»Ja.« Sie legte die Hand auf seine Seite, gleich unter die Wunde, wollte sich mit einer Berührung vergewissern, was ihr ihre Augen bereits verraten hatten. Die Wärme seiner Haut drang in ihre Finger, und plötzlich war sie sich überdeutlich bewusst, wie die Lichtkugel jeden einzelnen Muskel hervorhob, von seinen starken Armen bis zu dem Waschbrettbauch. Ihr Atem stockte, und langsam rutschte ihre Hand von der Seite zu seiner Brust, wo sie seinen pochenden Herzschlag spürte.

Sein Atem ging plötzlich schneller, genau wie der ihre. Kurz schloss sie die Augen und atmete seinen Duft und seine Wärme ein, fühlte das stetige Pochen unter den Fingerspitzen. »Riyu«, flüsterte sie.

»Sturmhexe«, murmelte er. »Blitzschleuderin.«

Dann lagen sie einander in den Armen, sein Mund liebkoste ihren Hals, bevor er zu ihren Lippen kam. Sie erwiderte den Kuss heftig, ihre Hände vergruben sich in den langen, rauen Haaren, bevor sie gierig über seine Schultern fuhren. Er stöhnte in ihren Mund hinein – dann zog er sich zurück. »Verbena-ge … vielleicht sollten wir … «

Sie nutzte den kurzen Abstand zwischen ihnen, um ihr Kleid abzustreifen. Seine Augen weiteten sich, und sie vermochte die Schwere seines Blickes förmlich auf ihrer Haut zu spüren. Was auch immer an Vernünftigem er hatte sagen wollen, es blieb unausgesprochen. Stattdessen fing er an, die Schärpe zu lösen, die seine Waffen um die Taille hielten.

Der erste Kontakt von Haut und Haut entrang ihr ein Stöhnen. Er erforschte ihren Körper mit Händen und Zunge, mit sanften und doch sinnlichen Berührungen. Eine stumpfe, schwarze Kralle strich aufreizend über eine Brustwarze, was sie wimmern und sich winden ließ. Die Entdeckung dieser interessanten Reaktion ließ ihn dasselbe auch an anderen Stellen versuchen, bis sie vor Verlangen hechelte.

Ihre Hände fuhren über die heiße Haut seines Rückens, gaben acht, die zur Hälfte verheilten Wunden aus Benevalia nicht zu berühren, erfreuten sich an dem Spiel von Muskeln und Knochen. Mit der Zunge zeichnete sie den Schwung seiner Halsgrube nach, dann biss sie ihn leicht in die Schulter, was ihm ein leises Stöhnen entlockte.

»Wenn du magst, kannst du härter zubeißen, meine leidenschaftliche Geliebte«, sagte er, und seine Stimme war wie ein leises Grollen in ihren Knochen. »Du kannst mir nicht wehtun.«

Sie versuchte es sofort erneut und wurde mit einem vergnügten Grollen belohnt. Seine Haut schmeckte nach Salz, Schweiß und bitteren Limonen. Raues Haar fiel ihr ins Gesicht; sie vergrub beide Hände darin, zog seinen Kopf nach oben, um ihm in die Augen blicken zu können. Verlangen hatte seine Pupillen erweitert, und nur ein schmaler brauner Ring war noch zu sehen.

»Ich liebe dich, Riyu.«

»Sag mir, was du möchtest, Verbena-ge. Bitte.«

»Dich. Ich will dich.«

»Dann sollst du mich bekommen«, flüsterte er mit einer Stimme, die vor Verlangen bebte.

Er legte sie auf seinen Umhang, der zur Hälfte ausgebreitet auf dem erdigen Boden lag. Nie zuvor hatte sie sich besonders für muskulöse Männer interessiert, aber da war etwas unaussprechlich Köstliches an der Weise, wie groß und stark er über ihr verharrte. Mit den Nägeln strich sie zu seinen Schultern hinauf, über seine Brust und dann wieder hinunter zu seinem Bauch, was zu einem anerkennenden Knurren führte.

Er drang ganz langsam in sie ein, glaubte vielleicht, ihr

Zeit geben zu müssen, sich an ihn zu gewöhnen. Aber sie begehrte ihn, sie brauchte es nicht langsam, also schlang sie zu seiner Ermutigung die Beine um ihn. Seine großen Hände legten sich um ihren Po, er zog sie eng an sich, und ihre Körper verschmolzen in einem uralten Rhythmus. Die Arme um seinen Hals geschlungen, klammerte sie sich an ihn und verlor sich in dieser Wonne. Als er erneut ihren Mund suchte, zerstörte dies die kläglichen Reste ihrer Selbstbeherrschung. Ihr ganzer Körper spannte sich und bebte unter ihm.

Er flüsterte ihren Namen wie eine Bitte oder ein Gebet. Sie fasste sein Gesicht mit beiden Händen, um ihm in die Augen schauen zu können, während sie endgültig die Kontrolle verlor und in Ekstase hineinkatapultiert wurde. Seine Augen weiteten sich ein wenig, als hätte sie etwas getan, das ihn überraschte – dann kniff er sie fest zusammen, während sie ihn mit sich über den Abgrund zog.

Verbena streckte sich auf dem Umhang aus, jeder Muskel in ihrem Körper fühlte sich so warm und schlaff wie eine frisch gekochte Nudel an. Riyus keuchender Atem war warm auf ihrem Hals, sein dichtes Haar hüllte sie beide ein. Keiner von ihnen schien auch nur annähernd zu so etwas wie einfachen Worten fähig zu sein, was in ihr das Gefühl einer absurden Zufriedenheit entfachte.

Schließlich durchdrang aber das Unbehagen eines Steins, der sich in ihren Rücken bohrte, den wohligen Schimmer. Gleich danach wurde sie sich der Schmerzen in ihrem linken Arm bewusst, an der Stelle, wo sie mit dem Luftschiff zusammengestoßen war. Zweifellos würde sie am nächsten Tag ein paar spektakuläre Blutergüsse vorzuweisen haben, die zu dem dann verschorften Schnitt in ihrer Handfläche passten.

Riyu stützte sich auf seine Ellbogen, um nicht zu schwer auf ihr zu liegen. Sie hob den Kopf, um ihn auf die Nase zu küssen, und wurde mit einem leisen Kichern belohnt. Sanft löste er sich von ihr und legte sich neben sie auf die Seite. Sie nutzte die Gelegenheit, ihren Kopf auf seinen Oberarm zu betten, statt auf den harten Boden.

»Danke«, sagte sie und fuhr gemächlich über eine Narbe, die sie auf der grünen Haut seiner Brust sah.

»Keine Ursache.« Er drückte die Lippen in ihr Haar. »Obwohl ich dich vielleicht um Verzeihung bitten sollte. Ich hatte an etwas … Romantischeres gedacht.«

»Romantischer als ein staubiger Boden, umgeben von toten Klickern, mit einem toten Kampfmagier vor der Tür?«

Zwar hatte sie das nicht ernst gemeint, aber das Senken seiner Ohren verriet ihr, dass er es sich zu Herzen genommen hatte. »Ja, schon. Und auch wenn ich vermute, dass der Kampfmagier die Wahrheit sagte und dies die letzten Klicker waren, die ihm zur Verfügung standen, so war es vielleicht nicht besonders verantwortungsvoll von uns, uns so … ablenken zu lassen.«

»Ich habe da keine Beschwerden.« Sie fasste nach seinem Kinn und drehte sein Gesicht zu ihr. »Tatsächlich ganz im Gegenteil.«

Zärtlich strich er ihr das Haar aus dem Gesicht. »Ich auch nicht, Verbena-ge. Und ich wollte nicht, dass es sich anders anhört.«

»Da bin ich froh.« Sie zögerte einen Augenblick lang, war sich unsicher, ob sie die Antwort wirklich hören wollte. Dann aber zwang sie sich dazu. »Es ist doch keine richtige Abschweifung vom Weg des Kriegers, deinen Schützling zu lieben, oder?«

Er lachte, was einem tiefen Grollen gleichkam, das ihren ganzen Körper vibrieren ließ. »Was diese Dinge betrifft, so bleibt der Weg in diesem Punkt erstaunlich stumm. Ich glaube nicht, dass du dir da Sorgen machen musst.«

»Das ist gut.« Sie fand das Ende eines mit Perlen versehenen Zopfes und spielte damit, ließ die Perlen durch die Finger gleiten. »Ich glaube, wir sollten uns jetzt aufraffen.«

»Ja.« Riyu stieß einen lauten Seufzer aus. »Ich fürchte, vor uns liegt noch viel Arbeit, bevor wir ruhen können.«

Als der Rest der Gruppe kurz vor der Morgendämmerung noch müde heranwankte, begrüßte sie Verbena von ihrem Sitzplatz auf einem der toten Klicker aus.

Nach kurzer Besprechung hatten Riyu und sie beschlossen, in der Scheune zu bleiben. Obwohl sie beide zu der Annahme neigten, dass die Klicker, die sie angegriffen hatten, tatsächlich die letzten gewesen waren, musste man immer damit rechnen, dass der Kampfmagier gelogen hatte. Und Riyu hatte sich kurzerhand geweigert, ihr zu erlauben, einen gut zu verteidigenden Standort zu verlassen, um mitten in der Nacht durch offenes Gelände zu laufen.

Sie hatten dem toten Kampfmagier alles abgenommen, das auch nur im Entferntesten nützlich erschienen war. Leider hatte er keine persönlichen Dinge dabei, die einen Hinweis auf seinen Namen oder Hellhands Pläne geboten hätten. Während Riyu die Leiche in einem flachen Grab verscharrte, nahm Verbena einen der Klicker auseinander, weil sie zu ergründen hoffte, wie sie funktionierten, damit sie möglicherweise eine bessere Verteidigungsmöglichkeit gegen die Ungeheuer fand. Aber sie war nur verflucht langsam vorangekommen, und schließlich hatte sie es aufgegeben, um ihre müden Augen auszuruhen. Als Riyu zurückkehrte, hatten sie in einer Scheunenecke eine halbwegs bequeme Bettstatt gebaut und sich erneut geliebt, dieses Mal nur weitaus langsamer und gründlicher. Danach war sie eingeschlafen und nicht mehr erwacht, bis er aufgestanden war, um sich anzuziehen. Ob er überhaupt geschlafen oder sie die ganze Nacht über bewacht hatte, vermochte sie nicht zu sagen. Vermutlich das Letztere.

Jetzt schob Amethyst vorsichtig den Kopf durch die Torlücke, ein breites Grinsen auf dem Gesicht. »Ach, Meisterin«, setzte sie an – und verstummte jäh. Ihre Fröhlichkeit verwandelte sich in eine entsetzte Miene, als sie den toten Klicker sah.

Genau dies war der Grund dafür gewesen, aus dem Verbena ihn zu ihrem dramatischen Sitz gewählt hatte. Obwohl sie sich dessen, was Riyu und sie in der Nacht getan hatten, keineswegs schämte, verspürte sie auch keine Lust, sich impertinente Spekulationen über dieses Thema anhören zu müssen. Natürlich war ein solches Getratsche letztlich unvermeidlich, aber so würde sich jeder im ersten Moment auf etwas anderes konzentrieren müssen.

Kiki stieß einen überraschten Schrei aus und drängte Amethyst aus dem Eingang in den Schutz der Scheune. Turmalin keuchte auf und riss das Schwert heraus, sein Gesicht hatte die Farbe alten Käses. Dorns Augen wurden rund, doch er kam vorsichtig näher, während Neugier mit Abscheu rang.

»Ist das ein Klicker?«, fragte er.

»In der Tat.« Verbena erhob sich. Ihr Kleid war hoffnungslos zerknittert und ihr Haar rettungslos zerzaust, aber daran ließ sich im Augenblick nichts ändern. »Du hast die Wunder gesehen, zu denen unsere Wissenschaft fähig ist. Jetzt siehst du auch die Schrecken.«

»W-Was ist geschehen?«, schaffte Turmalin hervorzustoßen. Er sah so blass aus, dass Verbena beinahe Mitleid mit ihm gehabt hätte.

Während sie ihnen eine gründlich zensierte Version der vergangenen Nacht vortrug, hockten Kiki und Riyu über dem toten Klicker und untersuchten ihn murmelnd. Zweifellos auf der Suche nach Schwachstellen, ebenso wie sie es mit dem gemacht hatte, den sie in seine Einzelteile zerlegt hatte.

»Es tut mir so leid, Meisterin«, sagte Amethyst, als Verbena geendet hatte. Ihrer schuldbewussten Miene nach zu urteilen vermutete Verbena, dass sie und Riyu am Vorabend der Gegenstand eines ziemlich ausführlichen Klatsches gewesen sein mussten.

»Wir sollten uns nicht mehr trennen«, meinte Turmalin. Er hatte sich wieder etwas gefasst und legte nun die Hand auf den Schwertgriff. »Ihr hättet getötet werden können! Von jetzt an bleiben wir alle zusammen. Keiner wird mehr allein zurückgelassen.«

»Also ehrlich, Turmalin …«, fing Verbena an. Doch Riyu unterbrach sie.

»Turmalin-ga hat recht«, sagte er und blickte neben dem Klicker auf.

Aber in der letzten Nacht hast du dich nicht beschwert, allein zu sein, dachte sie und sah ihn stirnrunzelnd an.

Seine Ohren senkten sich. »Wären wir nicht allein gewesen, wir hätten uns leichter verteidigen können«, sagte er leise. »Du weißt, dass das stimmt, Verbena-ge.«

»Falls unser Vorteil so groß gewesen wäre, hätte der Kampfmagier mit seinem Angriff gewartet, bis wir die Scheune verlassen«, erwiderte Verbena verärgert. »Und das hätte damit geendet, dass man uns entdeckt und sich die ganze Gegend gegen uns erhebt! Habt ihr auch nur irgendeine Vorstellung, was man *hier* mit ›Hexen‹ macht? Lasst mich einfach sagen: Dorn und ich haben großes Glück, dass unsere Familie in dieser Angelegenheit außerordentlich großzügig eingestellt ist.«

»Es ist sinnlos, darüber zu diskutieren, was hätte sein können«, erwiderte Riyu noch immer so verflucht ruhig. »Es lässt sich einfach nicht leugnen, dass der Kampfmagier unsere Spur gefunden hat, was bedeutet, dass andere dies auch können. Unsere einzige Hoffnung auf Sicherheit liegt darin, unsere Kräfte zu vereinen und sie nicht in alle Winde zu zerstreuen.«

»Vermutlich.« Sie stemmte die Hände in die Hüften und drehte sich um, um das Luftschiff zu betrachten. »Wie dem auch sei, es bedeutet, dass wir unsere Bemühungen, *Träumerin* zu reparieren, verdoppeln müssen. Dorn, geh zu Haselnuss' Hof und versuch, ihr das Logbuch zu entlocken.

Der Rest von uns überprüft die Zauber der Stabilisatoren. Falls die nämlich versagt haben, stecken wir in großen Schwierigkeiten, ob uns das Logbuch nun zur Verfügung steht oder nicht.«

Alle kamen in Bewegung – außer Riyu. »Verbena-ge? Darf ich einen Augenblick unter vier Augen mit dir sprechen?«

»Wir sollten doch nicht allein sein.«

»Wir bleiben in Rufweite.« Seine Hand umfasste ihr Handgelenk; seine großen Finger schlossen sich mühelos um ihre schlanken Knochen. »Bitte.«

Sie erlaubte ihm, sie nach draußen zu führen. Dort ließ er sie los und sah sie an. »Verrätst du mir, was nicht stimmt?«, fragte er, während die Ohren auf Halbmast waren.

Verteidigend verschränkte sie die Arme vor der Brust. »Wer sagt denn, dass etwas nicht stimmt?«

»Du mit deinem Benehmen.«

»Du hast dich ja recht schnell mit Turmalins Vorschlag einverstanden erklärt«, sagte sie, zu Boden blickend.

»Das ist ein Vorschlag, den ich selbst gemacht hätte, wäre er mir nicht zuvorgekommen. Warum stört dich das?«

Sie zögerte, wusste nicht, ob sie eine Antwort auf die Frage hören wollte, die ihr auf der Seele lag. »Bereust du die letzte Nacht?«, fragte sie kleinlaut.

Riyu seufzte, legte die Arme um sie und zog sie an sich. »Was sagst du denn da?«, fragte er. »Aber um dir eine ehrliche Antwort zu geben, dann – ja, ich bereue es wirklich, dich in Gefahr gebracht zu haben, oder zumindest in größere Gefahr. Deine Sicherheit muss für mich immer an erster Stelle stehen, Verbena-ge, vor allem anderen. Das weißt du.«

Ihr Herz sank. »Oh.«

»Lass mich ausreden.« Er legte ihr den Finger unter das Kinn und schob ihren Kopf nach oben, damit sie ihn ansah. »Ich bereue nichts, das sich zwischen uns zugetragen hat. Am liebsten würde ich dich auf der Stelle lieben. Aber ich muss zuerst dein Leibwächter und darf erst dann dein Geliebter sein. Du liegst mir zu sehr am Herzen, als dass es anders sein könnte.«

Sie entspannte sich. »Oh, ich verstehe. Natürlich hast du recht.« Sie lehnte den Kopf an seine Schulter. »Es tut mir leid. Ich habe mich wie eine Närrin benommen.«

Er drückte die Lippen auf ihre Stirn. »Dein Herz ist schon zuvor verletzt worden, und so zuckst du auch jetzt zurück, weil du erwartest, wieder verletzt zu werden. Ich verstehe das.«

Sie löste sich von ihm und rieb sich die Augen. »Nein, nein. Ich war ganz dumm. Ich bin müde und denke nicht richtig.«

»Vielleicht solltest du dich dann lieber ausruhen.«

»Nein.« Sie nahm seine Hand und fädelte ihre Finger durch die seinen. »Komm. Auf uns wartet Arbeit.«

Den Nachmittag verbrachten sie mit der Überprüfung der Stabilisatoren. Der von der Backbordseite war aus der Erde befreit worden, konnte aber erst abgedeckt werden, wenn das Schiff wieder aufrecht stand. Glücklicherweise diente die Plane eher aerodynamischen Zwecken als der eigentlichen Funktion der Stabilisatoren.

Zusammen standen sie vor dem schräg liegenden Schiff, und Verbena betrachtete es und hatte dabei ihre Hände in die Hüften gestemmt. »Nun, das wird uns verraten, ob überhaupt Hoffnung besteht«, sagte sie. »Falls die Zauber völlig versagt haben, fliegen wir mit *Träumerin* nirgendwo hin.«

»Nach all der harten Arbeit hoffe ich wirklich nicht, dass noch etwas schiefgeht«, sagte Turmalin inbrünstig. »Wie kann ich helfen?«

Verbena warf ihm einen scharfen Blick zu, aber das Angebot schien ehrlich gemeint zu sein. »Bleibt einfach aus dem Weg. Amethyst, kommt bitte zu mir.«

Verbena kletterte die Strickleiter hinauf, die Dorn aufgehängt hatte, und bedauerte dabei, dass ihr Neffe in diesem Augenblick nicht dabei sein konnte. Falls es funktionierte, würde es nämlich ein denkwürdiger Anblick sein. Und wenn nicht, dann würde es die lehrreiche Lektion sein, dass Magie nicht jedes Problem lösen konnte. Aber bei seinem langsamen Gang und der Möglichkeit, dass Haselnuss vielleicht erst überzeugt werden musste, sich von dem Logbuch zu trennen – vorausgesetzt, das gab es überhaupt noch –, konnte man den Zeitpunkt seiner Rückkehr unmöglich vorhersagen.

Das arme Kind. Falls wir das überleben, können die Heiler vielleicht etwas für ihn tun. In seinem Alter würde man die Verwachsungen nur schwer rückgängig machen können, also würden sämtliche Behandlungsmöglichkeiten vermutlich äußerst eingeschränkt sein. *Wenigstens würde er eine größere Chance haben, als wenn er hier im Tal bliebe.*

Tief Luft holend marschierte Verbena auf den Kreis zu, der in der Decksmitte eingelassen war, an die Stelle, an der bei jedem gewöhnlichen Schiff der Hauptmast stünde. Mit Amethysts Hilfe hatte sie den Morgen damit verbracht, aus Ölen, Kräutern und gewissen gemahlenen Edelsteinen eine Paste herzustellen. Jetzt ging Amethyst um den Kreis herum, sprach den Namen einer jeden Rune laut aus und salbte sie mit der Mischung. Dabei erwachte jede einzelne zu einem sanften Glühen, was Verbena als aufmunterndes Zeichen betrachtete.

Als alle Runen glühten, trat Amethyst zurück. In der Hoffnung, dass sie die Zauberformel richtig im Gedächtnis hatte, breitete Verbena die Arme aus und stimmte einen Singsang an.

Licht blitzte aus den Runen, bläuliches Feuer knisterte am Kreisrand entlang. Als sie das letzte Wort sang, stieß sie beide Hände in Richtung der Stabilisatoren, als würde sie etwas dort hinschieben. Mit einem lauten Krachen zerbrach der Kreis. Bläuliches Licht strömte zu beiden Seiten, um die zierlichen Wetterfahnen entlangzutanzen.

Das Holz unter Verbenas Füßen ächzte, dann fiel sie auf die Knie. Weiteres Ächzen ertönte, und Amethyst schrie erfreut auf; sie hockte ebenfalls auf Händen und Knien. Einen Augenblick später begriff die Zauberin den Grund für ihre Aufregung: Das Deck unter ihnen stand nicht mehr ganz so schräg.

Träumerin richtete sich langsam auf und beschwerte sich dabei die ganze Zeit wie ein alter Mann, der auf die Füße kam. Als das Luftschiff fertig war, balancierte es auf seinem Kiel, ruhig gehalten von den großen Flügeln der Stabilisatoren.

Verbena stand auf, kaum in der Lage, ihre Freude unter Kontrolle zu halten. Amethyst war da weniger zurückhaltend. »Es funktioniert!«, rief sie, warf enthusiastisch die Arme um ihre Lehrerin und drückte sie innig. »Meisterin, es funktioniert!«

»Äh, ja«, sagte Verbena nur unbeholfen und tätschelte ihr die Schulter. »Da hatte ich nicht den geringsten Zweifel.«

Glücklicherweise ließ Amethyst sie los und begab sich zur Reling, um allen am Boden zuzuwinken, als würde *Träumerin* jetzt auf der Stelle losfliegen. »Wir haben noch immer viel zu tun«, erinnerte Verbena sie, während sie zur Leiter ging.

In diesem Augenblick trat Dorn durch das Tor, das zur Hälfte geöffnet war. Beim Anblick des aufrecht stehenden Schiffes hellte sich seine Miene auf, dann stieß er einen begeisterten Schrei aus. Verbena fragte sich, ob er wirklich daran geglaubt hatte, dass es funktionieren werde.

»Dorn!«, rief sie von der Leiter aus zu ihm hinüber. »Wie war es?«

Noch immer grinsend ließ er einen Rucksack von der linken Schulter rutschen und hielt ihn triumphierend in die Höhe. »Ich habe es! Nicht nur das Logbuch, sondern auch noch einen Haufen Diagramme!«

»Wunderbar!« Verbena stieg weiter in die Tiefe, was nun bedeutend schwieriger war, weil die Leiter größtenteils nicht mehr am Rumpf hing. *Dieses verrückte Unternehmen könnte doch noch von Erfolg gekrönt werden. Bei Naverras Augen, ich fasse es nicht.*

Kapitel 25

An diesem Abend setzte sich Verbena nach dem Essen mit dem Logbuch und den Diagrammen, die aufgerollt in zylindrischen Hüllen steckten, auf den Heuboden. Sie saß nahe am Rand und konnte nach unten in die Scheune blicken, wo Amethyst fleißig damit beschäftigt war, Dorn die Grundzüge der Magischen Wissenschaften beizubringen. Sie saßen über ein Buch und ein paar Fetzen Papier gebeugt, auf denen Amethyst den Jungen durch einige simple Berechnungen führte. Dorns Gesicht verriet äußerste Konzentration, seine schwarzen Augenbrauen waren zusammengezogen, die Lippen bildeten einen schmalen Strich. Kiki stand vor dem Scheunentor auf Posten, und Turmalin hockte auf dem Melkschemel und versuchte, Teile seiner Kleidung zu flicken, die von der Reise strapaziert war.

Die Leiter zum Heuboden ächzte unter Riyus Gewicht. »Darf ich dir Gesellschaft leisten?«

»Bitte.«

Er setzte sich neben sie und ließ die Beine über die Kante baumeln. Die Lichtkugel machte seine Ohrringe funkeln, die jedes Mal aufblitzten, wenn er die Ohren bewegte. Eine der Scheunenkatzen stolzierte herbei, er gab nach und streichelte ihr seidiges Fell. »Glaubst du, diese Papiere können helfen?«

Verbena hatte die Diagramme schon zuvor einmal überflogen, jetzt holte sie sie wieder aus ihren Hüllen. »Das sind technische Konstruktionszeichnungen – ich glaube, dass sie uns sogar sehr helfen werden, wenn es darum geht, das Schiff zu steuern und zu fliegen.« Sie gab sie an ihn weiter, und er entrollte das uralte Papier vorsichtig. Auch wenn er die Überschriften nicht lesen konnte, studierte er doch konzentriert die Zeichnungen.

Derweil öffnete Verbena das Logbuch und überflog den Inhalt. »Hiernach hieß das Schiff ursprünglich *Todeswolke*, es kam aus … Castliana, wie es aussieht. Ich frage mich, was es so weit nach Süden verschlagen haben mag. Es sollte Kampfmagier transportieren … na, das erklärt auch, warum die an Bord verwendeten Zauber so gut waren. Vermutlich waren sie ständigen Angriffen ausgesetzt. Ich kann mir gut vorstellen, wie sie sich gefühlt haben müssen.«

Riyu sah von den Rollen auf. »Hat es eigentlich jemals eine Zeit gegeben, in der in diesem Land kein Krieg herrschte?«

»Natürlich. Während des Kaiserreichs ging es friedlich zu, als die Halbinsel vereint war. Zugegeben, während dieser Periode waren wir fleißig damit beschäftigt, alles zu erobern, was wir finden konnten.«

»Ah ja. Ich vermute, es hält den Rest von uns in Lohn und Brot.«

»Genau. Du solltest dankbar sein, dass der Ururgroßvater des Vergoldeten Prinzen die Nase der Tochter des Prinzen von Benevalia beleidigt und ihn gezwungen hat, seine endlose Feindschaft zu verkünden, um ihre Ehre wiederherzustellen.«

Riyus Blick wirkte entschieden skeptisch. »Verbena-ge. Das hast du erfunden.«

»Vielleicht etwas ausgeschmückt. Nur um des Effekts willen.«

»Hm.«

Der größte Teil des Logbuchs erwies sich als Schlachtberichte, unterbrochen von den trockenen Auflistungen der Wetterbedingungen und der Namen der schon vor langer Zeit verstorbenen Mannschaft. Die Namen der Verletzten und Toten waren ebenfalls verzeichnet, so wie die Namen der Gefangenen aus feindlichen Städten, Giavolo eingeschlossen. Anscheinend war es nicht ungewöhnlich gewesen, sich während einer Schlacht von Luftschiff zu Luftschiff zu schwingen – die bei den Enterversuchen Getöteten waren auf beiden Seiten für die größten Verlustzahlen verantwortlich.

Sie überflog diese Teile, bis sie das Ende der Einträge erreichte. »Aha. Hier steht, wie es das Schiff ins Blancatal verschlug.«

Riyu rollte die Diagramme vorsichtig zusammen und schob sie in ihre Hüllen zurück. »Was ist passiert?«

»Der Kapitän ist ursprünglich gar nicht aus Castliana gekommen – er war lange vor dem Golemkrieg hier im Tal geboren worden. Weil *Todeswolke* manchmal dazu benutzt wurde, im Süden Einzelheiten über Truppenbewegungen zu sammeln, sorgte er dafür, dass diese Scheune gebaut wurde. So hatte das Schiff einen Stützpunkt, einen sicheren Ort, an dem man Vorräte aufnehmen konnte, während man vor seinen Feinden verborgen blieb.«

»So wie auch wir den Ort benutzt haben«, sagte Riyu nachdenklich.

»Genau. Jedenfalls entdeckte man das Schiff bei einer dieser Missionen, und ein benevalianisches Luftschiff griff an. Außer dem Kapitän wurde jeder getötet, und ihm gelang die Reise ins Blancatal nur dadurch, dass er die Risse im Ballon mit Magie zusammenhielt. Weil die Mannschaft tot war, war der Kapitän der Ansicht, die nötigen Reparaturen nicht allein durchführen zu können. Also ließ er das Schiff in der Scheune zurück, beauftragte seinen Bruder, es zu bewachen, bis es jemand holen käme, und brach mit einem Pferd nach Castliana auf. Es klingt, als hätte er so bald wie möglich mit einer neuen Mannschaft zurückkehren und das Schiff reparieren wollen. Und an dieser Stelle endet der Bericht. Vermutlich ließ er das Logbuch und die Diagramme bei seinen Verwandten und brach allein auf. Man hörte nie wieder von ihm.«

»Ich frage mich, warum nie jemand zurückgekehrt ist.« Riyu verzog die Lippen und ließ dadurch etwas mehr von seinen Stoßzähnen sehen. »Ein Luftschiff dürfte doch sicherlich zu wertvoll gewesen sein, um es verrotten zu lassen.«

Nachdenklich runzelte Verbena die Stirn. »Ich glaube, irgendwann ist Castliana von einer tödlichen Seuche so gut wie ausgerottet worden. Ich kann mich nicht an das Datum erinnern – ich war viel zu sehr damit beschäftigt, in meinem Notizbuch Runen zu üben, um beim Geschichtsunterricht ordentlich aufzupassen.«

»Ich bin schockiert«, sagte Riyu, ohne eine Miene zu verziehen. »Verbena-naga passt nicht im Unterricht auf? Ich erkenne dich nicht wieder.«

Sie warf ihm einen gespielt bösen Blick zu. »Sehr witzig. Verrate es nicht meinen Studenten, sonst verliere ich ihren Respekt.«

»Ich werde das Geheimnis mit ins Grab nehmen.«

»Tu das.« Sie schloss das Buch und trommelte mit den Fingern abwesend auf den alten, abgenutzten Umschlag. »Falls die Geschehnisse im Logbuch zur selben Zeit stattfanden wie die Seuche, könnte jeder in Castliana, der von dem Versteck im Blancatal wusste, tot gewesen sein, bevor das Geheimnis weitergegeben wurde. Nach dem Datum der Einträge zu urteilen, wurde *Todeswolke* zurückgelassen, kurz bevor man Luftschiffe als zu gefährlich aufgab. Selbst wenn jemand über sie Bescheid gewusst hätte, wären sie vermutlich zu dem Schluss gekommen, dass es die Mühe einer Bergung nicht wert gewesen wäre. Zweifellos werden wir das nie erfahren.«

Riyu nickte. »Glaubst du, dieser Kapitän war ein Vorfahr von dir?«

»Das erscheint möglich.« Wie seltsam das alles doch war! Ein entfernter Verwandter hatte sein Schiff zurückgelassen und war davongegangen, ohne je zu ahnen, dass Generationen später jemand von seinem Blut versuchen würde, es in einer Stunde der Not zu neuem Leben zu erwecken. »Es würde erklären, warum Onkel Löwenmaul so entschlossen war, es nicht zu zerstören. Vielleicht war er ja der Ansicht, dass er das Versprechen geerbt hatte, das Schiff sicher zu bewahren, bis jemand es holen käme. Etwas so Verrücktes zu tun war sehr typisch für ihn.«

»Auf seine Weise war er ein Träumer«, erriet Riyu.

Verbena lachte leise und sah auf ihre Hände. »Das muss er wohl gewesen sein. Vielleicht ist aus diesem Grund gerade ihm das Schiff vererbt worden, und nicht an Vater oder einen der anderen Brüder gegangen. Jeder andere hätte die Scheune sofort niedergebrannt, ohne auch nur einen Gedanken daran zu verschwenden.«

Riyu legte eine große Hand auf ihren Nacken und massierte ihn sanft. Sie seufzte vor Behagen und neigte den Kopf nach vorn, damit er besser herankam.

»Hat dir das Logbuch irgendwelche Anhaltspunkte darauf gegeben, wie man das Schiff aus der Scheune bekommen könnte?«

»Ja, genauso ist es, Geliebter. Und wenn die Bannsprüche an der Scheune so gut sind, wie ich glaube, können wir es uns morgen früh selbst ansehen.«

»Diese Idee gefällt mir nicht, Verbena-ge« sagte Riyu mit flach angelegten Ohren.

»Sei nicht albern«, erwiderte Verbena und spähte nach oben zu den Deckenbalken, die die Schatten so geheimnisvoll erscheinen ließen. »Es muss sie jemand in Augenschein nehmen, der in den Magischen Wissenschaften ausgebildet wurde. Damit wir herausfinden, welche Reparaturen möglicherweise nötig sind. Im Augenblick heißt das also: Amethyst und ich. Ich nehme die eine Seite, sie die andere, und alles ist in bester Ordnung.«

»Ich bin nicht davon überzeugt. Es ist zu riskant.«

»Riskanter, als zu Fuß nach Icci zu gehen?«

Darauf wusste er natürlich nichts zu sagen und musste sich darauf beschränken, sie finster anzustarren.

Turmalin räusperte sich leise. »Es tut mir leid, aber ich glaube, ich habe nicht richtig verstanden, was Ihr tun wollt, außer nach oben zu den Deckenbalken hinaufzuklettern. Wie sollte uns das helfen, das Schiff aus der Scheune zu bekommen, wenn es so weit ist?«

»Das ist doch ganz einfach.« Sie hatten die beiden längsten Leitern mitgebracht, die Hopfen besaß, und mit denen man sonst die Früchte von den höchsten Bäumen im Obstgarten pflückte. Verbena ging zu der einen hinüber und wollte sie aufrichten. Mit einem resignierten Seufzen schob Riyu sie zur Seite und hob die Leiter mühelos auf, um sie gegen den ersten Balken zu lehnen. Verbena sah sofort, dass sie die unterste Kante gerade eben noch berührte, und unterdrückte ihre aufsteigende Nervosität. »Diese Scheune wurde allein für den Zweck gebaut, ein Luftschiff aufzunehmen, dabei sollte sie aber von draußen wie ein ganz normales Gebäude aussehen. Die einfachste Weise, das Schiff landen und starten zu lassen, besteht darin, sich in gerader Linie nach oben oder unten zu bewegen, vermutlich nachts, wenn es niemand sehen kann. Darum wurde das Dach mit Vorrichtungen konstruiert, die beide Hälften nach oben schwingen lassen. Die Balken sind so gebaut, dass sie zur Seite klappen und dem Schiff einfach erlauben, senkrecht nach oben zu steigen und loszufliegen.«

»Wie einfallsreich«, sagte Turmalin mit offensichtlich ehrlicher Bewunderung. »Und Ihr seid imstande, sie zu reparieren?«

»Wenn wir Glück haben, werden gar keine größeren Reparaturen nötig sein. Leider bin ich Zauberin und nicht Mechanikerin. Sollte sich das Getriebe also als schwer beschädigt erweisen, müssen wir vielleicht doch noch das Dach abtragen.« Sie rückte ihre Brille zurecht und vergewisserte sich, dass die Tasche mit der nötigen Ausrüstung fest an ihrem Gürtel befestigt war. »Amethyst, seid Ihr bereit?«

Amethyst sah zwar etwas blass aus, nickte aber. »Ja, Meisterin.«

»Ausgezeichnet. Falls Ihr Fragen über ein bestimmtes Getriebe haben solltet, markiert den Balken, und ich sehe ihn mir an, wenn ich mit meiner Seite fertig bin.«

»Das werde ich.«

»Braves Mädchen. Dann lasst uns anfangen.«

Während Verbena zu ihrer Leiter ging, berieten sich Riyu und Kiki kurz auf Orkisch, bevor Kiki zu Amethysts Leiter trat und sie festhielt. Riyu kümmerte sich um Verbenas Leiter, blickte aber noch immer finster drein.

»Hör auf damit«, sagte sie energisch. »Du siehst aus, als hättest du eine unreife Zitrone gegessen.«

Sein Ausdruck änderte sich nicht, was wenig überraschend war. »Mein Auftrag ist deine Sicherheit, Verbena-ge. Jetzt bittest du mich, tatenlos danebenzustehen, während du in eine furchterregende Höhe steigen willst, und das auch noch auf einer alten Leiter, die vielleicht nicht einmal sicher genug ist, um dein Gewicht zu halten. Ich will nicht zusehen müssen, wie du in den Tod stürzt.«

»Seltsamerweise verspüre ich aber gar nicht den Wunsch, in den Tod zu stürzen.« Sie stieg einige Sprossen hoch, dann sah sie nach unten. »Und es wird nicht unter meinen Rock geschaut.«

»Und jetzt verweigerst du mir auch noch das einzig Erfreuliche an diesem Unternehmen.«

Turmalin hatte in der Nähe herumgelungert. »Ein Edelmann würde aus dieser Situation keinen Vorteil ziehen«, sagte er frostig.

»Und hätte auch keinen Sinn für Humor, wie es scheint«, erwiderte Riyu, ohne sich umzudrehen.

Verbena fluchte unhörbar, dann verdrängte sie es lieber. Im Augenblick musste sie den Dachmechanismus überprüfen und durfte sich nicht mit Turmalin streiten. *Und wenn er unbedingt kindisch sein will ... na ja, Riyu kann sich auch allein wehren.*

Die Leiter wackelte auf alarmierende Weise unter ihrem Gewicht, vor allem als sie die Mitte erreichte. Weiter oben kam sie wieder mehr zur Ruhe. Aber dann musste Verbena die oberste Sprosse verlassen und auf einen der Balken steigen, die von den Jahrzehnten geschwärzt waren. *Dieses Herumklettern ist etwas für jüngere Leute. Wäre Weißdorn doch hier ...*

Aber das war er natürlich nicht, und er würde es auch nie wieder sein. Sie schluckte die plötzlich aufwallende Trauer herunter, zog sich vorsichtig auf den Balken und kauerte dort. Am vergangenen Abend hatte sie zwei Glasflaschen genommen und daraus provisorische Lichtkugeln hergestellt, die klein genug waren, um sie mit sich zu führen. Im Gegensatz zu einer richtigen Lichtkugel würde der dafür nötige Zauberbann zwar nicht lange halten, aber für den Augenblick reichten sie.

Das Licht enthüllte ihr Balken, die aus Eiche gehauen und breit genug waren, um darauf gehen zu können – vorausgesetzt, sie achtete auf die Verzahnung ein Stück weiter in der Mitte, die dafür sorgte, dass man die Balken aus dem Weg klappen konnte. Sie lagen nahe genug nebeneinander, dass man von einem zum anderen schreiten konnte – zwar war es ein langer Schritt, aber trotzdem nur ein Schritt. Spinnweben verhüllten den Raum zwischen Dachsparren und Balken – auf jeder Oberfläche hatten sich jahrzehntelang Schmutz und Tierkot angehäuft.

Vorsichtig ließ sich Verbena auf Hände und Knie herab, wischte Spinnweben von der Brille und spähte zu der Verbindungsstelle von Dachsparren und Balken hin. Wie erwartet befand sich dort keine einfache Fuge, sondern ein Mechanismus aus Messing und Zahnrädern. Dank der breiten Balken konnte dies niemand von unten sehen, und Verbena bewunderte den Einfallsreichtum ihres vor langer Zeit verstorbenen Vorfahren, der das ersonnen hatte.

Und seht, was aus uns geworden ist. Vater und Hopfen, Tausendschön und Haselnuss und der ganze Rest. Sie leben in Ignoranz und Aberglauben, lassen aus unangebrachter Furcht zu, dass Kinder Verstümmelungen und Krankheiten erleiden.

Wenigstens haben wir uns nicht alle von dem Streben nach Wissen abgewandt. Die Zauberin zog ein Tuch aus dem Gürtel und wischte sorgfältig Schmutz und Spinnweben fort. Angelaufenes Messing schimmerte matt, und im Strahl des Miniaturlichts entdeckte sie Runen, die in das Metall eingraviert waren.

Von der anderen Seite der Scheune hallte Amethysts Stimme herüber. »Meisterin? Soll ich sie prüfen?«

»Nein. Aktivieren wir eine allein, könnte sie die Zahnräder beschädigen, wenn sie versucht, das Dach allein emporzustemmen.« Verbena hockte sich auf die Fersen und studierte konzentriert das Getriebe. »Im Augenblick sollten wir uns einfach nur vergewissern, ob alles intakt ist und die Runen noch klar sind. Sobald das Schiff dann fertig ist, versuchen wir das Dach zu öffnen. Gelingt das nicht, hören wir auf und sehen zu, ob wir die Teile des Mechanismus reparieren können, die repariert werden müssen.«

Nachdem sie sich davon überzeugt hatte, dass das erste Getriebe zumindest von außen gesehen funktionsfähig war, richtete sie sich auf und überquerte vorsichtig die Lücke zum nächsten Balken. Unter ihr folgte Riyu ihren Bewegungen, als wollte er sie auffangen, falls sie stürzte. Stumm schüttelte sie den Kopf und beugte sich vor, um erneut Dreck und Spinnweben zu entfernen.

Zu ihrer Freude schienen alle Getriebe intakt zu sein, und von Amethyst kam auch keine Frage, die vermuten ließ, dass es sich auf der gegenüberliegenden Scheunenseite anders verhielt. Alles lief gut, und als Verbena zum letzten Balken kam, dachte sie bereits an ein warmes Bad und saubere Kleidung.

Als sie ihr Gewicht von dem einen Balken zu dem anderen verlagerte, rutschte sie auf den Resten eines uralten Vogelnestes aus. Ihr Magen machte einen Satz, und der Instinkt schrie ihr zu, dass sie stürzte, bevor ihr Verstand überhaupt begriff, was gerade geschah. Mit einem überraschten Aufschrei griff sie wild nach allem, das einen Sturz in die Tiefe verhindern würde.

Ihr Sturz endete ganz plötzlich, heißer Schmerz durchzuckte ihre rechte Schulter. Irgendwie war es ihr gelungen, den rechten Arm um den Balken zu schlingen, während der linke noch immer hektisch nach dem Holz griff. Ihr ganzes Gewicht hing nun an ihrem Arm; ihre Beine baumelten in der Leere, die zwischen ihr und dem Boden war. Alle fingen an herumzubrüllen, aber Riyus Stimme übertönte den Rest. »Verbena-ge! Halt dich fest!«

»Was glaubst du, mache ich hier?«, fauchte sie zurück. »Hör auf mich anzubrüllen und bring mir lieber die Leiter!«

Eine Bewegung auf dem Balken erregte ihre Aufmerksamkeit. Es war Amethyst, die mit Furcht erfüllten Augen auf sie zukroch. »Meisterin, ich komme!«

Die Schmerzen in Verbenas Schulter wurden jeden Augenblick schlimmer, doch sie biss die Zähne zusammen. Ihre Welt reduzierte sich darauf, sich an dem Balken festzuklammern, ganz gleich, ob es sich so anfühlte, als würden gleich beide Arme aus den Gelenken springen.

Neben ihr donnerte die Leiter gegen das Holz, und um ein Haar verlor sie den Halt, weil sie nicht damit gerechnet hatte. Im gleichen Augenblick erreichte Amethyst sie und beugte sich gefährlich weit nach vorn, um Verbenas Oberarme zu packen. »Hakt die Beine an der Leiter fest, Meisterin«, drängte sie.

Das klang vernünftig. Verbena trat blindlings um sich, bis ihr Fuß gegen eine Sprosse stieß. Mit langsameren Bewegungen gelang es ihr schließlich, das rechte Bein darüberzuschieben und das linke Bein um den Leiterholm.

Mit Amethysts Hilfe rutschte sie näher heran und konnte schließlich mit den Händen ebenfalls zur Leiter wechseln.

»Ich überprüfe das letzte Getriebe«, sagte die Studentin freundlich, sobald Verbena sicheren Halt fand. »Vielleicht solltet Ihr nach unten klettern.«

Mit zitternden Fingern schob Verbena die Brille zurecht. »Ich glaube, ich nehme Euer Angebot an, Studentin Langalia.«

In dem Augenblick, da sie in Reichweite war, riss Riyu sie von der Leiter und in seine Arme. Obwohl er selbst aus der Entfernung weniger Schritte zweifellos unerschütterlich erschien, spürte sie das Zittern in seinem Körper, während er sie zu zerdrücken schien.

»Siehst du? Ich hab dir doch gesagt, mir passiert nichts«, sagte sie.

Er schnaubte und setzte sie auf den Füßen ab. Sein grünes Gesicht hatte einen kränklichen Schimmer angenommen. »Du wirst noch mein Ende sein, Verbena-ge. Bitte, bei allen Göttinnen, tu so etwas nie wieder.«

Sie richtete ihre Brille und glättete die Röcke. »Ich werde gerne zugeben, dass ich diese Erfahrung lieber nicht wiederholen würde«, sagte sie mit einem zittrigen Lächeln, während Turmalin und Dorn herbeieilten. »Aber falls in der letzten Verbindung, die Amethyst gerade untersucht, nichts beschädigt sein sollte, können wir *Träumerin* befreien und wieder fliegen.«

Nach zwei weiteren Tagen harter Arbeit standen sie tatsächlich vor den letzten Aufgaben, um *Träumerin* wieder in die Luft zu bringen. Die Takelage war fertig, die Risse im Ballon geflickt. Der letzte Schritt, der darin bestehen sollte, den Ballon mit heißer Luft zu füllen, war der schwierigste. Zwar wusste Verbena, dass man einen Salamander beschwören und in den mit Runen beschrifteten Käfig packen musste, der direkt unter der Öffnung des eiförmigen Ballons aufgehängt wurde, aber sie war sich nicht ganz sicher, wie sie die schlaffe Hülle in die Höhe halten sollten, ohne sie in Brand zu setzen.

Am Ende gingen sie dazu über, den spannungslosen Ballon in die Takelage zu bugsieren und das Ganze über dem Deck auszubreiten. Während die anderen verschiedene Sektionen überwachten, um Taue zu richten und darauf zu achten, dass sich die Hülle gleichmäßig füllte, setzte sich Verbena mit untergeschlagenen Beinen in die Mitte des Decks. Der Salamanderkäfig stand genau vor ihr.

Im Gegensatz zu der Salamanderbeschwörung in Jetts Garten malte sie mit Kreide sorgfältig einen Eindämmungskreis auf das Holz, bevor sie sich an die Arbeit machte. Ihre Beschwörung zielte auf einen erwachsenen Salamander, doch es bestand immer die Möglichkeit, dass sich ein hungriges Jungtier vorbeidrängte. In diesem Fall würde sie versuchen, es sofort in seine Heimatdimension zurückzudrängen. Sollte es aber trotzdem entkommen, würde es zumindest nicht den Kreis verlassen können.

»Alle Mann bereit machen!«, rief sie, bevor sie anfing, die Beschwörungsformeln zu singen.

Die Jungtiere spürte sie zuerst, sie brannten heiß und hell und schwärmten aus – auf der Suche nach etwas zu fressen, das sich in der Nähe befand. Verbena konzentrierte sich darauf, sie zu ignorieren, und ließ ihre Wahrnehmung tiefer in die Elementardimension rutschen. Ihre Gedanken richteten sich auf ein langsames, kontrolliertes Brennen, auf einen sicheren Ort, um schön zu schlafen und sich träge zu räkeln – und nicht auf den Brennstoff für einen Feuerschwall. Schließlich verloren die Jungtiere das Interesse und wandten sich ab, um sich erneut der endlosen Suche nach Fressen zu widmen.

Sich regendes Interesse berührte ihr Bewusstsein. Nicht so träge, um auf gar nichts mehr zu reagieren, wie es bei einigen Salamandern am Ende ihres jahrhundertelangen

Lebens der Fall war. Aber es war auch nicht das eifrige Zupacken der Jungtiere, die nicht zu kontrollieren waren. Verbena ließ es ihrer Gedankenspur folgen. Und folgen und folgen und …

Flammen brüllten auf, dann erschien ein Salamander von ordentlicher Größe zusammengerollt in dem Käfig und blinzelte sie mit neugierigen roten Augen an.

Die Luft um ihn herum heizte sich auf und ließ die Ballonöffnung augenblicklich flattern. »Schafft ihn genau über den Käfig!«, befahl Verbena, ohne auch nur einen Augenblick lang die Konzentration auf den Salamander zu vernachlässigen. Als Erwiderung wurde seine heiße Haut heller, bis sie schließlich weiß schimmerte.

Dunkle Umrisse mit Tauen bewegten sich an ihr vorbei, aber sie achtete gar nicht auf sie und richtete ihre Aufmerksamkeit allein auf das Elementarwesen. Seide flatterte und spannte sich dann mit einem leisen Peitschen. »Haltet sie ausgebreitet!«, rief sie und hörte Flüche; unklar war jedoch, ob damit sie oder die Takelage gemeint war.

Quälend langsam erwachte der große Ballon zum Leben und stieg über ihr auf. »Er hat das Deck verlassen!«, berichtete Kiki, und Verbenas Herz tat einen freudigen Sprung.

In weniger als einer halben Stunde schwebte der große Ballon über ihren Köpfen, durch die Takelage mit dem Deck verankert. *Träumerin* selbst schwebte ein paar Schritte über dem Boden und zerrte sanft an den Befestigungstauen.

»Ich kann es nicht glauben«, flüsterte Dorn und sah über die Reling zu Boden.

Verbena gesellte sich zu ihm. Sie selbst konnte ein Grinsen nicht unterdrücken. »Ich auch nicht.«

»Meinen Glückwunsch.« Riyus Hand ruhte warm auf ihrer Schulter, und sie lehnte den Kopf dagegen, froh, diesen Augenblick teilen zu können.

»Wir müssen bis zum Einbruch der Dunkelheit warten, um das Dach zu öffnen und zu verschwinden«, sagte sie.

»Wir wollen nicht gesehen werden, und ein Luftschiff, das über den Feldern schwebt, das fällt jedem auf. Aber wenn alles glattgeht, sind wir heute Nacht in der Luft.«

»Und auf dem Weg nach Icci«, sagte Amethyst leise.

Verbena ergriff die Reling fester. In der ganzen Aufregung, *Träumerin* wieder flottzumachen, war es ihr gelungen, nicht ständig an den Grund zu denken, aus dem sie dieses Transportmittel überhaupt brauchten. »Ja«, erwiderte sie leise. »Mit etwas Glück ist das ein Angriff, den Hellhand nicht kommen sieht.«

Kapitel 26

Den Rest des Tages verbrachten sie damit, sich in der Scheune auszuruhen. Dorn und Amethyst saßen an Deck und waren viel zu aufgeregt, um schlafen zu können, während Kiki und Turmalin am Tor Wache hielten. Verbena verkündete ihre Absicht zu schlafen, da sie in den meisten der kommenden Nächte nicht dazu kommen würde, und zog sich in eine der kleinen Kabinen unter Deck zurück. Kurze Zeit später gesellte sich auch Riyu zu ihr, und nur zu gern wartete sie noch etwas mit dem Schlafen, um dann mit dem Kopf auf seiner Schulter einzunicken.

Als er sie viele Stunden später mit einem drängenden Zischen weckte, blinzelte sie zuerst verwirrt. Er hatte die Decke zur Seite geschoben, die sie vor die Fenster gedrückt hatten, und starrte hinaus, beide Ohren nach vorn gerichtet. Obwohl er vollständig bekleidet war, lag seine Rüstung noch auf einem Haufen in der Ecke.

Mit klopfendem Herzen befreite sich Verbena aus den zerknüllten Laken. »Was ist? Stimmt etwas nicht?«

»Ich weiß nicht. Ich dachte, ich hätte Rufe gehört.«

In diesem Augenblick änderte sich draußen die Windrichtung, und die Brise ließ die Bäume rascheln. Da hallte ein leiser Schrei, den jetzt auch Verbena hörte.

»Bleib hier!« Riyu schnappte sich ein Schwert und eilte zur Tür. Während sich Verbena noch hastig anzog, konnte sie über ihrem Kopf seine Schritte vernehmen. Sie ignorierte seinen Befehl und folgte ihm, hüpfte auf einem Fuß, während sie den Schuh des anderen anzog. Als sie das Deck erreicht hatte und zur Strickleiter kam, war er bereits draußen verschwunden.

Wo stecken die alle? Ein schneller Blick verriet ihr, dass sämtliche ihrer Gefährten die Scheune verlassen hatten, Dorn eingeschlossen. *Verdammt!*

Draußen fiel es leichter, die wütenden Stimmen zu hören, die der Wind herantrug. Das letzte Sonnenlicht färbte den Himmel im Westen rot, und in dem kleinen Waldstück war es bereits dunkel. Verbena stolperte über Wurzeln und verfing sich in Schlingpflanzen. Sie riss sich frei. Da entdeckte sie einen flackernden Fackelschein und das stetige Glühen einer Lichtkugel. *Bei Naverras Augen. Man hat uns entdeckt!*

Männer und Frauen hatten Amethyst, Kiki, Dorn und Turmalin eingekreist. Sie alle trugen irgendwelche provisorischen Waffen, von tödlichen Sensen bis zu schweren Hackmessern, mit denen man das Unterholz klärte. Ein älterer Mann, der Verbena irgendwie bekannt vorkam, stand da und zeigte dramatisch auf die Lichtkugel in Amethysts Händen. An seiner Seite lauerte Kerbel, einer von Hopfens Söhnen.

Großartig.

Dorn starrte seinen Bruder wütend an. »Kerbel, du Blödmann! Was hast du angerichtet?«

»Er hat dich vor dem Pfad des Bösen gerettet«, verkündete der Älteste pathetisch. »Du hast dich von den Verlockungen der Hexerei umgarnen lassen, aber dank Kerbels Frömmigkeit kannst du noch errettet werden.«

Eine Hand schloss sich um Verbenas Ellbogen, und um ein Haar hätte sie aufgeschrien. »Was machst du denn hier?«, flüsterte Riyu außer sich. »Ich hatte dir doch gesagt, du sollest auf dem Schiff bleiben!«

»Sei nicht albern.«

»Bitte!«, rief Amethyst. »An den Magischen Wissenschaften ist nichts Verwerfliches. Lasst mich Euch zeigen …«

»Schweigt!«, brüllte der Älteste. Seine Augen waren vor Entzücken weit aufgerissen, und er sah ganz wie ein Bilderbuchverrückter aus, dachte Verbena kritisch. »Wir sind nicht unwissend – wir wissen, dass Hexen ihre Zauber mit ihren Stimmen wirken! Diese Außenseiter sind ins Blancatal gekommen, um unsere Kinder zu vernichten, und mit dem armen Dorn haben sie schon angefangen! Aber sie werden noch merken, dass wir nicht hilflos sind! Nehmt das Hexenmädchen und schneidet ihr die Zunge heraus!«

Kiki schob sich schützend vor Amethyst, ihr Schwert diente als eine stählerne Barriere, die den Weg versperrte.

Riyu warf Verbena einen gequälten Blick zu, dann traf er offenbar eine Entscheidung. Er rannte mit dem Schwert in der Hand auf den Kreis zu und stieß dabei ein lautes Brüllen aus.

Die Bauern wurden von ihrem Fackellicht geblendet; Riyus furchterregendes Gebrüll zog Aufschreie nach sich, und als er gegen die ersten Männer prallte und sie zu Boden stieß, ließen einige der anderen ihre Waffen fallen und ergriffen die Flucht.

Aber nicht alle ließen sich so einfach einschüchtern. Eine junge Frau hieb mit der Sense auf Riyu ein, und einen atemstockenden Moment lang befürchtete Verbena, sie werde ihm den Arm abtrennen. Doch er fing die Klinge mit dem Schwert ab, trat zugleich zu und traf den Leib der Angreiferin. Sie krachte schwer zu Boden, und er hob die Sense auf und schleuderte sie in die Dunkelheit.

Steh nicht einfach hier rum, und hör auf zu gaffen, Verbena!

Wütend auf sich selbst hob sie die Hände und flüsterte eine Beschwörung, während sie zugleich Runen in die Luft malte, die dort glühend und bebend hängen blieben. Es sah sehr eindrucksvoll aus, wie sie hoffte.

»Da! Da ist die Schlangenmutter, die an allem schuld ist!«, kreischte der Älteste und zeigte auf sie. Ein paar seiner Anhänger liefen auf sie zu; Verbena murmelte eine andere Beschwörung, und kalte blaue Flammen hüllten plötzlich ihre Hände ein, liefen ihre Finger herunter und tropften ins Gras. Der Wind fing ihr Haar, riss es zurück und verwandelte es in eine dunkle Sturmwolke.

Die Angreifer kamen stolpernd zum Halt, die Augen vor Furcht weit aufgerissen. Verachtung stieg in Verbena auf. Einen Augenblick lang wollte sie etwas viel Gefährlicheres heraufbeschwören. *Sie hätten Amethyst die Zunge herausgeschnitten und sie dann lebendig verbrannt, die anderen vielleicht gleich mit. Es wäre nur gerecht, würden sie selbst brennen …*

Es ist kein Schritt auf dem Weg des Kriegers, blindwütig zuzuschlagen.

Ich bin aber auch keine Kriegerin, verflucht noch mal.

»Verschwindet jetzt«, sagte sie, »und ich verschone euer erbärmliches Leben.«

Sie ergriffen die Flucht.

Amethyst hob die Lichtkugel über den Kopf und sang einer Reihe sinnloser Wörter. Turmalin und Kiki schwangen die Schwerter, der Älteste wich zurück und warf einen Blick auf seine Anhänger, deren Zahl sich schnell verringerte. »Die Götter werden euch niederstrecken!«, rief er. »Ihr glaubt, dem rechtschaffenen Urteil entkommen zu können, aber …«

»Halt einfach den Mund!«, sagte Verbena grob. »Die Götter hatten dreißig Jahre lang Zeit, mich niederzustrecken, aber sie scheinen es nicht besonders eilig zu haben, oder? Jetzt verschwinde, oder ich zeige dir ganz genau, wozu ich fähig bin.«

Kerbel nahm den Arm des Ältesten und zog daran. Sein Blick fand Dorn, und eine Mischung aus Zorn und Schmerz verzerrte seine Züge. »Sei verflucht, Dorn! Wie kannst du deiner Familie das nur antun, du nutzlose, verwachsene Missgeburt! Die Götter haben dich zum Krüppel gemacht, weil sie über dich geurteilt haben!«

Dorn zuckte zusammen, als hätte man ihn geschlagen. Tränen rannen über sein Gesicht, und Verbena nahm an, dass er zu wütend war, um etwas erwidern zu können.

»Verbena-ge!«, rief Riyu und unterbrach die Erstarrung des Augenblicks. »Lauf los, solange wir noch die Gelegenheit dazu haben!«

Der Älteste lachte. »Ja! Lauft! Das ganze Tal wird sich gegen euch erheben! Ihr könnt nicht entkommen!«

Und tatsächlich erschienen in der Ferne noch mehr Fackeln. *Wenn sie uns erwischen, wird es ein Gemetzel geben. Wir werden keine Chance haben.* Kiki lief bereits in Richtung Scheune, gefolgt von Amethyst und Turmalin.

»Hilf Dorn!«, rief Verbena Riyu zu.

Kerbel versuchte, Riyu den Weg zu versperren, wurde aber zur Seite geschleudert, als würde er nicht mehr wiegen als ein Kind. Dorn schrie protestierend auf, was der Ork aber ignorierte. Er schnappte sich den Jungen einfach und klemmte ihn sich unter den Arm. Da die Zauberin genau wusste, dass Riyu nicht ohne sie gehen würde, beschleunigte sie die Angelegenheit, indem sie loslief. Hinter ihr hörte sie das Klirren von Ohrringen.

Amethysts Lichtkugelschein erhellte den Weg zwischen den Bäumen zur Scheune. Der Wind trug Rufe herbei, und zu ihrem Entsetzen sah Verbena, dass am anderen Ende des Waldstücks Flammen erschienen. »Sie zünden den Wald an – und uns und die Scheune gleich mit!«, rief sie.

»Dann beeil dich!«, schlug Riyu vor – was nach Verbenas Meinung nicht besonders hilfreich war.

Rauch trieb zwischen den Bäumen umher, er brannte in den Augen der Zauberin und ließ sie husten. Sie bahnte sich einen Weg durch die Schlingpflanzen und dachte kurz daran, dass das dichte Unterholz der geeignete Nährboden für ein Feuer war. Turmalin wartete am Eingang zur Scheune, packte ihren Arm und zerrte sie durch das Tor.

Hier drinnen war die Luft besser, aber zu ihrem Entsetzen sah Verbena, wie Rauchfahnen bereits durch die Spalten des alten Mauerwerks drangen. Amethyst und Kiki waren schon an Bord der *Träumerin* geklettert; die junge Studentin warf Dorns Schlinge in die Tiefe, und Riyu setzte ihn kurzerhand darin ab. »Es tut mir leid, Tante Verbena!«, sagte Dorn und pendelte wild in der Schlinge, als ihn Kiki nach oben zog. »Ich bin heute Nachmittag nach Hause gegangen – ich wollte mich doch bloß verabschieden. Ich hätte nicht gedacht, dass Kerbel mir folgt!«

»Spar dir das für später«, sagte Verbena und griff nach der Strickleiter. »Riyu, du und Turmalin, haltet euch bereit, uns von den Ankertauen zu befreien. Sobald das Dach offen ist, kappt ihr die Taue und kommt augenblicklich an Bord. Macht euch nicht die Mühe, sie loszubinden, dazu fehlt uns jetzt die Zeit. *Träumerin* wird wie ein Korken in einem Teich nach oben schießen, und ich will nicht für irgendjemanden wieder nach unten kommen müssen!«

Sobald sie an Bord war, eilte sie zum Bug. »Wir müssen das Dach aufbekommen«, sagte sie. »Amethyst, schnappt Euch die Kreide und helft mir!«

Ihre Studentin rannte mit einer Tasche voller Ausrüstungsgegenstände herbei. Verbena nahm ihre Stellung ein, während Amethyst hastig einen Kreis um sie malte und dabei einen Singsang anstimmte.

Das sollte besser gelingen. Nun drang schon mehr Rauch ein, und das ominöse Knacken sich aufheizender Steine verriet ihr, dass das Feuer die Scheunenwände erreicht hatte. Ihnen lief die Zeit davon; falls der Zauber scheiterte oder die Getriebe klemmten, würden sie sich einem sehr unerfreulichen Tod ausgesetzt sehen.

Verbena holte tief Luft und suchte ihr Heil in den Jahrzehnten der Disziplin, um ihre Gedanken zu klären. Schon jetzt konnte sie spüren, wie die Macht um sie herum aufstieg. Es knisterte. Nun musste sie sie nur noch auf die Mechanismen lenken, die oberhalb des Balkens verborgen waren.

Eine Rune in die Luft malend sprach sie ein Wort der Macht. Wie ein seltsames Glühwürmchen schoss die Rune in Richtung des ersten Getriebes, wo sie sich an einen kleinen Edelstein in der Verkleidung heftete. So schnell sie konnte wiederholte die Zauberin den Prozess, immer wieder. Rauch brannte ihr in Hals und Lungen, und allein eine

Willenskraft, die im Laufe der Jahre feingeschliffen war, verhinderte, dass sie hustete und die Worte verdarb.

Endlich raste die letzte Rune los und fand ihren Platz. *Jetzt finden wir es heraus*, dachte sie und sprach das Wort, das sie aktivierte.

Einen schrecklichen Augenblick lang tat sich gar nichts. Dann fing das Dach an, sich mit einem langsamen, knirschenden Laut zu bewegen; als wenn sich das Himmelstor selbst öffnete.

Die ganze Scheune erbebte, und Schmutz, der sich über Jahrzehnte angesammelt hatte, regnete zu Boden, als die Balken aus dem Weg klappten. Eine lose Dachschindel stürzte herab, verfehlte nur knapp den Backbord-Stabilisator und zersplitterte beim Aufprall in tausend Schieferbrocken.

»Jetzt!«, schrie Verbena. »Kappt die Halteseile!«

Ein Seil peitschte davon, als Riyu es mit einer Axt durchtrennte. *Träumerin* durchfuhr ein heftiger Ruck – wie ein Pferd, das lospreschen wollte, bevor die Stabilisatoren ansprangen. In der Höhe klappte langsam das Dach auf. Die vom Flammenschein eingerahmte Lücke wurde immer größer. Funken regneten in die Tiefe, und Verbena hoffte, dass der uralte Schutz des Ballons noch eine kleine Weile durchhalten werde.

Weitere Seile wurden durchtrennt, wieder ging ein Ruck durch das Schiff. »Fertig!«, rief Turmalin schließlich und griff nach der Strickleiter. Das letzte Tau war am Bug festgemacht; Riyu durchtrennte es – und *Träumerin* stieg mit überraschender Schnelligkeit auf.

»Riyu!«, brüllte die Zauberin, und einen Augenblick lang glaubte sie schon, sie hätten ihn zurückgelassen. Aber dann straffte sich das Tau wieder. Ein Blick über die Seite verriet ihr, dass er daran baumelte. »Kiki! Turmalin! Helft mir, ihn hochzuziehen!«

Doch Riyu starrte an ihr vorbei in die Höhe. »Verbena-ge! Kümmere dich um das Schiff!«

Überrascht sah sie auf. Das Dach öffnete sich noch immer. In der Zwischenzeit schoss *Träumerin* in die Höhe und schien dabei jeden Augenblick schneller zu werden.

Fluchend rannte sie zum Heck, wo Amethyst leichenblass am Steuerruder stand. Daneben ragte ein Hebel zur Justierung der Höhe aus dem Deck; Verbena packte ihn, drückte ihn nach unten und spürte, wie sich der Aufstieg verlangsamte. Aber noch immer flogen sie weiter durch den Qualm nach oben, während die Dachkanten gefährlich nahe kamen.

Irgendwie schlüpfte die Ballonseide mit nur wenigen Zoll Abstand daran vorbei. Dann waren sie endlich frei, und nur die Rauchsäule, die vom Feuer aufstieg, hüllte sie ein.

Sich den Ärmel vor die Nase und den Mund haltend drehte Verbena blindlings am Steuerruder. Sie mussten aus dem Rauch heraus, egal wie. Das Schiff neigte sich sanft, heißer Wind fuhr ihr durchs Haar. Asche brannte in ihren Augen.

Einen Augenblick später ließen sie alles hinter sich. Das wütende Glühen des Feuers wich zusammen mit dem Boden zurück, und die schwarze Rauchsäule verdeckte hinter ihnen die Sterne. Unkontrolliert hustend begradigte Verbena das Steuerrad. »Haltet sie gerade«, befahl sie Amethyst und stolperte zum Bug.

Kiki und Turmalin hatten es geschafft, Riyu an Bord zu ziehen. Er lehnte an der Reling und hustete wie der Rest von ihnen. Sein Anblick machte die Zauberin schwindlig vor Erleichterung. Er schaute mit tränenden Augen auf und schenkte ihr zwischen den Stoßzähnen ein Lächeln. »Ich hatte nicht den geringsten Zweifel«, sagte er.

Verbena lachte schwach und ließ sich neben ihn auf das Deck sacken. »Das ist gut, denn ich hatte genug für uns alle.«

»Aber Ihr habt es geschafft.« Turmalin trat an die Reling und starrte ungläubig nach unten. Das brennende Wäldchen sah hinter ihnen nur noch wie ein Freudenfeuer aus, das in der Dunkelheit bald zurückblieb. Vor ihnen erhellte das Licht des Mondes das Blancatal und enthüllte die Hügelspalten und den glitzernden Weg der Flüsse. »Es ist gelungen. Wir – wir fliegen!«

Trotz allem musste Verbena über seine Aufregung lächeln. »Das tun wir.«

Zur Sache mit dem Fliegen gehörte allerdings auch, wie Verbena bald entdeckte, dass es verdammt kalt war.

Da sie den größten Teil des Nachmittags geschlafen hatte, übernahm sie nun das Steuer, während alle anderen unter Deck gingen, um sich etwas Ruhe zu gönnen. Es war schön, Zeit für sich selbst zu haben. Sie zog sich die Wolldecke enger um die Schultern. Die Nacht war mild, wenn man am Boden stand, aber hier oben in dem schneidenden Wind wurde es bitterkalt, und die frei liegende Haut ihres Gesichts und der Hände fühlte sich schnell taub an. Die Luftschiffer der Vergangenheit hatten sich wärmer angezogen, und bald verfluchte sie sich, dass sie sich nicht besser vorbereitet hatte.

Trotz des Windes wirkte aber alles sehr friedlich. Gelegentlich ächzten die Taue, die Ballon und Schiff zusammenhielten, manchmal rührte sich der Salamander, aber davon abgesehen herrschte Stille. Das Mondlicht hüllte das Schiff in einen silbrigen Schein, und das Sternenlicht rahmte die Takelage und den gewaltigen Schatten des Ballons über ihr ein.

Unter dem Schiff breitete sich die Welt aus, und hin und wieder überprüfte sie ihre Position auf Riyus Karte, die sie zu ihren Füßen an das Deck geheftet hatte. In dieser Nähe zur Magie funktionierten gewöhnliche Kompasse nicht, aber das Schiff verfügte immerhin über zwei Wetterfahnen. Die eine zeigte die Windrichtung an, die andere war verzaubert, um auf den Nordstern zu weisen. Nach Sonnenaufgang würden sie höher gehen müssen, um das Risiko zu verringern, entdeckt zu werden, aber im Augenblick erschien es sicher genug, um nach Landmarken zu fliegen. Trotzdem war es sehr verwirrend, die Welt wie ein Vogel zu sehen.

Die Luke öffnete sich quietschend, und Verbena erwartete, Riyu zu sehen. Doch der Umriss, der da erschien, war kleiner, Beine und Rücken waren für alle Ewigkeit verkrümmt. Dorn legte seine Krücke auf dem Deck ab, dann zog er sich mühsam aus der Luke. Sobald er auf Krücke und Füßen stand, blickte er sich um und nahm den Anblick des Landes in sich auf, das so weit unter ihm dahinglitt: die fernen Felder und die Berge am Rande des Horizonts.

»Ich habe eine zusätzliche Wolldecke gegen die Kälte«, rief Verbena. Dorn nickte und begab sich zu ihr. Die Krücke untermalte lautstark jeden Schritt. Er mied ihren Blick, als er die Decke nahm und sie unbeholfen um den Körper schlang.

Verbena hatte genug Erfahrung mit zerknirschten Studenten, um zu wissen, dass er reden wollte. Also wandte sie ihre Aufmerksamkeit dem Steuerruder zu und ließ ihm Zeit, seine Gedanken zu sammeln. »Glaubst du … glaubst du, sie halten mich für … ich meine, dass sie uns für tot halten?«

»Ich weiß es nicht«, erwiderte sie. Sie hatte schon so etwas erwartet. »Vielleicht haben sie das Luftschiff aus der Scheune kommen sehen oder wie es aus der Rauchwolke trat, sobald wir in der Luft waren. Vielleicht auch nicht. Du könntest deinen Eltern einen Brief schicken, um sie wissen zu lassen, dass du überlebt hast.«

»Ich …« Er verstummte und sah zu Boden. »Es tut mir leid, Tante Verbena. Das war alles meine Schuld. Ich war mir nicht sicher, ob Vater dem Rest erzählt hatte, dass ich gehe, aber ich wollte Lebewohl sagen. Ich hätte nicht gedacht, dass Kerbel … dass er …«

»Dass er die ganze Gegend gegen uns aufbringt?«, fragte Verbena trocken. »Natürlich wusstest du das nicht. Du kannst dich nicht für die Taten deines Bruders verantwortlich machen, genauso wenig wie man mich dafür verantwortlich machen kann, dass er mein Neffe ist.«

»Ich kann einfach nicht glauben, dass er das getan hat!«, brach es aus Dorn heraus. »Sie hätten euch alle umgebracht! Sie hätten vielleicht sogar mich umgebracht! Und dann hat er auch noch die Nerven, mich zu beschuldigen, die Familie verraten zu haben!«

»Und du sorgst dich jetzt, ob er vielleicht recht hatte.«

Dorn erstarrte. Ihm war anzusehen, wie sehr es ihn überraschte, dass sie das erraten hatte. »Ich ... ja. Was wird aus ihnen? Wenn bekannt wird, dass Vater euch geholfen hat, dass er mich mit dir gehen ließ ... Wer wird dann noch mit ihm Handel treiben wollen oder im Frühling helfen, die neue Scheune zu bauen? Veilchen sollte nächsten Monat heiraten – was wird denn, wenn die Familie ihres Verlobten es ihm jetzt verbietet? Alles nur meinetwegen!«

Verbena legte ihm den Arm um die schiefen Schultern. Wären seine Beine und die Wirbelsäule gerade gewachsen, wäre er größer gewesen als sie, aber so reichte sein Scheitel lediglich bis zu ihrer Schulter. »Darauf habe ich zwei Antworten. Die erste lautet, dass – hätte Kerbel nicht die Aufmerksamkeit auf uns gelenkt – wir vermutlich unerkannt davongekommen wären. Ja, ich verstehe, dass er der Meinung war, er würde dich vor dem Bösen erretten, aber das macht die Tatsache nicht ungeschehen, dass er die ganze Sache in ein öffentliches Spektakel verwandelt hat.

Die zweite ist schlicht und ergreifend, dass du die Schuld demjenigen zuweisen musst, der sie auch verdient. Nicht nur Hopfen oder du, sondern das ganze Blancatal ist beteiligt. Du solltest dich nicht schuldig fühlen, nur weil du dich geweigert hast, dich den Wünschen einer Gemeinschaft zu beugen, die die Unwissenheit dem Wissen vorzieht und sich lieber an den Aberglauben klammert, als nach der Wahrheit zu streben. Wegen eines schrecklichen Vorfalls haben sie sich von allem abgewendet, das ihr Leben besser machen könnte. Dank ihrer Verbohrtheit hast du bereits gelitten – sollst du jetzt auch noch den Rest deines Lebens aufgeben, nur um sie glücklich zu machen?«

»Du hast gehört, was Kerbel über das Urteil gesagt hat …«

»Glaubst du wirklich, dass die Götter für Dinge, die wir noch nicht einmal getan haben, Bestrafungen austeilen? Meiner Ansicht nach sind sie an den Vorgängen in der Menschenwelt nicht besonders interessiert. Ich kann mir kaum vorstellen, dass sie einen unschuldigen Säugling bestrafen, weil er vielleicht später mal etwas tun könnte, das nicht Kerbels Zustimmung findet.«

Dorn schwieg eine Weile und dachte nach. Schließlich sah er ihr wieder ins Gesicht. »Ich glaube, du hast recht.«

»Natürlich habe ich das.« Verbena schenkte ihm ein aufmunterndes Lächeln. »Sieh dich um, Dorn – du bist frei! Zugegeben, auf direktem Weg begeben wir uns in die Festung eines Feindes, der uns alle töten will, aber trotzdem ist das ein Grund zum Feiern.«

Dorn grinste reumütig. »Ich glaube, ich stelle mich lieber einer Stadt voller Feinde, als am Rand des nächsten Scheunentanzes sitzen zu müssen und zu wissen, dass sich niemals etwas ändern wird.«

»Ich verstehe das.« Noch einmal drückte sie seine Schulter und ließ ihn dann los.

»Ich glaube, ich setze mich an den Bug und übernehme den Ausguck, wenn ich darf.«

»Natürlich.«

Er wandte sich ab, aber dann blieb er stehen, kam zurück und warf die Arme um sie. »Danke, Tante Verbena.«

Überrascht tätschelte sie ihm unbeholfen den Kopf. »Nichts zu danken, Dorn. Wirklich nicht.«

Als der Junge über das Deck hinkte, öffnete sich die Luke erneut, und dieses Mal kam tatsächlich Riyu heraufgestiegen. Der Wind verfing sich in seinem Haar, unbewusst zog er den Umhang enger. Sein Blick folgte Dorn, bis der Junge einen Sitz am Bug gefunden hatte. Dann gesellte er sich zufrieden zu der Zauberin.

»Wie geht es ihm?«, fragte er leise und lenkte ein Ohr in Dorns Richtung.

»Gut genug. Vielleicht sogar besser als erwartet.«

»Ich fürchte, ich habe seinen Stolz heute Abend verletzt«, sagte der Ork unglücklich. »Aber es war keine Zeit, anders zu handeln.«

»Er kommt schon darüber hinweg. Im Augenblick macht er sich mehr Sorgen um alle, die er zurücklässt.«

Riyu setzte sich auf eine Taurolle, wo er Verbena beim Steuern zusehen konnte. »Ich glaube, ihr seid euch sehr ähnlich.«

»Das arme Kind.« Verbena winkte Riyus Protest ab. »Nein, vermutlich hast du ja recht. Sollten wir das überleben, wird er einen ausgezeichneten Studenten abgeben.«

»Da ist bloß dieses winzige Problem, das *Überleben* heißt«, sagte Riyu und senkte leicht die Ohren.

»Ich weiß. Wir sollten sobald wie möglich Kriegsrat halten, damit wir entscheiden können, was wir eigentlich genau tun werden, wenn wir Icci erreichen.« Verbena biss sich auf die Lippe und betrachtete in Gedanken bereits Zauberformeln, die ihnen möglicherweise dabei helfen würden, Malachit zu finden. *Vorausgesetzt, er ist noch am Leben. Vorausgesetzt, sie haben ihn nicht auch in einen Klicker verwandelt.*

Hör auf damit. Malachit ist nicht Weißdorn. Er wurde gefangen genommen, weil Hellhand ihn für nützlich hielt. Sie werden ihn weder töten noch verwandeln, bevor er ihnen die Geheimnisse des Rechnenden Golems verraten hat – und er ist klug genug, um das zu wissen. Also wird er die ganze Sache so lange wie möglich hinauszögern.

Riyu stand auf und nahm ihre Hand und lächelte sie an. »Wir können diese Dinge morgen besprechen, Verbena-ge. Das hat noch ein paar Stunden Zeit. Im Augenblick … vielleicht solltest du einfach fliegen.«

Ihr Herz schien anzuschwellen. Sie blickte über das Deck hinweg auf die Welt, die vor ihr lag. Davon hatte sie fast ihr ganzes Leben lang geträumt, und selbst wenn der morgige Tag andere Sorgen brachte, hatte Riyu doch recht. Alles andere konnte warten.

»Du kennst mich so gut«, sagte sie mit einem verzagten Lächeln.

»Vielleicht.« Er beugte sich über sie und vergrub die Lippen in ihrem Haar. »Es ist ein Schritt auf dem Weg des Kriegers, im Augenblick zu leben und nicht hastig daran vorbeizueilen, um den nächsten zu erreichen. Zu schätzen, was da vor uns liegt, heute. Und darum bleibe ich hier stehen und wärme dich, mein Herz, und du darfst das Schiff deiner Träume fliegen.«

Kapitel 27

Als die Sonne aufging, steuerte Verbena das Luftschiff etwas höher. In der Stunde vor der Morgendämmerung war eine Schicht niedriger Wolken aufgezogen, und sie nutzte diese Deckung. Die Wolken waren feucht, es wurde kalt, während sie sie durchflogen. Aber als sich *Träumerin* aus ihnen löste, blickte die Zauberin auf eine flockige weiße Decke, die von der Morgensonne mit blauen und goldenen Tönen versehen wurde. Der Himmel über ihnen war hart und hell. Der Wind war noch schneidender als zuvor.

Trotz der Kälte kam jeder zum Kriegsrat an Deck. Verbena nahm sich die Zeit, um Amethyst zu zeigen, wie man das Schiff lenkte. »Nach Sonnenuntergang sinken wir unter die Wolken und überprüfen, dass wir auch da sind, wo wir zu sein glauben.«

»Wie lange brauchen wir nach Icci?«, fragte die Studentin.

»Den Einträgen im Logbuch und meinen eigenen Geschwindigkeitsberechnungen vergangene Nacht nach zu urteilen, sollten wir die Stadt meiner Meinung nach gegen Mitternacht erreichen.«

»Erstaunlich«, sagte Turmalin ehrfürchtig. »Wie schnell wir doch sein müssen!«

»Die Möglichkeit, in gerader Linie zu fliegen, zählt ebenfalls sehr viel.« Die Zauberin setzte sich neben der Karte auf das Deck und zeigte auf den Punkt, der Icci repräsentierte. »Es würde einen gewissen Sinn ergeben, sich vom Meer aus zu nähern.«

»Trotzdem werden sie doch sicherlich sehen, dass ein fliegendes Gefährt genau auf sie zukommt.«

»Zweifellos.« Mit finsterem Blick tippte Verbena gedankenverloren mit dem Fingernagel auf die Karte.

»Es würde helfen, wenn wir wüssten, wo man Malachit festhält«, bemerkte Riyu. Er kniete sich vor sie und hielt damit einen Teil des Windes ab, der ihr das Haar immer wieder ins Gesicht wehte. Sie schaute auf und schenkte ihm ein kleines dankbares Lächeln für seine Ritterlichkeit.

»Ich vermute ja, dass er sich im Palast befindet«, sagte sie und schob die Brille mit den halbmondförmigen Gläsern fester auf die Nase. »Die Aufzeichnungen, die wir aus Jetts Schreibtisch besorgt haben, besagen ziemlich eindeutig, dass alles seinen Ursprung ganz oben hat. Ich habe nicht den geringsten Zweifel, dass Prinz Kobalt bis zu den Haarspitzen darin verwickelt ist, erst recht, wenn man bedenkt, dass sie mittlerweile sowohl Giavolo als auch Benevalia angegriffen haben.«

»Und wie kommen wir in den Palast?«, fragte Turmalin mit einem besorgten Stirnrunzeln.

»Ich bin mir nicht sicher. Die beste Methode dürfte mit Sicherheit diejenige sein, ihn im Schutz der Nacht anzufliegen, ein paar von uns abzusetzen und *Träumerin* dann außer Sicht zu bringen. Die Abgesetzten machen sich mit der Situation vertraut und versuchen einen Weg in den Palast zu finden. Vorher überlegen wir uns eine magische Methode der Signalgebung, die diejenigen, die an Bord der *Träumerin* bleiben, zurückruft, damit wir – falls nötig – schnell flüchten können.«

Riyus dunkler Blick richtete sich von der Karte auf ihr Gesicht. »Ich nehme an, es besteht keine Möglichkeit, dich davon zu überzeugen, an Bord zu bleiben?«

»Sei nicht albern, Riyu. Amethyst und Dorn bleiben auf dem Schiff, und der Rest von uns versucht, in den Palast einzudringen.«

»Ich will Euch begleiten, Meisterin!«, warf Amethyst ein. »Lasst mich nicht zurück. Ich kann helfen, das wisst Ihr.«

Verbena schürzte die Lippen und kniff die Augen zusammen. »Ich bin mir zwar ziemlich sicher, dass Dorn keine Schwierigkeiten damit haben dürfte, das Schiff fliegen zu lernen, aber was ist, wenn er uns aus einer Schlacht retten muss? Ganz gleich, wie schnell er lernen mag, er kann nicht in wenigen Stunden zu einem ausgebildeten Zauberer werden. Darum werdet Ihr auf dem Schiff bleiben, Amethyst.«

Die Studentin sah aus, als wollte sie empört widersprechen, aber dann schien sie nach einem Moment, in dem sie offensichtlich mit sich gerungen hatte, einzusehen, dass es dagegen kein vernünftiges Argument gab. Seufzend konzentrierte sie sich wieder auf das Ruder.

Stirnrunzelnd starrte Riyu die Karte an. »Wie du vielleicht weißt, erinnere ich mich an unsere Diskussion über Luftschiffe an jenem Tag in deiner Unterkunft. Du sagtest damals, sie wären nicht länger benutzt worden, weil sie zu verlockende Ziele abgegeben hätten. Dürfte Icci dann nicht irgendwelche Verteidigungsmaßnahmen gegen einen Angriff aus der Luft vorsehen?«

Der Gedanke, dass er sich unbemerkt in sie verliebt hatte, während sie ahnungslos über Luftschiffe geplaudert hatte, erschien ihr einfach nur seltsam. Aber dann rief sie sich wieder zur Ordnung, denn jetzt war keineswegs der Augenblick, um sich von solchen Erinnerungen ablenken zu lassen. »Ich glaube nicht. Schon lange vor meiner Geburt hat es keine Luftschiffe mehr gegeben, und eine magische Verteidigung ist vor allem in der Erhaltung recht teuer. Ich weiß, dass zumindest in Giavolo die Luftkanonen vor vierzig Jahren von den Mauern entfernt wurden, um andere Waffen aus ihnen anzufertigen. Ich hoffe von ganzem Herzen, dass es in Icci nicht anders gewesen sein wird.«

Nachdenklich nickte Riyu. »Also wird sich ihre Verteidigung auf das Land richten.«

»Und auf das Meer, ja.« Verbena stand auf und verzog das Gesicht, als ihre Knie knirschten. »Wenn das also jetzt geregelt ist, schlage ich vor, dass diejenigen, die nicht gebraucht werden, schlafen gehen. Wir könnten sehr bald keine Zeit zum Ausruhen mehr haben, also sollten wir von der Möglichkeit Gebrauch machen. Amethyst, wenn Ihr weiterhin steuert, kehre ich vor Sonnenuntergang zurück und übernehme wieder. In der Zwischenzeit tue ich mein Bestes, um so viele magische Verteidigungsmittel vorzubereiten, wie mir einfallen. Das flüssige Feuer wirkte in Benevalia sehr gut bei ... bei den Klickern, und man kann es einfach verstauen und transportieren, also werde ich genug zusammenbrauen, damit jeder, der Icci betritt, zumindest eine Phiole bei sich trägt.«

»Du musst auch schlafen, Verbena-ge«, erinnerte Riyu sie.

»Wenn Zeit ist.« Verbena ging zur Luke. Aber da trat Turmalin an ihr vorbei und gab Riyu ein Zeichen.

»Auf ein Wort, wenn Ihr erlaubt«, sagte er.

Riyu schenkte dem Meister seinen abgründigsten Blick, begleitet von einem Nicken, wie es nicht kürzer hätte ausfallen können. Sie gingen in Richtung Bug; ein wenig besorgt, dass Turmalin möglicherweise versuchen würde, den Ork über die Seite zu stoßen, folgte ihnen Verbena in einem gewissen Abstand.

Die beiden Männer blieben an der Reling stehen. Der Wind trug Turmalins Worte zu ihr, obwohl sie bezweifelte, dass er das beabsichtigte. »Ich möchte mich entschuldigen.«

Riyus stoischer Ausdruck wich dem der Überraschung, seine Ohren drehten sich nach vorn, als wäre er nicht sicher, Turmalin richtig verstanden zu haben. »Entschuldigen?«

»Ja.« Turmalin glättete nervös einige nicht vorhandene Falten in seinem Wams. »Was ich Euch sagte, als ich Euch mit Verbena sah ... es beschämt mich, dass ich diese Worte ausgesprochen habe. Ich habe keine Verteidigung – außer der ehrlichen Sorge um Verbena. Und, wie man zugeben muss, empfinde ich eine gewisse Eifersucht. Aber das ist keine Entschuldigung dafür, Euren guten Namen ohne Not in den Schmutz zu ziehen.«

Riyu schien nicht gewillt zu sein, ihm zu vergeben. »Nein, das ist es nicht.«

Turmalin zuckte zusammen. »Ihr habt das Recht, zornig zu sein. Ich ... ich habe gesehen, wie Ihr Verbena anseht, vor allem wenn ihre Aufmerksamkeit auf andere Dinge gerichtet ist. Und wie Ihr sie tröstet, wenn sie es erlaubt. Es ist offensichtlich, dass Ihr viel für sie empfindet.«

»Ich glaube, das Wort, nachdem Ihr sucht, heißt ›Liebe‹.«

»Ja«, sagte Turmalin kurz. Riyus mangelnde Bereitschaft zur Vergebung schien ihn zu befremden. »Und ich bin sicher, sie wird Euch auch lieben – trotz meiner Worte. Verbena kann manchmal etwas gedankenlos sein, das wissen die Götter, aber ich glaube nicht, dass sie so grausam wäre, äh, Euch nur aus Neugier etwas vorzuspielen.«

»Danke für Eure Sorge«, sagte Riyu trocken.

»Also. Ich möchte Euch meine Entschuldigung anbieten, ohne jede Einschränkung, und ich hoffe, dass Ihr sie annehmt. Ihr seid ein guter, äh, Mann, Riyu.« Turmalin streckte die Hand aus. Einen Augenblick lang glaubte Verbena, Riyu werde die Geste nicht erwidern, aber dann ergriff er Turmalins Unterarm.

»Denkt nicht mehr daran.«

»Das ist sehr anständig von Euch«, sagte Turmalin mit einer kleinen Verneigung.

Verbena stand noch immer in der Nähe der Luke und tat so, als hätte sie nichts gehört, als Riyu zu ihr zurückkam. Er hob eine Braue, als er ihren Blick sah, und war zweifellos davon überzeugt, dass sie jedes Wort gehört hatte. Also tat sie ihr Bestes, unschuldig auszusehen. Sie bezweifelte zwar, dass er es glaubte, aber er sagte nichts, als er die Luke öffnete und ihr bedeutete, vor ihm die Leiter hinabzusteigen.

Einst waren die Quartiere unter Deck möbliert und bequem gewesen. Aber die Ausstattung war nicht gegen die Verheerungen der Zeit geschützt, also mit Bannzaubern versehen gewesen. Die beschädigten Reste, die sie gefunden hatten, waren es nicht wert gewesen, aufbewahrt zu werden. Haken in der Decke eines Raums hatten gezeigt, wo einst die Hängematten aufgehängt worden waren, und weil dies die einfachste Weise war, um an Bord zu schlafen, hatten sie für Ersatz gesorgt.

Dorn, Kiki und Turmalin zogen sich alle in den Hängemattenraum zurück. Um sie nicht zu stören, ging Verbena weiter in die ehemalige Kapitänskabine und packte ihre mystischen Ingredienzen aus.

Statt bequem in einer Hängematte zu schlafen, bestand Riyu darauf, ihr in die Kabine zu folgen. »Unter diesen Umständen halte ich es für sehr unwahrscheinlich, dass ich in Gefahr schwebe«, meinte sie, während sie anfing, ihre Ausrüstung durchzusehen.

Er zuckte mit den Schultern, eine anmutige Bewegung aus Muskeln und Rüstung. »Bei den Gefahren, in die wir uns begeben, würde ich es vorziehen, die Zeit mit dir zu verbringen. Selbst wenn es, wie du schon sagtest, außerordentlich unwahrscheinlich sein mag, dass du einen Leibwächter brauchen wirst.«

Die Worte sorgten dafür, dass ein Teil von ihr ganz weich wurde, wie Wachs im Sonnenlicht an einem Sommertag. »Oh, ich ... na ja, dann natürlich. Bitte bleib.«

Er setzte sich in die Ecke. Während sie arbeitete, schärfte er seine Schwerter und überprüfte seine Rüstung auf Beschädigungen hin. Verzweifelt wollte sie die vor ihr liegende Arbeit verschieben, um in seinen Armen Zuflucht zu suchen und in der Sicherheit seiner Umarmung zu schlafen.

Dazu ist nicht genug Zeit, sagte sie sich jedoch, als sie behutsam Zutaten in eine Phiole gab und mit Tinte Runen auf die Außenseite schrieb.

Die wird es nie geben. Einer von uns könnte sterben. Wir beide könnten sterben. Ich will das hier nicht verlieren. Ich will ...

Sie holte tief Luft, um gegen eine plötzliche Beklemmung anzukämpfen. *Verflucht, Malachit, warum hast du dich bloß entführen lassen*! Hätte er doch nur fliehen können, bevor ihn die Klicker durch den magischen Korridor zerrten, dann wären sie jetzt alle unversehrt in Giavolo. Weißdorn wäre noch am Leben, und sie würde nicht diese schreckliche Angst plagen, noch etwas zu verlieren, das ihr so am Herzen lag.

»Stimmt was nicht?«, fragte Riyu. Er war noch immer mit seiner Rüstung beschäftigt, richtete die dunklen Augen aber auf sie.

Sie erwiderte seinen Blick, wollte sich plötzlich seine Züge in ihr Gedächtnis eingraben, von den breiten Wangenknochen zu der sanften Wölbung, wo ein Stoßzahn über die Lippen hinausragte. Die Lichtkugel ließ die Perlen in seinem Haar funkeln, genau wie die Reihen goldener Ringe in seinen Ohren.

»N-Nein. Nein.« Resolut wandte sie sich wieder den Phiolen zu. »Vermutlich ist das bloß die übliche Nervosität vor der Schlacht. Nichts, worüber man sich Sorgen machen müsste.«

»Ich sorge mich immer um dich, Verbena-ge. Wir werden etwas sehr Gefährliches tun. Da ist es ganz normal, sich zu fürchten.«

»Ich habe keine Angst vor dem Tod.« Sie wickelte Golddraht mit Kristallstücken um den Griff einer Silberklinge, legte sie auf den Boden und fing an, einen Kreidekreis darum zu ziehen. »Das heißt, natürlich will ich am Leben bleiben. Aber ich habe noch mehr Angst, dass andere Menschen sterben.«

»Und doch ist dein Tod das, was ich vor allem anderen fürchte«, sagte er schwermütig.

Ihr entging nicht, dass er keineswegs vorschlug, einen Rückzieher zu machen. Das sah ihm so ähnlich: zu verstehen, dass sie ihren Weg gewählt hatte und nicht davon abweichen würde. »Wenn du der Ansicht wärst, dass ich die falsche Entscheidung treffe, dann würdest du es mir doch sagen, oder?«, fragte sie plötzlich sehr besorgt. »Du stimmst all meinen verrückten Plänen doch nicht bloß zu, weil du geschworen hast, mir zu dienen?«

Er schnaubte. »Das weißt du doch besser, Verbena-ge.«

»Ja, du hast recht. Ich wollte dich nicht beleidigen.«

»Ich bin nicht beleidigt, allerdings auch nur, weil ich verstehe, wie du darauf kommst. Wenn du diesen Kurs bezweifelst, wäre jetzt der richtige Augenblick, etwas zu sagen.«

Sie seufzte. »Ich sehe bloß keine andere Möglichkeit. Sie haben doch schon Weißdorn getötet; ich kann sie nicht auch noch Malachit töten lassen, nicht, wenn es in meiner Macht steht, ihn zu retten. Nicht, wenn es keinen gibt, der mir das abnehmen könnte.«

Riyu zog einen Riemen fest und sah ihn leicht stirnrunzelnd an. »Was auch immer es wert ist, ich sehe ebenfalls keine andere Möglichkeit. Nicht, wenn wir deinen Kollegen retten wollen.«

Die Bestätigung, dass er mit ihrer Argumentation einverstanden war, fühlte sich gut an. »Das bedeutet mir viel. Danke.«

Er sah von seiner Arbeit auf und schenkte ihr ein Lächeln, das sie bis zu den Zehen wärmte. »Keine Ursache, mein Herz.«

Jemand klopfte an die Tür und weckte Verbena. Sie und Riyu lagen ineinander verschlungen auf Decken auf dem Boden. Nachdem sie alles vorbereitet hatte, was nur halbwegs getan werden konnte, hatten sie die Zeit und die Privatsphäre genutzt, die ihnen zur Verfügung stand. Ihr Liebesspiel hatte eine verzweifelte Note gehabt; beide waren sich nur zu sehr bewusst gewesen, dass dies möglicherweise ihr letztes Mal sein würde, falls die Dinge in Icci schrecklich schiefliefen.

»Ja?«, rief sie und fummelte die Brille auf die Nase.

Kikis Stimme drang durch die Tür, gedämpft durch die dicke Eiche. »Verbena-naga? Riyu-ga? Es ist Sonnenuntergang.«

»Danke, Kiki. Wir sind sofort da.«

»Kein Grund zur Eile«, sagte Kiki durchtrieben.

Riyu blickte von seinem Platz am Boden zu Verbena hoch. Ein feines Lächeln umspielte seine Mundwinkel. »Du siehst mich an, als wäre ich eine Schönheit.«

Unerwartet schien er über ihre Worte nachzudenken. »Es gibt Orks, die finden Menschen exotisch«, sagte er. »Die helle oder braune Haut, die flachen Gesichter, die zierliche Statur, die Milchzähne: Das alles kommt uns sehr seltsam vor, und manche empfinden das Fremde allein schon seiner Natur wegen als erotisch. Aber ehrlich gesagt gehörte ich nie dazu.«

»Hmp. Du solltest mit den Komplimenten aufhören, bevor sie mir noch zu Kopfe steigen.«

Er lachte und nahm ihre Hand. »Vergib mir, Verbena-ge. Es ist nur so, dass ich niemals über menschliche Attraktivität nachgedacht habe, bevor ich dich kennenlernte. Es heißt, wir sehen mit dem Herzen genauso viel wie mit den Augen, und vielleicht stimmt das ja. Aber vielleicht ist es auch einfach nur so, dass all die Dinge, die sonst seltsam erscheinen würden, vertraut geworden sind, nachdem ich so viel Zeit mit dir verbracht habe. Wie dem auch sei, ich finde dich jedenfalls sehr schön.«

»Ich verstehe. Vermutlich ergibt das auch einen Sinn. Schließlich bist du bedeutend, äh, bedeutend stämmiger als der Typ, zu dem ich mich sonst hingezogen gefühlt habe. Und natürlich grüner.«

Das schien ihn zu amüsieren; er zog sie zu sich herunter, um ihren Hals zu liebkosen, was das orkische Äquivalent zu einem Kuss zu sein schien. Zögernd entzog sie sich ihm und griff nach ihrem Kleid. »Ich sollte besser an Deck gehen.«

Eiskalter Wind schlug ihr ins Gesicht, als sie durch die Luke kam. Er brannte auf ihrer Haut und brachte ihr Haar durcheinander. Mit einem unterdrückten Fluch zog sich Verbena die Wolldecke, die sie als Umhang benutzte, enger um die Schultern. Die letzten Sonnenstrahlen waren verschwunden, und sie sah sofort, dass die Wolkendecke unter ihnen im Begriff stand aufzubrechen. Dorn saß am Bug und starrte in die Ferne, Turmalin und Kiki leisteten Amethyst am Ruder Gesellschaft.

»Wissen wir, wo wir sind?«, fragte Verbena, als sie zu ihnen trat.

Amethyst zögerte, als sie das Steuerruder verließ. »Ich glaube, ich habe den Ozean durch eine Wolkenlücke gesehen, Meisterin.«

»So sollte es auch sein. Seht genau hin.« Verbena legte die Hände auf das uralte Holz des Steuerrades. »Ich bringe uns tiefer.«

Das letzte Licht der sterbenden Sonne traf den Ballon, als sie durch die feuchten Wolken schwebten. Von Steuerbord rief Turmalin, was er sah, während Dorn das Gleiche auf der Backbordseite tat. Verbena kontrollierte die Karte zu ihren Füßen und nickte. »Offenbar sind wir da, wo wir zu sein hofften. Ausgezeichnete Arbeit, Amethyst.«

Diese errötete, aber dann zeigte sich ein erfreutes Lächeln auf ihrem Gesicht. »Vielen Dank, Meisterin.«

Die Nacht brach herein, nur vom Sternenlicht und dem abnehmenden Mond erhellt. Tief unter ihnen brachen sich Wellen an der fernen Küste. Hier war sie felsig und wurde kaum für die gewöhnliche Schifffahrt genutzt, allerdings entdeckte Verbena ein paar Lichter, die möglicherweise einem Schmugglerschiff gehörten. Im Süden leuchtete bereits der Leuchtturm an Iccis Küste und lockte Schiffe in die Sicherheit des Inselhafens. Er würde auch für sie als Signal dienen, allerdings mussten sie sehr aufpassen, nicht zu nahe zu kommen, wenn sie nicht entdeckt werden wollten.

Es fielen kaum Worte, als sie sich ihrem Ziel näherten. Riyu und Kiki standen an der Reling und sprachen zweifellos darüber, wie sie die Gruppe am besten beschützen konnten. Turmalin saß auf einer Taurolle und sah Verbena beim Steuern zu. Amethyst ging eine Weile unter Deck und kam dann zurück, und die Zauberin ergriff die Gelegenheit, ebenfalls nach unten zu gehen und sich mit den Dingen zu bewaffnen, die sie vorbereitet hatte. Als sie zurückkam, verteilte sie Phiolen an Riyu, Turmalin und Kiki.

»Die hier enthalten flüssiges Feuer. Verwechselt sie nicht, und was ihr auch tut, zerbrecht sie nicht an eurem Körper«, sagte sie. Turmalin erbleichte bei dem Gedanken. »Das ist Nebel in einer Flasche. Öffnet sie, und der Nebel steigt auf und verhüllt alles. Ich dachte, dass uns das vielleicht hilft, sollten wir Deckung brauchen. Jedenfalls insofern eine plötzliche Nebelbank keinen Verdacht erregt.«

Riyu nahm seine Flasche mit großem Ernst entgegen. »Nützlich, aber ich glaubte bisher, Wetterzauber seien verboten.«

»In größerem Ausmaß schon. Wollte ich die ganze Stadt in Nebel hüllen, würde das die Luft um die ganze Insel abkühlen und eine große potenzielle Veränderung des vorherrschenden Wetters zur Folge haben, was wiederum weitere Konsequenzen hätte. Allerdings: etwas Nebel an einer genau begrenzten Stelle, der sich nur wenige Minuten hält, sollte eigentlich nichts bewirken.« Sein Blick ließ sie die Schultern zucken. »Ja, ich bin hart an der Grenze des Erlaubten, aber ich habe noch nicht mehr als einen Zeh darübergeschoben.«

Der Leuchtturm kam langsam näher, und mit ihm die schwarze Masse der Insel. Das Krachen der Wellen auf den Felsen wurde immer lauter. Hinter den Verteidigungsmauern erschienen die Lichter der Stadt. Die Zauberin zeigte auf den hellsten Punkt. »Das wird der Palast sein. Wir werden uns zur anderen Seite der Insel aufmachen müssen, weit entfernt von dem Licht. Wenn ich mich richtig erinnere, müssten sich dort Weinberge befinden. Sie werden uns Gelegenheit geben, leise und unauffällig nach unten zu gehen.«

Als sich die Insel näherte und der Lärm der Wellen noch lauter wurde, stellte sich Verbena neben Dorn an den Bug. Ihr Herz pochte, und sie betete stumm darum, dass sie das Richtige tat. *Da könnte so vieles schiefgehen.*

»Ich wünschte, es wäre mir möglich, dich zu begleiten«, sagte Dorn unglücklich.

Sie legte ihm die Hand auf die knochige Schulter. »Tut mir leid. Du weißt, dass das nicht sein kann.«

»Weil du schnell sein musst, und ich würde dich bloß langsamer machen«, erwiderte er verbittert.

»Wir verlassen uns darauf, dass ihr, du und Amethyst, uns in Sicherheit schaffen werdet, sobald wir Malachit zurückhaben. Deine Rolle ist wohl kaum unwichtig.«

Er zuckte mit den Schultern, und in Gedanken seufzte sie. »Riyu hatte recht. Du und ich, wir sind uns sehr ähnlich.«

Dorn sah auf, ein widerstrebendes Grinsen zupfte an seinen Mundwinkeln. »Das hat er gesagt?«

»Ja. Ich …« Da verstummte sie plötzlich, starrte stirnrunzelnd nach vorn. »Was war das?«

»Was?«, fragte Dorn und blickte genau hin.

»Ich könnte schwören, ich hätte etwas in der Nähe des Leuchtturms aufblitzen sehen, als wäre das Licht von etwas Metallischem reflektiert worden.«

»Ein Schiff?«, schlug Dorn unbehaglich vor.

»Nein. Das befand sich in der Luft.« Noch während sie hinsah, funkelten zwei weitere helle Blitze, als irgendetwas das Licht auffing. Aus der Nähe ertönte ein seltsames Pfeifen, als würde der Wind über eine harte Kante streichen, begleitet von einem Klicken, dessen schreckliche Vertrautheit unmöglich war.

»Riyu!«, rief Verbena und suchte in ihren Taschen hektisch nach Blitzpuder. »Klicker! In der Luft!«

Ihre Finger fanden das Gesuchte. Sie schleuderte eine Handvoll davon in die Höhe und rief eine Beschwörung. Ein gewaltiges Licht erschien aus dem Nichts, so blendend wie ein Blitz. Es erhellte die drei Umrisse, die vom Wind getragen auf sie zuschossen.

Waren die Klicker, mit denen sie es zuvor zu tun gehabt hatten, bösartige Parodien von Hunden gewesen, so verspotteten diese die Vogelgestalt. Die ausgestreckten Schwingen ähnelten Fledermausflügeln, und die Zauberin war sich ziemlich sicher, dass es Menschenhaut sein musste, die sich über metallische Finger spannte. Menschenaugen kreisten wild auf Drähten, grausame Eisenschnäbel hoben sich, um zu zerfetzen. Die hinten peitschenden Schwänze machten einen schlangenartigen Eindruck, die Füße endeten in rasiermesserähnlichen Krallen.

Der Ballon. Naverra, errette uns!

Kiki sprang in die Takelage, ein Wurfmesser in der Hand, während sie sich die Position der vogelähnlichen Klicker einprägte. Aber sie waren noch zu weit entfernt, um getroffen werden zu können. Verbena fluchte hilflos und fragte sich, warum es ihnen nie in den Sinn gekommen war, sich mit Pfeil und Bogen auszustatten.

»Amethyst, helft das Schiff zu verteidigen!«, rief Turmalin. »Ich habe Euch und Meisterin Verbena zugesehen und bin sicher, dass ich steuern kann.«

Verbena biss die Zähne zusammen und hoffte inbrünstig, dass sich Turmalin da nicht irrte. Amethyst rannte herbei, und sie drückte ihrer Studentin einen Beutel mit Tilgungspulver in die Hand. »Das sind keine echten Luftgeschöpfe – allein Magie hält sie in der Höhe. Können wir die Zauber zumindest an einem Flügel vernichten, sind sie erledigt.«

Amethyst nickte, fasste den Beutel fester, rannte zur Takelage und stieg hinein, um bessere Sicht zu haben. Riyu war an Verbenas Schulter erschienen, ohne dass sie es bemerkt hatte. Zu ihrer Überraschung hielt er eine der aus Seilen hergestellten Hängematten, und sie fragte sich, wann er unter Deck gewesen sein mochte, um sie zu holen. Bevor sie ihn fragen konnte, was er damit machen wollte, hatte der erste Klicker sie auch schon erreicht.

Verbena sang die Worte, die den Bannkreis am Bug erweckten. Die Magie gehorchte flackernd ihrem Befehl, und sie kanalisierte sie nach oben und durch die Galionsfigur hindurch. Statik knisterte um sie herum, tanzte vom Brillengestell zu dem Metallkreis und zurück, aber sie hielt die Blitze fest, bis der Klicker sie beinahe erreicht hatte.

Begleitet von ohrenbetäubendem Donnern lösten sich aus der Galionsfigur Blitze. Der Klicker kippte, stürzte aber nicht ab, obwohl es für kurze Zeit ganz deutlich nach brennender Haut roch.

Verdammt!

Der zweite Golem kam direkt hinter dem ersten und hatte die Richtung geändert, um von der Seite anzugreifen. Kiki schleuderte ihr Messer, doch es prallte bloß von dem Metallkörper ab. Ein orkischer Fluch ertönte. Die Kreatur scherte aus. Verbenas zweiter Blitz erfolgte einen Augenblick zu langsam, sie zuckte direkt hinter dem fliegenden Klicker durch die Luft. Bevor sie einen weiteren Zauber zusammenhatte, raste das Monstrum über das Deck. Der grausame Schnabel durchtrennte drei der Seile, die den Ballon mit der Hülle verbanden.

Die verbliebenen Seile gaben ein ominöses Ächzen von sich, das Schiff tat einen Ruck. »Wir schaffen es nicht bis zu den Weinbergen!«, brüllte Turmalin. »Ich halte auf die Stadt zu und hoffe, dass wir in der Bevölkerung untertauchen können.«

Amethyst fing an, eine Beschwörung zu singen; als der Klicker gefährlich nahe an der Stelle vorbeikam, an der sie in der Takelage hing, schleuderte sie eine Handvoll Tilgungspulver. Es blitzte auf, und der Klicker wackelte zwar wild, als er vom Schiff wich, aber er stürzte nicht ab.

Der erste Klicker hatte seine Runde beendet und kam jetzt von hinten. Als er nahe am Rumpf war, schleuderte Riyu die Hängematte. Die verknoteten Seile wirkten wie ein Netz und verfingen sich in den Schwingen des Golems. Er zuckte wild umher und konnte nicht mehr manövrieren, bevor er in die Wellen tief unter ihnen stürzte.

Aber das verschaffte ihnen keine Atempause; der zweite Klicker hatte an Höhe gewonnen und schoss nun wie ein Pfeil auf sie zu, wich sowohl Verbenas als auch Amethysts Zaubern aus. Kiki gab ihre Position auf, sprang wie ein Eichhörnchen durch die Luft und schnappte sich eines der durchtrennten Seile der Takelage, während sie mit der anderen Hand ihr Kurzschwert zog. Das Seil schwankte wild und brachte sie direkt auf den Weg des Klickers.

Ohrenbetäubend klirrte es und das Schwert bahnte sich seinen Weg durch den Gitterkörper und spaltete das Herz. Gleichzeitig fiel die Klinge der Wucht des Zusammenstoßes zum Opfer und zerbrach. Der Griff wurde aus Kikis Faust gerissen. Beide Hälften wirbelten über die Seite und folgten dem sterbenden Klicker.

»Aufpassen!«, rief Riyu.

Zu ihrem Entsetzen erkannte Verbena, dass sie schnell an Höhe verloren. Die Wellen rauschten unter ihnen vorbei und waren dann verschwunden; jetzt befanden sie sich über Land und näherten sich mit Furcht einflößender Geschwindigkeit der Stadt. Aber das hatte Riyu gar nicht gemeint, wie ihr klar wurde, als der Lichtstrahl des Leuchtturms das Schiff traf.

Der dritte Klicker hatte sie eingeholt. Er bewegte sich langsamer als die ersten beiden und schien auch größer zu sein. Verbena stimmte den Gesang an, um den Blitz zu wecken, da öffnete sich sein Schnabel, und sie sah, dass ein kleines Rohr im Rachen angebracht war.

Flammen schossen hervor, ergossen sich über das Deck und steckten die Takelage in Brand. Gewöhnliches Feuer hätte durch die Bannzauber des Schiffes keine Nahrung gefunden – aber das war magisches Feuer, wie jenes in Verbenas Phiolen. Noch während ihr Zauber das Monstrum traf und vom Himmel fegte, wusste sie, dass es zu spät war.

»Verlasst das Schiff!«, rief Turmalin. Er sah wie ein Verrückter aus, wie er da am Ruder stand. Die Flammen erhellten sein Gesicht, sein blondes Haar wehte hinter ihm, die Lippen hatten sich zu einem wilden Grinsen zurückgezogen. »Wollen wir doch mal sehen, wie ihnen ihr eigenes Feuer schmeckt, wenn wir es ihnen in den Rachen rammen!«

»Nein!«, schrie Amethyst. »Das könnt Ihr nicht tun, Ihr werdet getötet!«

Sie waren jetzt niedriger als je zuvor, ein lodernder Komet, der den Himmel über Icci erleuchtete. Die Türme des Palastes stiegen in die Höhe, praktischerweise viel heller erleuchtet als der Rest der Stadt, und Verbena wurde klar, dass Turmalin aus dem brennenden Wrack von *Träumerin* eine Waffe machen wollte.

»Ihr Narr! Amethyst hat recht! Wir müssen abspringen, oder …« Sie vermochte nicht genau zu sagen, worin eigentlich die Alternative bestand, aber es musste einen Weg geben, obwohl das Feuer den Ballon schon erreicht hatte und ihn in eine gewaltige brennende Decke verwandelte, die langsam auf sie herabfiel.

»Geht!«, brüllte Turmalin.

Etwas Schweres traf Verbena, und sie fand sich unter Riyus Arm geklemmt wieder, der durch das Inferno an Deck rannte. Ohne langsamer zu werden, schnappte er sich mit dem anderen Arm Dorn, stand mit einem Satz auf der Reling – und sprang.

Kapitel 28

Unweigerlich entrang sich Verbenas Kehle ein Schrei. Es ertönte eine Antwort, als Dorn ebenfalls aufschrie. Sie wirbelten herum, als ihr undeutlich bewusst wurde, dass sich Riyu nach seinem Absprung gedreht hatte, damit sein Körper sich zwischen ihnen und dem Boden befand.

Holz brach, Zweige und Blätter peitschten über die Beine und das Gesicht der Zauberin. Riyu grunzte, während sich der Sturz ein wenig verlangsamte, denn das dichte Geäst dämpfte ihren Fall.

Trotzdem war die Landung schmerzhaft. Verbenas Kinn prallte gegen Riyus Brustpanzer, sie schmeckte Blut. Mühsam erhob sie sich auf Hände und Knie, undeutlich war ihr bewusst, dass ihre Brille schief saß und ihr etwas Warmes über das Gesicht und den Arm tropfte. »Riyu? Riyu!«

Er lag mit geschlossenen Augen da, das Gesicht voller Kratzer von den Ästen, und einen Augenblick lang erfasste sie die schreckliche Gewissheit, dass er tot war. Doch schließlich blinzelte er langsam und sein Blick richtete sich auf ihr Gesicht.

»Das … war nichts, das ich unbedingt wiederholen möchte«, brachte er fertig hervorzustoßen. »Verbena-ge? Dorn-gu? Ist alles gut?«

»Ja«, sagte Dorn zittrig. »Aber … wo sind wir?«

Verbena musste sich am nächsten Baum abstützen, so sehr zitterten ihre Glieder. Schreie und gebrüllte Befehle hallten durch etwas, das wie ein kleiner Obstgarten aussah. In der Nähe erhellten Flammen den Himmel, und zwischen den Bäumen konnte sie ein Gebäude sehen, das der Palast sein musste. Eine der Turmspitzen fehlte, und das Feuer hatte sich bereits auf das Hauptgebäude ausgebreitet und verwandelte es nun schnell in ein wütendes Inferno.

Ihr Götter ... Turmalin ... und Träumerin ... *konnten Kiki und Amethyst entkommen?*

In der Nähe bewegte sich etwas, und die Zauberin fuhr herum. Aber da hinkte bloß Kiki auf sie zu. Die junge Ork trug Amethyst, deren Röcke blutgetränkt waren. Verbena eilte ihnen entgegen und entdeckte, dass Kiki die Wunde an Amethysts Bein bereits verbunden hatte.

»Ein Ast hat mich erwischt«, sagte Amethyst in Erwiderung von Verbenas besorgtem Blick. »Es tut weh, aber ich werde es überleben. Turmalin ...« Tränen sammelten sich in ihren Augen.

»Er starb den Tod eines Kriegers«, sagte Riyu. Er schaffte es, sich auf die Füße zu kämpfen, auch wenn er sich wie ein alter Mann bewegte.

»Tante Verbena, wo sind wir?«, fragte Dorn erneut.

Sie blickte sich um. Der Feuerschein spiegelte sich ganz in der Nähe in einem Teich. Zwischen den Bäumen verliefen Wege, dort gab es Marmorbänke. »Wir müssen im Garten des Prinzen sein. Vermutlich hat uns noch keiner gefunden, weil diese ... Bruchlandung ... so spektakulär war, dass keiner unseren Absprung bemerkt hat. Jetzt sind sie natürlich mit dem Feuer beschäftigt.« Sie wandte sich wieder Riyu zu und fragte sich, ob er überhaupt laufen konnte, geschweige denn kämpfen. »Vorausgesetzt, dass Malachit bei der Katastrophe nicht umgekommen ist, können wir uns die Verwirrung vielleicht zunutze machen und ihn aufspüren.«

»Das ist nicht nötig, Verbena«, sagte in diesem Augenblick eine Stimme.

Malachits Stimme.

Ungläubig fuhr sie herum und erblickte neben dem Teich eine vertraute Gestalt. Erleichterung durchströmte sie – nach all der Zeit, nach so viel Blut und Schmerz und Tod war es ihnen offenbar tatsächlich gelungen, ihren Kollegen zu finden!

Oder er hatte vielmehr sie gefunden. »Den Göttern sei Dank!«, rief sie aus. »Ich nehme an, Ihr habt in dem Feuer unbemerkt entkommen können? Kennt Ihr einen Weg hier heraus, den wir benutzen könnten? Vielleicht stehlen wir ein Boot, solange alle abgelenkt sind.«

Sie ging auf ihn zu, aber plötzlich war Riyu da, nahm ihren Arm und hielt sie fest. Verwirrt blickte sie zu ihm hoch. Er beobachtete Malachit mit zusammengekniffenen Augen, die Ohren lagen flach an sein Haar angelegt. »Riyu? Was tust du?«

Der Ork antwortete ihr nicht und wandte sich stattdessen an Malachit. »Wie ich sehe, war Eure Gefangenschaft nicht sehr strapaziös.«

Die Flammen breiteten sich noch immer aus; jetzt erhellte ihr rötlicher Schein Malachits Gesicht und seine Kleidung deutlicher. Umhang und Wams bestanden aus teuren Stoffen. Eine große Kette aus Gold und Juwelen hing um seine Schultern, die Finger waren mit Ringen übersät. Schmuck machte wirklich einen seltsamen Eindruck bei einem Gefangenen, der sonst die Robe eines Universitätsmeisters getragen hatte. Etwas verlegen hob er eine Hand und richtete den Kragen. Verbena sah, dass er einen merkwürdigen Metallhandschuh trug, dessen Einzelteile sie auf verstörende Weise an die Klicker erinnerte.

»Malachit?«, fragte sie vorsichtig. »Ich verstehe nicht. Was hat das zu bedeuten?«

»Alles ergibt jetzt einen Sinn«, fuhr Riyu fort, noch immer an Malachit gewandt. »Ich verfluche mich bloß dafür, dass ich es nicht früher bemerkt habe. Das erklärt auch, warum sich der Korridor im Laboratorium öffnete. Warum Bihai getötet wurde, warum du als Einziger gefangen genommen wurdest. Warum du vor dem Angriff auf die Universität darauf bestanden hast, eine geschriebene Nachricht aufzugeben, statt einen Quietscher zu schicken, damit Bihai nicht erfuhr, dass du mit Verbündeten in Icci in Verbindung standest. Du hast von Anfang an hinter allem gesteckt. Du bist Hellhand.«

Es war so lächerlich ... und doch sah Malachit gar nicht empört aus, sondern bloß überrascht, als hätte er gesehen, wie sich ein Schwein auf die Hinterbeine aufrichtet und spricht. »Mir war nicht klar, dass Orks so bauernschlau sein können«, sagte er.

»Du konntest Verbena-naga nicht am Leben lassen, es durfte keinen mehr geben, der noch wusste, wie man den Rechnenden Golem baut«, fuhr Riyu fort und ignorierte Malachits vorangegangene Bemerkung. »Um *deinen* Platz hier zu sichern.«

Es war wie ein Schlag in die Magengrube. Ein Teil von Verbena wollte es nicht glauben, aber Riyus Erklärung ergab auf eine schreckliche Weise Sinn. »Aber ... da war doch Blut. Das war Malachits Blut im Laboratorium. Es hat einen Kampf gegeben.«

Malachits Miene verfinsterte sich. »Dieser verdammte Ork. Sobald er begriffen hatte, was los war, hat er doch tatsächlich versucht, mich aufzuhalten.«

»Nein.« *Ich glaube das nicht. Wie kann ich mich in allem nur so geirrt haben?* »Das darf nicht wahr sein.«

Jetzt hatte er tatsächlich genug Anstand, verlegen auszusehen. »Es tut mir leid, Verbena. Das war nichts Persönliches. Es ist keineswegs so ... ich *wollte* nicht, dass du stirbst. Ich hatte bloß keine Wahl.«

»Aber ...?«, stammelte sie.

Vermutlich erlaubte ihm die lange Geschichte ihrer Zusammenarbeit, jetzt zu wissen, was sie eigentlich fragen wollte. »Ich wollte es nicht, Verbena, aber du weißt, wie es ist! Die verfluchte Universität zahlte uns nicht mehr als ein Trinkgeld. Man hat mich nie geschätzt – man hat *uns* nie geschätzt! Man hätte uns mit Respekt behandeln sollen, stattdessen haben wir unsere Tage damit verbracht, uns wegen jeder lächerlichen Ausgabe mit Tulpe herumzustreiten. Und wenn nicht das, dann haben wir unsere Zeit mit einer Horde junger Narren verschwendet, die nichts als Watte zwischen den Ohren haben. Du warst gezwungen, in dieser winzigen Unterkunft zu hausen, und ich ... es fiel mir so schwer, nach meinem Stand zu leben. Ich habe Besseres verdient, das haben wir beide!«

»Vergib mir, wenn es mir schwerfällt, dein Interesse an meinem Wohlbefinden für bare Münze zu nehmen!«, fauchte Verbena. »Mordversuche haben nun einmal eine gewisse Wirkung.«

Malachit wurde blass, doch seine Miene verhärtete sich. »Du kannst niemandem einen Vorwurf machen – außer dir selbst. Hätte ich geglaubt, du würdest dich uns ohne Schwierigkeiten anschließen, ich hätte dich natürlich gefragt! Als Prinz Kobalts Leute mich ansprachen, da wollten sie auch *dich*! Aber ich wusste, dass du viel zu stur und engstirnig wärest, um überhaupt darüber nachzudenken, deine Loyalität Icci zuzuwenden.«

»Was für dich offensichtlich keine Bedeutung hatte.«

Malachit starrte den Handschuh an, wie ein Kind, das eine Ausrede für sein schlechtes Benehmen sucht. »Icci hat gelitten, so wie ich auch gelitten habe. Sie sind nur Giavolos Verbündete geworden, weil man sie besiegt und gezwungen hat, Tribut zu bezahlen – eine demütigende Situation. Die meisten ihrer Kampfmagier sind im letzten Krieg getötet worden; sie hatten am Ende nur noch zwei. Also brauchten sie jemanden wie mich, jemanden, der ihnen helfen konnte, ihre Ehre zurückzugewinnen. Dafür würden sie mich für meine Dienste ehren, etwas, zu dem sich Giavolo niemals hat durchringen können!«

Alles wurde schrecklich klar. »Also hast du für Luxus und Ruhm die Klicker konstruiert.«

»Ich hatte die Konstruktionspläne schon seit Jahren im

Kopf, aber ich wusste, dass weder Giavolos Prinz noch der Großherzog damit einverstanden sein würden, sie zu bauen …«

»Weil sie abscheulich und abartig sind!«, brüllte Verbena und fühlte eine wilde Zufriedenheit, als er betroffen aussah. »Du hast Monstrositäten erschaffen, und als es für dich Zeit war zu gehen, da hast du sie auf unschuldige Studenten losgelassen, die sich nicht wehren konnten! Du hast versucht, mich umzubringen – mich, deine Kollegin, die einzige Person, die dumm genug war, dich retten zu wollen!«

»Ja, nun, ich muss zugeben, als Diamant mir berichtet hat, dass du Giavolo verlassen hast und auf der Straße warst, hat das meine Aufgabe wesentlich erleichtert. Er und die Klicker, wie du sie nennst, waren gerade auf dem Weg nach Giavolo, um dich aufzuspüren, als du ausgerechnet das Gasthaus betreten hast, in dem er eben Vorräte kaufte. Ich konnte nicht fassen, so viel Glück zu haben!«

»Ich nehme an, er war der Kampfmagier, den ich getötet habe.« Undeutlich war sich Verbena bewusst, dass die Orks und Amethyst Verteidigungspositionen um sie herum einnahmen, aber sie konnte ihnen jetzt keine Aufmerksamkeit widmen. Von jeder Seite ertönten leise klickende Geräusche, und sie meinte das Funkeln von Messing im Feuerschein zu sehen. »Und der andere starb, um den Korridor zu erschaffen, um den Meister zu holen, der Icci möglicherweise würde retten können.«

Malachit runzelte die Stirn. »Diamant ist also tot?«

Verbena ignorierte ihn. »Diamant griff uns auf der Straße an, und als er nicht zu mir durchkam, hat er Weißdorn entführt.« Kalter Zorn pulsierte nun in ihren Adern und spülte die letzten Reste von Zweifel fort. »Weißdorn, ein Student, den du kanntest, nicht irgendein gesichtsloses Opfer.«

»Es werden sonst nur verurteilte Kriminelle zu Klickern gemacht, er war die einzige Ausnahme, das versichere ich dir!« Als würde es das besser machen.

»Du hast Weißdorn entführt, und du hast ihn gefoltert. Als du fertig warst, hast du ihn zu einer Waffe gegen mich gemacht. Weil du wusstest, dass ich ihn erkenne, dass ich zögern und ihm so die nötige Gelegenheit verschaffen würde.«

Malachit zuckte zusammen. »Nun, das stimmt. Aber es hat nicht funktioniert, oder?«

»Nur weil er ein besserer Mann war als du; nur weil er auf seine Ausbildung zurückgreifen konnte, um der Beeinflussung zu widerstehen, die du ihm eingepflanzt hast!«, brüllte Verbena, während sie verstohlen den verzauberten Dolch aus seiner Scheide zog und in den Rockfalten verbarg.

Malachits Miene wurde hässlich. »Bei den Göttern! Das ist etwas, das ich gewiss nicht vermissen werde! Die große Verbena! Immer so sicher, immer so überzeugt, immer so selbstgerecht! Sieh doch nur, was du getan hast! Du hast den Palast zerstört, hast mit deinem albernen Luftschiff vermutlich Dutzende unschuldiger Menschen getötet. Es war reines Glück, dass meine Vogelmenschen heute Nacht in der Luft waren, sonst hättest du noch ganz andere Schwierigkeiten verursacht. Du hast dein Bestes getan, um meine Position hier zu zerstören – wenn der Prinz überlebt, werde ich mich vor ihm verantworten müssen, und wenn nicht, werde ich mich vor dem Stadtrat verantworten müssen! Aber vielleicht sind sie ja versöhnlicher gestimmt, wenn ich ihnen deinen Kopf bringe.«

Verbena zögerte nicht, sondern riss den Dolch hoch und machte eine Wurfbewegung direkt auf Malachit zu.

Ein glühendes Ebenbild der Klinge schnitt durch die Luft, geführt von ihrem Willen, zielte nach dem Herzen ihres ehemaligen Kollegen. Er sprach eine Formel und hob die Hand mit dem Panzerhandschuh. Blaues Licht tänzelte über das Metall. Das Messer wurde aufgehalten, als wäre es vor eine Wand geprallt. Dann fiel es zu Boden.

»Gefällt dir das?«, fragte er und hielt den Panzerhandschuh in die Höhe. »Eine meiner Schöpfungen, und sie kann viel erreichen, noch so viel mehr!«

Die Klicker griffen an. Verbena hörte die Schlachtrufe der Orks und einen Schrei von Amethyst, aber sie konnte ihnen jetzt keine Aufmerksamkeit schenken. Schnell hintereinander schleuderte sie vier weitere magische Dolche; Malachit vermochte drei abzuwehren, aber der vierte fügte ihm einen kleinen Schnitt zwischen Schulter und Hals zu, prallte aber vom Schlüsselbein ab. Dann zersprangen die Kristalle auf dem Golddraht, und die Magie verflüchtigte sich. Übrig blieb nur eine ganz gewöhnliche Klinge.

»Guter Versuch, Verbena«, knurrte Malachit mit verzerrtem Gesicht. »Aber nicht gut genug.«

Mit der Silberklinge malte sie einen schnellen Kreis vor sich in die Luft. Sein Zauber traf ihn und wurde absorbiert. Keuchend öffnete Verbena wieder das Tor zur Dimension des Feuers, rief die Salamander herbei und betete dabei inständig, dass die Elementarwesen nicht sie alle umbrachten. Ihr fehlte die Zeit, sich richtig zu konzentrieren, doch ein paar Jungtiere erschienen, bevor das Tor zusammenbrach, und schossen gierig auf Malachit zu.

Der Meister zeigte auf den spiegelnden Teich, Licht blitzte aus dem Panzerhandschuh in das Wasser. Eine gewaltige Welle spritzte in die Höhe, ertränkte die Salamander und flog auf Verbena zu. Wie von einer Mauer getroffen, stürzte sie zu Boden. Dann hörte sie deutlich, wie Riyu ihren Namen schrie.

»Alles in Ordnung, haltet die Klicker auf!«, schaffte sie hervorzustoßen, aber Malachit nutzte diesen unachtsamen Augenblick.

Um sie herum geriet der Boden in Bewegung, plötzlich brachen die Baumwurzeln aus der Erde und schlangen sich mit überwältigender Kraft um ihre Handgelenke und ihren Körper. Riyu erschien an ihrer Seite und hackte wild mit seinem Schwert darauf ein. Ein Klicker rammte gegen seinen Rücken und katapultierte ihn zur Seite. Kiki kreischte seinen Namen, während in der Nähe etwas in Flammen aufging. Einen Augenblick später rannte Kiki auf Riyu zu, als ein brennender Klicker durch den Garten tobte und überall Feuer verteilte.

Die Knochen in Verbenas Handgelenk knirschten, und ihr war klar, dass die Wurzeln sie zermalmen würden, wenn sie nicht bald etwas unternahm. Sie griff auf ihre erlernten magischen Fähigkeiten zurück, zwang ihren Geist zur Ruhe und erschuf vor ihrem inneren Auge den Bannkreis, der Malachits Kontrolle über die Wurzeln beenden würde. Er bildete sich aus schwachem Licht, weitaus weniger wirksam als mit Kreide gemalt, und die Zauberin fluchte, als sie sah, dass er nicht ausreichen würde.

Da stieß Malachit einen Schmerzensschrei aus. Die Wurzeln entspannten sich, als sich seine Konzentration löste, und Verbena riss sich frei, rollte sich herum und kam auf die Füße. Entsetzt sah sie, wie sich Amethyst an einem Baum festklammerte, kaum aufrecht stehend, eine Hand zu Malachit ausgestreckt und Bannwörter rufend.

Ruckartig bewegte sich seine Panzerhand. Licht löste sich von den Fingern und traf Amethyst, die erst aufschrie und dann zusammenbrach. »Albernes Ding!«, rief er.

Ein Klicker erschien und hielt auf die hilflose Studentin zu. Mit einem verzweifelten Laut warf sich Kiki ihm entgegen, um ihn abzufangen. Riyu lag reglos am Boden. »Nein!«, rief Verbena, doch ihre Stimme klang seltsam tonlos.

Ein wildes Lachen durchschnitt die Luft, die sich schnell mit Rauch füllte. Malachit setzte sich in Bewegung, das Gesicht von den Flammen beleuchtet, die der sterbende Klicker verbreitet hatte. Sein dünnes Haar wehte in dem heißen Wind. »Gib auf, Verbena! Du kannst nicht siegen! Das wirst du doch niemals ernsthaft geglaubt haben – bei den Göttern, sieh dir doch bloß deine Helfer an! Zwei Orks, kaum besser als Tiere, und eine Studentin – und nicht mal eine gute, was das angeht. Es gibt keine Hoffnung mehr für dich, also hör auf, dir die Dinge so schwer zu machen.«

Ein Stein traf Malachits Kopf, er taumelte. Zu ihrem Entsetzen sah Verbena, wie Dorn hinter einem Baum hervorschaute. Zwar war sein Gesicht bleich vor Entsetzen, aber er hielt bereits einen weiteren Marmorsplitter, den er vom Boden aufgehoben hatte, in der Hand, um ihn auf Malachit zu werfen.

»Geh in Deckung!«, befahl sie und warf sich auf Malachit. Sie musste Dorn beschützen.

Finger, in Eisen gehüllt, schlossen sich um ihren Hals, etwas zwang sie auf die Knie, und sie musste nach oben in Malachits wutverzerrtes Gesicht starren. Der Panzerhandschuh fühlte sich auf ihrer Haut warm an, da konnte sie das leise Surren von Zahnrädern hören und in den Tiefen der Juwelen, die an kritischen Verbindungsstellen befestigt waren, kleine Funken sehen. Dann drückte die Hand zu, schnitt ihr die Luft ab, und verzweifelt riss sie an dem unnachgiebigen Metall.

»Das ist es, Verbena«, knurrte Malachit. »Das Ende. Ich habe genug davon, mit dir zu spielen. Ich reiße dir den Kopf ab und bringe ihn höchstpersönlich dem Prinzen.«

Helle Lichtblitze tanzten in ihrem Blickfeld, ihre Lungen verlangten protestierend nach Luft, aber der Panzerhandschuh war gnadenloser als jede menschliche Hand. Schmerzen stachen durch ihre Kehle, und es wurde immer dunkler …

Eine Klinge blitzte auf, Malachit stieß einen überraschten Schrei aus. Er zuckte zurück und ließ die Zauberin los. Keuchend und hustend sackte sie zu Boden. Als wieder Luft in ihre Lungen flutete, sah sie Riyu neben Malachit knien, das Kurzschwert bis zum Griff im unteren Rücken des Zauberers begraben. Der Meister stieß einen seltsam gequälten Laut aus, und der Panzerhandschuh sauste auf den Ork zu, seine Finger leuchteten in einem letzten Versuch auf, seinen Herrn zu beschützen.

Verbena fand die Glasphiole an ihrem Gürtel, die wundersamerweise nicht zerbrochen war, und schleuderte sie Malachit ins Gesicht.

Das Glas zersplitterte und spritzte flüssiges Feuer auf Kopf und Körper. Malachit kreischte auf, der Schmerz ließ seine Stimme kaum mehr menschlich klingen. Sein Körper zuckte so gewaltig, dass er den Schwertgriff aus Riyus Hand riss. Ein letzter zusammenhängender Gedanke ließ ihn zum Teich stolpern. Einen Augenblick lang stand er am Ufer und brannte so hell, dass sich seine Gestalt selbst vor den Flammen des Palastes abzeichnete ... dann stolperte er hinein.

Verbena kroch mühsam zum Teichrand und blickte nach unten. Das Wasser war verschwunden; Malachit hatte es als Waffe gegen sie eingesetzt, und nichts davon war übrig geblieben, um die Flammen zu löschen, die nun seinen Körper verschlangen. Von ihrem ehemaligen Kollegen blieb nur ein regloser Klumpen übrig, der auf Marmorplatten lag, die von der Hitze gespalten waren.

»Verbena-ge«, sagte Riyu, und sie wandte sich ihm hastig zu. Er sah schrecklich aus, mit Blut beschmiert, eine Ohrspitze fehlte, die ein Klicker abgebissen hatte. »Bist du in Ordnung?«

Sie warf die Arme um ihn. Ihre Kehle wollte noch immer nicht wieder richtig arbeiten, aber sie konnte immerhin krächzen. »Ich glaubte, er würde dich umbringen.«

Dorn ging neben ihnen in die Hocke, klammerte sich unbeholfen an seine Krücke. »Tante Verbena? Was sollen wir jetzt tun?«

Verbena sah auf. Drei Klicker lagen tot am Boden. Der, den sie angezündet hatten, war verschwunden, nachdem er den halben Garten in Brand gesetzt hatte. Der Rauch wurde zusehends dichter, Funken tanzten wie verrückt gewordene Glühwürmchen durch die Luft. Kiki saß neben Amethyst auf dem Boden; die Studentin war bei Bewusstsein, aber offensichtlich verletzt.

»Jetzt verschwinden wir von hier«, sagte Verbena.

Irgendwie schafften sie es tatsächlich aus dem brennenden Garten zum Palasttor, obwohl Kiki Amethyst tragen musste. Verbenas größte Befürchtung, dass sie sich den Weg hinaus freikämpfen mussten, erwies sich als unbegründet. Es gab keine Wächter; sie waren alle losgelaufen, um bei den Löscharbeiten zu helfen. Viele Menschen flohen verzweifelt um ihr Leben, also war es ziemlich einfach, in der Menge unterzutauchen.

Der Wind hatte die Flammen vom Palast fortgetragen, daher brannte nun auch noch ein Teil der Stadt. Überall herrschten Panik und Verwirrung, und es war nicht schwer, den Kutscher eines Bierkarrens zu überwältigen und sein Gefährt zu stehlen. Sie ließen ihn fluchend am Straßenrand liegen, seine Alefässer standen ordentlich neben ihm aufgestapelt. Sie legten Amethyst auf die Ladefläche, bereiteten ihr ein Lager, das aus ihren Umhängen bestand, und Dorn setzte sich neben sie, während Kiki neben dem Karren ging. Riyu bestand darauf, neben Verbena zu sitzen, die das Pferd antrieb, obwohl er aussah, als würde er jeden Augenblick zusammenbrechen.

Wie schon in Benevalia wurde ihre Flucht von dem Chaos gedeckt, das sie verursacht hatten, und die Zauberin fragte sich müde, wie viele unschuldige Bürger wohl in dieser Nacht dank Malachits Gier und Anmaßung gelitten haben mochten. Obwohl Erschöpfung und Trauer schwer auf ihr lasteten, fuhr sie bis lange nach Sonnenaufgang, fest entschlossen, so weit wie möglich von der Stadt fortzukommen. Als das Pferd ohne Pause nicht mehr weiterkonnte, suchten sie Schutz in einem großen Weinberg. Es war zu spät im Jahr, als dass dort noch viel gearbeitet wurde, also würde man sie gewiss kaum stören.

Und nach diesem Feuer dürften Iccis Wächter viel zu durcheinander sein, um uns zu jagen. Zumindest nicht heute. Noch immer stand eine Rauchsäule am Horizont, und sie fragte sich müde, ob überhaupt noch etwas von der Stadt stehen mochte.

Unterwegs hatte man sich um Amethysts Wunden gekümmert. Sobald sie anhielten, versorgte Kiki Riyu. Nachdem das Blut abgewaschen war, sah er nicht mehr ganz so schlimm aus, aber Verbena fiel es schwer, nicht auf die fehlende Ohrspitze zu starren.

Sie hatten nichts zu essen, also rollten sich Kiki, Dorn und Amethyst einfach zusammen und fielen in einen erschöpften Schlaf. Trotz ihrer Müdigkeit wankte Verbena bis zu einer Stelle, von der aus man die Straße sehen konnte, setzte sich und hielt Wache. Kurze Zeit später gesellte sich Riyu zu ihr.

Schwarze Blutergüsse umgaben ihren Hals und machten jedes Wort zu einer quälenden Anstrengung, aber die Zauberin zwang sie trotzdem hervor. »Nun … also. Das war ein echtes Desaster.«

Riyu legte den Arm um ihre Schultern und zog sie an sich. »Da widerspreche ich.«

»Wie kannst du das sagen?« Tränen funkelten in ihren Augen. »Ich … ihr Götter, ich bin ja so dumm gewesen! Weißdorn und Turmalin sind gestorben, um Malachit zu retten, und er musste nicht einmal gerettet werden. Er war ein Ungeheuer! Alles war umsonst!«

Die Tränen strömten jetzt richtig. Riyu umarmte sie und strich beruhigend über ihr Haar. »Nichts davon war deine Schuld«, erklärte er, und sein Atem bewegte ihr Haar. »Du hast aus Ehre gehandelt, aus echter Sorge um jemanden, von dem du dachtest, er befände sich in einer schlimmen Gefahr. Malachits Verrat ist allein seine eigene Schuld. Das hat nichts mit dir zu tun oder mit einem von uns, die wir uns entschieden haben, dir bei der Rettungsmission zu helfen.«

»Das ist kein großer Trost, Riyu.«

»Ich bin noch nicht fertig, mein Herz. Betrachte es einmal so: Wie viele Klicker hätte er noch erschaffen, wären wir nicht gekommen und hätten ihn aufgehalten? Wie viele arme Seelen wie Weißdorn wären noch gefoltert und gequält worden? Wie viele Ungeheuer wären noch auf das Land losgelassen worden? Ich glaube, es ist viel wert, einem solchen Schrecken ein Ende bereitet zu haben.«

»Vermutlich hast du recht. Und nach dem Feuer und Malachits Tod sollte Icci nicht dazu in der Lage sein, den Rechnenden Golem neu zu erschaffen und gegen uns einzusetzen.« Noch immer schluchzend löste sie sich von ihm und nahm die Brille ab, die von den Tränen nass war.

Mit einem traurigen Ausdruck auf dem Gesicht sah er zu, wie sie sie säuberte. »Es tut mir schrecklich leid, dass Malachit dich verraten hat«, sagte er schließlich.

»Das ist ja kaum dein Fehler. Ich kann nicht glauben, nie darauf gekommen zu sein, dass er hinter allem stecken könnte, dass mir nicht einmal ein *Verdacht* gekommen ist!« Unglücklich schüttelte sie den Kopf. »Ich wusste ja, dass er gern komfortabel lebt, und ich wusste auch, dass ihn die Einschränkungen unserer Arbeit manchmal ärgerten, aber ich hätte mir kaum vorstellen können, dass er einen so tiefen Groll hegte. Ich werde den Gedanken nicht los, dass ich irgendeinen Hinweis übersehen habe, etwas, das alles hätte verhindern können.«

»Es ist nie einfach, die Geheimnisse zu ergründen, die andere in der Tiefe ihres Herzens bewahren.« Riyu schüttelte den Kopf, seine Ohrringe klirrten leise. »Du könntest dich damit in den Wahnsinn treiben, jedes der Worte zu überprüfen, die er je gesprochen hat, oder jede seiner Handlungen zu untersuchen. Bihai hatte nicht den geringsten Verdacht. Ja, er kannte Malachit nicht so gut wie du, aber trotzdem glaube ich, dass er etwas besonders Verdächtiges bemerkt hätte. Befreie dich von dieser Last aus Schuld, Verbena-ge. Es ist nicht an dir, sie zu tragen.«

»Das ist schwer«, flüsterte sie.

»Ich weiß.« Er berührte ihr Gesicht und fing mit einer stumpfen Kralle eine Träne ab. »Ich hasse es zu sehen, wie du dich so quälst, mein Herz. Hätte ich das vorher gewusst … vielleicht wäre ich sogar in Versuchung gekommen, den Weg des Kriegers zu verlassen und Malachit aus reiner Wut zu töten.«

Irgendwie überraschte es sie, dass sie darüber lächeln musste. »Dann ist es ja gut. Ich bin sehr, sehr froh, dich jetzt hier bei mir zu haben, weißt du.«

»Ich bin sehr froh, hier bei dir zu sein.« Er nahm ihre Hand, und sie sah, dass er sich beim Kampf eine Kralle bis auf das Nagelbett abgebrochen hatte.

Schwach lachte sie. »Mutige Worte, wenn man bedenkt, dass wir nichts zu essen, keine Ersatzkleidung und auch keine Vorräte haben. Und dass es ein langer Weg bis nach Giavolo ist.«

»Vielleicht. Aber das ist alles noch zu bewältigen, wenn man die eine Sache bedenkt, die wir eben doch haben.«

»Und die wäre?«

Er hob eine Braue. »Wir haben … *einander*, Verbena-ge.«

Trotz allem wärmten seine Worte ihr Herz. Er legte den Arm um ihre Taille, und sie legte den Kopf an seine Schulter. »Ja. Das haben wir.«

Kapitel 29

Regen strömte aus einem elenden Winterhimmel, und obwohl das neue Semester bald anfing, starrte Verbena aus dem Fenster ihres Studierzimmers, statt mit der Unterrichtsplanung fortzufahren.

Die Rückkehr nach Giavolo hatte mehrere Wochen in Anspruch genommen. Unterwegs hatten sie für Essen und Unterkunft an Bauernhöfen haltgemacht und dafür mit kleinen Zaubern oder einem Tag Arbeit bezahlt. Ihr gestohlener Karren war auch nicht unbedingt das schnellste aller Fahrzeuge gewesen. Aber weil sie sich nicht länger vor Klickerangriffen fürchten mussten, war ihnen die Reise recht entspannt erschienen – manchmal sogar friedlich.

Nach ihrer Rückkehr hatte sich Verbena zuerst darum gekümmert, für Dorn eine Unterkunft im Studentenheim zu finden und dafür zu sorgen, dass er im kommenden Semester den Unterricht besuchen konnte. Amethysts Vorzug hatte anscheinend darin bestanden, die Einzelheiten ihrer Reise ihrer Familie zu erzählen, den Großherzog eingeschlossen. Sie hatte Verbena am Vortag eine Nachricht geschickt und erwähnt, dass sie zusätzlich zu ihrem normalen Unterricht ebenfalls anfangen werde, bei »unserem gemeinsamen, kürzlich aus Benevalia zurückgekehrten Freund« – womit sicherlich Jaspis gemeint war – zu lernen. Offensichtlich war jemandem in Amethysts Familie klar geworden, dass sie noch andere nützliche Fähigkeiten hatte und mehr war als bloß eine bequeme Heiratskandidatin.

Riyu und Kiki hatten natürlich bei Nagati Bericht erstatten müssen. Verbena wusste nicht, was bei diesem Treffen zur

Sprache gekommen war. Riyu war sofort danach zurückgekehrt, um sie weiter zu beschützen … aber wie lange würde das noch dauern? Man hatte die Orks schließlich für eine bestimmte Aufgabe angestellt, und diese Aufgabe war nun erfüllt. Bald würden sie weiterziehen, und Riyu würde sie begleiten.

Sie hatte ihn nicht darauf angesprochen, denn sie wollte die ihnen verbleibende Zeit nicht mit Zukunftssorgen verderben. *Und das wäre auch nicht gerecht, soweit es ihn betrifft. Er hat sein eigenes Leben, bei seiner Truppe. Das mich nicht mit einschließt.*

Auch wenn mein Herz jeden Tag ein Stück mehr bricht.

Aus einem kleinen Loch in der Wand sprang ein Quietscher, und Verbena spürte Entsetzen in sich aufsteigen. »Meisterin Verbena diGiavolo«, sagte er mit der Stimme des Kanzlers, »bitte kommt in mein Studierzimmer, sobald es Euch möglich ist.« Die Botschaft ausgeliefert, wartete er noch einen Augenblick auf eine Erwiderung, dann huschte er ins Loch zurück.

Also ist es so weit.

Riyu hatte draußen gewartet; angeblich lenkte seine Anwesenheit sie nur von der Arbeit ab. Als sie sich zu ihm gesellte, warf er ihr einen besorgten Blick zu. »Verbena-ge? Stimmt etwas nicht?«

Sie brachte ein schwaches Lächeln zustande. »Man ruft mich in das Studierzimmer des Kanzlers.«

»Ach ja. Ich dachte mir schon, dass das passieren würde. Es erklärt aber nicht, warum du so aussiehst, als gingest du zu deiner Hinrichtung.«

Die Worte blieben ihr im Hals stecken, also zuckte sie bloß mit den Schultern und nahm seine Hand – dabei war ihr egal, wer es sah. Seite an Seite gingen sie zum Verwaltungsgebäude. Es waren Semesterferien, also waren nur wenige Studenten da, und die meisten gingen an einem so regnerischen Tag gar nicht vor die Tür. Als sie mit dem Saal vor dem Studierzimmer des Kanzlers einen trockenen Hafen erreicht hatten, ließ Verbena zögernd Riyus Hand los, nahm die Schultern zurück und trat ein.

Der Kanzler stand neben seinem Schreibtisch, doch er war nicht allein. Nagati stand am Kamin, und Großherzog Langalia lehnte sich mit einer Hüfte an den Schreibtisch des Kanzlers. Seine schwarze Kleidung ließ ihn ein bisschen wie eine zu groß geratene Krähe aussehen. Bei Verbenas und Riyus Eintreten richtete er sich auf und schenkte ihr durch seinen grauen Bart hindurch ein Lächeln.

»Meisterin Verbena. Meine Nichte hat mir viel von Euch erzählt. Es ist mir eine Freude.« Er verneigte sich anmutig vor ihr.

Im Gegenzug schenkte sie ihm ein knappes Nicken. »Großherzog. Vergebt mir, aber ich hatte hier nicht mit Euch gerechnet.«

Er fragte nicht nach, was sie denn stattdessen erwartet hatte, sondern kam unumwunden zur Sache. »Amethyst sagte mir, dass Ihr eine großartige Kampfmagierin abgegeben hättet.«

Verbena presste die Lippen aufeinander. Wollte er sie rekrutieren? »Ich bin mir sicher, dass Amethyst auch von den Gründen berichtet hat, aus denen ich dennoch Lehrerin geworden bin.«

Der Kanzler gab einen gequälten Laut von sich; zweifellos wollte er sie dafür schelten, dass sie dem Großherzog so unhöflich begegnete, andererseits traute er sich nicht, es vor dem Adligen zu tun. »In der Tat. Wie schade, aber so ist es eben. Nach Eurer kleinen Expedition ist jedoch offensichtlich geworden, dass wir jene … Aufgabe innerhalb unserer Stadtmauern nicht so geschätzt haben, wie wir es hätten tun sollen.«

Amethyst muss ihm berichtet haben, was Malachit gesagt hat. Verbena zuckte mit den Schultern. Es war ihr nicht möglich, dafür Interesse aufzubringen. »Das müssen andere entscheiden.«

»Und das haben wir getan. Vor allem sorgen wir uns um die Verteidigung der Universität – aber ich überlasse es dem Kanzler, Euch über die Einzelheiten zu informieren. Ich bin hier, um eine persönliche Bitte auszusprechen. Würdet Ihr in Betracht ziehen, Giavolo dabei zu helfen, seine Verteidigung zu verbessern? Ich will ehrlich sein, Meisterin – aus dem zu schließen, was Amethyst uns berichtet hat, habt Ihr einen einzigartigen und brillanten Verstand, und ich glaube, Ihr könntet eine große Hilfe für uns sein, und zwar in jeder Stellung, die für Euch akzeptabel ist. Als freie Bürgerin habt Ihr natürlich keinerlei Verpflichtung, Euch einverstanden zu erklären, aber ich möchte hinzufügen, dass man Euch großzügig entschädigen würde.«

Sie zögerte und dachte an die ganze Ausrüstung, die in ihrem Laboratorium ersetzt werden musste. »Mein Budget …?«

»Was immer Ihr braucht, natürlich innerhalb eines vernünftigen Rahmens. Ihr erscheint mir nicht wie jemand, der den Staatshaushalt zur persönlichen Bereicherung ausplündern würde«, fügte er mit einem Nicken auf ihre schlichte Kleidung zu.

Sie schwieg, dachte nach. »Ja«, sagte sie dann. »Solange wir uns einig sind, dass ich nur Giavolo beschützen und keinen neuen Konflikt mit unseren Nachbarn vom Zaun brechen müsste. Natürlich vorausgesetzt, es gibt überhaupt noch welche, mit denen wir uns nicht schon im Kriegszustand befinden.«

»Völlig einig«, sagte der Großherzog mit einem Lächeln. »Ich schicke Euch in der nächsten Woche jemanden, der Euch zeigen wird, was uns jetzt zur Verfügung steht, und der Eure Vorschläge für Verbesserungen notiert.«

Verbena nickte, dann stählte sie sich. Schließlich war es sinnlos, das Unvermeidliche hinauszuzögern. »Ich nehme aber an, das war nicht das Einzige, das Ihr von mir wolltet?«, fragte sie und betrachtete dabei Nagati.

»Nein.« Der Kanzler zog ein Taschentuch hervor und tupfte sich nervös die Stirn ab. »Ich habe einige ... nun, schlechte Neuigkeiten. Aber es ist erforderlich, also bitte ich Euch, Verbena, hört mich zu Ende an, bevor Ihr losbrüllt.«

Herumzubrüllen würde auch nichts ändern, also nickte die Zauberin bloß. »Nun gut.«

»Danke. Wie der Großherzog schon erwähnte, hat bis zum jetzigen Zeitpunkt eigentlich niemand den Wert der Universität so richtig zu schätzen gewusst. Unsere Verteidigung ist keineswegs so, wie sie sein könnte, und einige Mitglieder des Kollegiums – vor allem Ihr – könnten für unsere Feinde verlockende Ziele darstellen. Wie lange wird es dauern, bevor Benevalia sich Icci zum Vorbild nimmt, vor allem, wenn ihm klar wird, dass Ihr bei Giavolos Verteidigung helfen werdet? Also habe ich eine Entscheidung getroffen, die auf Notwendigkeit basiert – und nicht nur auf der Tatsache, dass sich einige Eltern gar nicht mit dem Gedanken anfreunden konnten, ihre Kinder zum Unterricht zurückkehren zu lassen, ohne dass es deutlich sichtbare Bemühungen zu ihrem Schutz gibt. Ich habe also Nagati und ihre Truppe gebeten, für immer hierzubleiben.«

Es dauerte einen Augenblick, bis Verbenas Verstand verarbeitet hatte, was er da gerade gesagt hatte. »Die Orks bleiben?«

»Ja. Also seht mal, ich weiß, dass Ihr Euch beim ersten Mal bitter darüber beklagt habt, aber Ihr müsst verstehen, dass Eure Sicherheit wichtig für uns ist. Also fürchte ich, dass Ihr für absehbare Zukunft einen Leibwächter haben müsst – und ich will keine Widerrede hören, Verbena! Ich habe mich bereits entschieden!« Offenbar durch die Tatsache ermutigt, dass sie noch nicht brüllte, bemühte er sich um ein väterliches Lächeln. »Natürlich machen wir das so diskret, wie Ihr wünscht – vielleicht könnten das ja einige der Kadetten in Verkleidung tun, sich ständig abwechselnde Wächter ...«

Riyus Ohren senkten sich abrupt. »Vergebt mir, Smaragdga«, sagte er mit einem tiefen Grollen, »aber da ich noch immer Verbena-nagas Diensten zugeschworen bin, ist ihr Schutz mein Privileg. Falls sie keine Einwände hat«, fügte er zögernd hinzu.

Der Kanzler blinzelte überrascht, Nagati sah lediglich amüsiert aus. Verbena fragte sich, ob Riyu seine Befehlshaberin über ihre Beziehung unterrichtet haben mochte oder ob sie es selbst herausgefunden hatte.

»Oh«, sagte der Kanzler unsicher. »Nun, Verbena, wäre das für Euch in Ordnung?«

»Natürlich. Ich habe mich sehr an Riyu gewöhnt, und er sich ebenso an mich. Ich wage zu behaupten, dass es sinnlos ist, jemand anderen zu zwingen, mit mir auskommen zu müssen, oder?«, fragte sie energisch.

»Ausgezeichnet. Ich muss sagen, ich bin froh, dass Ihr vernünftig sein wollt«, sagte der Kanzler erleichtert. »Nun, das wäre dann schon alles. Weitermachen.«

Verbena eilte aus der Tür, Riyu schloss sich ihr an. Sobald sie die Treppe hinunter und wieder an der frischen Luft waren, wandte sie sich ihm zu. »Du bist doch nicht aufgebracht, oder? Dass du hierbleiben musst, bei mir?«

Er schnaubte. »Na ja, ich kann kaum behaupten, mich hätte der Vorschlag gefreut, dass dich andere beschützen, von denen viele zweifellos attraktiver und interessanter wären, als ich es bin. Aber da dies kein Thema mehr ist, nein, es stört mich überhaupt nicht. Wie kommst du auf diesen Gedanken?«

»Ich dachte, vielleicht vermisst du das Reisen mit deiner Truppe«, gestand sie. »Das bedeutete so lange dein Leben, das … na, ich nahm eben an, du würdest bald aufbrechen. Ich konnte mich nicht überwinden, dich zu bitten, doch bei mir zu bleiben. Es wäre nicht richtig gewesen, und ich liebe dich zu sehr, um dich an einen Ort zu ketten, wenn du das nicht möchtest.«

Riyu blieb stehen und starrte sie ungläubig an. Von seinen langen Ohren tropfte der Regen. »Verbena-ge, das ist doch vollkommen lächerlich! Hättest du dir die Mühe gemacht und gefragt, ich hätte dir gesagt, dass ich nicht vorhabe zu gehen, ob nun der Rest der Truppe weiterzieht oder nicht.«

Trotz des kalten Regens schien sich ein warmes Glühen in ihrem Körper auszubreiten. »Wirklich?«

»Natürlich!«

»Oh. Nun, dann sollten wir uns nach einer größeren Unterkunft umsehen, findest du nicht?«

»Ja. Ich glaube, das sollten wir tun.«

Einfach nicht dazu in der Lage, sich länger zu beherrschen, warf sie die Arme um ihn. Er lachte und erwiderte ihre Umarmung, hob sie mühelos von den Füßen und küsste sie im fallenden Regen.